CADA PALABRA QUE NUNCA DIJISTE

CADA PALABRA QUE NUNCA DIJISTE

JORDON GREENE

Traductora: Jacqueline Grasso

Greene, Jordon
 Cada palabra que nunca dijiste / Jordon Greene ; editado por Ignacio Javier Pedraza ; Fiorella Leiva ; ilustrado por Lucia Limón Barreda. - 1a ed. - Córdoba : Fey, 2023.
 502 p. : il. ; 15 x 21 cm. - (Noahverse / 3)

 Traducción de: Jacqueline Grasso.
 ISBN 978-987-48784-4-1

 1. Narrativa Infantil y Juvenil Estadounidense. 2. Diversidad Sexual. 3. Homosexualidad. I. Pedraza, Ignacio Javier, ed. II. Leiva, Fiorella, ed. III. Barreda, Lucia Limón, ilus. IV. Grasso, Jacqueline, trad. V. Título.

 CDD 813.9283

Título original: *Every word you never said*
Editor original: F/K Teen
Traducción: Jacqueline Grasso.

© 2023 Jordon Greene
© 2023 Ediciones Fey SAS
www.edicionesfey.com

Primera edición: Enero de 2023
ISBN: 978-987-48784-4-1

Ilustraciones: Lucia Limón Barreda
Diseño y maquetación: Ramiro Reyna

Realizado el depósito previsto en la Ley 11723

*Para Amanda Jane, por ser la amiga brutalmente honesta
y sin prejuicios que todes necesitamos*

SKYLAR

Nuevos comienzos. Estoy harto de ellos.

Juro que están sobrevalorados y nunca terminan mejor que el anterior. Con cada cambio de escenario, cada reubicación y cada *oportunidad de empezar de nuevo*, llega la rápida e inevitable caída a mi realidad.

—Creo que está todo listo, Skylar. —Mi nueva consejera, la señora Alderman, sonríe cálidamente. Es el tipo de sonrisa que pretende ser acogedora y tranquila, pero que en realidad dice *buena suerte por tu cuenta*. No es nada nuevo, cambiar de colegio se convirtió en una especie de ritual y todos son iguales.

Vuelve sus ojos verdes y sus mejillas regordetas hacia el señor y la señora Gray, es decir, mis, eh... nuevos padres.

—Nos aseguraremos de notificar a sus profesores de su disca...

Y ahí está el primer error.

Se detiene y tose en su puño. Solo dilo, por el amor de Dios. ¡Vamos! *Mi discapacidad*.

—Que Skylar es no verbal —corrige, mirándome con timidez antes de enderezarse en su asiento.

No me muevo, pero miro de reojo a la señora Gray. Sonríe con compasión, con sus pequeñas manos entrelazadas a las de mi padre adoptivo, quien suelta un pequeño resoplido. Esta mañana estaban muy nerviosos y, por lo que parece, todavía lo están.

No pasó una semana completa desde que me mudé y me convertí en Skylar *Gray* en lugar de Skylar *Rice*. Eso es otra cosa a lo que me va a tomar algún tiempo acostumbrarme.

Ahora estamos sentados en la oficina de la preparatoria local, A.L. Brown, donde el señor Gray se graduó hace una eternidad, inscribiéndome en las clases.

—Lo siento, Skylar —dice la señora Alderman mientras asiente.

Sonrío y empiezo a escribir en mi teléfono. Cuando aprieto el botón *reproducir*, una versión británica masculina de Siri responde por mí:

—No pasa nada.

Literalmente no puedo hablar. Esa es mi *discapacidad*. Resumiendo, tuve laringitis cuando tenía cinco años y eso arruinó mis cuerdas vocales. Así que sí, no puedo. En absoluto. No sale nada de mi boca, excepto ruidos incoherentes y aire. Mi teléfono *es* mi voz.

Sus hombros se relajan y teclea algo que no alcanzo a ver. La impresora cobra vida y termino con un papel en mis manos, mi horario de clases.

—¿Tienes alguna duda? —pregunta mi consejera.

Frunzo los labios y niego con la cabeza, dejando un mechón de pelo rebelde sobre mi ojo. Lo hago a un lado. Incluso si tuviera alguna pregunta, diría que no. La mayor parte del tiempo es molesto tener que *hablar*, así que lo evito siempre que puedo.

—¿Y tus padres? —La señora Alderman se dirige al señor y la señora Gray. Les doy una pequeña sonrisa para que sepan que estoy bien.

Hasta ahora han sido bastante buenos. Todavía los estoy conociendo, pero ya son *mucho* mejor que cualquiera de mis padres de acogida o cualquier persona con la que haya convivido en los hogares para niños en los últimos ocho años. Creo que me gustan, aunque todavía no puedo deshacerme de este molesto sentimiento, de que se darán cuenta que adoptaron un hijo defectuoso y me encontraré de vuelta en el sistema de acogida de Vermont, en lugar de este suburbio de Carolina del Norte. ¿O simplemente me meterán en el sistema de esta región?

Pudo haber sido, por ejemplo, esta mañana cuando estuve a punto de ponerme una de mis faldas en lugar de estos pantalones cortos, pero no lo hice. El señor y la señora Gray dicen que no les molesta, pero no quiero presionarlos. Además, las únicas dos que tengo las compré a escondidas hace unos años y ya me quedan demasiado cortas, más o menos a la mitad del muslo.

—Creo que ha cubierto nuestras preocupaciones —dice el señor Gray, o Bob. Me dijo que lo llamara Bob si aún no podía llamarlo papá.

Fueron con una larga lista de dudas, desde cómo la escuela trabajaría conmigo en el aula hasta cómo se trata a los bravucones, y continuaba. La señora Alderman respondió a cada una de ellas con facilidad.

—Entonces parece que hemos terminado aquí. Les prometo que nos aseguraremos de que Skylar se sienta como en casa aquí en Brown. —La señora Alderman se levanta y señala hacia la puerta de la oficina con la mano—. Los acompañaré a la salida. Skylar, puedes esperar aquí. Un estudiante te mostrará el lugar antes de ir a clases.

—Que te vaya bien, campeón. —Bob me aprieta el brazo justo cuando la señora Gray, Kimberly, me abraza. Sigue siendo un poco raro esto de los abrazos, pero se lo permito porque parece a punto de llorar.

—Si necesitas algo, escríbenos —me dice ella.

Y me alegro de que se detenga ahí. Tengo quince años, para dieciséis. Y sí, puede que sea bajito, pero no soy un niño de jardín que empieza su primer día de clase. Soy un estudiante de segundo año y sé que me enfrenté a más bravucones e idiotas que cualquiera de ellos dos.

Asiento de todos modos, solo por ella, y parece ser suficiente. La señora Alderman los lleva a la oficina principal y la puerta se cierra mientras suena un timbre.

Unos minutos después, abren la puerta de nuevo.

—Skylar —dice la consejera llamándome con su mano. No tiene sentido perder el tiempo, me van a hacer ir a clase tarde o temprano, así que me echo la mochila al hombro y la sigo—. Skylar, este es Jacob. Jacob, Skylar.

—Ey. —Inclina la cabeza y su cabello se balancea por encima de sus ojos verdes brillantes. ¡Ese cabello! Es totalmente blanco. Angelical, si no fuera porque parece haber caído del cielo y montado una banda de rock punk.

Le devuelvo el saludo, luchando contra el impulso de morderme el labio. Es muy *lindo*.

—Skylar acaba de ser transferido. Necesito que le enseñes la escuela y lo ayudes a encontrar sus clases. Haz que se sienta como en casa —explica la señora Alderman, lo que hace que él deje de mirarme.

Dejo escapar un suspiro y veo sus dedos juguetando con el dobladillo de su camisa, verde y desabotonada, que lleva sobre una camiseta negra. Tiene las uñas pintadas de negro.

La señora Alderman levanta la vista de su reloj y le entrega a Jacob un papelito. Desvío la mirada y la poso en una impresora beige mucho menos interesante.

—Aquí tienes tu pase de corredor. Deberías tener tiempo de sobra antes del final de esta clase. Ah, y Skylar no puede hablar.

—Yo también me quedaría sin palabras si me trasladaran aquí. —Jacob sonríe ante su propia broma.

—Eh... —La señora Alderman se queda sin palabras. Nos mira y le sonríe como pidiéndole *por favor, cállate*—. Es no verbal, *no puede hablar*. Skylar habla a través de su teléfono.

—Oh. ¿Como un *tonto**? —Jacob se estremece, juro que lo hace, pero se recupera rápido—. Quiero decir... Eh... Genial, emm... bueno.

—No, como alguien que no puede hablar *verbalmente*. —La señora Alderman se ve claramente decepcionada. Creo que está a punto de decir algo más, pero en su lugar me mira con una disculpa dibujada en su rostro.

—Eso es lo que quería decir, como... no importa. —Jacob deja de hablar y asiente presionando sus bonitos y estúpidos labios.

No es nada que no haya escuchado antes. Y estoy seguro de que no será lo peor.

—Muy bien. —La señora Alderman fuerza una sonrisa—. Estamos contentos de tenerte aquí, Skylar. Dejaré que Jacob te enseñe los alrededores. —Asiente hacia Jacob, con los ojos resplandecientes, y desaparece dentro de su oficina.

Levanto mi mirada hasta encontrarme con sus desafortunadamente hermosos ojos y plasmo una sonrisa

---

* N. de la T.: En inglés, la palabra *dumb* tiene dos acepciones: 'tonto' y 'sordo'. En la Biblia, en inglés, se utiliza esta palabra para referirse a las personas sordas (Luke 1:20)

expectante en mi rostro. Se queda parado mirándome hasta que se da cuenta.

—¡Cierto! ¡El *tour*! —Jacob se sacude. Su voz sube varios tonos y me hace un gesto para que lo siga—. Acompáñame.

Suspiro y escribo con furia en mi teléfono.

—No soy sordo. Puedo oírte.

—Ah, claro. —Frunce los labios y mira a otro lado—. Entonces, ¿vamos?

Este va a ser un día largo.

JACOB

La profesora Agee debe odiarme más que mi padre. Me ofreció a la señora Alderman, *a mí de todos los alumnos*, para darle la bienvenida al chico nuevo. ¿De verdad?

Pensé que estábamos en buenos términos, tuve una B en su clase el semestre pasado. Claro que me gusta hablar, pero no soy el alumno que nunca se calla, ese es Eric.

Y lo llamé *tonto*. En mi defensa, según mi iglesia, así es como llaman a la gente que no puede hablar en la Biblia. Y eso es lo que me inculcaron. Por otra parte, también dice que puedes tener esclavos y que las mujeres deben estar calladas, y eso no es así. Desearía poder quitarme todo eso de la cabeza.

«Solo olvídate de lo que pasó. Él no parecía estar tan perturbado».

Quizá también tenga problemas de memoria. Cruzo los dedos para que sea así, porque *yo* no voy a retomar el tema para disculparme.

—Entonces, ¿bienvenido a Brown? —digo, pero suena a pregunta. No voy a mentir y decir que es la mejor escuela. Creo que es algo universal que la gente odie la escuela. Quiero decir, es *la escuela*.

Asiente con la cabeza y me recuerdo que no debo esperar mucho más como respuesta.

—Emm... Solo quédate conmigo y trataré de hacer esto lo menos doloroso posible. —O sea, no más doloroso de lo que ya fue para ambos—. No sé si te interesan los deportes, pero somos los Maravillosos. ¡Ooh!

Alzo las manos hacia los pasillos vacíos, fingiendo alentar. Me regala una media sonrisa. Omito decirle que estoy en el equipo de natación. En primer lugar, dudo que le importe. En segundo, no voy a ser como esos imbéciles cuya vida entera gira alrededor de estar en un equipo de la escuela.

—¿Puedo ver tu horario? —pregunto.

Skylar asiente y me entrega el papel. Su dedo roza mi mano y mis ojos se dirigen a su cara durante un segundo, antes de volver a la hoja.

Es lindo, como un cachorrito de ojos marrones. Hasta mi cuerpo flacucho podría alzarlo sin esfuerzo. Aunque arrugaría esa camisa a rayas anaranjadas que parece demasiado elegante para los pantalones cortos y negros que lleva puestos.

En realidad, es *muy* lindo. Podría acostarme con esta belleza, si él estuviera interesado en los chicos. O en mí. Probablemente no debería pensar en acostarme con el chico nuevo tan pronto. O nunca.

«Enfócate. Horario. Mira su horario».

Genial. Está en mi segunda clase. Danza. No puedo decir que esperaba eso. El resto es bastante típico para un estudiante de segundo año. Inglés avanzado en la primera clase, luego Cívica en la tercera, y Sociología terminando el día.

—La mayoría de tus clases están en la misma ala, excepto Danza. —Giro para mirarlo mientras camino marcha atrás por el corredor—. ¿Tú escogiste Danza?

—Sí. ¿Hay algo de malo en eso? —El teléfono de Skylar pregunta con acento británico. *¿Por qué británico?*

—Eh, nop. —Estoy un poco desconcertado por la voz. *¿Británico?*

Hasta ahora me imaginaba que era el único chico que tomaría Danza este semestre. No pude convencer a Ian de que lo hiciera y no llegué a la segunda hora para confirmarlo, ya que tenía que acompañar al chico *no-hablo*. Bueno, quizá no debería llamarlo así. No necesito sonar como un idiota retrógrado. Ya conocerá varios de esos.

—Yo también la escogí —le doy mi primera sonrisa genuina—. En el mismo horario.

Cuando sus dedos se dirigen al teléfono noto que algo cuelga de él. Es pequeño, verde y con púas. Dios mío, es un pequeño dinosaurio. Se acaba de poner más lindo.

—Genial —dice su teléfono, atrayendo de nuevo mi atención hacia él.

—Sí, genial —digo mientras entramos en la cafetería—. Después de la segunda hora se almuerza aquí. No es nada especial. Solo un comedor. Aunque no tienes que comer aquí. Puedes ir a cualquier otro sitio. Ah, y no sé de dónde vienes, pero aquí tenemos un menú *a la carta*. Las papas fritas son increíbles, casi como las de McDonald's. Pero evita las hamburguesas. Las hacen en el infierno.

Logro sacarle una gran sonrisa. Su cabeza se mueve como si se estuviera riendo, pero sin sonido. Es raro.

—Vamos arriba. Te enseñaré dónde están tus otras clases. —digo.

Me sigue en silencio hacia el ala de Lengua y Literatura. Puedo quedarme callado si hay música sonando, o cuando estoy en casa y esa es la alternativa a hablar con papá, pero ahora mismo no puedo.

—Entonces, ¿eres del norte? —Rompo el silencio. Seguro que no puede hablar, pero puede usar su teléfono, ¿no? Lo miro mientras teclea.

—Sí. Soy de Vermont —dice Siri, quiero decir Skylar, pero sigue siendo Siri técnicamente. Debe ser raro hablar a través de otra cosa. Como sea, ¿Vermont? Eso está muy arriba.

—¿Vermont? ¿Casi en la punta?

—No, más bien en el medio. En Rutland —dice tras teclear unos segundos más. Me mira con la misma media sonrisa de antes.

—¿Hacía mucho frío allí arriba? —No sé qué más preguntar sobre Vermont.

Asiente animadamente y abro las puertas del ala de Lengua y Literatura. Las voces de los profesores se escapan por las puertas abiertas de las aulas y llegan como un susurro por el pasillo. Las ignoro y vuelvo a mirar su horario.

Tiene a la profesora Sangster en Inglés. Lo siento, Skylar. Su aula está cerca. Damos la primera vuelta a la derecha y está a dos puertas.

—Tu primera hora, Inglés, es aquí. —Bajo la voz a un susurro y señalo a mi izquierda donde está el nombre de la profesora *Sangster* estampado en una placa plateada barata. Parece que tiene a la profesora Moyer para Cívica y al profesor Dennard para Sociología. Ambos están al otro lado de este pasillo—. Tus clases de Cívica y Sociología están al final del corredor. Pero Danza está abajo.

Asiente con la cabeza. Supongo que eso es todo.

Unos minutos más tarde, pasamos por la biblioteca y luego por el auditorio, donde se representan todas las obras de teatro de la escuela. Le hago comentarios rápidos sobre cada una de ellas. No me detuve mucho en la biblioteca. Para ser lector, no me gusta la biblioteca del colegio. Es todo muy recargado y viejo, y la mayoría de los libros son, bueno, viejos. Skylar no parece entusiasmado con los *clásicos* por la cara que pone.

—¿Dijiste que hacías deporte? —Me pregunta su teléfono.

Me desconcierta. Sé que es él, pero aun así es muy extraño. Es como un robot futurista de *Terminator*, pero más lindo, y no está tratando de matarme.

—Sí. —Asiento—. Nado. Nada pretencioso ni *importante* como el fútbol o el baloncesto.

—Genial —responde Skylar, y tras una ligera pausa y un tecleo furioso, Siri vuelve a la vida—. Estoy pensando en hacer atletismo y tenis.

Hablando de deportes, entramos al gimnasio auxiliar. Es grande y está pintado de verde. El estudio de danza está en el extremo opuesto, junto a la sala de la banda.

—Nadar es suficiente para mí. Intervalos cortos, no esa mierda de actividad constante —le digo—. Además, suele ser dentro, así que es otra ventaja.

Skylar niega con la cabeza y resopla. Uf, ¿por qué es tan atractivo? ¿Por qué tiene que haber chicos lindos? Y para colmo son heterosexuales. Grito internamente ante mi condenado destino.

Es una de las muchas desventajas de vivir en un pueblo pequeño sin un coche propio. Estamos a media hora de la ciudad más grande del estado, pero cuando todavía estás en el instituto y, para colmo, tienes que usar el coche de tu madre para ir a cualquier sitio, es imposible conocer gente nueva. Además, ¿cómo invitas a salir a un chico sin la latente posibilidad de que un largo historial de masculinidad tóxica te conecte un puño a la mandíbula?

—Y aquí está el estudio de danza. Aquí es donde está tú, o nuestro, segundo periodo. —Señalo hacia la puerta de madera maciza con una placa que dice «Profesora Lockerman» junto a la pequeña rendija de una ventana—. No sé si la señora Alderman te lo dijo, pero tenemos que cambiarnos para la clase. No puedes ponerte eso. —Hago un gesto hacia su ropa, incluidos los ajustados *shorts* de vaquero negros que lleva. Me tropiezo con mis siguientes palabras—. Tenemos que llevar camisetas más ajustadas y mallas, o, como... uh... calzas.

Oh, Dios mío. Voy a verlo en mallas o calzas. Me trago un nudo que estaba creciendo en mi garganta y me encojo de hombros para despistarlo de lo nervioso que estoy. Necesito alejarme de esto. Compruebo mi reloj en busca de una excusa.

—Es casi la hora de comer. —Cambio de tema y vuelvo en la dirección por la que vinimos, comprobando su horario para ver el número de su casillero—. Te acompaño a tu casillero y luego vuelvo al comedor.

Junto a su casillero, dejo que averigüe su combinación antes de decir algo. Una parte de mí piensa en quedarse, *en ir a comer con él*. La otra parte grita que *soy un estúpido por considerarlo siquiera*. Sí, vamos a cortar eso de raíz ahora mismo.

Su cerradura se abre. Parece muy satisfecho mientras abre la puerta y guarda su mochila en el pequeño espacio metálico.

—Ten cuidado con tu celular, son muy estrictos en cuanto a que los tengamos. Es draconiano. —Lanzo una gran palabra que realmente nunca uso. Aunque sé de esta regla de los teléfonos porque me confiscaron el mío más veces de las que quisiera admitir.

Skylar inclina la cabeza y empieza a murmurar algo, y sus manos empiezan a moverse. Niego con la cabeza.

—Lo siento, no puedo leer los labios. —Me encojo de hombros. Podría decir lo más básico y yo seguiría sin tener ni idea.

Sus hombros se desploman.

—Necesito tenerlo —dice Siri y Skylar me señala—. No como tú.

Inclino la cabeza, burlándome de él.

—Como sea. —Me río—. Qué suerte tienes.

La campana me salva de seguir la conversación. Pero no puedo arrojarlo a los lobos así sin más.

—Déjame darte mi número por si te pierdes o algo así. —No sé por qué lo digo, pero lo hago. Al menos la señora Alderman no podrá decir que abandoné al chico nuevo.

Toca la pantalla un par de veces y me entrega su teléfono. Escribo mi número y mi nombre y se lo devuelvo.

—El comedor está al final del pasillo. —Señalo y empiezo a caminar marcha atrás para escaparme—. Nos vemos.

SKYLAR

La tercera clase, Historia, fue aburrida.

Sin embargo, las miradas que me dirigieron, cuando se enteraron de que no podía hablar, la hicieron interesante. Nunca sé si piensan que soy raro o si están celosos de que puedo usar mi teléfono durante la clase. Creo que iré por lo de raro.

Atravieso el vestíbulo abarrotado de gente, pasando por los grupitos, las miradas y los ceños fruncidos. Aún no hubo tiempo para que se corra la voz sobre el chico nuevo. Pero ya me pregunto si me llamarán minusválido, defectuoso o retrasado. Los oí todos. Y seguro alguien dirá que soy sordo. Pongo los ojos en blanco solo de pensarlo y entro a la última clase del día, Sociología.

Al frente de la clase está el profesor, creo. Está apoyado en un gran escritorio, asintiendo con la cabeza como si nos estuviera analizando a cada uno meticulosamente. Tiene un aire a Alexander Skarsgård cuando actuó en *Battleship*. Creo que se llama profesor Den-algo, pero tendría que buscarlo en mi horario. Saludo con la cabeza y me dirijo al final del salón para sentarme al fondo y ver cómo se ocupan los lugares.

Más caras. Más miradas. No porque me conozcan, sino todo lo contrario. Y como siempre, los susurros.

—¿Quién es el nuevo? —Escucho de un grupo de chicos de unas filas más allá y luego de dos chicas unos asientos más adelante, que ni siquiera intentan disimularlo.

Estoy aquí. Puedo oírlos. Solo tienen que preguntar. Les juro que no les cortaré una mano. Pero no ocurre. Rara vez lo hacen y no estoy muy seguro de por qué. No es que conozcan mi defecto. Al menos el chico del medio es algo lindo. Pelo castaño claro, labios más gruesos de lo que merece y parece alto. Desvío la mirada para no quedarme mirándolo.

A la gente no le importo, ni siquiera después de conocerme. Y cuando lo hacen, parezco importarles aún menos. No es que me moleste más, pero ese es el motivo por el cual no me acerco a la gente. Estoy aquí porque tengo que estarlo. Es la forma de llegar a la universidad. Es así como estoy resolviendo mi vida. No voy a necesitar a ninguno de ellos en el futuro. Así que de ninguna manera voy a presentarme. Empezar conversaciones con extraños no es lo mío. Prefiero terminarlas.

Finalmente, suena el timbre de la clase.

—Tomen asiento. —El profesor como-se-llame hace un gesto para que nos acomodemos y luego escribe su nombre en la pizarra—. Veo muchas caras conocidas, pero para los que no me conocen, soy el señor Dennard. Y no, no es De-nard, es De-nerd. Sí, *nerd*, supérenlo.

Las risitas y los murmullos no lo perturban. Yo aspiro a tener esa actitud de no-me-importa-una-mierda.

—Tal y como yo lo veo, la mitad de ustedes querían tomar esta clase y la otra mitad no tuvo elección. Sin embargo, vamos a tratar de llevarlo adelante juntos. ¿De acuerdo?

Nadie responde. Recibe un montón de miradas vacías y resoplidos de *la mitad que no tuvo otra opción*.

—En lugar de pasar lista, vamos a recorrer el aula y presentarnos —dice.

Se me cierra el pecho. No. ¿Por qué? Odio esta mierda. Que tome lista y no me haga hacer esto.

El profesor Dennard señala a una chica menuda de pelo corto y castaño al frente del aula, en la misma fila de bancos que yo.

—Empezaremos por aquí. Dinos tu nombre y un dato interesante sobre ti. Adelante.

Me paralizo. Ni siquiera es mi turno y mi mente ya abandonó el edificio. ¿Dijo que se llama Hannah? No importa, de todos modos, no va a hablar conmigo. Empiezo a teclear, tratando de pensar que puedo decir de mí que sea interesante. No soy nada interesante. Hasta ahora sólo tengo «Hola, me llamo Skylar».

¿Por qué elegí este lugar del salón?

Hannah, creo que así se llama, se sienta y solo hay cinco personas antes de mí. ¿Qué digo? Se darán cuenta de que no puedo hablar en el momento en que me levante, así que eso no va a funcionar, además de que no es interesante, apesta. Y no pienso hablar de haber estado en una casa de acogida desde los siete años. Eso es triste. Le doy un rotundo no a contar que fui finalmente adoptado a los quince. Eso es simplemente patético.

Quizás: *no hay mucho para contar sobre mí. Pero soy de Verm-*

—Lo siento, espera un momento, Latoya. —El profesor Dennard interrumpe la presentación de la chica alta—. Vamos a guardar todos los teléfonos por favor.

No puede estar hablándome a mí, seguro que recibió una nota diciendo que necesito del mío. De todos modos, levanto la vista y veo que me está observando junto con todo el resto de la clase.

Me tiembla el párpado. Me gustaría poder decir simplemente *Eh, lo siento. Lo necesito para hablar* o algo así, pero no puedo. En cambio, empiezo a escribir en el celular, pero el sonido de unos pies que se acercan a mí llega a mis oídos mientras miro hacia abajo.

—Celulares... —Su voz comienza con una autoridad que desaparece cuando vuelve a hablar—. Lo siento. Tú debes ser Skylar.

Asiento.

—Tú sí puedes —dice y luego recorre la clase con su mirada ante los susurros—. Pero solo Skylar.

El profesor Dennard levanta una mano para silenciarlos. Supongo que no va a dar explicaciones.

—Continúa, Latoya.

Dice algo sobre la adopción de un beagle durante el verano y luego se sienta. La chica sentada delante de mí se levanta.

—Hola, soy Imani Banks —declara con una voz atrevida pero dulce, mientras aparta unos rulos negro azabache de su cara morena. Es bajita, más o menos como yo, pero hay confianza en su balanceo—. Y algo interesante, bueno, soy wicca.

¿Wicca? ¿Como la religión o la brujería? Eso es definitivamente interesante, aunque no estoy seguro si se lo contaría a la gente.

Por un momento me distrae de la tensión que se acumula en mi pecho. Odio este tipo de presentaciones.

—Oh... Gracias, Imani. —El señor Dennard parpadea un par de veces y luego sus ojos se posan en mí con expectación—. Ya sabemos tu nombre, Skylar. Pero ¿podrías presentarte?

Asiento un poco nervioso. Hago un pequeño ajuste en el mensaje que ya había escrito y lo reproduzco.

—Me llamo Skylar Gray y soy no verbal. Necesito mi teléfono para hablar. Y algo interesante es que soy de Vermont. Me acaban de trasladar —explica Siri con el acento británico que le puse hace años.

—De nuevo, lo siento, Skylar. La oficina envió un mensaje sobre tu teléfono, pero se me olvidó al principio. —El profesor Dennard se disculpa y se dirige al resto de la clase—. Sin embargo, esta es una gran oportunidad para ver cómo la comunicación no es únicamente verbal. También hay componentes no verbales, formados por las expresiones faciales, el lenguaje corporal, el tacto y los gestos. También hay lenguajes como el de señas. Todos ellos son medios de comunicación válidos.

Me mira cuando menciona el lenguaje de señas. No estoy seguro de si intenta exculparse de su error o justificarme ante el resto de la clase, pero sea lo que sea, suena bastante bien.

—Pero el hecho de que Skylar necesite su teléfono para comunicarse y participar en clase no significa que el resto de ustedes pueda usar sus celulares. Solo Skylar. —Su declaración es recibida con otra serie de gruñidos.

No hay muchas ventajas en no tener voz, pero esta es una. La única.

—Ahora volvamos a las presentaciones —dice el profesor y luego de unos veinte datos poco interesantes las presentaciones terminan—. Ahora que ya sabemos los nombres de los demás, quiero que todos se pongan en grupos de tres. Voy a escribir algunas preguntas en la pizarra. Y quiero que las respondan con sus compañeros de grupo. Las anotarán y las entregarán para una nota de participación al final de la clase. Pondré la primera pregunta cuando estén en grupos.

Primero las presentaciones y ahora los grupos. Esta clase claramente no está en mi lista de favoritos.

No me muevo. El profesor empieza a escribir en la pizarra y la clase estalla en un tumulto de cuerpos, que van de un extremo al otro del aula o giran para acomodarse frente a amigos con quienes ya estaban sentados.

Mi expectativa de estar sentado solo hasta que el señor Dennard me asigne un compañero se desvanece rápidamente cuando la chica que tengo delante, la que se declaró Wicca hace unos minutos, se gira y me mira.

—Hola, soy Imani. —Me recuerda, lo cual es bueno porque ya lo había olvidado. Suele ser información inútil.

Asiento. Un chico alto y larguirucho con el cabello marrón y desprolijo se sienta a horcajadas en la silla a mi izquierda y choca los cinco con Imani.

—Hola. —Me extiende su mano para estrecharla, pero casi no me mira. Miro su mano un segundo. ¿Quién estrecha las manos en la preparatoria? La tomo y le doy una media sonrisa. Recuerdo que habló de haber leído una gran cantidad de libros de ciencia ficción durante el verano, o quizá de fantasía, pero no recuerdo su nombre. Al menos no es un imbécil deportista.

—Perdona, ¿cómo te llamas? —Dejo que Siri pregunte.

—Soy Seth, Seth Harrington, si es que importa. —Se encoge de hombros.

—No, no importa —dice Imani de manera tajante. Cuando la miro interrogativamente, me explica—: No pasa nada, somos mejores amigues. Literalmente, no recuerdo cuando *no* fuimos amigues.

Es bonita. Su piel es de un marrón oscuro y sedoso, y la sombra rosa que pincela sus párpados realza sus ojos marrones.

—Básicamente sabemos todo le une del otre, así que esto debería ser bastante fácil —ríe—. Solo tenemos que aprender sobre ti. Skylar, ¿verdad?

Asiento. Ella parece muy simpática y, hasta ahora, Seth parece más bien el tipo de *nerd* torpe cuya piel refleja su evidente falta de actividades al aire libre.

—¿Te importa si te llamamos Sky? —pregunta encogiéndose de hombros.

Asiento.

—Sky está bien —digo a través de mi teléfono.

Quizá sea mejor hablar en lugar de encogerse de hombros y asentir a todo. Pero, de nuevo, no voy a poner demasiado empeño en algo sin sentido y con un fin tan inevitable como esto. Echo un vistazo a la pizarra y leo las preguntas. Bueno, no son exactamente preguntas, pero da igual.

—La primera pregunta dice que proporcionemos más contexto sobre el hecho interesante que contamos a la clase. ¿Imani?

Le pregunto a ella primero. Como llegó antes que Seth, pienso ¿por qué no?, eso y que yo no quiero responder. Lo que quiero es que alguien hable y me distraiga de las miradas curiosas de los otros grupos, y de los susurros que simplemente sé que son sobre mí. El chico raro y mudo.

—Bueno, *soy* Wicca. Pero no es como las personas piensan. En realidad, no es tan diferente del cristianismo —explica moviendo sus manos—. Elles tienen oraciones, nosotres tenemos afirmaciones. Elles tienen una Biblia, nosotres tenemos nuestros propios libros.

—Es una perra buena, quiero decir bruja* —Seth sonríe, ganándose un ligero puñetazo en el estómago—. Me lo merecía.

—Te los mereces *todos*. —Imani lo mira fijo, pero es una mirada juguetona.

Estos dos son incontrolables. Y no puedo evitar preguntarme si podrían ser algo más que mejores amigos, pero soy pésimo como cupido.

—¿Y tú? —Miro a Seth.

—Emm... —Seth reflexiona. No estoy seguro de por qué lo piensa tanto. ¿No era algo sobre leer libros durante el verano?—. Leí libros de Micaiah Johnson, un montón de Marie Lu. Me encantó la trilogía de *Los Jóvenes De La Élite*.

Se me iluminan los ojos. ¡Es fan de una de mis autoras favoritas! Todo lo que escribe Marie Lu es oro puro, perfección. Estoy a punto de escribir una respuesta, pero él sigue.

—Y algo de Sarah J. Maas, y un montón de otros. Ah, y uno de ciencia ficción, los otros son básicamente de fantasía, llamado *El Arca*, de Baxter. Se trata de que la Tierra se vuelve inhabitable y la única forma de salvar a la humanidad es enviar a un grupo de chicos en un viaje de décadas por el espacio a un nuevo mundo. Pero...

—Ya entendimos. —Imani lo detiene y me mira como si quisiera abofetearlo—. No suele hablar mucho, pero puede hablar durante horas de un solo libro si lo dejas. Puedes agradecerme después.

—Eh. —Seth se encoge de hombros—. Igual fue una locura.

---

* N. de la T.: En inglés, las palabras *bruja* y *perra* se escriben y pronuncian de forma similar: *witch* y *bitch* respectivamente. Por lo que pueden utilizarse para referirse a una mujer en términos despectivos o, como en el caso de Seth, para formar juegos de palabras.

—Suena bien. —Tecleo, dejando que la voz de Siri hable por mi—. Marie Lu es mi favorita.

Preferiría quedarme así en lugar de contarles más sobre mí. Tampoco creo que realmente quieran saber. Nadie en esta sala quiere saber más sobre mí. Apostaría a que el noventa y nueve por ciento de ellos, los que en estos momentos están murmurando sobre quién sabe qué tonterías, no les importa realmente lo que les cuenten sus compañeros de grupo.

—¿Y tú? —Seth pregunta.

Casi me olvido de contener el suspiro de decepción. Mi dato interesante era ser de Vermont. Es amplio. Pero también es un estado pequeño. Me atrevería a decir que ninguno de los dos sabe mucho sobre él, y tal vez sea idea mía, pero no fue muy memorable.

«¿Qué es lo que realmente vale la pena decir sobre mi pasado, sobre mi origen, que no sea deprimente?». No voy a decirles que acabo de ser adoptado, aunque esa sea la única razón por la que estoy aquí.

Lo sé. Les diré lo único que voy a echar de menos. Ladeando la cabeza y sonriendo ligeramente, tecleo y pulso reproducir.

—Como dije, soy de Vermont y tenemos un refresco que no se puede conseguir en ningún otro sitio, llamado refresco de arce —explica mi teléfono. Es genial. Y sabe tal como suena—. Es muy bueno.

—Algo así como nuestre *Cheerwine* o vino de cereza —dice Imani, yo la miro confundido—. No es vino. Lo prometo. Es un refresco que se hace por aquí. No sé por qué se llama así, pero tampoco sé a qué sabe el vino.

Eso es algo que no puedo decir. He probado unas cuantas copas y no quisiera un refresco con ese sabor.

—Tendremos que conseguirte uno —dice Seth.

No estoy seguro de querer probarlo. Además, es muy atrevido al asumir que volveremos a hablar. Solo los he conocido unos minutos. Parecen divertidos, pero no puedo pensar en que esto vaya a durar.

Me encojo de hombros y, antes de que tenga que decir más, el profesor empieza a escribir de nuevo en la pizarra.

—Y la siguiente pregunta es... —Las palabras del profesor Dennard se desvanecen.

«Concéntrate en las preguntas y sigue adelante».

Kimberly me recogió después de la escuela. No quieren que vaya en autobús ni que vuelva caminando a casa. Ninguno de ellos lo dirá, pero sé por qué. Tienen miedo de que me acosen. Lo cual es tan seguro como que Disney haga otra película de Star Wars. Solo hace falta que se corra la voz.

—¿Hiciste algún amigo? —pregunta Kimberly, tras unos lentes de sol que ocultan sus ojos azules, mientras entramos en el garaje.

¿Amigos? Yo no diría eso. Conocidos, tal vez. Imani y Seth son las únicas personas que realmente me hablaron aparte de los profesores. Oh, y el chico al que la Señora Alderman hizo que me mostrara los alrededores. No puedo olvidarme de ese bombón. ¿Cómo se llamaba? James. No. Maldita sea. ¿Cómo se llamaba? ¡Jacob! Eso es.

—Sí. —Empiezo a teclear y dejo que mi teléfono hable—. En la última clase.

—¡Eso es genial! —Me pone una mano en el hombro. Todavía me resulta extraño, pero sé que está tratando de ser una mamá. Sale del coche y yo la sigo—. ¿Tienen tu edad?

Asiento y sonrío para ella. No creo que sean realmente mis amigos. Eran simpáticos y todo eso, pero ¿amigos?

—Tendrás que contarnos sobre ellos a tu padre y a mí en la cena. ¿Y tus profesores? —Kimberly cambia de tema, pero sigue siendo raro escuchar a alguien decir «tu padre».

—Estuvieron bien. —Escribo.

Cuando Kimberly deja su bolso en la encimera de la cocina y se quita las gafas de sol, mis ojos captan un conjunto de marcos de fotos. Están en la pared del salón a través del arco. Una familia feliz. Mis nuevos padres y su hijo, Elijah. Pero él no está. Al parecer, murió de cáncer hace unos años. Creo que ahora tendría mi edad.

—¿Simplemente bien? —pregunta la señora Gray. Miro hacia atrás. Está buscando algo.

Ya dije todo lo que pensaba decir sobre mis profesores. Y técnicamente solo conocí a dos de ellos de todos modos. Llegué tarde a la escuela y mi pequeño recorrido por las instalaciones no terminó hasta el almuerzo, así que eso fue todo lo que quedó en el día. Ese chico Jacob tenía razón: las papas fritas *eran* de primera calidad.

Le dedico mi mejor sonrisa y con mis labios le digo:

—*Voy a leer.*

—Bueno. —Pone las manos en las caderas y detecto que deja escapar un pequeño suspiro—. La cena estará lista a eso de las seis.

—*Okey* —digo y me dirijo a mi habitación.

Mi habitación. Esta vez es mía de verdad. No es algo temporal, otro lugar para preguntarme cuánto tiempo me voy a quedar. Al menos eso es lo que me digo a mí mismo.

Mis *posters* cuelgan en las paredes, con arrugas y todo, también hay unos cuantos nuevos que me regalaron los Gray antes de mudarme. Desde *Jurassic Park* hasta *Alien*. Pasando por Taylor Swift, Ariana Grande, Troye Sivan y, por supuesto, el póster gigante de *Maze Runner* con Dylan O'Brien colgado sobre la cama. Mis fotos de Myylo y Chris Pine están clavadas encima de mi pequeño escritorio, arrugadas de tanto doblarlas y moverlas. La enorme almohada de *Jurassic Park* que me regalaron los Gray está tirada en la cama.

De verdad espero que esto dure.

JACOB

—Haremos otro *cover* pronto, ¿verdad? —pregunta Ian, mientras cruzamos la calle desde el estacionamiento para los estudiantes de último año.

—Sí, claro —digo distraído, inspeccionando el camino hacia la entrada de la escuela.

—Deberíamos hacer algo más pesado esta vez. —Continúa Ian—. Un temazo. Podríamos lograrlo. ¿Tal vez algo de *Death Punch*?

—¿Qué? —Vuelvo a prestarle atención. ¿De qué demonios está hablando?—. ¿Punch?

—Sí, *Five Fingers*. —Me mira como si fuera un idiota mientras el rey de la palidez nos conduce a través de la entrada de la escuela y hacia el primer piso—. Ya sabes. La banda.

—Oh, sí. Claro —digo. «Presta atención, Jacob. Deja de buscar entre la multitud al chico lindo que probablemente piensa que eres un idiota de todos modos».

—Emm, de acuerdo. —Sorprendentemente no me cuestiona.

Nos abrimos paso entre la multitud, trazando una especie de laberinto hacia el ala de Matemáticas y Ciencias. Hay mucha gente, demasiada. El corredor está abarrotado, y lo odio.

—¿Qué tal *Remember Everything*? —lanzo la primera canción que se me viene a la mente.

—Dije pesado, esa es la canción más tranquila que tienen. —se queja Ian—. ¿Dónde tienes la cabeza?

—Aquí —digo, pero la verdad es que estuve pensando en Skylar desde ayer, cuando me separé de él en el almuerzo.

—Entonces, ¿cómo es que *Remember Everything* es pesada para ti? —pregunta Ian.

—Quiero decir, no lo es. Yo...

—Exacto, no lo es. ¿Qué tal *Never enough*? —pregunta Ian.

Lo miro con incredulidad. Es decir, no apestamos, pero eso podría ser mucho para nosotros.

—¿Estás seguro de eso? —Hago una mueca—. ¿Crees que Ted puede cantar esa canción? Yo solo hago los coros, así que puedo con eso, pero...

—¡Claro que puede! Y de verdad quiero hacer ese redoble asesino. —Ian está prácticamente saltando por el pasillo.

—Lo que sea. Mándale un mensaje a Ted —le digo—. Pero la próxima le daremos a mi...

—¡Eso es lo que él dijo! —Ian suelta.

Aprieto los ojos durante un breve segundo y frunzo los labios. Estamos en medio del corredor. Podría matarlo ahora mismo. Y la verdad es que no tiene sentido, pero así es Ian. Por ejemplo, desde que salí del *closet* durante el verano, aprovecha cada oportunidad que tiene para cambiar alguna *ella* por *él*. Se cree que es genial.

—¿Qué? —Simulo pegarle un puñetazo en el hombro.

—Bueno, sí, fue un chiste malo —admite. Luego, sus ojos se abren como si hubiera tenido una epifanía cuando pasamos por los tableros de anuncios y hay una pareja prácticamente cogiendo detrás de un pilar—. ¡Pero así fue! ¿Sabes? Dijo que la próxima vez te tocará recibir. ¿Entiendes? *Le daremos a tu...*

—Para. Solo para —susurro enojado. Ian se encoge de hombros. Creo que ya dijo demasiado—. Sabes demasiado sobre ser gay para ser un chico *heterosexual*.

—Por tu culpa. —Pone los ojos en blanco.

Resoplo.

—Pues *no* es mi culpa. —Le recuerdo y luego hago una tontería—. ¿Viste al chico nuevo?

—¿Chico nuevo? —Ian parece desconcertado.

—Sí, un muchacho bajito, no puede hablar —lo describo de la forma más concisa que puedo—. Lo trasladaron ayer. ¿No te conté que me hicieron mostrarle el lugar?

Ian mira hacia arriba, lo cual es peligroso en esta multitud, y luego vuelve a mirarme.

—Tal vez... Espera, sí. Creo que está en mi clase de Cívica. Y sí, lo hiciste. Es al que llamaste tonto, ¿no? Todavía no lo vi.

Eso es lo que recuerda. Resoplo y asiento con la cabeza.

—¿Por qué? —Ian me mira.

¿Por qué? No estaba pensando en llevar la conversación tan lejos y no creo querer hablar de esto. Es una estupidez. No puedo contarle a Ian cada vez que me enamoro de un chico lindo. Por eso soy un perdedor.

Ian me mira con expectativa.

—¡Ted! —Grito cuando el flacucho de casi dos metros que se acaba de convertir en mi chivo expiatorio aparece doblando la esquina. Pone los ojos en blanco. No se llama Ted, sino Eric. Es una broma interna. Lo odia, pero somos nosotros, así que lo acepta—. Ian quiere hacer una canción de *Five Fingers*.

Ian me mira de reojo, pero deja de hacerlo cuando Eric chasquea la lengua.

—¿Cuál? —pregunta.

—*Never enough* —dice Ian.

—Dios, nunca una fácil ¿no? —Eric niega con la cabeza.

—¿Qué gracia tiene hacer algo fácil? —Ian se encoge de hombros.

—Yo me encargo de la música esta noche —les digo. Normalmente soy yo quien prepara todo. Eric es el cerebro y la voz e Ian básicamente se limita a tocar la batería. Bueno, hace más que eso, pero no le daré más crédito.

—Genial. —Eric me da un falso puñetazo en el brazo y se va en la otra dirección—. El timbre está a punto de sonar, tengo que irme. Nos vemos en la tercera.

Le hago la señal de paz y salgo con Ian hacia nuestra primera clase. Solo falta una para ver a Skylar.

SKYLAR

Casi me había olvidado de Jacob. Tal vez olvidar no es la palabra correcta, pero no pensé que me encontraría con él de nuevo, no tan pronto.

Me equivoqué. Pero igual me sorprendió cuando lo encontré de pie, con *nada* más que unos bonitos calzoncillos de color mostaza, mientras se subía las calzas.

—¿Te gusta la escuela hasta ahora? —me pregunta Jacob. Es lo primero que me dice desde que llegué a clase y volvemos a estar en el vestuario faltando un minuto para que suene el timbre.

Dejo la camisa que estaba intentando ponerme y tomo el teléfono.

—Si, no está mal. —Las palabras de Siri se escabullen por las rendijas de la puerta del cambiador hacia el vestuario principal donde está Jacob. Me niego a cambiarme donde él pueda verme. Lo último que necesito es mirarlo por accidente y que piense que lo estoy comiendo con los ojos.

Me pongo la camisa, asegurándome de que cuelgue por encima de los vaqueros. Todavía no me atreví a ponerme una falda. Me coloco la ropa de baile sobre el brazo y abro la puerta del cambiador. Bien, Jacob ya está vestido. Todo de negro otra vez.

—Bien —dice y se echa la mochila al hombro.

Nos quedamos en silencio. Sonrío torpemente, busco en mi teléfono el código de mi casillero y meto mi ropa de baile dentro justo cuando suena el timbre.

—Bueno, hasta luego —dice Jacob detrás de mí, cuando me doy la vuelta, ya no está.

¿Por qué fue tan incómodo? ¡Agh!

Sacudo la cabeza y me pongo la mochila antes de salir. Un minuto después estoy en la cafetería. Las voces resuenan en las paredes y el chirrido de las zapatillas deportivas sobre el piso me golpea los oídos. Mientras camino recibo las miradas habituales. Bien por mí. Ya se corrió la voz.

Ya saben que el chico nuevo no puede hablar, o tal vez piensan que soy sordo. Eso ocurre a menudo. Los ignoro, me concentro en mi bandeja, en el surtido de hamburguesas y sándwiches de pollo embolsados individualmente y luego en la bandeja de papas fritas calientes. Puedo sentir los ojos sobre mí. No importa lo acostumbrado que esté a eso, todavía me molesta.

Al final de la fila, pago y me dirijo a las mesas. Solo necesito encontrar una vacía, o quizá una de las grandes con un asiento vacío alejado del resto de sus ocupantes.

—¡Skylar! —gritan mi nombre desde algún lugar entre las mesas.

Mi instinto es cambiar de rumbo, alejarme de la voz. Probablemente sea un grupo de chicas que quieren burlarse de mí, o peor aún, los humanitarios que creen que tienen que *acoger al pobre discapacitado*. La verdad, prefiero que me pateen.

—¡Skylar! —Es la misma voz, pero más cerca. Espera, conozco esa voz.

Muevo la cabeza lo suficiente para mirar en la dirección en la que viene. Es ella. No recuerdo su nombre, pero es ella. La chica wicca. Me detengo. Pero... ¿por qué? ¿Por qué me detengo?

—Ven a sentarte con nosotres —dice girando frente a mí, con esos rulos negros rebotando por todas partes.

Mi mente trabaja a mil por hora, gritando «no, corre» y «claro, vete con ella» y «eh, no sé»; todo al mismo tiempo. Miro alrededor de la habitación y todos los ojos están fijos en mí. Confundidos, irritados, juzgando. Solo quiero alejarme de esto así que, sin pensarlo más, asiento con la cabeza.

—Genial. —Ella asiente y empieza a caminar. La sigo, devolviendo las miradas de desaprobación.

—Perdón por todos ellos —dice su amigo cuando llegamos a la mesa, haciendo una mueca con los labios para demostrar que lo entiende. Lo dudo seriamente—. La gente es estúpida.

—Sí, ¿cuál es su problema? —La chica wicca lo mira, luego observa con rencor al resto de la cafetería.

No necesito su ayuda. Quiero decirles eso y seguir mi camino, pero me parece muy grosero alejarme de las únicas dos personas de la sala que no me miran como si fuera un bicho raro.

—No necesitaba que me salvaras —dice Siri por mí.

—¿Quién dijo algo de salvarte? —Me mira como si estuviera loco.

—Por supuesto que no necesitabas que te salven —dice el chico. Es alto. Incluso sentado, su cabeza sobresale por lo menos quince centímetros por encima de nosotros—. Solo pensé que te vendrían bien un par de amigos.

Resoplo y aflojo los hombros. «Okey, cálmate, Skylar». Quizá no lo necesitaba, pero no hay nada malo en que alguien intente ayudar un poco.

—Tal vez —dice por mí la voz británica de Siri.

—Sí, tenemos que permanecer juntos. Hay algunes *verdaderes* imbéciles por aquí que viven de hacer sentir miserable a la gente como nosotres.

¿Gente como nosotros? No estoy seguro de entender lo que está diciendo. No son como yo. Y ahora me pregunto qué demonios les pasa.

—Marginades, *nerds*, frikis. —Es como si me hubiera leído la mente. Por otra parte, me han dicho que mi cara es un poco expresiva—. ¿Entiendes?

—*Sí*—digo con los labios.

Salvo que la mayoría de las veces, incluso a los marginados y a los raros les va mejor que a mí. Pero ¿qué los convierte *a ellos* en marginados? Oh, claro. Él es un *nerd* lector, con lo que puedo coincidir, y ella es wicca.

—Puedes quedarte con nosotros —sugiere el chico—. No somos los más populares, ¡pero somos divertidos! Especialmente si te gustan las cosas nerds y detestas a los imbéciles.

Entendido. Puedo hacerlo. Si alguna vez vieran mi nueva habitación, confirmarían la parte de nerd. Y yo diría que lo último es obvio.

—*¿Ustedes siempre están juntos?* —Muevo los labios.

—¿Lo repetirías? —pregunta la chica.

Tengo que volver a preguntarles sus nombres, pero me parece una grosería. Esta vez muevo los labios más despacio.

—*¿Siempre están juntos?*

—Oh, sí. —Ella sonríe.

—Básicamente —gruñe él y ella le pega en el brazo desde el otro lado de la mesa—. ¿Por qué demonios fue eso?

Él le dedica una sonrisa picarona que me hace dudar.

—Por ser una perra —dice ella y se dirige a mí—. Pero es mi perra. Bastante molesto, pero te acostumbras.

—Lo mismo digo. —Seth se encoge de hombros—. Pero estoy empezando a dudarlo.

La chica pone los ojos en blanco y se gira para mirarme.

—Entonces, ¿cuál es tu historia?

—Lo siento, ¿cómo se llamaban? —pregunta Siri mientras entrecierro los ojos por la vergüenza.

—No pasa nada. —Ella se acomoda en su asiento—. Soy Imani, y él es...

—Seth. Soy Seth —la interrumpe.

Dejo que una fina sonrisa se deslice por mi cara. Estos dos andan en algo más.

—¿Y cuál es tu historia? —Imani vuelve a preguntar.

—¿*Mi historia?* —digo con los labios. Sé lo que quieren decir, pero no quiero entrar en ello. Van a tener que conformarse con lo que recibieron ayer en clase.

—Sí. Dijiste que venías de Vermont. ¿Por qué te mudaste? —Seth contesta.

Miro hacia abajo, moviendo los dedos sobre mi bandeja. Abro la boca y dejo que mis labios vuelvan a hablar.

—*Una larga historia. Quizás en otro momento.*

Hay una ligera pausa, pero Imani no la deja pasar mucho tiempo.

—Está bien. Cuando estés preparade. —Ella sonríe.

Levanto la vista y capto a Jacob entre todos los rostros. Su pelo blanco es imposible de pasar por alto. Es como un imán para mis ojos y también lo es su cara. Hay otro chico sentado en su mesa que es igual de pálido que él. Creo que lo vi ayer, en mi tercera clase. Me revuelvo el cerebro en busca de un nombre, pero no lo recuerdo. ¿Por qué soy tan malo con los nombres?

—¿Saben algo de Jacob? —Escribo y dejo que Siri pregunte, antes de dejar que mi mente procese la estupidez que acabo de hacer. Van a querer saber por qué quiero saberlo. O tal vez no.

—¿Qué Jacob? —pregunta Imani.

No se me pasó por la cabeza que pudiera haber más de uno. Empiezo a teclear y Siri se pone en marcha:

— No sé su apellido. Pelo blanco. Algo pálido.

—Jacob Walters. —Imani mira a Seth y luego a mí con una sonrisa. No estoy muy seguro de por qué—. Está en el último año. Creo que es más *nerd* de lo que parece. Aunque venga con ese estilo desaliñado. Él y sus amigos, Ian —Imani se gira para encontrar su mesa y señala al chico pálido que se sienta con él— y Eric tienen una especie de banda de *covers* de rock. No recuerdo cómo se llaman, pero son buenos.

—No solo buenos, son muy buenos —contesta Seth—. Hacen otros estilos también.

Me encojo de hombros. El rock no es mi estilo favorito. ¿Pero tiene una banda? No sé si pensar que es genial o escalofriante.

—Depende —dice Imani. Mira a Jacob y suspira—. Sin embargo, rompió muchos corazones durante el verano y se puso un gran blanco en la espalda. Pobrecite.

Inclino la cabeza. ¿Qué demonios hizo? ¿Rayó el auto de algún tipo rico? ¿Robó alguna novia? Me lo imagino robándoles el corazón. ¿O llamó a alguien de alguna manera estúpida? Por la forma en que dijo estupideces en nuestro recorrido, no sería raro.

—Salió del *closet* justo después de que la escuela terminara el semestre pasado. —Imani suspira y Seth pone los ojos en blanco y se deja caer contra su silla—. Es guapísimo. Muchas chicas se habían fijado en él. Ahora se volvieron unas perras con él sin motivo.

—¿*Es gay?* —digo, sin poder ocultar la sorpresa en mis ojos. Es imposible. Está demasiado bueno. Normalmente los chicos a los que no puedo dejar de mirar son heterosexuales.

—Sí. —Seth pone su silla peligrosamente en dos patas y la deja caer al suelo con un ruido seco.

Me muerdo el labio y sonrío. «Basta, eso no significa que él sea una opción. Recuerda lo que dijo cuando te vio por primera vez. "Oh, ¿como un tonto?"». A pesar de eso, mi mente se llena de posibilidades. «Es decir, es muy lindo, pero dejando eso de lado, no va a ir a por el chico defectuoso y bajito. Así que para».

—Está soltere. —Imani me mira con orgullo.

—¿Y qué? —digo lo más rápido que puedo.

—Me refiero a que... está disponible. —Imani sonríe mucho, inclinándose más cerca.

La idea me produce un cosquilleo en la columna vertebral y me trago un nudo imaginario en la garganta. ¿Es tan evidente que soy gay?

—¿Quieres que los presente? —me pregunta con emoción en su voz.

¡Espera!

—Oh, muchacho. —Seth sacude la cabeza, sus ojos transmiten lástima.

—¡No! —Gesticulo con la boca—. *Ya lo conocí.* —Disminuyo la velocidad para que pueda seguir mis labios. Ahora mismo estoy demasiado exaltado, o tal vez preocupado—. *Hicieron que me mostrara el lugar cuando llegué ayer.*

—Ah, ¿sí? —Imani saca su lengua para burlarme.

La ignoro, negando con la cabeza, pero tengo una sonrisa incontrolable.

—¿Es gay o bi? —pregunta Seth.

—Gay, definitivamente gay —dice Imani, lo que no debería, pero hace que mi corazón salte, aunque bi hubiera sido igual de increíble. Luego rompe el hielo—. Por si no te diste cuenta, aquí no pasa nada si no eres heterosexual. Yo soy pan. Seth es *heterosexualito*, pero le perdoné eso hace unos años. Sin embargo, no quiero asumir tu sexualidad, ni tu género.

Ella me mira. Intenta no preguntar, pero sigue esperando que yo rellene el hueco. Normalmente me siento como si me estuvieran arrastrando a una trampa, a un juego cruel, pero de alguna manera esto no se siente como tal, lo cual es desconcertante.

—*Soy gay*—les digo. Definitivamente no me gustan las chicas. Sin ánimo de ofender, pero no me gustan. Ojalá me gustaran. Los chicos son basura. ¿Y ella es pan? Eso es genial.

—¿Cuáles son tus pronombres? —indaga, pero me gusta.

—*Él, el*—digo.

—¡Genial! Yo soy *ella, la* y Seth es una perra —dice Imani casualmente sin romper el contacto visual.

—Estoy aquí —suspira Seth. Sin inmutar la cara de Imani.

—Así que tenemos la G y el *más*, todavía no hay B, L, T* —ríe Imani—. Yo sería la L, pero algunos chicos y chiques son demasiado deliciosos.

La expresión de mi cara hace evidente que estoy confundido.

—La mafia del alfabeto. LGBTQ+ —explica ella—: Tú eres la G, ya sabes, gay. Yo soy el más, porque soy pan y no hay una P.

---

* N. de la T.: En Estados Unidos, es usual referirse al sándwich de tocino, lechuga y tomate como BLT (bacon, lettuce and tomato). En este caso, Imani hace un juego de palabras con ese acrónimo y LGBTQ+.

Parece satisfecha de sí misma.

—Parece que no estoy invitado al club —bromea Seth—. Pero estoy para ustedes.

—Es bueno —ríe Imani—. Mi *heterosexualito* favorito.

Suena el timbre y estoy a punto de levantarme. Es un instinto cuando uno suele sentarse solo. Pero me detengo.

—¿Qué clase tienes ahora? —Seth pregunta y se levanta.

—Cívica —digo con la boca, pero recibo miradas vacías, así que lo escribo y dejo que Siri lo diga.

—*Cívica*. Profesora Moyer.

—Que emocionante —se burla Seth—. Mejor que matemática.

—*Buena suerte* —le digo y estoy a punto de volver a mi casillero cuando Imani habla.

—¿Quieres venir con nosotres por la mañana?

Seth le lanza una mirada interrogativa y se encoge de hombros.

—*Kimberly me trae* —digo con la boca antes de darme cuenta de lo lamentable que suena.

—Podrías venir con nosotres, sería divertido —dice—. ¡Seth puede pasar a buscarnos a les dos!

No quiero decir simplemente que no. Este tipo de cosas no es normal para mí. La gente no *quiere* estar conmigo y, cuando lo hacen, suelen tener otros motivos. Pero estos dos, no parecen pertenecer a la mayoría.

—*Lo pensaré* —digo y asiento con la cabeza antes de despedirme.

JACOB

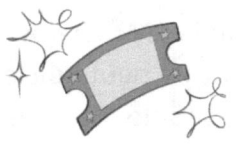

—Me voy, Zara —grito, escabulléndome tras el mostrador de dulces. El cine no estuvo tan lleno esta noche y, por algún milagro, los baños no quedaron hechos un asco esta vez.

Doy la vuelta a la esquina y me dirijo al estacionamiento que está junto al Instituto de Investigación. Llevo viviendo aquí toda mi vida, incluso antes de que existiera, y aún no tengo ni idea que es lo que *investigan*. Lo único que sé es que se trata de un extenso campus, con enormes y decorados edificios de ladrillo que ocupan la mitad del centro de Kannapolis.

No estamos en el campo exactamente, pero, después de las once, no es el lugar más concurrido. No estamos en el medio de la nada, pero tampoco lo llamaría suburbio.

La noche está tranquila y el cielo despejado. Incluso con las farolas iluminando el camino hacia el Camry dorado de mamá, puedo distinguir la mayoría de las estrellas más allá de la luna llena. Luego está el verdadero espectáculo: un cometa. Lleva una semana ahí arriba, más o menos, y esta noche está especialmente brillante. Ty dice que está casi en su punto más cercano. Y, maldita sea, es genial.

Abro el coche y me pongo al volante. Es una mierda tener que conducir el coche de mi mamá. Además de las miradas burlonas en el estacionamiento del colegio, es frustrante no saber si estará disponible cuando lo necesito. Esa sensación molesta de que estoy atascado aquí.

Compruebo mis mensajes antes de arrancar.

> **Ian:**
> ¿Jugamos *Red Dead* esta noche?

Le envío el emoji que se encoge de hombros. Luego hay un *Snap* de Tyler, mi amigo de Instagram a distancia, que se convirtió en compañero de *gayming online* el año pasado.

Lo abro. Una foto de su cara sonriente, sus grandes ojos verdes y el pelo negro desalineado llena la pantalla. En la parte inferior escribió: «Lo conseguí. Aidan y yo volvimos a estar juntos».

Levanto mi teléfono, me hago una foto sonriendo y escribo rápido: «¿Estás seguro esta vez? ¡Es broma! Felicidades».

Reproduzco mi lista de música y dejo caer el teléfono en el portavasos. Un ritmo profundo me hace olvidar todo, mientras pongo el coche en marcha y atravieso la ciudad. Mi casa está a pocos minutos del trabajo, así que no tardo en llegar a mi calle, pero paso por el frente y dejo que empiece otra canción. No estoy listo para entrar. Las luces de la cocina están encendidas, así que probablemente papá aún esté levantado. Sé que mamá lo está, es un búho nocturno, lo es desde que yo era un niño, pero si papá está levantado probablemente esté trabajando en alguna basura de la campaña y *no* quiero oírlo.

No solía ser así. No solía temer volver a casa. Quiero decir, tal vez no es miedo. Es que... no sé. Siempre quiero retrasarlo. Me siento diferente con ellos ahora, con papá y mamá, pero sobre todo con papá. Pongo los ojos en blanco cuando lo pienso. Nada debería haber cambiado, nada. Pero sabía que lo haría. Por eso estaba tan asustado cuando se los conté, cuando les confesé mi verdad.

Incluso lo llamé así, *mi verdad*. Y no, no fue mejor que cuando les dije claramente que era gay. Me dieron un sermón. Papá me dijo:

—Esa no es tu verdad, Jacob. La verdad no depende de tus sentimientos o de lo confundido que estés. La verdad nunca cambia.

No entendió las palabras y ninguna explicación le habría hecho cambiar de opinión, como tampoco lo hará ahora. No puedo ni explicar lo mucho que quería que escuchara, lo mucho que necesitaba que entendiera. Pero él no podía, no puede, entender que por fin soy yo, el verdadero yo, no quien aparenté ser estos últimos años. Ese era una mentira. Este, lo que soy ahora, aunque a veces me sienta jodido, es mi verdadero yo.

La música para y vuelvo al presente. Manejé por unas cuantas calles laterales que no tenía intención de recorrer, así que doy una vuelta en U y retomo el camino mientras la música vuelve a sonar. Me gusta escuchar cosas deprimentes cuando me siento así, deprimido.

Un minuto más tarde, estaciono en la acera. Me quedo en el asiento, mirando hacia la puerta. La cocina está al otro lado y también papá. Suelto un gran suspiro y salgo.

Cuando abro la puerta, papá está en la mesa de la cocina. Está rebuscando entre montones de papeles, echando un vistazo a su portátil a través de sus anteojos, la misma que le enseñé a usar el año pasado; como el *smartphone*, que también tuve que explicarle hace unos meses, y el nuevo control remoto de la televisión. Más cosas de la campaña. No es por juzgar, pero no lo necesitamos a él como nuestro próximo congresista.

Fuerzo una sonrisa y dejo atrás un rápido «hola» mientras intento llegar a la sala sin que me detenga. Seguro que mamá estará viendo alguna repetición de esos programas de decoración. Probablemente esté planeando la próxima remodelación.

El sonido de una sierra o algo que rechina me invade los oídos, a esta hora seguro que es de la televisión. Sacudo la cabeza y una verdadera sonrisa cruza mis labios. Es tan predecible. Pero antes de que pueda cruzar el umbral, mi padre me llama.

—Jacob. —Su voz es áspera como siempre. Tiene ese tono que pone cuando tiene una pregunta técnica; distante y confuso. Probablemente estuvo esperando toda la noche solo para hacerme esa pregunta. Pongo los ojos en blanco. Juro que es para lo único que me necesita.

—¿Sí? —Me detengo.

—¿Cómo hago que esto...? —Señala la pantalla, buscando la palabra que, supongo, describe lo que sea que está haciendo—. ¿Cómo se llama?

Contengo las ganas de suspirar y camino alrededor de la vieja mesa de madera. Ha pertenecido a la familia durante varias generaciones y es lo suficientemente grande como para que se sienten ocho personas cómodamente, aunque en realidad solo necesitamos espacio para seis. Tiene un documento de Word en la pantalla.

—¿Word? ¿Un documento? —le pregunto, dándole algunas opciones.

—¿Es solo un documento? ¿Se le dice documento o se le dice *word*? —pregunta, desvirtuando totalmente su verdadero nombre.

—Ambas, pero a nadie le importa —digo. A veces puede ser muy detallista y, con la preparación de su comité exploratorio durante el último mes, está sobrepasado.

—Bien, ¿cómo le envío esto al pastor Spencer? —Su cabeza calva brilla bajo la luz de la cocina, acentuando el pelo canoso justo por encima de las orejas y a lo largo de la nuca.

Momentos como este son tan fortalecedores como infernales. Podría arruinarle todo esto y llevarlo al caos, pero eventualmente se daría cuenta y yo terminaría castigado. Pero, por otro lado, es insoportable que todo el tiempo necesite ayuda con *cada pequeña cosa*. No quiero involucrarme en esta campaña, en absoluto. Ni siquiera como soporte técnico.

—Solo tienes que ir a tu correo electrónico —señalo el icono que le preparé hace tiempo— y enviárselo.

Hace clic en el icono y deja escapar un suspiro antes de iniciar un nuevo correo electrónico. Parece que tiene dominada esta parte. Incluso pulsa el botón de adjuntar como si supiera lo que está haciendo, pero ahí vuelve a sentirse perdido.

—Pero ¿dónde está? Tengo que enviar estas declaraciones de posición para que el pastor las revise antes de enviárselas a Toby.

¿No sabe dónde lo guardó? Otra vez. Sacudo la cabeza y señalo la pantalla, tocando donde necesito que haga clic.

—Ve aquí y aquí. Bien, ahora...

Me detiene cuando pensé que ya habíamos llegado a la ubicación del archivo.

—¿Por qué tienes las uñas negras? —Queda boquiabierto.

Suspiro. Ya ni siquiera es miedo, es irritación. Sabía que esto iba a pasar. Era cuestión de tiempo para que se diera cuenta. Las pinté el domingo por la noche después de la iglesia, antes de acostarme. Sé que no le gusta. Bueno, me quedo corto con que *no le gusta*, pero *a mí* me gusta.

—¿Porque *quería*? —Arrastro las palabras en forma de pregunta con mi voz de *¿tienes que preguntar?* que, en retrospectiva, no es la mejor opción.

—Jacob. —Se sienta erguido y su voz se vuelve severa—. Ya hablamos de esto.

—Lo sé. —Y realmente lo sé. No es la primera vez que me pinto las uñas, que es «solo para chicas»—. Pero no tiene nada de malo. Esta vez no voy a desistir. Lo hago demasiado. Y es tan estúpido. Son *mis* malditas uñas. No creo que a Dios le importe si les pongo un poco de color.

—Sí, lo hay. No está bien que un hombre se pinte las uñas. Hay cosas que las mujeres hacen que los hombres no deben hacer, al igual que hay cosas que los hombres hacen que las mujeres no deben hacer —explica.

—No lo creo —digo sin realmente pensarlo. Dios, debería haber mantenido la boca cerrada.

—Está en la biblia, Jacob. Los hombres deben ser masculinos y audaces, no femeninos. —Señala mis manos con disgusto, repitiendo esa tontería sexista—. Asegúrate de sacarte eso antes de irte a la cama. Fin de la discusión.

—Sí, señor —respondo automáticamente, aunque en realidad quisiera soltar un «lo que sea». Lo hice *una vez* cuando tenía once años y fue la peor paliza que recibí. «Uno por cada año de vida», había dicho.

Lucho contra el impulso de resoplar, no necesito que también comente sobre mi *respiración* y alargue aún más la situación. En lugar de eso, me escapo a la sala. Mamá me sonríe con complicidad. Hay días en los que no estoy seguro de si está de acuerdo con todo lo que él dice y otros en los que estoy seguro de que sí. Es confuso, como ahora. No estoy seguro de si es solo por lástima, ya que soy un marica y están convencidos de que voy a ir al infierno, o porque sabe que estoy irritado y que papá es demasiado dogmático. Pero nunca pregunto para averiguarlo.

—Hola, mamá. —Saludo con la cabeza y sigo caminando.

—Hola. —Su voz es tranquila y suave—. ¿Cómo te fue en el trabajo?

—Fue... ¿trabajo? —Me encojo de hombros.

Sonríe y niega con la cabeza y sus largos rizos castaños rebotan sobre sus hombros. Se me quita un poco de tensión del pecho. La quiero, aunque no me entienda. Creo que simplemente no sabe cómo estar en desacuerdo con papá y convivir con él.

—Trabajas en un cine, no puede ser tan malo —canturrea.

—Es que a veces es aburrido. —No me molesto en mencionar al estúpido de Connor. Yo puedo llamarme marica a mí mismo todo el día, pero que lo haga otra persona, sabiendo *cómo* lo dice, y en público, mientras yo estoy atrapado en ese trabajo sin poder decir nada, es exasperante. Todavía no puedo hablar con ella de ese tipo de cosas porque significaría compadecerse de mi *pecado*.

—Así es trabajar. —Ella sonríe y yo le devuelvo la sonrisa.

—Estoy cansado. Buenas noches. Te quiero —le digo y me voy a mi habitación, un poco mejor de lo que estaba hace un minuto.

Abro la puerta y la cierro de golpe antes de caer en la cama. En el suelo, junto al armario, hay una pila de ropa limpia que ayer mamá me dijo que doblara. Mi pequeño intento de escritorio está a los pies de la cama, contra la pared; con mi portátil, el mismo que papá me confiscó durante dos meses después de declararme gay, porque descubrió que lo usaba para ver porno, y mi guitarra apoyada en el soporte. Una estantería ocupa la pared contigua.

Mi colección era mayor el año pasado, pero en la iglesia hubo una quema de libros *impíos*, así que todos mis libros de Dean Koontz y Michael Crichton tuvieron que desaparecer solo por el lenguaje, sin contar el sexo y la evolución.

Le doy vida a mi teléfono y chequeo las notificaciones. *Snaps* y mensajes de Ian y Ty principalmente, y un texto de Rebekah, mi hermana. Lo leo. Quiere saber si me gustan Conner o Layton como nombres para niño. Está embarazada y aún no saben el sexo, pero ya lo están planeando.

No me importa si deletrea Conner con una E o una O como el imbécil de la escuela, no pienso votar por Conner. Layton era el nombre de nuestro abuelo, así que lo entiendo, pero no es realmente el nombre que yo escogería. Suena antiguo.

> **Jacob:**
> Si son solo esas dos opciones, Layton. ¿Qué tal Brennan?

Brennan es mi segundo nombre. Creo que sonaría bien, pero estoy noventa y nueve por ciento seguro de que no va a escogerlo, justo por esa razón.

SKYLAR

Creo que la cagué.

—¿Te pasarán a buscar? —Kimberly deja de secar un plato de vidrio. Hay un toque de preocupación en su tono.

Asiento con la cabeza y hago un gesto con la boca.

—Sí.

Lo que no digo es que desearía haberle dicho a Seth que no me recogiera esta mañana. Anoche luché contra eso en mi cabeza. ¿Por qué quieren que vaya con ellos? ¿Por qué quieren ser mis amigos? ¿Están planeando dejarme en la carretera en algún lugar como broma?

Probablemente sea mejor evitarlos, no involucrarse. Pero ¿y si no son como los demás? ¿Y si tal vez son buenas personas? Ese es el problema: todo el mundo apesta.

Anoche, antes de dormirme, me dije que le enviaría un mensaje a Seth por la mañana para decirle que no viniera, ya que trato de no usar mi teléfono una vez que estoy en la cama y ya estaba bajo las sábanas. Hoy olvidé de enviarle un mensaje temprano, así que ahora estoy atrapado.

También dejé preparada mi falda de cuadros blancos y negros en mi escritorio antes de irme a la cama. Es la única que tengo que todavía me queda bien. Pero tampoco me la puse esta mañana. Así que eso deja el marcador en Ansiedad 2, Skylar 0.

—¿Con quién irás? —Kimberly vuelve a limpiar el plato.

—Seth e Imani —dejo que Siri le responda.

—Oh, tus amigos de... Sociología, ¿verdad? —Kimberly se gira para enfrentarme y se apoya en la encimera de la cocina.

«Amigos» es demasiado.

Yo no quería hablar de ellos, pero ella insistía en saber de mis *amigos*, aunque nunca los llamé de ese modo. Así es como ella los llama. Tiene la gran idea de que voy a encontrar gente con quienes llevarme bien y que no me apuñalarán por la espalda. Es una idea muy bonita, así que la entretuve y le hablé de ellos.

—Parecen buenos. —Se acerca, abandonando la encimera de la cocina, y pone sus manos sobre mis hombros—. Necesitas relajarte.

¿Relajarme? La miro con ojos curiosos y ella sonríe. Es una sonrisa cálida y de las que te desarman. Luego miro rápido hacia otro lado.

—¿Quién conduce? —Kimberly pregunta.

—Seth —dice Siri.

—¿Cuánto tiempo lleva conduciendo? —sigue.

Me encojo de hombros. Ni que lo supiera.

—¿Qué edad tiene? —Empieza a sonar como un interrogatorio.

¿Qué era eso de relajarse?

—¿*Dieciséis?* —le digo con los labios.

Mi teléfono suena. Gracias a Dios. Es Imani.

Imani:
Estamos afuera.

Miro a Kimberly y con los labios le digo que me tengo que ir y le señalo la puerta de entrada por si acaso no entendió. Agarro mi mochila de camino al comedor, mientras aprieto y suelto los puños para liberar la tensión que se acumula en mi pecho y mis hombros.

—¡Diviértete! Saluda a Seth y a Imani de mi parte. Y tengan cuidado —me dice mientras salgo por la puerta principal. Me doy la vuelta y me despido con la mano.

Hay un viejo Jetta blanco en la entrada que no estaba allí antes. Si Imani no estuviera ya colgada por la ventanilla del copiloto gritando, podría preguntarme quién es.

—¡Sky! —grita—. ¡Buenos días!

Perdón, pero nadie debería estar así de alegre tan temprano.

Levanto la mano y saludo con todo el entusiasmo de un caballo que acaba de recorrer todo el Sahara. Seth me descubre. Sus ojos van de Imani a mí, negando con la cabeza.

—Buenas —gruñe.

Abro la puerta trasera y tiro la mochila en el asiento antes de entrar.

—¡Buenos días, señora Gray! —Imani grita.

¿Eh? Miro por encima de mi hombro y Kimberly está saludando desde el porche.

—Buenos días, Imani —responde, por un momento me pregunto cómo Kimberly supo su nombre. Luego recuerdo nuestra conversación, mientras ella añade otro nombre al saludo—. Seth.

—¡Buenos días! —Seth grita por la ventana y luego me mira—. ¿Sabe mi nombre?

Imani mira hacia atrás y sonríe.

—¿Le hablaste a tu mamá de nosotres?

Juro que está a punto de trepar por el asiento y pellizcarme las mejillas. ¿*Mamá*? Sigue sonando tan raro.

Me encojo de hombros. Ella preguntó. ¿Qué iba a hacer?, ¿mentir y decirle que nadie me habló?, ¿que estos dos no se desvivieron por saludarme?

Seth suspira y retrocede para salir de la calzada. Imani sigue hablando. Empiezo a presentir que esto no termina acá.

—Bueno, todas las mañanas vamos por café. —Imani se acomoda en su asiento—. Es...

—No todas las mañanas. —Seth me mira por el espejo retrovisor y pone los ojos en blanco.

—... un pequeño lugar de la ciudad. Ah, y también es una pequeña y bonita librería. Es tan adorable. Te gustan los libros, ¿verdad?

Asiento frenéticamente. Su entusiasmo es casi embriagador. Aunque por la mirada de Seth, parece que uno se acostumbra.

—¿Cómo te gusta el café?, ¿ solo?, ¿con hielo?, ¿*frappe*? —Me mira como si la respuesta fuera importante.

Dejo la boca abierta, como si pudiera salir algo, y me encojo de hombros. Café no era algo que nos dieran en el orfanato y ninguna de mis familias de acogida lo ofrecía. Así que no lo sé realmente.

—¿No lo sabes? —Está incrédula. Como si hubiera derrumbado todo su mundo.

Empiezo a teclear, la lectura de labios no me va a llevar muy lejos conduciendo por una calle llena de baches y con barreras de construcción a los lados de la carretera.

—No lo sé. Nunca probé uno. ¿Qué pides tú? ¿Y por qué toda esta construcción? —dice Siri.

—No estoy muy segure. Papá dice que un gran promotor vino y compró la mayor parte del centro. Están trabajando ya hace un tiempo. —Imani frunce el ceño, como si hubiera sido una molestia. Luego se recompone—. Mi favorite es el café helado. Me encanta el *caramel macchiato.*

—Básica —es lo primero que dice Seth desde que interrumpió antes. Me sonríe a través del espejo.

—Y con orgullo. —Imani mueve la cabeza de la forma más atrevida posible.

Tomamos la siguiente calle a la izquierda y Seth estaciona en la parte trasera de una pequeña casa blanca. Ante nosotros hay un gran cartel en blanco y negro que dice *Cafetería Ediciones & Tienda de Libros Usados*. Hay algo inmediatamente acogedor en el lugar, aunque no puedo decir qué.

Es un edificio pequeño y pintoresco. Cuando entramos, es aún mejor. Es encantador y realista, con muchos colores neutros, marrones, grises y blancos, estanterías de madera pintadas de blanco y el aroma del café en el aire.

—Buenos días, Imani, Seth —dice una mujer desde el mostrador. Es regordeta, casi de mi altura y tiene el pelo de un color verde intenso. Supongo que está en sus treinta, quizás veintitantos. El tono de sus «buenos días» indica que lleva aquí toda la vida.

—¡Hola, Tina! —responde Imani y me arrastra hasta la caja registradora.

—Tina —Seth saluda con la cabeza.

—¿Quién es este bombón? ¿El novio? —pregunta la mujer, que ahora conozco como Tina, mirándome con una sonrisa. Ya tengo la impresión de que podría ser muy divertida. Hay algo travieso en ella.

—Nop —ríe Imani—. Él es Skylar. Es nuestro nuevo amigo de la escuela.

—Encantada de conocerte, Skylar —me saluda Tina.

—Encantado de conocerte. —Tecleo y dejo que Siri se lo diga. La expresión de su cara lo dice todo.

—No puede hablar —explica Seth.

—Su teléfono lo hace por él —adhiere Imani—. Es genial, ¿no?

Eso es algo que nunca oí antes. ¿Ella cree que es genial que mi teléfono hable por mí?

—Mmm... Creo que está bien. —Tina me sonríe y asiente—. Bueno, ¿qué les preparo?

Unos minutos después salimos con las bebidas en la mano. Terminé con un *frappe* que Tina llamó un *Brebaje para brujas*, que parece un nombre demasiado *halloweenesco* para una bebida en pleno agosto. Pero ella dijo que es básicamente un *frappe* de caramelo salado. Creo que, para ser mi primer café, está bastante bien.

—¡Ah! ¿Qué tipo de música te gusta? —pregunta Seth antes de abrir su coche y subir—. Me olvidé de preguntar.

Mi mente florece de emoción. Hay algunos artistas que me encantan. O bueno, tal vez *algunos* no sea exacto, una tonelada más bien. ¿Pero qué tipo? Eso es difícil. Lo único que no escucho es rap o country.

—Me gusta el pop, un poco de rock punk , lo que sea que esté en la radio en realidad —traduce Siri mientras sigo escribiendo—. Mi favorito es Myylo. Su estilo es raro, pero es muy bueno. ¡Y es gay! Luego están Taylor Swift, Halsey y Troye Sivan.

—¡Ooh! Halsey y Troye. —Imani me lanza una mirada emocionada esquivando la cabecera del asiento—. ¡Me encantan!

—Eh... creo que tengo algo de Halsey. —Analiza Seth mientras su dedo se desliza sobre su teléfono—. Sí, aquí vamos.

Now or Never suena por los altavoces mientras Seth da marcha atrás y se dirige a la carretera.

—¿Qué tal The Weeknd? ¿Ariana Grande? —Imani empieza a interrogarme.

Me encanta Ariana, quiero decir, ¿a qué persona que se respete a sí misma no le gusta Ariana? Asiento con la cabeza, pero escribo un mensaje para que no se me malinterprete.

—¡Sí! ¡La amo! No conozco al otro.

Para cuando me salen las palabras, Seth está entrando en el estacionamiento de la escuela y buscando un lugar. Veo uno libre justo delante, pero Seth debe tener los ojos puestos en otro porque lo pasa de largo.

—Voy a cambiar eso —dice Imani, sonriendo.

—Lo siento mucho —se disculpa Seth. Yo sonrío, con el estómago temblando por la risa que no van a escuchar.

—Cállate, perra. —Imani le da una palmada en el hombro.

Niego con la cabeza y mis ojos se posan en Jacob en la acera. Está caminando con el mismo chico con el que almorzó ayer. Antes de que desvíe la mirada, aparece un chico alto de pelo castaño con una musculosa azul marino y lo empuja. No oigo lo que pasa, pero por las miradas que ponen, no le están haciendo un cumplido a la camiseta negra y abotonada de Jacob.

—Dios, no otra vez —gruñe Imani.

¿Otra vez?

JACOB

Ahí es cuando lo veo. Bueno, los veo. Blake y Bexley, la pareja indomable y poderosa, en todos los sentidos. Él es la estrella del equipo de baloncesto, ella es la capitana del equipo de voleibol. Él es el prototipo masculino de pelo castaño, ojos verdes y aspecto de modelo. Ella tiene el andar de modelo femenina, aunque sea demasiado baja, además del acento británico heredado de su familia. Hablando de familia, los dos son ricos y unos *auténticos* imbéciles. Están hechos el uno para el otro.

—¿Cuál es tu problema? —grito una vez que recobro el equilibrio. Otros podrían acobardarse, pero que yo sea un blanco fácil no significa que lo haga.

—Tú —gruñe Blake—. Estás en mi camino.

—Entonces mira por dónde vas, idiota.

Puedo sentir a Ian mirándome fijo. Probablemente me esté suplicando que me calle, pero no quiero averiguarlo.

—Jac... —dice Ian, pero la voz de Blake gruñe sobre la suya.

—¿Quién diablos te crees que eres?

—¡El que no te tiene miedo, ese soy! —grito.

Me lo imagino dando un paso atrás, confundido y sorprendido por la contestación. Lo veo buscando apoyo y no encontrándolo, el típico matón que siempre necesita la validación de todos los que le rodean. Pero *todo* está en mi cabeza. En lugar de eso, sus labios forman una sonrisa maliciosa y sus ojos se entrecierran.

—¡Vete a la mierda, marica! —Se precipita hacia delante, las manos abiertas dirigidas hacia mí.

Intento esquivarlo, pero soy demasiado lento. Sus palmas conectan con mis hombros y mi cuerpo cae hacia atrás como una maldita muñeca de trapo. Mi trasero golpea primero la acera. Luego, mi espalda y mis codos golpean el hormigón, y el dolor grita a través de mis extremidades.

Yo chillo. Dios, ¡literalmente chillo!

—Quédate ahí. —Blake escupe en mi dirección, sin acertar, y luego rodea a Bexley con un brazo y se va. Su paso me hace hervir la sangre y el pulso me hace subir el dolor por las venas con más fuerza.

—¿De verdad, Jacob? —Ian me ofrece su mano y me ayuda a ponerme de pie. Me mira como si fuera un estúpido.

—De verdad. —Pongo los ojos en blanco. Dios, los odio. ¿En serio no tienen nada mejor que hacer?

—Estás sangrando —dice Ian como si fuera algo cotidiano.

Levanto el brazo y, efectivamente, me sale sangre del codo, por debajo de la manga. No es tan grave, solo un rasguño. Menos mal que voy de negro.

—¿Dije ya lo mucho que los odio? —pregunto, sacudiendo la cabeza y tosiendo—. Porque los odio.

—Al menos dos veces esta semana. —Ian sonríe—. Solo tiene miedo de que le vayas a robar a Bexley.

Miro a Ian. Definitivamente es algo que él diría porque no tiene sentido.

—¿De verdad? ¿Robarme a Bexley? —Me río—. ¿Eso es lo mejor que tienes?

SKYLAR

—Es un placer conocerte, Skylar. Espero verte el próximo domingo. —El pastor me da la mano.

No es lo que me imagino cuando pienso en un pastor. No es viejo, ni tiene barba, ni es severo. *Podría* tener unos cuarenta años y ni una sola vez, durante el servicio, se mostró enfadado o mezquino detrás del pequeño púlpito de madera.

Lo saludo con la cabeza y sigo a Bob y a Kimberly por la puerta doble, hacia la lluvia. Bob abre un paraguas para Kimberly y yo abro el mío. Llueve a cántaros. El agua corre por el borde de la acera y se acumula en los desagües, salpicando mis zapatos y mojando mis calcetines. El paraguas no ayuda mucho antes de que salte al asiento trasero.

—¿Qué te pareció? —Bob se gira en su asiento.

Conocen mis recelos hacia la iglesia. Mi experiencia ha sido menos que asombrosa, por decirlo de alguna manera. Mis últimos padres adoptivos, los Grant, eran *muy* religiosos. Durante el año que estuve con ellos, fuimos a todos los servicios: El domingo por la mañana, el domingo por la noche y el miércoles por la noche, además de cualquier otra cosa que se celebrara. Ese fue también el año en que salí del *closet*. No sé por qué elegí ese momento. Lo sabía desde hacía un año antes de quedarme con ellos, quizá más. Pero fue allí cuando lo hice. Mala elección.

Al principio querían que fuera a terapia con su pastor. Cuando el estado no se los permitió, se limitaron a regañarme todos los días. Me hacían sentarme y leer la Biblia durante una hora, las partes que dicen que soy una *abominación*, y el camino de los romanos sobre cómo iba a morir e ir al infierno *porque soy* una *abominación*, a menos que cambiara. Cada vez que tenían la oportunidad de usar un insulto, la aprovechaban. Cada vez que salía algo gay en la televisión, se quejaban. Finalmente, conseguí que la señora Johnson, mi agente de Servicios Familiares, me sacara del hogar por abuso.

Así que, sí. Mi idea de la iglesia y la religión no es lo que se podría llamar buena. Honestamente, no sé lo que realmente pienso de Dios. Lo odiaba mientras estaba con los Grant. Cada segundo él era la raíz de mis problemas, mi dolor. Cada día pensaba que si no fuese por él la gente no sería tan mala. No tratarían de cambiarme. Tal vez intentarían entenderme.

Pero esta iglesia parece agradable. Quiero decir, la música es anticuada y aburrida, pero la gente es agradable. Si así es como Dios quería que fuera, entonces tal vez no sea tan malo después de todo.

—Estuvo bien —dejo que Siri responda. Criticaré la música en otro momento.

Kimberly me sentó hace unos días para hablar de ello antes de ir. Parece que la pianista es lesbiana y hay algunas parejas *gay* en la congregación. Lo confirmé hoy. Solo tuve que mirar a la gente sentada en los bancos para encontrarlos. Efectivamente, allí estaban; un tipo bajito y rubio junto a otro moreno, igual de bajito, con rasgos largos y flacos, y el brazo colgado sobre el hombro del otro. Maridos. Aquí, en la iglesia.

—Bien. —Kimberly sonríe mientras el coche se aleja, con la lluvia cayendo sobre el parabrisas—. Te dije que no era tan malo.

Asiento con la cabeza. No sé qué tipo de iglesia era, no me fijé en el cartel y nadie me lo dijo. ¿Una buena, tal vez?

—¿El pastor siempre se viste así? —Es la pregunta que me ronda la cabeza desde que se levantó a predicar.

Estoy acostumbrado a que se vistan de punta en blanco. Traje y corbata, pantalones de vestir, pelo perfectamente peinado. Pero este pastor, eh... el pastor Dane, llevaba una camiseta blanca sin corbata y unos vaqueros.

—Más o menos. A veces lleva corbata, pero normalmente no —dice Kimberly—. Es un ambiente relajado. Creemos que lo que importa es el corazón, no la vestimenta.

Lo pienso y empiezo a escribir.

—El pastor de los Grants decía que la forma de vestir refleja nuestra dedicación a Dios. Siempre llevaba traje y corbata. Pero él era malo.

—La forma en que nos vestimos puede decir muchas cosas sobre nosotros —dice Bob y hace una pausa para evaluar sus palabras—. Pero creo que cuando le damos demasiada importancia, se convierte en un espectáculo, en una máscara. Si no tenemos cuidado, ocultará quiénes somos realmente, incluso de nosotros mismos, al igual que puede mostrar quiénes somos. Por eso no usamos ese tipo de ropa. No nos ponemos una máscara para Dios, nos acercamos a él tal y como somos.

Eso sí tiene sentido. Lo que llevamos puesto no es tan importante. Es lo que hay en el interior.

—Me gusta eso.

—Oh, antes de que me olvide. —Kimberly habla, interrumpiendo el momento—. Tu padre y yo te vamos a organizar una fiesta de cumpleaños para tus dieciséis.

Sus ojos brillan como si *ella* se hubiera sacado la lotería, pero creo que me la saqué yo. ¿Una fiesta de cumpleaños? ¿Para mí? No recuerdo la última vez que tuve mi propia fiesta de cumpleaños. Realmente no lo recuerdo.

—Queremos que invites a tus amigos —continúa Bob con naturalidad, como si Kimberly no acabara de cambiar totalmente el tema.

Sigo mirándolos con una cara que les ruega que me digan que es una broma. ¿Amigos? ¿Qué amigos? Supongo que Imani y Seth. Todavía se siente extraño que en realidad haya alguien a quien tal vez, solo tal vez, llamaría amigo. Y son dos. ¿Y voy a tener una fiesta de cumpleaños? ¿Qué está pasando?

—¿*De verdad?* —digo con los labios, demasiado extasiado para escribir. Asienten con entusiasmo, aunque Bob mantiene la vista en la carretera.

—Tu cumpleaños es el viernes, así que lo celebraremos entonces. —Me recuerda. Casi me había olvidado de que ya estaba cerca. Nunca me importó mucho—. Invita a tus amigos y avísanos quién viene, para que tengamos suficiente comida.

No puedo creer que esto esté sucediendo.

JACOB

No sé si son los cuerpos constantemente empapados de sudor o el propio edificio, pero el gimnasio auxiliar siempre apesta.

Eso es lo que se me pasa por la cabeza en el vestuario, ya que la situación es más incómoda que la mierda. Tengo que pensar en algo. Que Skylar no hable la hace más rara. Intenté hablar con él un poco la semana pasada, pero tiene que sacar su teléfono, y no sé, pero me parece un poco grosero obligarlo a hacer eso mientras se está cambiando. A ver... es lindo, así que quiero hablar con él, pero también estoy un poco nervioso. Lo cual no es propio de mí.

Tiene un aire inocente y, honestamente, un culo que pondría celoso a cualquiera. Las calzas no ayudan nada. Me alegro de que, por lo general, estoy delante de él en la clase. Si no, me distraería todo el tiempo.

Sigo preguntándome cómo será no hablar. Por ejemplo, ahora mismo, el silencio me está volviendo loco. No puedo ni imaginar lo que debe ser no poder hablar. Eso es un tormento.

—¿De verdad estás en una banda? —me pregunta una voz británica. Me giro para ver quién es. Guau, okey. Es Skylar. Obviamente.

Está en uno de los cambiadores. Creo que se siente raro cambiándose delante de los demás. A mí me pasaba, sobre todo antes de salir del armario. Era como si todos los chicos de la sala supieran que era gay, incluso cuando no lo sabían. Sentía que, si miraba remotamente a alguien, me darían una paliza. Pero Skylar, no estoy seguro de por qué lo hace, y no es algo que piense preguntar.

—Eh, sí. —Me encojo de hombros.

Siri vuelve con otra pregunta.

—¿Tú y tus amigos?

—Sí, empezamos en primer año, se llama *The Nevermore* —le digo, tratando de ser breve y conciso. ¿Cómo se enteró de eso? «No te preocupes».

Me encojo de hombros y permito que el silencio regrese.

—¿Qué tipo de banda? —Sigue con las preguntas mientras me pongo unos vaqueros negros.

—Una banda de *covers*, básicamente. Una especie de fusión emo rock con un poco de pop de vez en cuando —explico.

No tenemos canciones propias, aunque lo intenté el año pasado. No funcionó demasiado bien. Me topé con bloqueos mentales. Creo que Eric tiene algunas canciones, pero nada que hayamos intentado.

—Genial —dice Siri por encima de la puerta del cambiador y se vuelve a hacer el silencio.

Medio minuto después oigo el clic del pestillo y sus pisadas en el suelo. Me pongo la camiseta y me giro para decirle adiós, me imagino se está yen...

Me tambaleo. A ver, no es algo malo, es súper malditamente adorable, pero es *lo* último que me esperaba.

—E...E...Em —tartamudeo.

Skylar está de pie frente a las gavetas, con una camiseta de cuello blanco, bajo una camisa negra de manga larga, y una adorable falda de cuadros blancos y negros que le cuelga justo por encima de las rodillas. Mis ojos se clavan en la parte del muslo que asoma bajo el dobladillo antes de volver a levantar la mirada.

Sonríe nerviosamente. No sé si es por la forma en que mi estúpido ser lo miró o si está tratando de evaluar cuán mala es la idea de usar una falda. Probablemente no sea la mejor idea, aunque le quede bien.

—No llevabas... eh... eso antes. —Es lo único que se me ocurre decir aparte de «Dios, te ves bien», que es lo último que diría. Mis brazos y mis dedos se balancean erráticamente, señalando la falda, como si él no supiera que está en su cuerpo.

Levanta su teléfono. Ni siquiera había notado que lo tenía en la mano.

—La traje conmigo —explica Siri. Es a la vez inquietante y genial cómo me mira, con la boca inmóvil, mientras sus palabras son pronunciadas—. No estaba seguro de cómo reaccionaría la gente, y no quería que Bob o Kimberly me disuadieran.

Eso tiene sentido. No conozco a sus padres, asumo que son Bob y Kimberly, pero la parte de *la gente*, sí. La gente de aquí van a hacerse el día con esto, de la manera *menos* maravillosa posible.

—Sí. No estoy seguro de que te vaya a gustar esa parte —le digo. Estoy siendo sincero—. Pero *a mí* me gusta.

Sí, no debería haber dicho eso último. Ni siquiera creo que sepa que soy gay, pero dudo que él lo sea... Oh, espera. ¿Lo es? Quiero decir, lleva una falda. Espera, no. Eso no significa nada. ¿Pero podría? No. Solo estoy exagerando la situación.

Sonríe, mira al suelo y empieza a decir algo. Sus labios se mueven, pero yo, que soy patético, no puedo leerlos. Niego con la cabeza, confundido.

—Uh... Lo siento, pero no puedo leer los labios. ¿Recuerdas?

Forma una gran O con la boca y empieza a teclear.

—Mala mía —dice su teléfono—. ¿Qué dirán los directivos?

Buena pregunta. Muchos de los profesores son progresistas. Si el noventa y cinco por ciento del Departamento de Inglés no saliera a *comprarle* una falda, sinceramente me sorprendería.

—No lo sé —le digo—. Creo que deberías preocuparte más por los estudiantes.

Aprieta los labios y resopla. Me imagino las miradas que va a recibir. O es realmente estúpido, o tiene nervios de acero bajo esa sonrisita discreta.

SKYLAR

Se diría que soy una superestrella por la forma en que las chicas de la fila del almuerzo susurran y me miran fijo mientras lleno mi plato con papas fritas. Juro que todos los ojos están puestos en mí.

Jacob tenía razón. Esto va a ser duro.

El drama comenzó en el momento en que sonó el timbre. Creo que nunca oí tantos «¿Qué mierda...?» en un lapso de cinco minutos en mi vida, la mayoría de ellos no estaban destinados a que los oyera, mientras que otros sí, querían que lo haga. Al menos no asumen que soy sordo. Algo positivo, ¿no?

Los insultos y silbidos cubiertos de sarcasmo tampoco fallaron. Ahora no es solo lo de *chico robot*, que empezó el viernes y se puso de moda. Imagino que ya empezaron los rumores de que soy gay, lo cual es un poco gracioso, ya que está claro que lo soy.

Pero admito que reconsideré ponerme esta falda cientos de veces. Es una estupidez. No debería ser tanto problema. Solo espero que este pueblo no sea tan atrasado como para que me linchen antes de que termine el día. Este tipo de cosas no estaban mal vistas en Vermont, al menos en las escuelas, o tal vez hacía demasiado frío la mayor parte del tiempo como para querer llevar falda.

«Ignoralos», me digo a mí mismo, arrastrando los pies hacia la cajera al final de la fila y pagando mi almuerzo. Incluso ella me mira de forma extraña cuando me da el cambio, con el ceño fruncido en señal de desaprobación.

Para ser justos, algunas chicas me felicitaron por la elección. Parece que la tela escocesa blanca y negra fue una buena idea, como si tuviera otra cosa que ponerme. Hasta hubo un chico bastante atractivo que me susurró en el pasillo que era lindo, aunque sin mirarme. Así que eso estuvo bien.

«Concéntrate, Skylar. Concéntrate en tu objetivo. Tienes que invitar a Imani y a Seth a tu fiesta». Incluso eso es raro. Voy a hacer una fiesta de cumpleaños, de verdad, con globos y torta. Y voy a invitar a amigos. Es mucho ahora mismo. No estoy seguro de qué es más sorprendente: tener una fiesta de cumpleaños o tener gente a la que creo que, tal vez, pueda llamar amigos.

Estoy a punto de descubrirlo. El hecho de ser el nuevo y extraño estudiante transferido no les preocupaba. El hecho de que soy defectuoso y no puedo hablar no les molestó. Descubrir que soy gay ni siquiera se registró en la escala de *shock*. Pero tal vez el hecho de que lleve puesta una falda sea elevar la vara muy alto. Siempre acabo encontrando ese límite. No es que lo esté buscando, aunque no suele llevarme tanto tiempo hallarlo.

—¿Qué mier...? —grita un tipo alto y rubio con una camiseta de DC y *shorts* color caqui. Oh, mira, incluso los *nerds* se suman a las burlas.

—¿También es marica? —grita otra persona para que toda la cafetería pueda oírlo. Luego llega un «las faldas son para las chicas, maricón» y «alguien es un poco gay», como si fuera algo malo.

Respiro profundo. Yo puedo llamarme a mí mismo todas esas cosas, y otros como yo también, no importa. Incluso es divertido. Pero cuando es alguien como estos imbéciles, diciéndolo con tanto asco, me sube por la columna vertebral como una tarántula. Se mete en lo más profundo de mis huesos y se instala, carcomiendo desde dentro. Recuerdo que el pastor, en el norte, me dijo que ese sentimiento es mi conciencia diciéndome que estoy pecando, que en mi interior sé que está mal y es repugnante ser gay. Pero no es eso. No es eso en absoluto.

No soy la persona más valiente, ni mucho menos, pero quizá lo que más necesito es un poco de coraje estúpido. Al menos eso es lo que me digo cada vez que decido ponerme una falda. Es una estupidez. Es algo pequeño. No importa a gran escala. Pero sí importa.

—Maldición, el chico robot es un bonito maricón. —Una voz ronca persigue mis oídos. No debería, pero me giro e inmediatamente se me cae el alma a los pies. Es él. El imbécil que intimidó a Jacob en el estacionamiento. Blake, creo que así lo llamó Imani.

Me doy vuelta y sigo caminando. No pienso detenerme por él. A unas cuantas mesas de distancia, veo a Imani y a Seth, cuyos ojos buscan entre la multitud lo que está causando todo el alboroto. Mis ojos se fijan primero en los de Seth y creo que lo nota. Se levanta de su asiento en un segundo y luego Imani. Solo faltan unos metros más.

—*Eres* marica, ¿verdad? —Blake suena orgulloso de sí mismo, como si se sintiera honrado de hacerme salir a la luz.

Sorpresa, idiota, hace años que me declaré gay.

Me detengo, de pie entre un conjunto de mesas llenas de estudiantes, y me doy vuelta para responderle encogiéndome de hombros. ¿A quién le importaría que lo sea? A nadie.

—Oh Dios, lo es —ríe su chica. ¿Bex-algo?—. Otro más. No se acaban.

—Yo apuesto a que sí —ríe Blake. Vaya, se cree que es un auténtico chistoso.

—Eso es asqueroso. —Bexley simula vomitar.

—¿Llevas algo debajo de esa falda? —La voz de Blake sale de su boca con falsa sensualidad.

Odio cada puta sílaba, cada palabra exagerada, cada segundo que su boca se mueve. Por un momento deseo que caiga muerto, aquí y ahora, y le haga un favor al mundo.

—Espero que sí —dice su chica—. No quiero confirmar que no tiene pelotas.

—Probablemente tengas razón —coincide Blake.

Al diablo con esto. No voy a quedarme aquí y soportar esto. No hay chance.

Giro, haciendo que mi falda se arremoline. Mientras lo hago, veo la mano de Blake en el borde de mi visión, yendo hacia mi falda. Pero antes de que haga contacto, otra mano se cruza en su camino y le agarra la muñeca con fuerza. Me detengo y me doy vuelta para ver quién es cuando esa persona, que definitivamente no es Seth, empieza a hablar.

—Guarda tus manos para ti, imbécil —gruñe Jacob. Los ojos verdes se clavan en Blake, pero eso no lo perturba.

—Quita tus manos *homo* de mí. —Blake se aleja. Sacude su brazo como si estuviera asqueado de que Jacob siquiera pensara en tocarlo. ¿Quién es un hipócrita?

—Entonces no lo toques —responde Jacob.

—¿Qué vas a hacer al respecto? —Blake se acerca, con el pecho hinchado a centímetros de Jacob—. ¿Eh? ¿Es tu perra o algo así? Ustedes, maricones, se cogen cualquier cosa. Y ni siquiera lo toqué.

Jacob mueve apenas los pies, molesto, mientras Seth e Imani se acercan y forman una fila entre Blake, su chica y yo.

—¿Cuál es tu problema? —Imani dice levantando las manos.

—Su pene no creció desde la primaria —responde Jacob sin romper el contacto visual con Blake. Si no fuera por la adrenalina que corre por mis venas, estoy seguro de que me estaría riendo.

Blake se mueve y empuja hacia delante, haciendo retroceder a Jacob un centímetro, pero rápidamente vuelve a ponerse firme.

—Maldito asquero...

—¿Qué está pasando aquí? —brama una voz sólida en el espacio abierto. Mis ojos se dirigen a la derecha. ¿Un profesor? Tal vez. Se abre paso hacia nosotros, con la cara larga y tensa. La parte superior de su pálida cabeza está calva, rodeada de una corona de finas canas—. Pregunté qué pasa aquí.

—Está acosando a Skylar —salta Imani antes de que Blake pueda decir algo.

Mira a Blake con una ceja levantada. El comportamiento del castaño cambia de tipo malo a inocente en un santiamén. El hombre me ve y me mira, *literalmente*, de arriba abajo, y juro que lo hace dos veces.

—¿Es eso cierto? —le pregunta a Blake.

—¡Por supuesto que no! —Blake mueve los hombros como si fuera la cosa más absurda del mundo. ¿*Bullying*? ¿*Él*? Claro que no.

—¿Perdón? —Imani se echa hacia atrás y se cruza de brazos.

—¡Intentó agarrar el cu... trasero de Skylar, entrenador Bass! —Jacob se enfrenta al hombre, que aparentemente es un entrenador. Sí. Puntos para Blake—. Eso no está bien.

—¿Blake? —El entrenador Bass mira fijo al jugador de baloncesto.

—¿En serio, entrenador? ¡Dios, no! —Blake miente, miente a cara descubierta como si fuera lo más cierto que haya dicho.

Pero lo más exasperante de todo esto es que, como siempre, me quedo dependiendo de otros para que me defiendan. Pero, *a diferencia de lo habitual*, hay gente aquí que realmente me defiende.

—Blake, hablaremos de esto durante la clase. —El entrenador Bass lo mira y le hace un gesto para que se vaya. Blake me muestra su despreciable perfecta sonrisa, justo antes de darse la vuelta y marcharse victorioso.

—¿Simplemente va a dejar que se vaya? —Imani habla ofendida.

—¿Qué esperaba cuando vino vestido así? —El entrenador Bass agita la mano delante de mí.

Mis ojos se abren de golpe. ¿Qué demonios? Imani, Seth y Jacob están pensando lo mismo por la expresión de sus caras.

—¡¿Qué?! —Imani y Jacob sueltan.

—Miren, eh... —El entrenador Bass me señala, buscando un nombre que no puedo darle.

—Skylar —Jacob dice mi nombre con tono enojado.

—¿No puede Skylar hablar por sí mismo? —Pregunta el entrenador Bass. Primero, eso es una grosería, por no hablar de esa mierda machista que acaba de soltar. Segundo, no, no puedo.

—En realidad es no verbal —dice Seth, aunque suena algo inseguro.

—¿No verbal? —Hay confusión en los ojos del entrenador.

—No puede hablar. —Los labios de Imani disparan cada palabra. Realmente se está conteniendo.

—Okey —dice, enfatizando la O—. Bueno, Skylar, voy a necesitar que te pongas algo más apropiado.

—¿Qué tiene de malo lo que lleva puesto? —Imani casi salta delante de mí. Me gusta esta chica.

—Tenemos un código de vestimenta y esto —vuelve a agitar la mano delante de mí como si yo fuera el brillante ejemplo de lo que no se debe llevar—, no está en el código de vestimenta.

—¿Por qué no? No es demasiado corto. —Imani no se rinde. Y tiene razón. Me aseguré de ello en caso de que algo así sucediera.

—Los chicos no pueden llevar faldas a la escuela —dice secamente el entrenador Bass.

—¿Quién lo dice? —pregunta Imani.

Una parte de mí quiere tocarle el hombro y decirle que está bien. No necesito que se meta en problemas por mí. A la otra parte le gusta verla enfrentarse al patriarcado.

Mis ojos se dirigen a ella, a Seth y a Jacob, que miran a Imani con los ojos muy abiertos.

—El código de vestimenta —repite el entrenador.

—Bueno, si lo hace, es un desastre —resopla Imani.

No hay ninguna mención al género en la política de la escuela. En ninguna parte, nada. Pero hay un pequeño fragmento sobre el derecho de la administración a determinar si algo está prohibido por ser *una distracción*, lo cual es una mierda total.

—Yo no hago las reglas —dice el entrenador Bass y luego fija su mirada en mí—. ¿Tienes algo más que ponerte?

No me quiero cambiar. No debería hacerlo. Resoplo y le doy mi bandeja a Seth. Él la toma, aunque parece sacudido por el hecho de que se la haya dado, y saco mi teléfono.

—Sí, pero esto no va en contra del código de vestimenta. —dejo que Siri le diga.

—Escucha, chico, no voy a discutir contigo. —El entrenador Bass vuelve a poner los ojos en blanco. Ya está harto de nosotros. En realidad, no. Creo que se hartó desde el momento en que me vio—. O te cambias a algo aceptable, puedes llamar a tus padres para que te traigan ropa si tienes que hacerlo, o estás castigado. Tú eliges.

—Esto es una locura —responde Jacob, sus ojos recorriendo todo el lugar—. ¿De verdad?

—De verdad —dice el entrenador con la mayor suavidad posible.

—Me cambiaré. —Escribo y dejo que mi teléfono hable por mí. Lo que sea. No tiene sentido que me castiguen tan pronto.

JACOB

—Esto está muy mal. —Imani no dejó de quejarse desde que Skylar se fue a cambiar—. Es *tan* sexista.

Sigo asintiendo. Lo dijo varias veces. Nunca hablé con ella ni con Seth, no estamos en el mismo grupo. Pero al verla en acción me pregunto por qué no.

—Sí, lo es —digo.

Estoy esperando a que vuelva Skylar. Lo que pasó fue una verdadera mierda y creo que necesito asegurarme de que está bien.

—¿No es un poco raro igual? —dice Ian.

—¿Raro? —Lo miro, intentando darle la oportunidad de recapacitar antes de responder. Si algo aprendí, desde que salí del armario, es que desaprender todas las *normas* infundadas lleva tiempo. Él necesita más. Incluso yo tardé en armarme de valor para pintarme las uñas.

—Ya sabes, simplemente no... —Ian se detiene en seco y plantea una pregunta en su lugar—. Quiero decir, tú no te pondrías una, ¿verdad?

Los ojos de Imani me abofetean, radiantes de expectación. Los evito y miro a la entrada del baño donde Skylar se está cambiando. No sé por qué me importa. El chico es heterosexual.

Llevar una falda no significa nada, incluso si muy en el fondo lo estoy dudando...

Debería irme.

—Tal vez, no lo sé. No es lo mío. —No voy a mentir, se me pasó por la cabeza antes, pero no creo que me vea bien con un vestido. Otros, sin embargo, sí—. Pero me gusta ver a un chico lindo con falda.

Ian y Seth me miran sorprendidos. Imani está prácticamente regocijada. Apuesto a que su mente se está volviendo loca en este momento, de repente me doy cuenta de por qué.

—No estoy diciendo que Skylar, solo... ya sabes... en general. —Corto el entusiasmo. Claro que a él le queda muy lindo, pero no quise insinuar nada. Es decir... maldición, chicos.

—Pero ¿tal vez? —Imani me mira de reojo y sonríe con ganas.

—Eso no es lo que dije. —Lucho contra el impulso de toser, poniendo el dedo en el aire como si eso ayudara a aclarar el asunto.

—¿Y por qué te quedas aquí? —Se pasa la lengua entre los dientes brillantes—. ¿Eh?

Hago una pausa para no soltar una estupidez. *No* es lo que ella insinúa. Skylar estaba siendo acosado y odio esa mierda. Ya lidio con ello lo suficiente como para no quedarme de brazos cruzados y ver cómo se lo hacen a otro. Eso es todo.

—Solo quiero asegurarme de que está bien. Esos tipos son unos imbéciles. —Me encojo de hombros.

—Ajá... —No deja de sonreír.

Ian sigue a mi derecha, mirando divertido, poco convencido. Le hago *fuck you* y se ríe. Todos lo hacen.

Se hace el silencio en nuestro pequeño grupo en el borde de la cafetería por un momento. Nadie sabe qué más decir, así que nos miramos incómodamente mientras esperamos. Compruebo la entrada del baño un par de veces más, pero todavía no hay señal de Skylar.

Imani rompe el silencio.

—Escuché que tu padre se presentará al Congreso o algo así —dice.

Por favor, dejen de recordármelo.

—Sí —resoplo.

—No pareces entusiasmado —comenta Seth.

—¿Conociste a su padre? —Ian me señala.

—No es tan malo —digo—. Realmente no quiero hablar de eso. Ya es bastante molesto que se presente.

—Entiendo —dice Imani y realmente lo deja estar.

Es lo único que oigo en casa y hoy todo el mundo me preguntó por él.

En el límite de mi visión, Skylar sale finalmente del baño, de nuevo con sus pantalones cortos negros. Entrecierra los ojos cuando me ve de pie con los demás. Sí, debería haberme ido.

—Lo siento, Sky —dice Imani—. Eso fue una basura verdaderamente sexista. Y sé que no está en el código de vestimenta.

Skylar se encoge de hombros y dice algo que no puedo entender, pero supongo que ella sí.

—Ves, no está en el código de vestimenta. —Ella frunce los labios asegurando su conocimiento.

—¿Estás bien? —Me abro paso.

Asiente y sonríe, pero sus ojos se desvían.

—Lo siento por eso —me disculpo, aunque no haya sido mi culpa. Se merece una disculpa y sé que nunca la recibirá de la gente que debería—. Blake es lo peor. Y Bexley...

—Dios, Bexley es una perra —dice Imani por encima de mí. Sonrío.

—Aunque *sexy* —Ian opina.

—Son tal para cual —digo, poniendo los ojos en blanco al comentario de Ian.

Skylar se encoge de hombros y exhala un fuerte suspiro. Supongo que eso es más fácil que teclear.

—Son horribles. Se alimentan de hacernos la vida imposible. —dice Seth. Casi había olvidado que estaba aquí. Es tan tranquilo, por no hablar de su delgadez. Casi me hace parecer fornido.

Pero tiene razón. La costra en mi codo es una prueba de ello.

—Bueno, eh... solo mantente fuera de su camino y deberías estar bien —digo, pero no sé por qué. Eso no va a funcionar. Juro que Blake tiene olfato para encontrarnos—. Nos vemos luego.

SKYLAR

—¿Trabajas en la pista de bolos? —Siri pregunta por mí.

—Sí —dice Seth, con los ojos en la carretera.

Puedo ver mi casa unas cuantas calzadas más adelante. Pero no puedo saber si hay alguien en casa. A diferencia de la mitad de nuestros vecinos, nosotros usamos el garaje.

—Empezó el año pasado —dice Imani.

—No, no lo hice. —Seth hace una mueca—. No cumplí los dieciséis años hasta enero. Empecé en marzo.

Imani me mira entre los asientos delanteros, con los labios apretados y los ojos muy abiertos.

—Mala mía —dice ella—. Parece que fue hace tanto.

Me río... bueno, sonrío y hago una pantomima. Sin embargo, siento que se me olvida algo. Es uno de esos sentimientos molestos. Del tipo que te corroe la mente. Como si supieras que había algo que debías hacer, o tal vez no hacer, pero ¿qué? Dios, lo odio.

—Bueno, no fue tanto —dice Seth mientras entra en la calzada de mi casa.

Salgo, pero antes de arrancar a caminar recuerdo lo que quería mencionar. Mi fiesta de cumpleaños. Se supone que tengo que invitarlos. Me doy la vuelta y golpeo la parte trasera del coche de Seth antes de que pueda arrancar. Se suponía que esto iba a ocurrir en el almuerzo. Iba a pedirles entonces, pero con todo lo que pasó, y con Jacob sentado con nosotros después, fracasé.

Sí, Jacob se sentó con nosotros. Fue raro.

—¿Estás bien? —Seth baja la ventanilla.

Imani, sin ninguna percepción del espacio personal, se extiende por el coche sobre el regazo de Seth y saca la cabeza por la ventanilla junto a él. Él la mira divertido y resopla.

Empiezo a decirles con mis labios, pero me detengo.

—Mi cumpleaños es el viernes —zumba mi teléfono con un cero por ciento del entusiasmo y el temor simultáneos que siento. ¿Y si dicen que no?—. Voy a hacer una fiesta. ¿Quieren venir?

—¡Sí! ¡Sí! ¡Sí! —Imani grita. El sonido es casi ensordecedor para los oídos. Pobre Seth.

—Uh... —Seth se sacude la explosión ocurrida en su tímpano—. ¡Sí!

—*Gracias* —muevo los labios y digo con señas sin pensar. Con eso saludo, sin poder dejar de sonreír, y corro hacia adentro.

¡Dijeron que sí!

Quiero decírselo a Kimberly, pero salgo disparado hacia el pasillo y empiezo a subir las escaleras, por si acaso llamaron del colegio. Entonces me invaden los pensamientos negativos: probablemente decidirán que no quieren venir antes del viernes, hay tiempo de sobra para eso, y lo más probable es que también dejen de hablarme directamente para entonces. ¿Y si Kimberly y Bob odian que lleve falda a la escuela? Se comportaron bien al respecto, pero los Grants también parecían estar bien antes de que tuviera que mudarme con ellos.

Bajo la velocidad de mis pasos, dando cada uno con cuidado. Creo que oigo a Kimberly en la cocina. Solo unos pocos pasos más y estaré a salvo en mi habitación.

—Skylar. —Mi nombre viene a buscarme. Me congelo, con los hombros caídos—. ¿Eres tú?

Es una pregunta extraña para hacerla desde dos habitaciones de distancia. No puedo responder. Y si no era yo, ¿realmente quieres estar gritando?

De todos modos, vuelvo a bajar las escaleras, suspirando con la esperanza de que esto salga bien. Ella se encuentra conmigo a mitad de camino, yo le dedico una media sonrisa de culpabilidad. Sería un mentiroso horrible. No dijo nada y ya me estoy quebrando.

—La escuela llamó. —Se apoya en la gran puerta junto a uno de sus árboles falsos. Me explicó cuando llegué que quería tener plantas en la casa, pero mató todo lo que trajo, así que ahora todo es de plástico. No me muevo. Tal vez se trataba de otra cosa—. Dicen que hoy te pusiste una falda para ir al colegio. Pensé que tenías puestos esos pantalones cortos cuando te fuiste.

¿Qué digo? No voy a mentir, no tiene sentido.

—*Lo siento. No sabía si me dejarían.* —Me llevo la mano al pecho y le pido perdón con señas, moviendo la boca al mismo tiempo.

—Skylar —su voz es dulce pero teñida de decepción—, por supuesto que te habríamos dejado.

—*¿No estás enfadada?*

—No, bobo —ríe Kimberly. Se acerca y me pone una mano en el hombro. Una parte de mí quiere escapar de debajo de su palma, pero no lo hago. Tengo que acostumbrarme a esto—. No tienes que ocultarnos eso. Sin embargo, a tu escuela no le hace mucha gracia.

—*Me di cuenta.* —Me encojo de hombros, apartando un mechón marrón rebelde de mis ojos—. *¿Qué dijeron?*

Siento que me estoy entrometiendo al preguntar, pero lo hago de todos modos.

—Solo que no estaba «en línea con el código de vestimenta de la escuela». —Lanza unas comillas en el aire y produce una falsa voz autoritaria—. Les dije que estaban equivocados. Pero están usando esa pequeña parte del código sobre «causar distracciones».

Básicamente, les da rienda suelta para decidir que cualquier cosa esté en contra de las normas, sin que el código sea abiertamente sexista.

—Les dije que no es una «distracción» y que, si te hacen cambiar de nuevo, hablarán con nuestro abogado. —La sonrisa en su voz se vuelve traviesa.

—¿Qué?

—Sí. Que lo intenten —insiste—. Por supuesto, tenemos que conseguir un abogado primero, pero ellos no lo saben.

No sé qué decir. Esta no es la respuesta que esperaba. Quiero decir, sabía que en general no les molestaba, pero ¿esto? Es increíble.

—Dicho esto. —Me quita la mano del hombro y levanta el dedo índice—. Trata de no llevar falda por una semana. Así nos das a tu padre y a mí algo de tiempo para hablar con un abogado y resolver las cosas por si acaso.

Creo que puedo hacerlo. Una semana no está mal. Asiento con fuerza. Puedo hacerlo.

—¡*Gracias!* —Aunque, ¿eso fue todo lo que dijeron? ¿Mencionaron a...

Me detengo. No. No quiero hablar de ese imbécil. ¿Por qué saqué el tema?

—¿Si mencionaron qué? —Kimberly pregunta.

—*Nada* —respondo.

No es nada.

SKYLAR

¿Por qué está Jacob en nuestra mesa otra vez?

Me detengo en medio del comedor cuando lo veo. Ya estoy recibiendo suficientes miradas y no necesito más, así que empiezo a moverme de nuevo.

—¡Sky! —Imani grita, sobresaltando a Seth, cuando todavía estoy a dos mesas de distancia.

Sonrío y lanzo una mirada rápida. Le sonrío a Jacob e Ian antes de dejar mi bandeja en la mesa. Me devuelven dos tenues sonrisas. Los entiendo, tomo el asiento junto a Seth, que queda entre Ian y yo.

—¿No hay falda hoy? —Imani se queja, como si fuera una gran decepción.

Niego con la cabeza. Lo que *quiero* saber es por qué Jacob e Ian están sentados con nosotros. Claro, todos somos marginados, pero ellos son un tipo diferente de marginados. Nosotros somos los *nerds*, los chicos raros. Pero Jacob, y tal vez Ian —todavía no estoy muy seguro, ya que no parece del tipo oscuro— son más... rockeros *eboy* marginados. Son del tipo que la mayoría de la gente ve como diferente, pero siguen siendo geniales, como si estuviera de moda. *Nosotros* no estamos de moda.

—Así que sí, esta noche vamos a apropiarnos de ella —dice Ian, continuando lo que se estaba diciendo antes de que yo llegara.

—Genial. —Seth asiente con la cabeza.

¿De qué se van a apropiar? ¿Una moto? ¿La bebida de alguien? Probablemente no. Eso suena ilegal.

—De una canción, vamos a hacer un *cover* esta noche. —Jacob debe haber visto la confusión en mi cara—. ¿Five Fingers Death Punch?

Entrecierro los ojos. Más confusión. ¿*Five Fingers* de qué?

—Es una banda, una banda *realmente* genial. —Ian se inclina sobre la mesa.

—*¿Sabes quiénes son?* —le digo a Seth con los labios. Ian y Jacob parecen tan confundidos ahora como lo estaba yo hace un segundo.

—No —admite Seth.

Ya me imaginaba.

«Puede que no te conozca desde hace años, pero estuve en tu coche lo suficiente como para saber que no conoces *ninguna* de las bandas que tocan Jacob e Ian».

—Yo tampoco. —Imani levanta la mano en señal de derrota.

—¿Ninguno de ustedes? —Jacob pregunta.

Sacudo la cabeza. Supongo que es rock porque no tengo ni idea.

—Son tan buenos. —Jacob se desarma en su silla—. Tendrán que escuchar nuestra versión. Estará en YouTube.

Me está mirando, casi como si *solo* me hablara a mí, y Dios, me gusta y lo odio al mismo tiempo. Pero no puedo hacer contacto visual así, no con él. Es demasiado atractivo. Demasiado *sexy* para estar sentado con nosotros. Ese pelo blanco y esos ojos verdes brillantes. Es demasiado para esta mesa.

Le echo una mirada rápida para decir:
—*Puede ser. ¿Cuál es tu canal de YouTube?*
Entrecierra los ojos y hace una mueca.
—Lo siento, no te entendí.
Cierto. No sabe leer los labios.
—Dijo que puede ser. Y cuál es tu YouTube —traduce Imani y luego me guiña un ojo.
—Si me envías un mensaje, puedo enviarte un enlace —sugiere Jacob.
—¿Te doy su número? —Imani mira a Jacob. Supongo que mi opinión no cuenta en esto.
—Ya tiene el mío —dice Jacob.
Imani me dirige la mirada y levanta una ceja, frunciendo los labios de forma acusadora.
¿Qué? ¿Tengo su número?
—Te lo di cuando llegaste, ¿recuerdas? —Inclina la cabeza.
Mis labios forman una O.
—*Cierto. Para que te escriba si tenía alguna duda.*
Lo había olvidado. Esperemos que eso sea suficiente para que Imani me deje en paz. Puedo ver que se lo tomará como una indicación de algo más que *no está* allí. *No* hay chance de eso.
Jacob se revuelve en su lugar, confundido, e Imani vuelve a traducir.
—Dijo que ahora se acuerda. —No es exacto. Deja fuera algunas pistas clave, que estaban destinadas a ella de todos modos. Creo que funciona, pero entonces ella me mira y me dice que no me cree.
—¿Cantas? —Hago que Siri lo pregunte, para no tener que usar a mi interprete esta vez, y le envío el texto justo después. Imani sigue mirándome fijo.

—La verdad es que no. Quiero decir, puedo, pero principalmente hago los coros —dice Jacob—. Yo toco la guitarra. Ian toca la batería.

—Eric es la voz principal y guitarra. —continúa Ian.

—Eric es como una versión más completa de Seth —dice Imani y mis ojos se dirigen directamente a Seth, que mira asombrado—, con mejor pelo y voz.

—¿Perdón? —Seth inclina un poco la cabeza de lado.

—¿Qué? —Se encoge de hombros.

—Okey —dice Jacob alargando la palabra—. No es como yo lo habría dicho, pero...

—Entonces, ¿crees que también soy lindo? —Seth le pregunta a Imani.

—¿Eh? —Ian parece confundido, con los ojos saltando entre los dos.

—No dije eso. —Imani es pura sonrisas.

—Siempre dices que Eric es lindo. —Seth levanta la ceja.

Bien, quisiera que esto termine. Se está volviendo incómodo.

—Genial. ¿Guitarra? —Hago que Siri pregunte, cualquier cosa para bajar de este tren—. De chico quería aprender a tocar.

—Sí, toco desde los diez. —Jacob asiente con la cabeza y sus ojos se detienen en Imani un segundo más, antes de mirarme de nuevo—. Empecé tocando en acústico en la iglesia y ahora toco la guitarra eléctrica, *superstrat*. Soy la guitarra principal.

No sé lo que significa *superstrat*, pero suena bien.

—Yo nunca podría —dice Seth, todavía mirando a Imani—. Demasiada coordinación.

Jacob e Imani se ríen, pero creo que es por razones diferentes.

—Claro que sí —dice Jacob.

—No, la coordinación no es lo suyo —interviene Imani. Seth le lanza una mirada asesina, pero luego la aparta con un gruñido. Satisfecha, Imani se vuelve hacia mí—. ¿Qué quieres para tu cumpleaños?

No es lo que esperaba. Una vez que me recupero, me encojo de hombros. No sé. Por supuesto que ya pensé en eso, pero no es necesario que me regalen nada. Los *AirPods* y los *Apple Watch* son un poco caros.

—*Nada*. —Será bastante genial tenerlos en una fiesta de cumpleaños real. Todavía estoy emocionado por eso.

—¿Se acerca tu cumpleaños? —La voz de Jacob viene un poco más alta que hace un segundo.

Asiento con la cabeza e Imani toma el relevo.

—Cumplirá dieciséis años. El viernes, ¿no? —Me mira en busca de confirmación y yo afirmo con la cabeza—. Va a dar una fiesta.

Ahí va de nuevo.

—¡Oh, eso es pronto! —Jacob está entusiasmado, lo que es genial. Luego pone cara de pena—. Supongo que solo los chicos *cool* están invitados.

—¿Quieres venir? —Hago que mi teléfono pregunte más rápido de lo que puedo pensar. Es una de las desventajas de teclear rápido.

A veces, tener que escribir mis pensamientos me ayuda a filtrar las estupideces, pero esta vez algo no encajó. No lo suficientemente rápido, al menos. No puedo tenerlo cerca. Es demasiado *sexy* para estar cerca de él y, extrañamente. muy agradable. Eso solo me hace pensar en cosas que no necesito.

—¡Solo estaba bromeando, lo siento! No era mi intención... Lo siento. —Su boca se mueve rápidamente.

Pero ahora la invitación está ahí y me sentiría como un auténtico idiota si la retirara.

Vuelvo a teclear en mi teléfono y redoblo mi error.

—No, en serio. ¿Quieres venir?

—Eh, claro —suelta Jacob. Creo que ve mi situación, pero al igual que yo, está atascado.

—¿Ian? ¿Quieres venir? —dejo que mi teléfono pregunte. Ya que estoy cavando mi tumba, también podría cavarla para todos nosotros.

JACOB

Las notas fluyen entre mis dedos con cada pulsación de las cuerdas. La música brota del amplificador y el ritmo resuena en las paredes del garaje de Ian.

Levanto la vista lo suficiente para mirar el teléfono de Ian colocado en un trípode bajo la puerta abierta del garaje. Filmar nuestros *covers* fue idea de Eric, pero está retrasado. Por el momento solo estoy yo en la guitarra principal e Ian en la batería. No es lo mismo, pero funciona.

Mi mente va a toda velocidad de nuevo. Es Skylar. Necesito parar, pero todo se reduce a Skylar. Su corta estatura, sus grandes ojos color avellana, que creo que son más verdes que marrones, y sus pequeñas manos. Es simplemente lindo, demasiado lindo.

Fallo en un acorde y la música se detiene al apartar la mano.

—Mierda —susurro. Tengo que concentrarme.

—¿Qué demonios pasó? —Ian deja de tocar la batería.

—Mala mía —suspiro.

—¿Estás bien? —Ian pregunta, pero luego indaga—. ¿Es por Skylar?

Me doy la vuelta y le dirijo mi mirada de *¿qué carajo?*

—¿Dónde está Eric? —Cambio de tema. No voy a caer en su juego.

—Retrasado —dice lo obvio.

—¿Pero por qué? —pregunto.

Me distancié de Eric la semana que salí del *closet*. Esa semana perdí a muchísima gente, así que simplemente fue un cuerpo más en la pila cuando él no pareció entenderlo. Me golpeó duro, pero tal vez por eso me distancié de él tan rápido. Me envió un mensaje de texto con un estúpido meme gay y unos días después se disculpó. Desde entonces estamos muy bien. Fue solo un contratiempo. Pero será mejor que traiga rápido su culo aquí para el ensayo o será más que un contratiempo.

Ian se encoge de hombros.

—Siempre llega tarde.

Eso es cierto.

—¿Entonces estás pensando en Skylar? —Ian insiste.

—¿Por qué iba a pensar en él? —le ladro.

Se encoge de hombros y sonríe como si supiera algo divertido que yo no sé.

—No está mal, si te gustan los chicos, y últimamente nos sentamos con él en el almuerzo —explica Ian.

—¿Eh? ¡No! —Sé exactamente a dónde va con este tren de pensamiento, derecho al extremo profundo. Si Skylar fuera gay, *tal vez*, pero no lo es. Los rumores iniciados por los magníficos y poco fiables Blake y Bexley no significan nada. Normalmente es lo contrario—. No es gay. Blake dirá cualquier cosa.

—No, sí que es gay. —Ian asiente.

—¿Lo estás asumiendo? Incluso si lo es, sería raro. —Desvío la mirada y jugueteo con las cuerdas de la guitarra, enviando una nota grave al aire.

—¿Por qué iba a ser raro? —Ian frunce el ceño.

—No puede hablar. Y yo no puedo leer los labios. Quiero decir... —Me siento mal de inmediato por haberlo dicho. Es una excusa y una mala. Pero *es* raro. No creo que pudiera, aunque quisiera. Insisto en que *no es* gay para cubrir mi estupidez—. Pero es heterosexual, es una tontería hablar de eso. Así que para.

Mientras hablo, Eric llega, estaciona al borde de la calle y empieza a subir por el camino con su guitarra en la mano.

—Sabes que, para ser gay, tu *gaydar* está roto como la mierda —dice Ian—. Es tan... —hace el gesto de la muñeca quebrada.

Pongo los ojos en blanco.

—Eso es un poco grosero —digo—. Que lleve un vestido no significa que sea gay. Yo no los llevo, ¿soy heterosexual?

—Tu nos tenías engañados. —Me mira.

Intento no hacerlo, pero me río.

—Vete a la mierda —respondo entre risas.

—¿En qué nos engañó? —Eric se cuelga la guitarra al cuello y frunce el ceño.

—Que era heterosexual —le recuerda Ian.

—Oh, sí —ríe Eric.

—Pero *él* no lo es. —Intento de nuevo, ignorándolos.

—No pretendo ser grosero, pero ¿cómo puedo decir esto de una manera que no puedas negarlo? —Ian mira alrededor del techo inacabado, de vigas y aislamiento expuesto, murmurando algo para sí mismo. Sus ojos se iluminan y sale—. Ese chico anhela una pija en su...

—¡Guuauu! ¡Okey! Detente ahí. —Lanzo las manos hacia arriba, dejando que la guitarra cuelgue desordenadamente de la correa alrededor de mi hombro. Toso. No pensaba en eso, pero por supuesto que ahora lo hago. Maldito seas, Ian.

—Estás *muy* sonrojado. —Ian se ríe y se acerca por sobre su batería—. Te gusta.

—¡Ni siquiera es gay! —digo una vez más.

—¿Estamos hablando de Skylar? —Eric trata de ponerse al día.

—Sí —sonríe Ian.

—Oh, sí, es muy gay —Eric sonríe.

—¡No lo es, Ted! —Lo intento de nuevo.

—Eh, sí lo es. —Eric retoma, pero no terminó—. Y definitivamente te gusta.

—¡No! Yo... no me gusta. Solo para. No va a pasar. —escupo. Pero... ¿y si *es* gay?

«No. Para. Es solo un rumor».

SKYLAR

Sé que son ellos antes de que Seth llame a la puerta.

—¡Skylar! —grita Imani en el momento en que la puerta se abre, Seth salta del susto, casi soltando la brillante bolsa de regalo en sus manos.

—¿En serio? —La mira de reojo, pero ya nos estamos riendo. Bueno, ella se ríe. Yo tiemblo y sonrío.

Los hago pasar. Es la primera vez que están en mi casa. Quiero decir, la casa de los Gray, pero supongo que también es mi casa, ¿no?

Se quitan los zapatos y los alinean con los demás junto a la puerta. Todos andamos en calcetines, los adultos también. Conocí demasiada gente nueva esta noche. Necesitaba que llegue alguien conocido. Mi cerebro está sobrecargado ahora mismo.

De repente tengo tres tías, dos tíos y, por si fuera poco, ahora también tengo abuelos. Es mucho a lo que adaptarse, pero todos parecen muy agradables. Una de ellos, creo que se llama Robin, es un poco exagerada, pero no pasa nada. No paró de darme abrazos y de decirme lo contenta que estaba de que mis padres, mis nuevos padres, me hubieran encontrado y todas esas cosas.

—Gracias por venir —digo y, antes de que pueda moverme, Imani me abraza. Eh... Okey.

—¡Feliz cumpleaños, Sky! —dice de nuevo.

Es al menos la cuarta vez que me lo dice hoy. Dos veces durante el almuerzo y una durante Sociología. En realidad, son cinco. También me lo dijo cuando me pasaron a buscar para ir al colegio esta mañana, y eso sin contar los mensajes que envió. Los cumpleaños son algo importante para ella.

Sonrío. Estoy empezando a caer en la realidad de que esta fiesta es para *mí*. Realmente está sucediendo. No está solo en mi cabeza.

Kimberly tenía el salón y la cocina llenos de globos, rojos y azules, antes de que yo llegara a casa. Hay una gran pancarta de letras conectadas individualmente detrás de la mesa del comedor que dice: «FELIZ CUMPLEAÑOS SKY». Luego está la enorme torta rectangular con dieciséis velas, filas de magdalenas, cuencos de papas fritas, bandejas de verduras y salsa, y estoy bastante seguro de que hay helado esperando en la cocina. ¿Y para qué? Para mí.

—*Dije sin regalos*. —Me encorvo, tratando de parecer molesto.

—Eh, no —replica Imani—. No me voy a presentar a una fiesta de cumpleaños sin un regalo.

—Es de los dos —añade Seth—. Ella es pobre.

Imani le da un puñetazo y él monta un buen espectáculo, actuando como si le doliera el alma. Niego con la cabeza y les hago un gesto para que me sigan al comedor, donde están todos los demás. De camino, vuelvo a mirar hacia la puerta principal. Me pregunto cuándo llegará Jacob. La fiesta está a punto de empezar.

—Ustedes dos deben ser Imani y Seth —dice Bob antes de que pueda presentarlos.

—Somos nosotres —responde Imani, sonriendo.

—Sí, señor. —Seth asiente. Está nervioso. Yo también lo estaría si estuviera en su casa conociendo a su familia.

—Ellos son los que buscan a Skylar por la mañana —dice Kimberly mientras se acerca. Me vio salir por la puerta todas las mañanas, los «adioses» y «que tengan buen día» entre ellos se convirtieron en un ritual.

—Bueno, gracias. —Bob le da una palmadita en el hombro a Seth—. Skylar me dijo que trabajas en la pista de bolos.

—Sí, señor. —Seth asiente casi robótico.

Bob quería saber todo sobre mis *amigos* hace unas noches. Es raro lo mucho que él y Kimberly quieren que hable con ellos. No pensé que los padres hicieran esa mierda. Pero lo hacen.

Me acerco por detrás de Seth y le paso el brazo por encima del hombro. No es algo que haría normalmente, pero puedo detectar a una persona incómoda cuando la veo. Normalmente soy yo. Los ojos de Seth se dirigen a mí y veo que se calma.

Lo empujo para que me siga y, antes de que Bob pueda preguntar más, los tres rodeamos la mesa del comedor y los ubico de pie junto a sus asientos asignados. Sí, Kimberly decidió ayer dónde se sentaba cada uno. Está por encima de una simple planificación.

Mi lugar está en la cabecera de la mesa, justo detrás de la torta. Los asientos de Seth e Imani están a mi derecha y después está la *familia*, con Bob y Kimberly en el otro extremo de la mesa. Oh, y Jacob se supone que está en el asiento de mi izquierda. Pero parece que esa silla va a estar vacía.

—¡Muy bien, todos tomen sus asientos para que podamos desearle al cumpleañero un feliz cumpleaños! —Kimberly grita por encima del ruido.

Mis ojos se dirigen hacia la sala de estar como si tal vez cierto chico pudiera aparecer por allí, pero no sucede.

—¿Estás bien? —Susurra Imani.

Asiento rápidamente. Sí. Todo bien. No me decepciona que el chico soñado de la escuela que dijo que estaría aquí no esté. Ya no. Nunca. Sabía que no vendría de todos modos. Todo esto es suficiente.

—Aquí viene la parte embarazosa. —Uno de mis nuevos tíos me susurra al oído al pasar. Gary, creo. Es idéntico a Bob, su gemelo, *literalmente*.

—Skylar. —Bob golpea un tenedor contra un vaso de té dulce, algo que todavía no entiendo—. Tu madre y yo estamos muy contentos de que estés aquí. Desde el primer día supimos que eres especial. Y no tardamos en saber que un día formarías parte de esta familia.

—Lo supe el día que te conocimos. —Kimberly le da un codazo a Bob, lo que provoca la risa de todos.

Ya estoy queriendo fijar los ojos en la mesa y no mirar a nadie, pero eso me parece una grosería, aunque esto *sea* insoportable. «Tío Gary, tenías razón».

—Por supuesto, cariño. —Bob se encoge de hombros—. Así que hoy, nosotros...

Llaman a la puerta. Todas las cabezas se giran.

—Recuerden lo que estaba diciendo. —Bob levanta un dedo y se dirige a la puerta principal. Quiero levantarme y ver quién es, pero no lo hago.

La puerta se abre con un chasquido y llegan a la cocina voces apagadas, seguidas de pasos. Primero llega Bob y luego el chico soñado, con pelo blanco y todo. Las comisuras de mi boca se levantan cuando él me ve, pero un golpe contra mi pantorrilla atenúa mi sonrisa. Mis ojos se dirigen a Imani, que tiene una amplia sonrisa, con los dientes brillantes y orgullosos. La fulmino con la mirada, mientras Bob le dice a Jacob dónde sentarse y él se sienta junto a mí.

—Siento llegar tarde —se inclina y susurra, con su cara demasiado cerca de la mía. Se me corta la respiración y consigo soltarla cuando se echa hacia atrás.

—*Está bien* —digo. Pero maldita sea, no sabe leer los labios. Lo que sea.

—Como estaba diciendo. —Bob comienza de nuevo. Y yo espero que esté a punto de terminar—. ¡Feliz cumpleaños, Skylar!

¡Gracias a Dios!

Kimberly saca su teléfono y sé que está a punto de empeorar.

—¿Todo el mundo está listo para cantar?

Suena una ronda de vítores y ella empieza a cantar. Me repliego sobre mí mismo mientras el resto se une, todos: mis nuevos padres, mi nueva familia, mis nuevos amigos. Incluso Jacob.

La música suena en mi televisor, mezclándose con nuestras voces, bueno, sus voces. Todo esto se siente tan inusual, pero en un buen sentido. Todavía no se fueron, aunque podrían hacerlo. Mi mente aún está tratando de asimilar ese concepto.

Comimos torta, y patatas fritas, y helado, y todas las cosas que imaginaba que se comían en un cumpleaños. Todavía hay purpurina pegada a la camiseta negra de Jacob y pegados a los rizos de Imani. Seth sigue llevando el gorrito de fiesta en forma de cono, que se puso después de que me cantaran el cumpleaños feliz. No se dio cuenta de que estaba junto a su plato hasta entonces. El canto fue *más que* vergonzoso, pero, aun así, fue muy bonito de una manera extraña. Imani charló con una de mis nuevas tías y ahora la conoce mejor que yo. Ah, y los regalos. Había muchos. No esperaba todo esto. Es casi demasiado.

Una bicicleta y unos AirPods de Kimberly y Bob.

Cuarenta dólares de la tía número uno y del tío Gary.

Un enorme conjunto de Legos de *Star Wars* de la tía número dos.

Otros treinta dólares de los tíos número tres.

Una enorme caja de novelas de fantasía de tapa dura de mis nuevos abuelos, más cincuenta dólares.

Una falda negra súper bonita con una raya blanca en la parte inferior de Imani y Seth.

Y todo fue por mí. Todos vinieron por mí, y todos siguen aquí. Es irreal, aunque no pueda recordar la mitad de sus nombres. Podría llorar de felicidad ahora mismo en medio de mi habitación con ellos. Pero no voy a ser ese tipo.

—Deberías probarte la falda —sugiere Imani. Pero es obvio que realmente quiere que lo haga.

¿Por qué no? Además, me permitirá alejarme un segundo para procesar todo por mi cuenta. Asiento con la cabeza y tomo la falda de mi escritorio, donde la había dejado junto a mis nuevos AirPods, cuando vinimos aquí para escapar de los adultos. Levanto un dedo para decir *un minuto* antes de salir corriendo hacia el baño.

Antes de quitarme los pantalones cortos, miro en el espejo a la única persona en la que he podido confiar, la única persona a la que le importé un carajo... bueno, la mayor parte del tiempo.

¿Esto es tener una familia? ¿Realmente tengo amigos ahora? Toda esta gente que no conocía hace un mes... ¿Son ellos? Una lágrima resbala por mi mejilla, pero sonrío. No puedo dejar de sonreír.

«¡Detente, Sky! Te están esperando». Tomo aire y dejo que esta extraña y nueva sensación de frescura me suba por la columna vertebral.

«Hagámoslo». Me quito los pantalones cortos y me pongo mi regalo de cumpleaños y me miro en el espejo. Me encanta. Es muy bonita. La tela negra plisada cuelga sin esfuerzo de mi cintura y termina justo por encima de las rodillas. Muevo las caderas y la dejo oscilar. Mis piernas no se ven tan mal con esto. Aunque quizás debería afeitarme.

Mmm... Me quedo pensando y pellizcando la parte inferior de mi camisa. La doblo sobre sí misma un par de veces, levantándola un par de centímetros por encima de mi cintura para mostrar mi estómago. Hago un par de posturas para ver cómo me queda. Me gusta, pero el espejo es el único que me verá así.

Me bajo la camiseta y vuelvo al dormitorio. Sus caras se iluminan cuando entro. Imani jadea, chilla algo indescifrable y empieza a saltar. Seth sonríe y niega con la cabeza, creo que principalmente por la reacción de Imani. Jacob parece aturdido, pero en el buen sentido, creo, lo que hace que me ponga nervioso y se me sonrojen las mejillas.

—¡Te ves increíble! —Imani sigue chillando—. Me encanta. Me encanta. Me encanta.

—*Gracias* —le digo, apretando los brazos a los lados y torciendo los labios, tratando de concentrarme en ella.

—Sí se ve bien —dice Jacob suavemente, como se lo dice a todos los chicos. Le gusta.

Tomo asiento en la cama junto a Imani y aliso la falda. No creo que vaya a superar pronto lo mucho que me gusta.

—¿Así que te gusta? —Imani busca en mis ojos cualquier indicio de engaño.

—*Me encanta* —le aseguro, diciéndolo también en lenguaje de señas para que sea evidente.

—Te preguntará eso durante días —suspira Seth.

Tengo la sensación de que hace esto con cada regalo. Pero lo eligió muy bien.

—*Sin embargo, les dije que no quería regalos.* —No era necesario que me regalaran nada. No lo esperaba y, en cierto modo, odio que sintieran que tenían que hacerlo. Aunque realmente me encanta.

—Ya pasé por esto. Aparecer en la fiesta de cumpleaños de un amigue sin un regalo. —Imani echa la cabeza hacia atrás—. ¡No, gracias!

Todos nos reímos. Definitivamente es algo que diría Imani. Ni siquiera la conozco desde hace tanto tiempo y podría decirlo.

—¿Juegas mucho a los videojuegos? —me pregunta Jacob de repente y, cuando levanto la vista, señala con la cabeza la PlayStation que hay debajo de mi televisor.

Me encojo de hombros e inclino la cabeza, intentando transmitir algo parecido a un *no tanto* sin tener que escribirlo. Parece entenderlo, pero saco el teléfono para asegurarme.

La voz británica se pone en marcha:

—No la tuve hasta la semana pasada y nunca tuve una para mí el tiempo suficiente para que me gusten.

—Oh. —La cara de Jacob cambia—. Lo siento, yo no...

—*No* —hablo con la boca y seño con las manos. No sé por qué hago señas, salvo quizá para llamar su atención, no es que pueda entenderlo. Escribo mis siguientes palabras:

—Está bien. De todos modos, soy más bien una persona de exteriores. Estoy pensando en probar en los equipos de atletismo y tenis el próximo semestre.

—Me encanta el tenis. —Imani se sienta—. Deberíamos ir al parque a jugar algún día.

—*Eso sería genial* —digo yo.

—Sin embargo, nunca podría jugar para la escuela. —Imani se estremece—. Eso es demasiado para mí. Te gano en lo que sea, pero no quiero que une entrenadore me grite.

Me río en lo más profundo de mi pecho junto con los demás. Los entrenadores pueden ser intensos, pero competir, competir de verdad, es otro nivel. Tengo que limitarme a los deportes individuales o de doble competición, ya que no puedo comunicarme exactamente con un equipo. Es una pena. Me gustaría jugar al voleibol o algo así, pero sería un reto.

—Estoy en el equipo de natación de la escuela. Creo que ya lo mencioné antes. Pero sí, los deportes al aire libre son un *no* para mí. —Jacob se ríe para sí mismo, con las palmas hacia arriba en señal de derrota—. Me quemo con el sol.

Con una piel tan pálida como la suya, me lo creo. Es casi de ese color blanco vampírico. Bueno, no es tan pálido; ese sería Ian, pero definitivamente es de piel clara.

—Con esa piel blanca quien no… —Imani dice lo que ninguno se anima. Seth incluso le da una mirada de *¿Qué carajo?*

—No te equivocas —dice Jacob, sonriendo.

—Baloncesto, equipo juvenil. —Seth lo dice como si fuera una especie de estadística.

—Fui a algunos de tus partidos el año pasado —interviene Jacob, pero las miradas que recibe lo hacen corregirse—. No para verte a ti. Había otro chico que estaba... como que... me gustaba... Ya sabes, antes de...

—Ooh, ¿quién era? —Seth se inclina hacia adelante.

Honestamente, estoy sorprendido. No lo veía a Seth como el tipo que le gusta el chisme, pero aquí estamos.

—Es heterosexual, fue una estupidez. —Jacob se lo quita de encima cambiando de tema—. ¿Alguna vez pensaste en practicar lucha libre?

Me está mirando directo a mí. Ojos verdes y brillantes, un mechón de pelo blanco colgando sobre su ojo derecho.

—¿Van a luchar ahora? —Imani lo mira.

—¡No, no! —Los ojos de Jacob se abren de par en par—. Para la escuela.

—¡Ja, ja! La idea se me pasó por la cabeza —dejo que Siri lo admita. Probablemente se me daría fatal. No soy precisamente robusto ni fuerte, pero no puedo negar que me llama la atención.

—*Eso sí* que es un deporte gay —comenta Seth.

—No se equivoca. —Imani le saca la lengua. Su pelo rebota, cayendo en rizos alrededor de sus suaves mejillas.

—Es básicamente un grupo de chicos que se agarran el trasero unos a otros —ríe Seth—. Dime que me equivoco.

Empiezo a teclear inmediatamente.

—¿Por qué crees que lo pensé? ¿Qué un chico lindo me agarre el culo? ¡Por favor!

La mirada de Jacob no tiene precio. Sus ojos verdes parpadean con fuerza y su boca se abre un segundo.

—Espera, ¿qué? Eres... —Jacob cierra la boca—. Lo siento. No quería...

Me encojo de hombros y le dedico mi mejor sonrisa. No me molesta. Pero hay algo en la forma en que lo pregunta que hace que se dispare la adrenalina en mi interior. Es bonito cuando está nervioso.

Empiezo a teclear para decirle que sí, pero Imani interviene.

—Por supuesto que es gay.

Cuando me encuentro con su mirada, me mira como si me hubiera hecho un favor. No es así como pensaba decirlo, así que ladeo la cabeza y lanzo una mirada que grita *¿De verdad?* No porque esté enfadado, porque no lo estoy, sino como *¿qué?*

Sonríe y toma una almohada más rápido de lo que puedo moverme y me la estampa en el pecho. Caigo hacia atrás. No esperaba que esa masa blanda tenga tanta fuerza.

Me apresuro a buscar otra almohada. Tengo cinco: dos almohadas normales para la cama, dos decorativas que no entiendo para qué sirven y, por supuesto, mi enorme almohadón negro con el logotipo de *Jurassic Park* estampado en el centro. Sin embargo, las decorativas están más cerca.

Pero, antes de que pueda agarrar una, Seth se hace con una en su lugar y va a por Imani. Mientras él blande la almohada, tomo la otra y se la tiro. Le acierto al muslo de Imani. De repente oigo a Jacob gritar:

—¡Abran fuego! —Justo antes de que el logo de *Jurassic Park* me abofetee en la cara.

Cinco minutos más tarde, somos una masa de caras rojas y agotadas, cuerpos doloridos y almohadas desparramadas por mi habitación. Me tumbo en el suelo para recuperar el aliento. Imani se deja caer en la cama junto a Seth y Jacob se hunde en la silla de mi escritorio.

—Voy a tener moretones por la mañana. —Seth se examina el antebrazo y luego empuja a Imani del borde de la cama.

—¿Qué...? —grita Imani, casi cayendo encima de mí, pero me deslizo hacia la derecha justo a tiempo—. Mierd... quiero decir, maldito seas, Seth.

Mi estómago salta con una risa silenciosa. Jacob y Seth compensan mi silencio, riéndose de su casi resbalón. Ella le hace *fuck you* a Seth con ambas manos y se pone en pie.

—Ustedes dos son especiales. —Jacob niega con la cabeza y se levanta—. Pero tengo que irme.

¿Se va? No puede ser más tarde de las ocho, tal vez las ocho y media. No encuentro mi teléfono lo suficientemente rápido para preguntar por qué. Aunque no debería preguntar, sería raro. Así que estiro el brazo hacia él, con la mano extendida, pidiéndole en silencio que me ayude a levantarme del suelo. Él enlaza su mano a la mía y, antes de que pueda levantarme, la sensación de su suave mano unida a la mía me recorre el pecho. Me suelta cuando vuelvo a ponerme en pie y retrocedo un poco, intentando ignorar el hecho de que acaba de tocarme la mano. «Sí, ignora eso».

¿Dónde está mi teléfono? Recorro con la mirada la habitación. No puedo decirle adiós sin él. Al menos, no de verdad. Me ve buscando.

—¿Buscas esto?

Levanto la vista y me tiende el aparato. Lo tomo y empiezo a teclear.

—Te acompaño a la salida.

Es una estupidez. Pero quiero hacerlo. No voy a justificarlo, aunque sea perfectamente capaz de bajar las escaleras y salir por la puerta principal. Si se las arreglara para perderse de alguna manera entre aquí y allá, estoy seguro de que Kimberly o Bob podrían ayudar, pero quiero hacerlo. Me gusta que esté aquí y, aunque no tenga sentido, quiero verlo un poco más.

—Bueno. —Se encoge de hombros.

Si tan solo supiera lo precioso que me parece. Que casi memoricé la forma en que su pelo blanco cuelga sobre su ojo derecho, con su verde brillante estallando entre los mechones; el arco de sus cejas y la forma en que sus pómulos se elevan bruscamente sobre su mandíbula marcada; el rosa pálido de sus labios. En realidad, ahora que lo pienso, probablemente pensaría que estoy loco y le daría asco que alguien como yo pensara algo de eso.

Entierro ese último pensamiento y muevo la cabeza hacia la puerta para abrir el camino.

—¡Adiós, Jacob! —grita Imani, guiñándome un ojo justo antes de que mire hacia otro lado.

—Nos vemos —saluda Seth.

—Nos vemos el lunes en la escuela —dice Jacob y luego me sigue.

Nos conduzco por las escaleras hasta la sala de estar. No estoy seguro de si debo decirles a Kimberly y a Bob que se va. No sé el protocolo de cumpleaños. ¿Se va sin más?

Antes de que pueda tomar una decisión, Kimberly nos ve y se acerca.

—¿Te vas, Jacob? —Ella sonríe.

—Sí, señora. —Asiente con la cabeza—. Gracias por permitirme venir.

—Gracias por venir. Estoy segura de que a Skylar le encantó tenerte aquí —dice—. Que tengas una buena noche.

Si ella supiera cuánto. Me río por dentro. Sin embargo, voy a tener que enterrar este *crush* eventualmente, como siempre hago cuando me enamoro de un chico.

—Ustedes también, señora y señor Gray. —Jacob mira hacia atrás de ella, inclinándose un poco y saluda a Bob.

Lo llevo a la puerta principal y salgo, dejando que la puerta se cierre tras nosotros. ¿En qué estoy pensando? ¿Por qué dejé que la puerta se cerrara? Eso es raro. Acabo de hacerlo raro.

Jacob mira hacia abajo y balancea su peso sobre sus pies.

Es tarde, pero todavía hace calor. Estuvo así toda la semana.

«¡No lo hagas raro, Sky!».

—*Gracias por venir* —digo, pero me mira como si no tuviera ni idea. «¡No *puede leer los labios, Sky!*». Y está oscuro.

—No puedo leer los labios, ¿recuerdas? —Se ríe—. Lo siento, soy patético.

—No, no lo eres —dice Siri después de que lo escribo—. Gracias por venir.

—Sí, fue divertido —dice y vuelve a agachar la cabeza—. Siento no haber traído un regalo.

Niego con la cabeza vigorosamente.

—¡No! —Hago gritar a Siri, aunque en realidad no suena como un grito, como estaría haciéndolo ahora mismo si pudiera—. Dije que no quería regalos. No te preocupes. Puedes debérmelo.

La última parte la digo en broma. Pero hay un cincuenta por ciento de posibilidades de que no lo capte, ya que no puedo hacer evidente el sarcasmo a través del teléfono. Dios, odio no poder hablar.

Jacob inclina la cabeza y el reflejo de la luz del porche brilla en sus ojos. Juro que por un momento casi puedo ver el reflejo del cometa en sus ojos.

—En realidad. —Jacob extiende su brazo hacia mí. Parece que va a tomar mi mano, pero al final es solamente mi deseo. Se limita a señalarme—. ¿Quieres ir a un concierto?

Entrecierro los ojos. ¿Me acaba de invitar a un concierto? No sé qué decir. Creo que lo puse en un aprieto y no creo que haya captado el sarcasmo. ¿Se siente culpable? Paso el dedo por mi teléfono.

—No me lo debes, solo estaba bromeando. Está bien —responde mi teléfono. «Maldita sea, Skylar. Muy bien hecho».

—No, está bien. Tengo una entrada extra. Es este próximo miércoles —explica—. ¿Te gustaría?

Tengo preguntas, pero creo que es mejor no hacerlas. Como, ¿qué concierto?, principalmente. Y luego, ¿por qué tienes una entrada extra? ¿Se la quitó a alguien más? ¿Qué tipo de música?

—Mi amigo tiene un billete del que quiere deshacerse —Me saca de mis pensamientos—. Soy yo y otros tres. No los conoces.

—¿Ian? —Escribo en mi teléfono. Conozco a Ian.

—No, él odia esta banda —se ríe Jacob.

Jacob y otras tres personas que no conozco. Una banda que Ian odia. Suena como una pesadilla de ansiedad esperando a suceder.

Sin dejar de pensar, asiento con la cabeza.

—¿Eso es un sí? —Jacob sonríe.

—Sí —confirma mi teléfono, y soy todo sonrisas, por más que me gustaría dejar de hacerlo.

—Muy bien. —Se aleja del porche y las sombras lo envuelven. Ya estoy deseando poder ver sus ojos de nuevo—. Lo resolveremos todo la próxima semana.

Luego se va a su coche al borde de la calle. Yo me quedo en la puerta de casa, preguntándome qué acabo de hacer.

JACOB

¿Qué hice?

Con las manos agarrando el volante, miro fijo el símbolo de Toyota en el centro. ¿Acabo de pedirle que vaya al concierto? Es imposible. ¿Lo hice?

Dios mío, lo hice.

¿En qué demonios estaba pensando? ¿Un concierto? ¿Puedo retractarme? No.

Técnicamente no tenía que irme todavía. Pero las cosas empezaron a ponerse raras. No como si él fuera raro, o Seth o Imani. Simplemente empecé a sentirme fuera de lugar. No sé por qué. Así que dije que tenía que irme. Entonces voy y hago esto.

Compruebo mi teléfono para distraerme. Hay un mensaje de Ian.

Ian:
¿Cómo va la fiesta? 👆

Se quejó todo el día de que tenía que trabajar mientras yo iba a una fiesta. No es que sea un juerguista o algo así.

> **Jacob:**
> Fue divertido. 👍 ¿Ya sales del trabajo?

Ahora tengo que conseguir ese billete antes de que Tyler lo venda. Lleva un mes intentándolo. Su otro amigo, Bryce creo, decidió que no quería ir. ¿Por qué hice esto?

Arranco el coche y me dirijo al cine. Es demasiado tarde para ir a cualquier otro sitio por aquí. Incluso Charlotte cierra después de las nueve. Aunque Ian no haya salido del trabajo aún, puedo quedarme a molestarlo mientras Zara no esté allí.

Los faros pasan brillantes y unos labios aparecen en mi mente. Pero no cualesquiera. Los de Skylar. El sutil mohín de su labio inferior, grueso y de ese vibrante color rosa. Cierro la boca con fuerza. Quería besarlos, *quiero* hacerlo.

Intento quitármelo de la cabeza, pero al igual que en el porche de su casa, no puedo. Allí tenía una razón, se suponía que debía leerlos, en lo que fallé miserablemente. Es difícil para mí, pero aún más esta noche. Me alegro de que haya usado su teléfono. No podría haber soportado más tiempo mirando su boca.

Es demasiado lindo. Y justo esta noche tenía que confirmar que le gustan los chicos. Juro que mi estómago dio un vuelco cuando lo escuché. A ver... lo sospechaba, ¡pero es gay!

Sin embargo, no me ayuda mucho. Soy este palo fantasmagórico y pálido, como si no hubiera visto el sol desde que nací, con el que todo el mundo bromea y con el que nadie quiere salir. Seguro está buscando a alguien con un poco de carne.

Me meto con el coche en uno de los espacios para estacionar frente al teatro y apago el motor. «Concéntrate en otra cosa». Vuelvo a comprobar mis mensajes: hay otro de Ian y algunos mensajes de TikTok, probablemente también de Ian, o quizá de Tyler.

Ian:
No. Tuve que limpiar después de la última función. 😫

Una risita se apodera de mi garganta y le envío una rápida respuesta.

Jacob:
Tu vida apesta. 😆 Estoy aquí. Vengo a molestarte.

Los tres puntitos empiezan a moverse en la parte inferior de la pantalla, pero me guardo el teléfono antes de que pueda responder. Ian se alegrará de saber que tenía razón sobre Skylar. Y se va a sorprender mucho de que Skylar vaya al concierto. Solo puedo imagi...

¡Oh, Dios! ¡No! ¡Por favor, no dejes que Skylar piense que le pedí una cita!

SKYLAR

El sol pega de forma diferente tras estar atrapado a cientos de metros bajo tierra, dentro de pequeñas cavernas, durante una hora. Parpadeo para alejar el resplandor y me aflojo la chaqueta. No hace exactamente calor aquí, pero, sea como sea, es mejor que los cuarenta y tantos grados que el guía turístico dijo que hacía en las cavernas.

—Me siento mal por la gente alta ahí dentro —suspira Bob, encorvado, con la palma de la mano apoyada en la espalda—. Tuve que agacharme la mitad del tiempo.

—Yo también —ríe Kimberly.

Yo no. Bueno, okey, creo que me agaché una vez, pero más porque el guía dijo algo sobre agacharnos que porque realmente lo *necesitara*.

Los sigo hasta la tienda de regalos de las Cavernas Linville. Es una pequeña habitación de madera llena de baratijas bonitas y en su mayoría inútiles que me da miedo incluso comprobar los precios. Lo primero que ven mis ojos es un cuarzo gris ahumado tallado en forma de caballo. Nunca monté en uno, y probablemente nunca lo haré, pero me encantan. Yo era el niño que leía todos los libros sobre caballos que encontraba: *Belleza Negra*, los libros de *El Corcel Negro*, y me obsesionaba con ellos en las películas. Pero no sé, al estar tanto yendo y viniendo o metido en la casa de acogida, creo que lo dejé de lado.

—¿Te gusta eso? —Kimberly se acerca a mí, poniendo un brazo sobre mi hombro.

Asiento con la cabeza, levantando la vista hacia ella el tiempo suficiente para sonreír. No es que lo necesite. Y, con sinceridad, probablemente sea un poco infantil para un joven de dieciséis años recién cumplidos, así que lo dejo y sigo adelante. Tienen un poco de todo. Rocas y bastones hechos con madera del bosque circundante, imanes para la nevera que anuncian «Cavernas de Linville» y «Autopista Blue Ridge» en letras gruesas, desagradables caramelos transparentes de todos los colores en palos, con escorpiones y grillos en su interior, y toneladas de collares. Muchas tazas y llaveros.

Kimberly toma algo junto a los bastones, creo que es un imán, y vuelve a acercarse a mí.

—¿Quieres algo? —pregunta.

Niego con la cabeza. Me compraron una bicicleta por mi cumpleaños y unos AirPods, y ahora estamos aquí para visitar las cavernas y hacer una excursión. Estoy bien.

Sonríe y se dirige a la caja registradora con Bob, unos minutos después estamos de vuelta en el coche. Próxima parada: las Cataratas Linville. Es como un paquete turístico. Bueno, en realidad no, está todo separado, pero Bob dijo que no se pueden hacer las cataratas sin las cavernas.

Bob conduce el coche a lo largo de una pequeña carretera con curvas. Los árboles custodian el borde de la carretera, ocultando los desniveles cercanos. Estamos en la cima de una montaña.

—Es bonito aquí arriba. —Hago que Siri diga desde el asiento trasero.

—Deberías verlo dentro de unos meses, cuando caigan las hojas —dice Bob, mirándome brevemente por el espejo retrovisor.

—Puede que no te asombre tanto. —Kimberly se gira para verme. Me hace pensar en Imani, solo que más vieja, de piel polarmente opuesta y su pelo es esta mezcla de castaños claros y rubios hasta los hombros, liso y suelto. De acuerdo, supongo que no se parece tanto a Imani, salvo por esa energía que tiene—. He visto fotos de Vermont en otoño. Se ve hermoso. Aquí es más o menos así.

—Seguro que es bonito —asegura Siri. Es raro, pero me gusta que sepa eso de Vermont. Es solo una pequeña cosa sobre mí, pero ella lo sabe.

Honestamente no puedo esperar a ver cómo es aquí en el otoño. Vermont es bonito y todo, me refiero a que lo vi, obviamente, pero no recuerdo nada bueno allí, así que esto tiene que ser mejor.

—Y... —Kimberly saca algo de su bolsa de regalos y cuelga su mano cerrada sobre el asiento trasero para mí. Entrecierro los ojos, sacando la mano y abriendo la palma—. Parecía que te gustaba esto.

Una sonrisa se dibuja en mi cara cuando el pequeño caballo de cuarzo cae en mi palma. No sé por qué, pero me hace feliz. Es solo un caballito, una cosa de niños, pero lo hace. Aprieto los labios hacia un lado y sonrío antes de mover mis labios para gesticular un *gracias*. Sinceramente, me encanta.

—¿Así que nunca fuiste de excursión? —Bob pregunta.

—No —responde Siri por mí. Es una de las cosas que les dije que quería hacer antes de que me adoptaran. No puedo esperar a hacer esta primera excursión—. Estoy emocionado.

Mi teléfono vibra y vibra. Las pequeñas notificaciones verdes empiezan a saltar en la pantalla. Parece que por fin tengo señal. El nombre de Imani salta en la pantalla una y otra vez y luego el de Jacob.

—Hay unas cuantas cascadas y son preciosas —explica Bob. Lo escucho, pero mi atención está dividida entre el mundo real y mi teléfono.

Imani:
¿Nervioso por tu cita con Jacob? 😱

¡No me ignores perro! 😭

¡OH! Olvídalo. Me había olvidado de tu viaje. ¡La falta de señal apesta!

¿Tú y Seth tienen que estar fuera de alcance al mismo tiempo?!?! 🙄

Se diría que somos amigos desde hace años y que ella está pasando por la ansiedad de la separación. Me río por dentro. Es un desastre.

Skylar:
Cálmate un poco. 😭 ¿Y qué cita? No tengo ninguna cita.

No deja de hablar de eso y se niega a llamarlo de otra manera que no sea una cita. Pero Jacob no quiere tener una cita de verdad con alguien roto como yo, y no hablo de lo emocional o lo mental. Todavía no puedo entender por qué me lo pidió en primer lugar.

Estaba tan emocionado que ni siquiera me paré a pensar por qué y ahora se me hace un nudo en el estómago. Probablemente se sintió mal por todo el asunto del regalo. Pero juro que fue en serio cuando dije que no quería regalos. No esperaba recibirlos. Viví sin ellos durante años.

O tal vez fue una de esas cosas sociales. Vio a todos los demás hacer algo, pensó que se veía mal porque él no lo hizo también y por eso me invitó. Maldita sea. Aquí estoy de nuevo haciendo que la gente se sienta mal por mí y haciendo cosas por mí porque soy un desastre. Probablemente se está arrepintiendo mucho ahora mismo. Supongo que podría inventar alguna excusa por la que no puedo ir.

—¿Todo bien ahí atrás? —Kimberly me saca de mi mirada perdida hacia la nada.

Parpadeo para alejar el estupor e intento recordar de qué estábamos hablando. La excursión, las cascadas, la vista.

—Sí. —Hago que Siri mienta, pero no realmente—. Solo estoy emocionado.

Quiero enviarle otro mensaje a Imani contándole mi nueva revelación, pero dudo que piense lo mismo. En lugar de eso, abro de mala gana el mensaje de Jacob. Apuesto a que me envió un mensaje para decirme que no tiene una entrada de sobra o que su otro amigo decidió ir. Pongo los ojos en blanco antes de que aparezca el mensaje.

> **Jacob:**
> nothing,nowhere.

Por un segundo estoy realmente confundido. ¿Qué diablos significa eso? Entonces leo mi mensaje anterior en el que preguntaba qué banda íbamos a ver el miércoles. Espera. ¿Eso es una banda?

> **Skylar:**
> Nunca oí hablar de ellos. ¿Qué tipo de música hacen?

—Ya llegamos —dice Bob desde la parte delantera cuando el coche pasa por un bache y entra en una pequeña zona de estacionamiento. Está lleno de gente. Los coches ocupan la mayoría de las plazas disponibles. Los grupos se dispersan por el estacionamiento y se dirigen hacia el camino.

Un minuto más tarde, caminamos unos cuantos metros detrás de otra familia y los vehículos y la civilización desaparecen detrás nuestro. Solo estamos nosotros, un grupo de desconocidos, árboles, rocas, tierra, plantas y un cielo azul salpicado de nubes que el follaje apenas deja entrever.

Mi teléfono suena.

> **Jacob:**
> ¿Música Sad Boy con ritmo?

¿Ni siquiera sabe clasificar la música que escucha?

> **Skylar:**
> Tú eres el músico. ¿No deberías saberlo? 😆

—Skylar. —Bob llama mi atención—. No quiero ser *ese* padre, pero ¿podemos apagar la señal del móvil? Hagamos que esto sea algo familiar.

Agacho los hombros y lucho contra el impulso de respirar con dificultad. Lo entiendo, pero ¿en serio? Quiero conocerlos. De verdad quiero hacerlo. Se portan muy bien conmigo, pero ¿y si Jacob me devuelve el mensaje? ¿No se dan cuenta de que hay un chico lindo que me manda mensajes?

«Pero solo son unas horas, Sky».

Me obligo a sonreír y apago la señal de mi teléfono, aislándome del mundo exterior. No es que no tenga mi teléfono. Tengo la parte importante, la que me permite hablar. Voy a necesitarlo.

—Gracias, campeón —dice Bob—. Aquí vamos.

Asiento con la cabeza para que sepa que está bien. «No pienses en las ganas que tienes de hablar con él. Simplemente no lo hagas».

Según el cartel que hay al comienzo del sendero, en el centro de visitantes, nos espera una caminata de kilómetro o kilómetro y medio, dependiendo del sendero que se tome. Todavía no dijeron cuál vamos a tomar. Yo espero que sea el último.

—¿Qué camino vamos a tomar? —Hago que Siri pregunte.

—Podemos hacerlas todas si quieres —dice Kimberly y luego da su propia sugerencia—. Pero creo que las mejores vistas están en Chimney View y Erwins View.

—¿Qué tal si vamos primero a Chimney y luego las otras? —dice Bob.

—Claro. —Escribo.

Delante de nosotros hay otra familia, una madre y sus dos hijas, creo. Están hablando, la cadencia de sus voces nos llega sin las palabras reales, solo un ruido débil entre los gorjeos, el silbido del viento entre las ramas y el goteo lejano del agua.

—Tus amigos parecen muy simpáticos —dice Kimberly de sopetón.

Lo pienso un segundo. Lo son. Lo cual es raro y algo genial.

—Me gustan —dice mi teléfono con toda la emoción de una vaca aburrida—. Imani está loca, pero en el buen sentido. Seth es tranquilo, pero es agradable.

—Parece una charlatana —dice Bob y luego retrocede un poco—. No digo que eso sea algo malo.

—¡No te equivocas! —Escribo—. Ella compensa todo lo que Seth no dice.

Eso hace que se rían un poco y, sinceramente, hay algo que me hace pensar. ¿Por qué me querían a mí? ¿Y cómo es esto real? Estoy en medio del bosque, en una excursión como siempre quise, con dos personas que *me eligieron*. Es difícil de entender, sigo esperando despertarme en el orfanato, como si fuera un cuento de hadas, un sueño fugaz.

—Suena como tu madre. —Bob me mira de reojo y sonríe con picardía.

—¡Ey! —le reprende Kimberly—. Yo no soy una charlatana.

—Eso dices tú. —Bob sigue caminando—. Y pensar que ahora hablas menos.

Mi labio inferior se esconde y lo muerdo sorprendido por su respuesta. Va a terminar en el sofá si no se cuida.

Mamá agita la mano con desprecio.

—Y tú no eras un príncipe azul.

—No es como lo recuerdo. —Bob infla el pecho.

La familia que nos precede gira a la izquierda en la bifurcación que se avecina, donde un cartel de madera indica las «Cataratas superiores».

Bob nos lleva a la derecha, mientras yo paso los ojos entre los dos, esperando lo que va a pasar a continuación. Esto se está poniendo emocionante.

Kimberly lo mira enloquecida y niega con la cabeza, riendo entre respiraciones agitadas.

—Eso es lo que tú *piensas*.

En el siguiente tramo de caminata aprendo un montón sobre ellos. Es genial, porque hasta ahora fueron ellos los que aprendieron sobre mí, los que me hicieron preguntas.

Ambos fueron a diferentes escuelas primarias, pero acabaron en la misma preparatoria con unos años de diferencia, la misma en la que estoy ahora. Bob estaba en el equipo de fútbol, Kimberly era una tímida estudiante de primer año que no hacía deportes ni participaba en clubes ni nada. Pero papá le echó el ojo desde el principio de su primer año. Kimberly debatió un poco sobre eso último, pero Bob lo rechazó.

Dijo que no había pensado mucho en Bob, hasta que a las pocas semanas del semestre su hermano gemelo, Gary, la invitó a salir. Ella dijo que sí, pero terminó encontrándose con Bob más tarde ese día y él actuó como si nunca hubiera hablado con ella —No lo había hecho— y eso la enfadó mucho. Así que no habló con ninguno de los dos durante una semana hasta, que se dio cuenta de que eran dos. Para entonces Gary se había ido con una animadora llamada Tammy. Pasaron otro par de meses antes de que Bob la invitara a salir.

—Las chicas estaban obsesionadas con él —dice Kimberly sobre Bob. Su pelo era más largo entonces, más voluminoso, según su descripción—. Pero me invitó a salir. Luego hubo momentos en los que me puso los nervios de punta y fue algo acosador, pero todo se solucionó.

—Nunca fui un acosador —responde Bob, apretando juguetonamente su brazo alrededor de la cintura de ella—. Estaba enamorado.

Toda la interacción me hace sentir borroso por dentro. Como si quisiera eso. Quiero que alguien me mire como Bob la mira a ella. Es tan simple, pero todo está en esa mirada y en la forma en que bromean entre ellos, lanzándose indirectas.

—Así que Bob es un acosador, lo tengo —dice mi teléfono—. Eso es lo que recordaré de esta conversación.

Se ríen y giran a la izquierda en la siguiente bifurcación, hacia Chimney View. El rugido del agua se hace más fuerte. Se transforma de un goteo distante en un trueno cuanto más nos acercamos.

—Ves, lo entiende. —Kimberly me sonríe.

Seguimos así el resto del paseo hasta llegar al mirador.

Kimberly había ido a la playa, durante el verano anterior al último año de Bob, cuando rompieron por un tiempo. Bob la siguió hasta allí para intentar recuperarla, pero en su lugar la puso furiosa. Luego se las arregló para recuperarla justo antes del regreso a casa.

El mirador se abre más allá de los árboles y por fin los sonidos cobran sentido. Es muy alto. El agua alcanza el borde en el lado opuesto del desfiladero, cayendo en picada en un brillante despliegue de blanco puro hasta estrellarse en la alberca de abajo en una explosión de ruido, agua y niebla. Es hermoso.

Gesticulo un *guau* con los labios, como si las palabras pudieran salir de ellos, pero no me importa. Esta vista, es increíble.

—Impresionante, ¿verdad? —Kimberly me palmea la espalda.

Levanto el cuello para mirarla a ella y luego a Bob, asintiendo con entusiasmo.

—*Precioso* —muevo la boca.

Podría sentarme aquí arriba durante horas y no cansarme de la vista. El sonido del agua. La sensación de la brisa fresca mezclada con la niebla del otoño. El gorjeo de los pájaros y el suave crujido de las ramas. El sol en mi cara y el cielo azul y las nubes hinchadas en lo alto.

Lo absorbo todo.

—Sky. —Bob llama mi atención.

Lo miro y sonrío.

—Quiero que sepas que estamos aquí para ti. —Empieza. Normalmente este tipo de comienzo me preocuparía o pondría en marcha mi respuesta de huida, pero no lo hace—. Tu madre y yo queremos que sepas que, si quieres llevar faldas o vestidos, si quieres maquillarte o pintarte las uñas, cualquier cosa así, está bien. Si eso es lo que quieres, te apoyamos y te animamos. Te queremos. Nada de eso importa.

Algo en mi pecho se revuelve. Algo que rara vez sentí. Es extraño pero sorprendente al mismo tiempo. Se siente bien. *Esto se siente bien.* Me siento cómodo, hacía mucho tiempo que no podía decir eso.

JACOB

Dejo mi libro por lo menos por quinta vez para revisar un TikTok que me mandó Ian. Si tuviera control, los ignoraría o, mejor aún, no miraría el teléfono. Pero no lo tengo.

Comienza el vídeo y me quedo mirando atónito. ¡Las cosas que envía! Es una ardilla diminuta metiéndose nueces en la boca. Juro que tiene por lo menos seis, sus mejillas se abren como globos. Oh, espera. Se mete siete. No, ocho.

Suspiro y vuelvo a mi libro. Es una historia de invasión alienígena. No puedo decir que sea lo que esperaba, pero me está gustando.

Mi puerta está cerrada, pero sirve de poco para amortiguar los gritos estridentes de mis sobrinos pequeños y las conversaciones del salón mezcladas con algún programa de chimentos. Mis hermanos vienen a comer casi todos los domingos después de la iglesia, con sus ocho hijos, y luego se quedan entre los servicios. A veces, como hoy, se ponen a hablar. Otras semanas, los encuentro inconscientes en el sillón que hayan elegido, echándose la siesta del domingo.

Todos mis hermanos son mayores. Yo no estaba exactamente planeado. Mamá y papá habían *terminado* de tener hijos, y ¡bum!, llegué yo. Su error. Rebekah es la más cercana a mí en edad, pero sigue siendo nueve años mayor, tiene veintiséis. También está embarazada de su primer hijo, tiene un novio al que mis padres no quieren, pero no se lo dicen a la cara y, además de mí, es la única liberal de la familia.

Samuel es el siguiente. Tiene veintiocho años, es un tipo tranquilo y santurrón que no empieza una pelea, pero seguro que se une a ella. Se divorció a principios de este año cuando su mujer lo engañó con un pastor de la zona. Mi familia estaba más enojada por el divorcio que por el engaño de su esposa. Tal vez sea bajo, pero ahora cuando intenta decir algo sobre que soy gay o que hago cosas de gay, saco a relucir el divorcio despreocupadamente. También es el que más se parece a papá. Ojos azules, cara más redonda, incluso las entradas.

Josiah tiene treinta y un años. Extrañamente, pasé más tiempo con él que con Samuel, pero eso es solo porque es más comprensivo. Odia que la familia hable de política, de lo que mi padre. Samuel y Luke hablan constantemente. Puede que no lo diga, pero no creo que sea tan conservador como el resto. Sé que su mujer no lo es, aunque sea molesta. Ella me defiende en la mayoría de las peleas, mientras que Josiah se limita a resoplar y fruncir el ceño. Tiene dos niñas pequeñas, Natalie y Natasha. Creo que tienen once y siete años.

Luego está Luke. Es el mayor: treinta y tres años y, fácilmente, el más obstinado. Fue a un instituto bíblico local y se ordenó antes de que yo cumpliera los trece. Mi padre estaba muy orgulloso. Lo recuerdo. Yo no había salido del *closet* para ese entonces, pero sabía en mi corazón que nunca vería a ese hombre mirarme así, con ese orgullo. Luke está casado desde que tengo memoria y es responsable de mis otros cinco sobrinos: Jonas, Micah, Hannah, Timothy y Elizabeth.

Las navidades son caras por aquí, una razón más por la que no me apetece ser adulto.

Así que sí, están todos por ahí, probablemente hablando de la campaña de papá o de algo sobre lo que la cadena de noticias FOX les dice que se enfaden, mientras yo intento leer. No se me permite trabajar los domingos, ni siquiera cuando el cine está abierto. Papá no lo permite. Los miércoles por la noche también están prohibidos. Tengo que estar en la iglesia y, como Ian está trabajando y Eric está de minivacaciones con su familia, decidí tomarme el día para relajarme. Además, suelo jugar online con Tyler entre servicios.

Aguanta. Esa ardilla de TikTok. Cierro los ojos y suspiro. Ian no estaba enviando un simple vídeo de una ardilla bonita. Era una broma gay. Toso para mis adentros mientras lo asimilo, la ardilla atiborrándose de nueces.

—Vaya, Ian —digo al aire.

Tengo que enviárselo a Tyler. A él y a Aidan les haría mucha gracia. Abro SnapChat y les envío el enlace. ¡Ooh! Y a Skylar. Mmm... Quizás no. Pero él también pensaría que es divertido, ¿verdad?

Solo hay una forma de averiguarlo.

Abro nuestra conversación de texto y le envío el enlace con un pequeño mensaje.

> **Jacob:**
> Avísame si lo ves. 😊

Intento volver a mi libro, pero mi teléfono suena. Eso fue rápido.

> **Skylar:**
> Lo vi.

Es imposible que haya tenido tiempo de verlo.

> **Jacob:**
> No 😌 El mensaje oculto. 🧑

Okey, quizá mi mensaje era un poco confuso pero, aun así. Niego con la cabeza.

> **Skylar:**
> Oh... 🧑 Dame un segundo.

Tómate el tiempo que tu pequeño cerebro necesite. Me río ante una habitación vacía. Tyler acaba de enviar un *snap* preguntando si estoy listo para jugar *Overwatch*. Ya no es mi juego favorito, pero es lo que él más juega, así que es nuestro ritual de los domingos. Parece que ya no leeré más.

Marco la página y dejo el libro sobre la mesa, luego me conecto con Tyler en la PlayStation.

—¡Hola, Ty! —digo una vez que el micrófono se conecta.

—Jacob —me llama—. Antes de empezar, tengo que decir que anoche me lo pasé muy bien. A y yo subimos a la montaña y vimos a Breegge. Fue perfecto.

A es su novio, Aidan. Y Breegge es el cometa del que todo el mundo habla ahora mismo. Es enorme. Ty ha estado obsesionado con él y ahora está obsesionado con Aidan.

—¡Eso es increíble! —Lo felicito mientras pulso el logo del juego en la pantalla—. ¿Qué hicieron?

—Solo miramos el cometa. —La voz de Ty salta una nota. Definitivamente hay algo más allí.

—Ah, ¿solo eso? —lo acuso, riendo.

Me devuelve la risa, pero no cambiará su respuesta.

—Tal vez —dice.

El juego se inicia y selecciono a mi personaje, Moira. Tyler vuelve a elegir a Mercy.

—¿Se va a unir Aidan? —pregunto.

—No —dice Ty—. Está conmigo hoy, así que...

—¡Hola, Jacob! —La voz apagada de Aidan grita en el micrófono que supongo que está en la cara de Ty.

—¡Ey, Aidan! —grito.

—Jacob dice hola —dice Tyler.

Mi teléfono suena y veo un mensaje de Skylar. ¡Oh! Tengo que contarles lo de Sky antes del concierto.

—Ey, ¿todavía tienes esa entrada extra para el concierto? —pregunto. Siempre me olvido de averiguarlo.

—Sí, ¿la quieres? —Ty pregunta en broma.

—Sí —digo.

—¿En serio? —Tyler parece sorprendido.

—Sí, tengo un nuevo amigo que quiero llevar —digo. ¿*Quiero llevarlo*? Sí, eso es—. Se llama Skylar.

—¿Amigo nuevo? —pregunta Tyler.

—Sí, *amigo* —subrayo—. Solo un amigo.

—De acuerdo —Ty arrastra la palabra—. La entrada es tuya.

—Gracias, te enviaré el dinero esta noche —digo y entonces un pensamiento me asalta—. Además, no puede hablar. Literalmente no puede hablar. Usa su teléfono para hacerlo. Para que lo sepas.

—Oh, de acuerdo —dice Tyler mientras el temporizador del juego cuenta atrás para el comienzo del partido—. Suena bien. No puedo esperar a conocer a tu *amigo*.

Puedo sentir las comillas al aire en su voz, pero no digo nada. Me limito a poner los ojos en blanco y a mirar el cronómetro. Supongo que revisaré ese texto después del partido.

4... 3... 2... 1...
ATAQUE.

SKYLAR

Son bonitas, pero demasiado cortas.

Tiro de los dobladillos, intentando que el borde inferior de cada falda baje unos centímetros. Pero entonces sus cinturas no son lo suficientemente altas. No sé por qué pensé que serían más largas ahora que hace dos semanas.

Es una pena que nunca las haya usado fuera de mi habitación cuando me quedaban bien. Son muy bonitas. Al menos crecí un poco, supongo, aunque sigo siendo recontra bajo.

Bueno, de todos modos, no combinan bien con el *top* blanco y negro de rayas horizontales que llevo. Resoplo y me quito la falda, doblándola antes de guardarla. ¡Oh, espera!

Me doy la vuelta y me dirijo al cesto de la ropa limpia junto a la puerta. Es donde lo dejé ayer, después de que Kimberly me lo entregara en el pasillo y me pidiera que ordenara. No llegué a hacerlo. Rebusco entre las prendas y por fin la encuentro. La falda que Imani y Seth me regalaron por mi cumpleaños.

Me apresuro a acercarme al espejo, ya estoy retrasado y Seth llegará en cualquier momento. Me pongo la falda negra más bonita que existe. Me queda bien y el borde inferior se ajusta perfectamente a mis rodillas.

Me observo. No es que a nadie le importe mi aspecto, pero no está mal. Saco la cadera y hago una pose. Perra mala. Dios mío, no. Cualquier cosa menos eso, aunque hay algo en llevarla puesta que me pone en la cima del mundo, sobre todo sabiendo cómo es el colegio. ¡Es hora de desafiar al patriarcado!

¡Bip! ¡Bip!

El claxon de un coche suena fuera en el mismo momento en que suena mi teléfono.

Imani:
Estamos aquí.

Skylar:
Ya salgo.

Echo un último vistazo a mi nueva ropa, doy una última vuelta y me cuelgo la mochila al hombro, antes de bajar las escaleras. Encuentro a Kimberly... quiero decir a mamá, lo intento, en la cocina picoteando de una caja de Cheez-Its.

La miro y muevo los labios para no tener que escribir en el teléfono.

—*Me voy a la escuela. Adiós.*

—Espera. —Se desliza alrededor de la barra y toma un recipiente de plástico para sándwiches de gran tamaño. Me lo tiende para que lo agarre—. Aquí tienes un pequeño refrigerio para ti y tus amigos. Que tengas un buen día, cariño.

Sonrío y asiento con la cabeza. ¿Nos preparó unos bocadillos?

—*Gracias* —Salgo por la puerta.

—¡Hola! —Imani grita antes de que llegue al coche.

—Ya era hora. —Seth saca el cuello por la ventanilla.

Me encojo de hombros y salto al asiento trasero.

—¿Qué es eso? —pregunta Imani mientras escribo.

—Bocadillos. Los envía mamá —dice Siri. Casi había tecleado *Kimberly*, pero retrocedí antes de hacerlo.

—¡¿Bocadillos?! ¿Qué tipo de bocadillos? —Seth echa un vistazo al contenedor mientras mira por el parabrisas trasero y da marcha atrás.

Buena pregunta. Me encojo de hombros y lo abro, liberando una pequeña nube de vapor y un golpe de calor temporal. ¡Oh, Dios mío! Sí. Me encantan estas cosas. Rollos de canela de naranja.

Mi boca se forma en una O y, si pudiera, estaría diciéndola. En lugar de eso, me detengo y sonrío, sosteniendo el recipiente para que Imani tome uno. Ella agarra uno de los pegajosos rollos del bien y no pierde el tiempo. Mamá nos hizo esto a papá y a mí ayer antes de ir a la iglesia, ¡y no pude resistirme! Son increíbles. Supongo que se dio cuenta de que me gustaron.

—¿Y yo qué? —Seth se queja.

—Estás conduciendo —dice Imani con naturalidad.

—¿Y? —Se encoge de hombros—. Tengo dos manos.

—Sí, para el volante, amigo. —Su sonrisa es enorme mientras lo dice. Es obvio que le encanta burlarse de él, y para ser honesto, creo que le gusta, pero eso es otro tema.

—Solo dame uno. —Los ojos de Seth se ponen en blanco en el espejo retrovisor.

Le paso el contenedor e Imani lo ayuda a tomar el último rollo.

—Me gusta la falda. —Imani vuelve a girarse y asiente con aprobación—. Quien te la regaló tiene muy buen gusto. Pero ese *top*... bueno, está bien.

Sus dos reacciones me golpean a la vez. «Por supuesto que te gusta, lo compraste para mí».

—¿Qué pasa con el *top*? —pregunta Siri.

—Demasiadas rayas. —Imani inclina la cabeza. Creo que se da cuenta de mi cambio de actitud, porque la suya cambia rápidamente—. ¡Pero está muy bien! No es lo que yo habría elegido, pero sigue siendo bonito.

—*¿Qué habrías elegido tú?* —No me molesto en teclear ya que ella se giró completamente en su asiento, probablemente sentada sobre sus rodillas. No es la mejor idea en un coche en movimiento.

—Quizá una sudadera blanca... —dice.

—Estamos en pleno verano —interviene Seth.

Frena el coche en un paso de peatones. El colegio está a la vuelta de la esquina. Cuanto más nos acercamos, más crece la tensión en mi estómago. Quiero hacer esto. Debería ser capaz de hacerlo, pero también sé que la gente apesta.

—...o una camiseta blanca con algo bonito. —Imani no pierde el hilo—. O un bonito *top* corto y unos pantalones negros por la rodilla. Sí. Un *top* corto.

—*No quiero meterme en problemas tan graves* —le digo. Ya estoy desafiando suficiente con una falda. Un *top* corto realmente llevaría a sus pobres ojitos al límite. Creo que ni a las chicas se les permite llevarlos *hoy en día.*

—Era solo una idea. —Se encoge de hombros y se vuelve a sentar correctamente en su asiento, mientras Seth nos lleva al estacionamiento y salimos.

—No la escuches —dice Seth.

—Se supone que estás de mi lado, y no lo decía por la escuela. —Imani lo mira mientras sale del coche—. Me refería a su cita de mañana.

La fulmino con la mirada. Seth hace lo mismo, pero es con humor. Espero que nadie más lo haya oído. Ya estoy recibiendo miradas. Todos los ojos están puestos en mi falda y mis piernas.

—Era solo una idea. —Imani sonríe.

Escribo furiosamente y le doy al botón reproducir, aunque ya estoy un punto atrás.

—¡Para! No es así.

Atravesamos la puerta principal y subimos las escaleras. Capto el final de la frase que alguien lanza con la palabra con M, y no es *mierda*, lo suficientemente lejos como para pensar que está fuera del alcance de mi oído.

—Seguro que no. —Imani me sonríe.

En el descanso de la escalera, Imani se detiene y gira para mirarnos antes de despegar hacia Historia.

—Nos vemos en el próximo período, Seth. Te veré en el almuerzo.

—Ponte unos pantalones —grita un chico con un corte de pelo reglamentario, vaqueros azules y una camiseta negra con una patética bandera rebelde estampada.

«Después de quemar esa bandera» es lo que me viene a la mente, pero no.

—Lárgate, Daniel. —Imani se detiene el tiempo suficiente para gritarle antes de irse a su clase.

No iba a decir nada, pero eso funciona. Le hago un gesto para que se vaya y encuentro a Seth mirando con rabia en dirección a Daniel. El chico sigue mirándome, pero la expresión petulante en su cara es de fastidio y desaparece entre la multitud.

—No le importa nada. —Seth se ríe—. Y a veces es intensa.

Entiendo la primera parte, pero la segunda... ¿Qué?

Se ríe y señala con la cabeza las puertas que llevan al Departamento de Inglés. Lo sigo.

—Lo de Jacob —me recuerda.

Ah, eso. Lo que no existe.

—Ella solo lo hace porque te quiere.

¿Eh? ¿Me quiere? Pero luego caigo. Amigos. Todavía es difícil de procesar que estos dos todavía están alrededor. Como... creo que *realmente* tengo amigos.

Un momento después entramos en el aula de la señora Sangster, de Inglés. No paso de la primera fila de pupitres antes de que me llame por mi nombre.

—Skylar. —Su voz es vieja y aguda.

Me detengo en seco, clavo los ojos en Seth y le devuelvo esa mirada cómplice.

—Buena suerte —suspira, yo me doy la vuelta.

—¿Sí, señora? —pregunta Siri cuando me detengo ante su escritorio. Tiene la cara arrugada, las mejillas regordetas y envejecidas, los ojos verdes hundidos tras unas gafas de montura fina.

—Me temo que no puedo dejar que lleves eso en mi clase. —Finge pesar, pero puedo sentir la repulsión en su voz. Definitivamente no es una de las profesoras de Inglés más jóvenes y buena onda—. ¿Tienes otra ropa con la que puedas cambiarte?

—No. —Escribo. Entonces me viene un pensamiento, tengo mis mallas abajo en mi casillero, para bailar. Son pantalones, ¿no? Escribo un nuevo mensaje mientras ella espera—: Tengo unas mallas en mi casillero.

Es un sarcasmo, pero probablemente no lo captaría, aunque tuviera voz.

—No es aceptable, señor —gruñe—. Ve al pasillo y llama a tus padres. Que te traigan algo más apropiado. Yo iré contigo.

No sé si es el «voy contigo» o la pomposa frase «algo más apropiado», pero nah, ya me cansé. Escribo en el celular.

—No —dice Siri bruscamente—. Esto no va en contra del código de vestimenta.

—¿Disculpe? —la señora Sangster retrocede, con los ojos muy abiertos—. No era una petición.

—No —hago repetir a mi teléfono.

—¡Ve a la dirección, ahora mismo! —Vuelve a su mesa y toma el teléfono, ya marcando algo—. Estarás en detención hoy.

Cinco minutos más de este infierno.

Miro fijamente el reloj. El segundero se eterniza. Es de los que no hacen tic-tac entre los segundos, se desliza, suave, insoportablemente lento.

Mi *tarea* está hecha. Está hecha hace una hora y la verdad es que es basura. Tanto el trabajo como el tema. No sé si siempre es el mismo, a no ser que quizás se repita, pero era escribir al menos un trabajo de mil palabras sobre *Quién te crees que eres*. ¿Cómo... qué?

En cambio, me pasé las mil palabras explicando lo sexista que es el personal y la administración del colegio, y que no está en el código de vestimenta. Porque eso es lo que es. Es gente que aplica normas sociales imaginarias a los demás. Me aseguré de usar esa frase unas cuantas veces, ah, y «el Patriarcado».

Hay otros dos tipos aquí. Con ninguno de los cuales hablé. Quiero decir, técnicamente se supone que no debemos hablar entre nosotros de todos modos. Pero teniendo en cuenta la forma en que *Masticón* me mira —creo que mastica tabaco por la forma en que se estira en su silla, con la mandíbula desencajada, y el círculo desgastado en el bolsillo de sus vaqueros— me parece que, si le hablara, me castigaría con odio en el acto. Y *Dormilón* —la única vez que lo vi despierto fue cuando le habló el profesor de turno— parece un imbécil, si soy sincero.

—Aquí tienes tu teléfono. —El profesor me entrega mi salvavidas. Se lo arrebato de las gruesas y callosas manos y me abstengo de mirarlo.

Honestamente, me desconcierta que me lo hayan sacado. Sé que es una detención, se supone que es silenciosa, pero es literalmente mi voz. Casi tuve un mini ataque de pánico cuando el primer profesor lo tomó. Esa mirada muerta en los ojos del hombre. Me estremezco.

Suena el timbre, pero en lugar de moverme miro el teléfono. Ahora que lo tengo en las manos me siento yo mismo, incluso atrapado en esta habitación mal ventilada.

Imani:
¡Que se joda el patriarcado! 😠 ¡¿Detención?! ¿En serio?

Me río. Seth debe habérselo dicho.

Hay unas cuantas notificaciones de Instagram y TikTok, y luego un mensaje de mamá. Supongo que también se lo dijo a ella.

> **Mamá:**
> Orgullosa de ti. ¡No puedo creer que te hayan mandado a detención! Van a recibir una llamada de nuestro abogado.

Ooh. ¿Un poco de lucha contra el sistema, tal vez? Le envío a mamá una respuesta rápida.

> **Skylar:**
> Ya salí. Gracias.

Antes de que pueda llegar al siguiente mensaje, de Jacob, que podría haberme alegrado el ánimo, llega otro de Imani.

> **Imani:**
> ¿Ya saliste de la cárcel? 😲 Estamos en el coche.

> **Skylar:**
> ¡Yendo!

Me echo la mochila al hombro y salgo prácticamente corriendo por la puerta, con la falda ondeando como un *vete a la mierda* a la sala de detención.

—Ya era hora —resopla Seth cuando estoy a unos metros de su coche.

—¿Cómo fue el infierno? —Imani se asoma con casi la mitad de su cuerpo por la ventana.

Suelto los labios en un suspiro dramático mientras salto al asiento trasero. Voy a escribir una respuesta para Imani, pero vuelvo a ver el mensaje de Jacob. Ah, vamos a comprobar eso primero.

—¿Y? —pregunta Imani. Supongo que estoy tardando demasiado. Pero tendrá que esperar un segundo. Levanto un dedo para que espere—. Bueno, ¿entonces?

> **Jacob:**
> ¿Dónde estás? La clase está a punto de empezar.

> ¿Estás bien?

> Seth me lo acaba de decir. ¿Detención? 😳

Me doy cuenta de que Imani se asoma por sobre el asiento y escondo mi pantalla. Esto es lo último que necesito que vea. Estará hablando al respecto el resto de la noche, convirtiéndolo en algo que no es.

Ojalá *fuera* lo que no es. Y quiero decir que es algo adorable que haya preguntado si estoy bien. Puedo soñar, ¿no?

—Fue aburrido. Muy, muy, aburrido —digo finalmente con Siri—. No hay mucho que contar.

JACOB

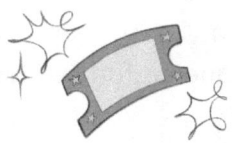

—Esa no está mal. —El teléfono de Skylar habla y trato de no tomarlo como algo personal.

Estamos sentados en el área de estacionamiento extra de la Fábrica de Música. No quería llegar tarde y verme obligado a ir a la parte trasera del recinto, así que llegamos temprano. *Estaremos* en la parte delantera, para el dios del género que sea que Joe canta.

—¿No está mal? —Lo miro. Nada de Joe es malo.

Skylar se encoge de hombros.

—Okey, vete a la mierda. —Le dirijo mi peor mirada de disgusto.

Está ofendiendo mi gusto musical desde que se subió al coche. Lo hice empezar con mi favorita, *Nevermore*, y me miró como si no supiera qué decir cuando sonó. O sea...

Hace una mueca, la mejilla se amontona bajo su ojo derecho, haciendo que los brotes marrones y verdes luchen por verse entre sus párpados rasgados. Dios, no puedo odiar eso, así que me río. Además, no estoy cien por ciento seguro de si lo odia o no. Estuvo moviendo la cabeza al ritmo de la música todo el tiempo, incluso cuando lo odia, parece algo exagerado. Como si estuviera bromeando. Es difícil saberlo con la voz británica que habla.

—Tenemos que trabajar en tu música —le digo—. Y buena suerte, porque esto es lo que vas a escuchar toda la noche.

—Mierda —suelta su teléfono sin un ápice de emoción. Pero puedo verlo en su cara. La sonrisa divertida entre los labios rosados y la forma en que se forman las líneas alrededor de su boca.

¡Deja de ser tan lindo!

«Recuerda, Jacob, esto es solo un concierto, una noche de diversión con amigos. No es una cita. No te lo metas en la cabeza como algo más».

Mi teléfono suena.

Tyler:
Estamos aquí.

¡Hora de irse! Saben que no deben insinuar que Skylar es mi cita. Especialmente después de que Tyler bromeara con eso ayer mientras jugábamos.

Jacob:
Nos vemos allá.

—Ya están aquí. Vamos —le digo a Sky y salgo sin comprobar si me escuchó.

Espero a que cierre la puerta y se acerque, antes de dirigirme por el estacionamiento de grava hacia el recinto. Vuelvo a pensar, por millonésima vez desde que lo invité, en lo absurdo de invitar a un concierto a alguien que no puede hablar. No creo que yo quisiera ir si no pudiera gritar cada canción. Eso es parte de la experiencia del concierto, ¿no? Se trata de cantar con el corazón sin que te importe lo que piensen los demás.

Pero tal vez no. De verdad espero que no. Porque, si hay algo que descubrí en los últimos días, es que en verdad quiero que Sky disfrute de esto. Realmente quiero que lo haga. Es casi tan importante para mí como el propio concierto. Casi.

E incluso les mintió a sus padres para venir. Me lo dijo cuando lo pasé a buscar. Nunca dijeron que no podía, pero él tampoco preguntó, así que les dijo que estaba enfermo cuando se fueron a cenar antes de la iglesia para poder «quedarse en casa y dormir».

No estoy seguro de cómo va a terminar todo esto, porque tiene un toque de queda a las once de la noche y no vamos a llegar a casa antes de las once. Además, es una excusa poco convincente si me preguntas.

Supongo que lo tendré que ayudar a entrar a su casa sin que lo vean, de alguna manera. Dijo que tiene experiencia en eso, lo cual es realmente intrigante.

Yo también estoy faltando a la iglesia hoy. Son las siete y cuarto y ya tengo los esperados mensajes de papá y mamá preguntando dónde estoy. Los ignoro. Cuando compré las entradas, me di cuenta de que estaría castigado durante al menos unos días. Pero vale la pena.

Más adelante damos vuelta en la esquina, junto a un complejo de oficinas, y la Fábrica de Música aparece a la vista, al igual que la fila. Maldita sea. Pensé que habíamos llegado lo suficientemente temprano como para evitar eso.

—Eso es mucho más largo de lo que esperaba —le digo a Skylar.

—Eso es realmente largo. —Sus ojos están desorbitados, añadiendo emoción a la traducción imperturbable de Siri. Creo que veo que el pánico se instala.

—Sí —suspiro—. Déjame averiguar dónde están los demás.

> **Jacob:**
> ¿Están en la fila?

La respuesta no tarda en llegar.

—¿Cuánto tiempo se tarda en entrar? —El teléfono de Skylar pregunta antes de que pueda comprobar el mensaje.

—Depende. —Me encojo de hombros—. No debería ser tan largo.

Realmente no lo sé. ¿Y es en realidad una mentira, si no lo sabes con seguridad?

> **Tyler:**
> Sí. Casi al final.

—Vamos, están en la fila —le digo—. ¿Listo para conocer a mis *otros* amigos?

Pregunto más por mí que por él. Nunca los conocí en persona, pero somos amigos *online* desde hace un año por lo menos, aunque nunca hablé con Kallie.

Se encoge de hombros. Lo tomo como un sí y comienzo a caminar.

Busco en la fila. Nadie me resulta familiar todavía. Busco a un chico latino de estatura media y ojos marrones; a su novio alto, larguirucho, de pelo desordenado y ojos verdes, y a su mejor amiga, de la misma estatura que Skylar, de la que solo vi unas cuantas fotos. Debería haber preguntado qué llevan puesto.

—¡Jacob! —grita una voz familiar a unos cuantos metros de la línea.

—¡Ty! —Grito de vuelta y cambio mi andar a un trote. ¡Oh, Dios mío!, ¡es Tyler! ¡Es literalmente Tyler! ¡Y Aidan! ¡Y la infame Kallie!

Es una locura. No es solo un *snap* o una voz en mi PlayStation. Es realmente él y ellos. Incluso esa mopa indómita en la cabeza de Ty. No es tan malo, pero me gusta hacerle pasar un mal rato con eso.

Me acerco corriendo y lo envuelvo en un abrazo. Es como encontrarme con un viejo amigo al que no vi en años. Me retiro y, de inmediato, Aidan me abraza de nuevo.

—¡A! —casi que grito. Escuché hablar mucho de él, incluso antes de que empezara a jugar a los videojuegos con nosotros.

—Hola. —Aidan sonríe y da un paso atrás—. Es un placer conocerte por fin.

—Igualmente —digo.

—Y esta es Kallie. —Ty señala a la chica bajita de grandes ojos azules que está junto a ellos—. Oíste hablar mucho de ella.

—Uh, sí. Mucho. —Hago que suene más siniestro de lo que es. Ty la quiere muchísimo. Le hace la vida imposible, pero la ama hasta la muerte.

—Genial. —Ella pone los ojos en blanco—. Otro de ustedes para soportar

Su ceño se transforma en una sonrisa y se ríe. Sí, tal como Tyler dijo.

—Encantado de conocerte. Este es mi amigo Skylar. —Me giro y pongo una mano en el hombro de Skylar. En el momento en que mis dedos se encuentran con la tela, tengo que luchar para no sacarlos rápidamente. No era mi intención tocarlo.

—¡Encantado de conocerte, Skylar! —Tyler sonríe.

Sky asiente y sonríe. Ninguno se inmuta porque no hable. Supongo que Tyler hizo su trabajo.

—Jacob dijo que te transfirieron desde el norte —dice Aidan. Todavía me cuesta creer que él sea el mayor entre ellos. Parece más joven.

Skylar asiente de nuevo, pero saca su teléfono y empieza a escribir.

—Vermont —dice Siri y sigue—: Aquí abajo hace mucho más calor.

Se ríen y eso parece hacer feliz a Skylar.

—¡Oh, Dios! Tu cosa es británica. —Tyler parece asombrado y emocionado. Pongo los ojos en blanco, pero Skylar parece apreciarlo—. Es genial. Yo no podría con el frío. Y él no está allí arriba, así que menos.

Es adorable, y un poco vergonzoso, cómo rodea a Aidan con sus brazos y lo acurruca. Okey, vergonzoso. Definitivamente, vergonzoso.

—¿También te arrastraron a esto contra tu voluntad? —Kallie le pregunta a Skylar mientras Tyler y Aidan tienen su momento. Mis ojos se dirigen a Skylar y tengo que suavizar mi mirada en el último momento. ¿Qué va a decir? ¿Por qué me importa?

—¿Tú también? —pregunta su teléfono y pone los ojos en blanco.

—Sí —resopla Kallie—. Su música es horrible. Solo estoy siendo una buena amiga.

—¿Nuestro gusto musical es horrible? ¿Quién en este grupo escucha clásicos? —Tyler le frunce el ceño.

Skylar me mira y sonríe antes de que su teléfono escupa el resto.

—No. No tuvo que arrastrarme. ¿Pero clásicos?

—Eh, sí. —Kallie se hace la ofendida, luego asiente hacia la entrada que finalmente está a la vista—. ¿Te gustan estas cosas?

—No dije eso —dice el teléfono de Skylar.

—Eso dolió, mucho —gimoteo, haciendo puchero. Se ríe, lo que hace que los demás se pongan en marcha—. Bueno, será mejor que lo disfrutes, porque creo que los dos estaremos castigados.

SKYLAR

Juro que no me gustaba la música en el coche de Jacob, pero allí dentro, con el bajo vibrando por todos los tendones de mi cuerpo, y el público saltando y cantando, y las luces parpadeando, ¡fue increíble!

—Cantó *Letdown*. —Tyler está en otro mundo mientras nos vamos, siguiendo a un grupo de chicos que nos doblan la edad hacia afuera—. Puedo morir feliz.

Son más de las once y espero que no me castiguen por esto. No sé si mamá y papá hacen ese tipo de cosas, pero espero que no. Miré el teléfono durante el concierto, pero aún no recibí ningún mensaje. Así que supongo, espero, que piensen que estoy durmiendo en mi habitación.

—Y *Vacanter*, o *Vacanter*. —Jacob lo dice de forma diferente cada vez. La primera vez es como *vacánter* y la segunda es más como *veyconter*. Es curioso, pero su mirada es de absoluta euforia.

Tyler se encoge de hombros.

—Ni idea, no estoy seguro de por qué hay un *er* en la palabra de todos modos.

—¡No importa, fue malditamente impresionante! —Jacob está saltando, literalmente—. No cantó *Nevermore*, pero sobreviviré. Estuvo increíble.

—Son unos perdedores. —Kallie pone los ojos en blanco. Me mira como si tuviera que estar en la misma página—. Pero son tiernos.

—Tenemos que irnos. —Aidan rodea con un brazo la cintura de Tyler y le besa la mejilla—. Tú y Kallie tienen un viaje de dos horas y escuela en la mañana.

—Tú también. —Tyler le devuelve el beso.

—Pero no hay dos horas de viaje —le corrige Aidan y luego nos mira—. ¿Nos vemos luego?

Me mira como si tuviera que responder. No lo sé. Quiero decir, eran divertidos y todo eso, pero esa es una pregunta para Jacob. Le dedico una tímida sonrisa y luego miro a Jacob con una mirada que, con suerte, dice: *respóndele al hombre.*

—Por supuesto —dice Jacob—. Ahora vives en la zona universitaria, ¿verdad?

—Sí. —Aidan asiente.

—Tal vez podamos salir algún día —sugiere Jacob.

—Mientras no intentes robarme a mi novio, me parece bien —ríe Tyler—. Pero, tenemos que irnos.

Se acercan para darse un abrazo de despedida y, antes de que me dé cuenta, Tyler me abraza a mí y luego a Aidan. Kallie me mira por un segundo. Algo me dice que sabe que no me gusta lo de los abrazos y entonces me abraza también con una enorme sonrisa. Le devuelvo la sonrisa, negando con la cabeza, y su sonrisa se hace más grande. Me cae bien.

♡

Es casi medianoche y todavía no hay un solo mensaje de mamá o papá. No estoy seguro de cómo tomarme eso. Cuando me fui pensé que acabarían por reventar mi teléfono. Sabía que me sentiría fatal por eso, pero ahora siento algo diferente.

¿Ni siquiera estarán enfadados? ¿Preocupados? ¿Nada?

—¿Crees que Joe es guapo? —Jacob interrumpe mis pensamientos y nos saca de la interestatal.

Eso vino tan inesperado como un gol desde mitad de cancha, como un cimbronazo, o un batacazo. No lo sé, no juego al fútbol. ¿Pero... guapo? ¿Quién era Joe?

—¿Joe? —Siri pregunta.

—El cantante. —Jacob frunce el ceño.

Ah. Él. Pienso en el concierto. Estaba oscuro, pero él estaba iluminado. Había algo áspero en sus rasgos, pero el estilo de chico triste le sentaba bien.

—No sé si lo llamaría lindo —explica mi teléfono—. Más bien *cool*. ¿Tal vez malote?

—¿Eso fue una pregunta? —Jacob me echa una rápida mirada y luego vuelve la vista a la carretera.

Sí. Era una pregunta. Y sí, lo sé, mi teléfono no siempre lo hace sonar como tal.

—Sí —confirma Siri.

Llegamos a un semáforo en rojo y Jacob me mira. Es como si me estuviera buscando.

—¿Es algo bueno? —pregunta.

Me encojo de hombros y asiento con la cabeza.

—Me gusta la onda de chico triste. ¿Tú crees que es lindo? —pregunto, bueno, mi teléfono pregunta.

—Más o menos, pero no es realmente mi tipo. —Jacob se encoge de hombros y sigue conduciendo cuando cambia el semáforo.

El arranque me pega contra el asiento. Juro que cree que cada semáforo en verde inicia una prueba de velocidad de cero a sesenta o que el auto familiar que está a nuestro lado quiere echar una carrera.

—¿Cuál es tu tipo? —pregunto una vez que ya no estoy pegado a mi asiento. Mantengo el dedo sobre el botón de hablar durante un momento, debatiendo lo estúpida que es la pregunta. Pero quiero saberlo y este es el momento perfecto para preguntarlo sin que resulte extraño. Quiero decir, él sacó el tema. Agrego otra pregunta y aprieto reproducir—. ¿Tyler?

—Eh... —Vacila y tose—. No. No realmente. Quiero decir, es un como... tierno, pero no. Me gustan más los chicos lindos.

Se encoge de hombros, sus pálidas mejillas se tiñen de carmesí bajo cada farol que pasa. Alguien se pone nervioso con este tema. Y eso lo hace *sexy* y tierno al mismo tiempo.

—¿Cómo Aidan? —pregunta mi teléfono. Me estoy acercando. Aidan está más bronceado que yo y es más alto, pero sigue siendo más bajo que Jacob y más del tipo lindo, creo—. ¿Cómo el novio de Tyler?

—¡No! ¡No! —Jacob chilla, mirándome por un segundo. La preocupación explayada en toda su cara, como si acabara de cometer un gran error—. No dije eso. Es lindo y todo eso, pero no me gusta. Nunca le haría eso a Tyler. Diablos, no saldría con él, aunque Ty rompiera con él. Eso sería sucio.

Oh, Dios mío. Estoy tratando de contener la sonrisa que está gritando en mi pecho por liberarse. ¡Es realmente lindo cuando se pone nervioso!

Llegamos a mi calle mientras Jacob continúa tratando de corregirse.

—Así que no, pero supongo que es como, ya sabes, mi tipo. Lindo, más bajo que yo, aunque eso no es condición... y pasivo. —Se las arregla para dejar atrás su vergüenza con esa última cualidad.

La parte loca es que él piensa que solo está siendo gracioso y dando demasiada información, pero mentalmente yo estoy alzando mi mano en el aire, ofreciéndome como tributo. Desafortunadamente, las únicas cosas que estuvieron dentro de mí no estaban unidas a un chico, apuesto a que me gustaría mucho más si así fuera.

—¿Cómo sabes que Aidan es pasivo? —No puedo creer que esté preguntando esto, pero si lo mantiene nervioso, estoy aquí para eso.

—Soy amigo de su novio. —Jacob me mira como si fuera obvio. La mayor parte del rubor se desvaneció ahora y vuelve a tener el control—. Quiero decir, no me cuenta todo, obviamente. Solo lo suficiente para saberlo.

Dejo que mi boca forme una gran O y asiento lentamente. Tiene sentido, supongo. El coche frena y delante se ve mi casa.

—¿Cómo lo harás? —Jacob asiente hacia mi casa. Creo que solo está tratando de cambiar de tema. Se lo dejo pasar.

Escribo mi plan. Probablemente no es el mejor plan. Podría terminar herido, pero es todo lo que tengo.

—Voy a trepar por una de las columnas que sostienen el techo del porche y entrar por la ventana de mi habitación en el segundo piso —dice mi teléfono. Al menos es sencillo.

Me mira y levanta las dos cejas.

—¿De verdad? —Frena hasta detenerse a una cuadra de mi casa.

Me encojo de hombros.

—*¿Tienes un plan mejor?*

—¿Qué? —Su cara se distorsiona.

—Lo siento. —Escribo—. ¿Tienes un plan mejor?

Lo piensa por un segundo.

—No. —Sacude la cabeza y sale del coche con un suspiro.

¿Eh? Yo también salgo y lo miro con los ojos entrecerrados.

—¿Qué? Te voy a ayudar. —Se encoge de hombros—. Tienes las piernas cortas. No podrás subir esas columnas tú solo.

Primero, ¿perdón pero que mierda...? Segundo, ¿en serio? Y tercero, tiene razón.

Se ríe, demasiado orgulloso de sí mismo, y camina. Gruño y salgo detrás de él. Hace mucho calor y parece que llovió mientras estábamos en el concierto. La calle está mojada y el resplandor de las farolas brilla en la hierba.

Ya casi estamos en mi casa y lucho contra el deseo de preguntarle si le parezco lindo. Realmente quiero gustarle. Sé que no lo hace. Nadie encuentra lindo al chico defectuoso. Suelen acogerlos, tratarlos para no parecer idiotas, les dicen que son buenos o adorables, pero no lo piensan realmente. Así que no pregunto. Bueno, esa no es la única razón por la que no pregunto. No quiero hacer que él —ni yo— se sienta incómodo. Fue muy amable esta noche y sería una grosería.

—Cuando lleguemos, te impulsaré hacia el techo y te ayudaré hasta que puedas subir —explica su plan.

—¿Seguro que puedes levantarme? —pregunta Siri y yo sonrío.

—¿Me estás llamando débil? —Jacob me mira de reojo.

Niego con la cabeza y le saco la lengua para que sepa que estaba bromeando. Se ríe y resopla como un cerdito.

—Dios mío, no. —Jacob se cubre la cara y agita la mano delante de mí—. ¡No oíste eso!

Mis ojos se vuelven brillantes y extasiados. Oh, lo hice. Definitivamente lo escuché. Y si pudiera reírme no podría controlarlo ahora mismo. Diablos, aunque no pueda, me río, sosteniendo mi estómago mientras los sonidos tratan de escapar, pero es solo un patético soplido que desearía que se detuviera.

Me hace el gesto con el dedo medio y eso lo empeora. Lucho por mantenerme en pie y recuperar la compostura, pero él también se ríe. Tardamos un buen minuto en volver a la normalidad.

—Hagamos esto. —Escribo.

—Entendido. —Frunce los labios y se inclina hacia delante como si se preparara para una carrera—. Tranquilo.

Arrugo el entrecejo, él se encoge de hombros y se aleja por la hierba. No queremos ir por el camino de entrada, y menos pasar por la ventana de la sala. Pero en el momento en que mis pies tocan la hierba, desearía que lo hubiéramos hecho. Está húmeda y blanda. Mis pies se hunden a cada paso y sé que voy a llenarme de barro.

Cruzamos el sendero y paso entre los arbustos frente al porche, hundiendo los pies en el barro. Jacob se desliza detrás. Su pecho me roza el brazo y me estremezco. «Respira, Sky».

—¿Estás listo? —Se pone en cuclillas y forma una plataforma con sus manos, sosteniéndola como a cinco centímetros del suelo, todo sonrisas.

Ladeo la cabeza y le dirijo una mirada que podría matarlo. Se ríe y sube las manos justo por debajo de mi cintura. Le dedico una sonrisa sarcástica y le planto mi zapato embarrado en las palmas.

—Agh —gruñe, frunciendo el ceño.

Sonrío triunfante. La venganza es dulce.

Pone los ojos en blanco y comienza la cuenta atrás.

—Tres... —Me inclino hacia adelante y agarro la columna de madera—. Dos... —Fijo mis ojos en el techo de chapa. Oh no. Techo de chapa. Va a ser tan resbaladizo. Esto es una mala idea—. Uno...

—¡Eh! —grita una voz grave desde el porche.

Las manos de Jacob vacilan y se separan. Se tambalea justo cuando hago fuerza hacia abajo, esperando que haya un soporte, pero en lugar de eso caigo hacia delante, chocando con él. Nos derrumbamos y caigo encima de él. Mi cara está enterrada en su estómago, justo por encima de su cintura. Trato de aferrarme a cualquier cosa sólida, pero todo lo que encuentro son trozos de barro y hierba. Finalmente, planto las manos en el suelo duro y me empujo, mientras él se esfuerza por levantarse del suelo.

—Skylar. —Es papá. Pero no escucho el enojo que esperaba. No está feliz, como si me diera la bienvenida a casa desde la escuela, pero tampoco es severo.

Me obligo a sonreír, con el labio y los hombros temblando, hierba y barro cubriendo mi costado. Jacob se levanta, utilizando la barandilla del porche para estabilizarse.

—Señor Gray. —Asiente rápidamente, tratando de recuperar el aliento.

—Jacob —dice papá lentamente. Me mira—. Te estábamos esperando, Skylar.

Miro hacia otro lado y asiento.

—Jacob, deberías ir a casa —dice papá.

—Sí, señor. —Jacob asiente de nuevo.

Nuestras miradas se cruzan por un momento y creo que está pidiendo perdón, pero en realidad no debería hacerlo. La culpa es mía. Debería haber tenido un plan mejor. O tal vez simplemente no debería haberme ido. Igual me divertí mucho. Pero sí, lo siento.

—Buenas noches, señor Gray. —Jacob sale del jardín y empieza a bajar el camino de vuelta. Me saluda por última vez con la cabeza antes de darse la vuelta y prácticamente trotar por la calle—. Buenas noches, Sky.

¿Acaba de darme las buenas noches?

SKYLAR

—¿Lo besaste? —Imani se acerca a mí por encima de la mesa. Juro que está a punto de arrastrarse—. No, ¿te besó él a ti?

—¡NO! Ya basta.

Se está poniendo al día con el chisme durante la comida. Esta mañana se retrasó, así que no vino a la escuela con nosotros. Anoche me negué a contarle por mucho que me rogara.

—¿Por qué no? Está muy bueno. —Imani me mira como si fuera un idiota.

—*No fue una cita* —digo de nuevo, y luego escribo el resto—: Sin embargo, descubrí su tipo.

Muevo mis cejas y sonrío.

—¿Oh? —Imani se sienta con la espalda recta. Tengo su atención. Como si no la hubiera captado ya.

—Aquí vamos —gime Seth.

—Cuéntalo. —Le da un codazo a Seth.

Antes de que pueda teclear, Jacob e Ian ocupan los asientos que nos rodean. Jacob se sienta frente a mí y sonríe. Imani me mira con desconfianza, mientras yo intento mantener la calma. Volví de la clase de baile con Jacob, pero él tuvo que ir a buscar a Ian antes de ponerse en la fila del almuerzo, como siempre, lo que me dio el tiempo justo para apaciguar a Imani. O al menos eso pensé.

—¿Cómo va todo? —pregunta Jacob.

—Bien —dice Seth.

—Mejor que an... —empieza Imani, pero le doy una patada por debajo de la mesa—. Uh... Mejor de lo que podría ser.

—Ah. —El ceño de Jacob se frunce—. Supongo que cierta persona podría estar en detención de nuevo.

—Dale una semana —suelta Ian, con los labios apretados en una sonrisa divertida.

Jacob le lanza una mirada de decepción.

—¿Qué? —Ian deja caer su hamburguesa y levanta las manos.

—No se equivoca —interviene Seth.

Ladeo la cabeza y le lanzo mi mejor mirada de *¿qué diablos?*

—Quiero decir, no lo estás. —La voz de Seth sube una octava—. Pero solo espera. La próxima vez que te pongas una falda o un vestido, te van a meter en esa cárcel otra vez.

—Tiene un poco de razón —Imani asiente.

Lo malo es que probablemente sea así. Realmente me gustaría no volver a estar en esa habitación mal ventilada todo el día.

—Así que —suelta Imani—. Sky nos estaba contando lo de anoche.

—¿Ah sí? —Jacob se echa hacia atrás y sonríe.

No sé lo que está pensando, pero sea lo que sea, aparentemente es divertido.

—¿Te contó que lo atraparon entrando a escondidas en su casa? —pregunta.

Pensé mucho en todo eso. Por algunas razones. Juro que se vuelve más divertido cuanto más pasa por mi cerebro. Estoy a punto de dejar que me lance al techo. Papá sale, nos distrae y terminamos chapoteando en el barro húmedo. Después de eso, dejé un rastro de suciedad en la casa.

—Todavía no. —Imani me mira como si se lo hubiese ocultado.

—*No pude, llegaste tarde.* —Muevo los labios.

Me mira fijo. Resoplo y lo tecleo.

—Si no hubieras llegado tarde esta mañana, ya lo sabrías.

Imani busca en su bolso y saca un cristal transparente y azulado.

—Más vale que te alegres de que tenga mi aguamarina conmigo, Sky. —Sonríe y lo frota entre sus dedos.

No sé qué significa eso.

Seth sacude la cabeza y se ríe.

—¿Y qué pasó? —pregunta ella.

Miro a Jacob.

—¿Quieres contarlo? Sería más fácil.

—Claro. —Sonríe y tose como si estuviera a punto de contar una historia épica—. Entonces, Sky tuvo esta gran idea de que iba a subir al techo y entrar por la ventana de su habitación. Y yo iba a ayudarlo. Ya sabes, impulsarlo hacia arriba. Pero anoche llovió y todo estaba mojado.

Seth ya escuchó esta historia, pero parece igual de interesado esta vez. Probablemente buscando cualquier discrepancia. Imani se inclina sobre la mesa y lo mira fijo.

—Bueno, estaba dando la cuenta regresiva y aparentemente su padre está de pie detrás de nosotros todo el tiempo. Cuando llegué a uno su padre gritó. Me dio un susto de muerte, así que solté el pie de Sky justo cuando impulsó su peso hacia el suelo. Sky se cae, me derriba y termina encima de mí. Me dejó sin aliento. —Sonríe. Me encojo de hombros—. Estábamos cubiertos de barro. Entonces este tuvo que hacer la caminata de la vergüenza hacia la casa.

Se olvidó de la parte en la que huye con el rabo entre las piernas, pero lo dejaré pasar.

—¿Terminaste encima de él? —Imani me mira.

Asiento con la cabeza y bebo un trago de gaseosa.

—Pensé que eras pasivo —suelta Imani.

Mis ojos se abren de golpe y el líquido sale a borbotones. Me tapo la boca, intentando evitar que salga más. ¡No acaba de decir eso!

—Maldita sea —suelta Ian, tambaleándose sobre la mesa entre risas.

—¡Imani! —Seth regaña, pero tiene una sonrisa de oreja a oreja y se ríe a carcajadas.

—Sinceramente, adhiero —ríe Jacob, chupando su labio superior.

Él fija sus ojos en mí y yo quiero morir aquí y ahora. ¿Por qué, Imani? ¿Por qué?

Sonrío nerviosamente, pero recupero la compostura. Voy a matarlos a todos. Lo juro. Ahora tengo la cara acalorada y mojada, por no hablar de las manchas de líquido en mi camiseta. Limpio algunas de mi teléfono y escribo tan rápido como puedo.

—Los odio a todos —les dice Siri sin la intensidad que hay en mi cabeza. Eso hace que se rían más—. No voy a hablar de esto.

—¿Así que lo eres? —Ian frunce los labios como si estuviera investigando.

—Ian. —Jacob pone una mano para decir *basta*.

—Solo preguntaba —dice Ian.

—¿Cuál fue tu castigo? —Jacob vuelve a centrar la atención en mí—. No puedo ser el único que se metió en problemas.

—¿Quieres que me meta en problemas? —pregunta Siri y yo le pongo mis mejores ojos lastimeros.

—Quiero decir... No, pero... —Jacob intenta corregirse, pero yo levanto una mano y niego con la cabeza, sonriendo.

—No se me permite salir con nadie después de clase y no tengo wifi hasta el domingo, cambiaron la contraseña —digo.

Fue mucho menos de lo que esperaba, pero tampoco sabía muy bien qué esperar. Ah, y también me dijeron que tenía que pasar más tiempo con ellos, lo cual no es realmente un castigo. Creo que por eso cambiaron la contraseña del wifi.

—Bueno, oficialmente apestas. —Jacob se echa hacia atrás y resopla. Levanta una mano y empieza a numerar su castigo—. Sin coche, sin guitarra, sin teléfono, sin PlayStation y directamente a casa después del trabajo y la escuela, durante una infernal semana completa.

—*Maldita sea* —digo. Asiente con la cabeza, así que supongo que entendió.

—¡Ah! Descubrí por qué mamá y papá no me enviaron mensajes de texto ni llamaron para preguntar dónde estaba. —Escribo—. Al parecer, mi teléfono les dice exactamente dónde estoy y no querían «asfixiarme». También me olvidé de las cámaras de fuera. Vieron cómo me pasaste a buscar.

La parte de la cámara fue un gran momento de *Dios, eres un maldito idiota* por mi parte. Sabía de eso, pero no lo tuve en cuenta cuando lo planeé. Ah, y papá dijo que tuvo que evitar que mamá me llamara.

Jacob gruñe con el resto de la mesa.

—Vaya. *Okey*. Pero quiero decir que tus papás me siguen pareciendo bastante geniales.

Me encojo de hombros y asiento débilmente con la cabeza. Tiene razón.

—Solo tienes que ser más *activo* la próxima vez. —Imani mira a Jacob, con la cabeza inclinada hacia abajo y los labios apretados.

Sus hombros rebotan y los demás estallan de risa.

Le doy mi dedo medio, pero no puedo negar que fue bueno. Diablos, hasta me río.

Lo que no se dan cuenta es que me pasé toda la noche imaginando cómo sería tenerlo encima.

JACOB

Es bueno que me guste leer. ¿Qué diablos hacen los que odian los libros cuando sus padres los castigan?

Paso la página. La protagonista corre por una casa, envuelta por una planta con tentáculos alienígenas, tratando de encontrar a un niño que perdió. Es intenso.

Tan intenso que cuando suena el timbre del viejo despertador que me regaló mamá, doy un respingo. Me levanto intentando, sin éxito, no mirar el espacio vacío detrás de la puerta de mi habitación, donde suele estar mi guitarra.

«No pienses en eso. Solo vístete».

Me deslizo fuera de la cama y me cambio la ropa del colegio poniéndome el uniforme negro y rojo, luego meto los pies en unas viejas zapatillas negras. Me aprietan. Ya es hora de que me compre un par nuevo, pero no se lo voy a pedir a papá y mamá. Voy a ahorrar y a comprarlas yo mismo, igual que voy a ahorrar y a comprar mi propio coche.

Empiezo a bajar por el pasillo, deseando poder deslizarme por la cocina sin que me detecten. Pero sin el privilegio del coche, mamá tiene que llevarme.

Lo primero que oigo desde el salón mientras estoy en el pasillo es «ese chico marica de Brown». ¿Qué demonios? Me detengo, inclino el oído hacia el salón y espero. Papá es lo suficientemente ruidoso como para no tener que acercarme. Con mamá, en cambio, es un poco más difícil.

—¿Qué tipo de padre deja que su *hijo* lleve ropa de *niña*? Es asqueroso —se queja papá, con la voz temblando de repugnancia—. Esto es lo que pasa cuando sacan a Dios de las escuelas, Diane.

—Bruce, tranquilízate, por favor —ruega mamá.

Oh, es demasiado tarde para eso, mamá. Me hierve la sangre. Ese *chico marica* es *mi* amigo y es todo menos asqueroso. Planto los pies en su sitio, rechazando el impulso de irrumpir en el salón gritando. No necesito meterme en esta discusión con papá antes del trabajo. Solo conseguirá que llegue tarde, aunque siempre me dice que nunca lo haga, pero no pasa nada si es porque él discute conmigo. No le voy a dar el gusto.

—Tengo que hacer algo —dice papá, pero no se queda más tranquilo, solo menos agresivo—. Los padres del chico pusieron un abogado y el colegio no quiere hacer cumplir el código de vestimenta. El abogado de la junta directiva dice que el código no es lo suficientemente explícito para detenerlo.

Mis ojos se estrechan. Hay una pausa.

—Voy a proponer un nuevo código de vestimenta que aborde esto. Y el maquillaje y las uñas, todo eso —dice—. Tiene que acabar.

—¿Cuándo lo vas a anunciar? —pregunta mamá.

—¿Anunciarlo? —Papá parece sorprendido.

¿Una nueva política de vestimenta? ¿Solo para evitar que Skylar lleve falda? ¿Qué tan tóxico tienes que ser para hacer eso? Oh sí, mi padre.

—Sí. —La voz de mamá es diminuta.

—Se incluirá en la agenda para la reunión en la que se vote, pero aparte de eso no necesitamos publicidad —dice.

Y ahí está. Sabe la reacción que tendrá. Así que va a ocultarlo.

—Todavía tengo que reunirme con Craig para redactar algo —continúa papá—. Así podremos conseguir que Jacob deje de pintarse las uñas también.

Bien, con eso dicho, me cansé de esperar. No voy a sacar la conversación, pero necesito salir de aquí antes de que termine haciéndolo.

—Estoy listo para irnos, mamá. —Entro rápido en la sala de estar y la miro directamente.

Me mira como si un fantasma hubiera saltado del pasillo.

—Que tengas un buen día en el trabajo —dice papá cuando paso rápido junto a él, con los labios apretados.

Esto está mal. Está muy mal. ¿Cómo puede pensar que esto está bien? Oh, sí, está cegado por su política y su equivocada fe sectaria. Alguien tiene que hacer algo. No se le puede permitir que haga esto.

No pueden pasar por encima de Sky así. Tengo que hacer algo.

SKYLAR

—Los odio a los dos —grita Seth por la ventana.
—Yo también te quiero —le grita Imani mientras Seth da marcha atrás en la entrada para irse.
La sigo por el camino hasta la puerta principal. Estamos en su casa. Mi primera vez.
—Ustedes dos tienen una relación extraña —dice Siri mientras Imani abre la puerta principal.
—¿De verdad? —Ella frunce el ceño antes de entrar.
Es agradable. Acogedor. Mantas a cuadros blancos y negros, colocadas cuidadosamente sobre un sillón reclinable. Cojines adornados sobre un sofá blanco. El piso es de una madera gris cenicienta.
—Supongo que es algo nuestro. —Se encoge de hombros.
Un hombre negro y alto, que supongo que es su padre —nunca mencionó a un hermano mayor— aparece de repente. Sonríe, como un complemento perfecto para el brillo de Imani.
—Tú debes ser Skylar. —Extiende su mano.
Dudo, luego le doy la mano, asintiendo. Bien, sí, tiene un agarre firme.
—Mi Imi parece estar muy enamorada de ti. —Su voz parece salida de una película de época mal producida. Definitivamente

es más correcto que Imani. Pero me preocupa más lo que dijo. Mis ojos se dirigen a Imani con pánico y retiro la mano, intentando seguir haciéndome el interesante. ¿Qué?

—Sólo está siendo tonto. —Las manos de Imani van a su cintura y ella le da una mirada de complicidad—. Basta ya.

—¿Chico equivocado? —Entrecierra los ojos y su voz vuelve al siglo veintiuno, pero sigue habiendo acento. Definitivamente Imani no lo adquirió.

—O chica —le recuerda ella.

—Ah, sí. —Asiente, con el labio inferior encogido—. ¿Supongo que no eres el elegido?

Sacudo la cabeza enérgicamente y tecleo.

—No, señor.

—No, no. Nada de *señor* aquí. —El señor Banks lo descarta por completo—. Solo Zion. Sin embargo, Imi me habló de ti. No habla con suficiente gente como para tener novio o novia —se ríe, dando un codazo a Imani, y luego vuelve a dirigirse a mí—. Aunque no estoy seguro de que alguien pueda con ella.

—¿Dónde está mamá? —Imani pone los ojos en blanco.

—Fue a hacer las compras —dice.

Me gusta mucho su voz.

—Bien, puede traernos café —dice Imani.

—Mejor llámala entonces —responde el señor Banks.

—Entendido. Bueno, tenemos planes. —Me agarra de la mano y me arrastra por el pasillo.

—Me alegro de conocerte, Skylar —dice el señor Banks tras nosotros, yo asiento como puedo mientras me arrastran—. ¡Puerta abierta!

—¡Es gay! —Imani grita de nuevo. Se dirige a lo que supongo que es su habitación. Hay una cama, después de todo.

—No me importa —dice la voz de su padre y una enorme sonrisa se dibuja en mis mejillas.

Imani pone los ojos en blanco y resopla.

—Espero que no te importe que te vea maquillado.

¿Por qué iba a importarme? Quiero que me enseñe a hacerlo para poder llevarlo en público, aunque nada extravagante. Solo para experimentar un poco.

Si no hubiera estado castigado los últimos días, ya lo habríamos hecho. Cuando Imani me preguntó si podía venir hoy después del colegio, estaba seguro de que la respuesta era no. Pero le envié un mensaje a mamá de todos modos y me dijo que podía. Así que, a menos que haya alguna norma no escrita que desconozca, supongo que me levantaron el castigo un día antes.

—Siéntate aquí —ordena Imani.

En la esquina hay un pequeño tocador. Un gran espejo giratorio se encuentra sobre el escritorio de madera de cerezo atestado de cajas y cajas de maquillaje. Se sienta en una silla rodante más pequeña, palmeando el almohadón de una más grande de madera que hace juego con el tocador.

Me siento y observo la habitación, mientras ella rebusca entre botellas y brochas y cosas que no reconozco. ¡Oh! Una estantería. Es pequeña, pero está llena. Los libros parecen desgastados y usados.

Mientras la miro, ella comienza su tutorial de maquillaje, pero solo escucho a medias. La mayor parte del tiempo, la sigo. Se lavó la cara y se está poniendo la base, pero ya me doy cuenta de que voy a tener que repasar los pasos. Parece que hay una lista.

Mi ojo se fija en un título: Bhagavad-gītā. ¿Qué es eso? Lo tecleo en mi teléfono, ganándome una mirada de costado, y pulso reproducir.

—¿Qué es el Bhagavad-gītā? —pregunto.

—Es una escritura sagrada hindú —responde y vuelve a empezar su tutorial de maquillaje—. Así que ahora que la base está aplicada...

—¿Eres hindú? —pregunta mi teléfono—. Pensé que eras wicca.

—No —se ríe, con puntos de maquillaje en la mejilla, la barbilla y la frente. Comienza a cepillar los puntos, haciendo una pausa para responder—. Soy wicca.

Estoy confundido. ¿Por qué un libro hindú entonces?

Mis manos vuelven a moverse para utilizar lenguaje de señas. Las cierro con fuerza y me recuerdo a mí mismo que no es necesario.

—Es como... uno de los libros que usan les brujes. No tenemos un solo libro grande. —Difumina el maquillaje que se aplicó, creo. Se levanta para tomar el libro y otros dos, y vuelve al tocador—. Como estos también. *Los Cuatro Acuerdos*, es como nuestra Biblia sobre cómo ser buenes persones. *La Wiccapedia*, bueno, sacamos mucho de ella. Como hechizos y afirmaciones, cosas sobre las fases lunares y limpieza energética. —Abre el último con un poco más de cuidado—. Y este es mi *Libro de las Sombras*. Es una especie de diario donde pongo mis hechizos y pensamientos.

Una media sonrisa aparece en mi rostro. Lo dice en serio. La verdad es que es genial.

—¿Así que realmente haces hechizos y conjuros? —pregunta Siri.

—No como estás pensando probablemente. —Ella sonríe—. Es más bien como si sostuviera un cristal o encendiera algunas velas y dijera algunas palabras, con intención, para pedir fuerza o calma o algo así.

Saca una piedra de color verde intenso del cajón del tocador. Es sólida y suave, con una textura ahumada.

—Digamos que quisiera desearte suerte. —Se encoge de hombros—. Dame tus manos.

Pongo mis manos frente a ella, con las palmas hacia arriba. Ella coloca la piedra en mi palma y cierra mis manos alrededor de ella. Está fría al tacto. Imani cierra los ojos, con sus manos envueltas en las mías.

—Te deseo suerte y fortuna para la semana que viene —dice Imani. Luego abre los ojos y se encoge de hombros—. Eso es. También las llamamos afirmaciones, son básicamente lo que los cristianos llaman oraciones o bendiciones.

—Genial —le dice mi teléfono. Realmente lo es.

Me abre la mano, toma la piedra y la devuelve al cajón. Definitivamente no es como lo había imaginado.

Cuando pienso en una bruja, tengo visiones de mujeres con sombreros negros puntiagudos tratando de drenar la vida de alguna pobre virgen para la inmortalidad. No a la pequeña Imani deseándome una buena semana. Si las brujas son reales, y supongo que lo son, definitivamente preferiría el tipo Imani.

—Entonces, ¿Satán es, ya sabes, tu dios?

—No, no, no. —Ella gesticula y pone los ojos en blanco—. Eso es lo que todo el mundo piensa. Somos *paganes*, no satanistes. *Hay* una diferencia.

—¿Qué dicen tus padres al respecto? ¿Son wiccanos? —pregunto.

Ella suspira.

—Son cristianes. No creo que les guste, pero no intentan detenerme. Me dejan... ser. Lo cual es genial, porque ser wicca consiste en no condenar las creencias de los demás, así que es agradable que no condenen las mías. Les brujes son realmente geniales y normales.

Sabía que era wicca. Recuerdo que se lo dijo al grupo el primer día de clase, pero supongo que parecía tan normal que lo olvidé.

—Bueno, basta de hablar de mí. Hablaría de ser wicca durante horas, así que... —Se acerca y pone sus manos en mis rodillas, mirándome a los ojos, olvidándose también del tutorial de maquillaje—. Te gusta Jacob, ¿verdad?

Creo que se me cae la mandíbula porque crece la picardía en sus ojos. ¿Cómo respondo? Un no rotundo sería una mentira. Pero pensar que es lindo no es lo mismo a que me guste, ¿verdad? Pero... ¿me gusta? «Vamos, Sky, no seas estúpido, sabes que sí. ¿Cuántas veces pensaste en esos ojos verdes y ese pelo?». Demasiadas veces. ¿Pero eso significa que me gusta?

—*No* —muevo los labios y niego con la cabeza—. *Por supuesto que no.*

—¿Estás seguro? Porque te sonrojas mucho cuando lo menciono. —Imani frunce los labios y suelta una risita.

Ladeo la cabeza y separo los labios. No es justo.

—*¿Te gusta Seth?* —contesto. La pregunta se me pasó por la cabeza varias veces, así que ¿qué mejor momento para preguntar que ahora?

—¿Qué? No. —Imani se echa hacia atrás en estado de shock.

—*¿Estás segura?* —pregunto.

—Sí, solo somos amigues —dice demasiado rápido. No puedo decir que me lo crea—. Sin embargo, a ti sí que te gusta Jacob. Quiero decir, *es* lindo.

Definitivamente hay algo ahí. Pero lo dejo estar. Y no, Jacob no es lindo. Vamos a entenderlo bien. Es *sexy*.

Lentamente, asiento y balanceo la cabeza de un lado a otro. Si es tan evidente en mi cara, ¿qué sentido tiene negarlo? Aunque sea inútil imaginarlo. Supongo que no es más inútil que pensar en mi enamoramiento semanal de TikTok.

—No, Jacob es *sexy*. —Siri muerde la bala y yo cavo mi propia tumba.

—Bueno —sonríe—. Él es gay... Tú eres gay... Y creo que tú también le gustas.

Ahí va con lo de pensar que me gusta otra vez. Espera, aguanta. Levanto una mano para detenerla.

—*¿Crees que le gusto?* —pregunto.

—Sí. —Se encoge de hombros como si fuera obvio.

¿No me habría dado cuenta si lo hiciera? Y definitivamente no lo hice. Sacudo la cabeza y me río, lo que básicamente son chorros de aire que salen de mi nariz.

—Yo creo que sí —dice ella de nuevo—. Y creo que a ti te gusta.

Niego con la cabeza.

Pero... ¿será así?

SEPTIEMBRE

L	M	M	J	V	S	D
						~~1~~
②	3	4	5	6	7	8
9	10	11	12	13	14	15
16	17	18	19	20	21	22
23	24	25	26	27	28	29
30						

JACOB

Si termino en la cárcel hoy, es porque estoy a punto de matar a algún hijo de puta. Esta gente está poniendo a prueba mi paciencia. Cualquiera diría que ninguno de ellos vio una falda. La forma en que le hablan a Sky me hace hervir la sangre.

—Maricones —susurra alguien.

Puedo sentir que va dirigido a nosotros. Estoy acostumbrado a estas situaciones debidas a sus patéticas mentes cerradas, pero cuando está dirigido a él, me raja la piel como un centenar de cortes de papel.

—La sala de detención tiene muy buena pinta ahora —le susurro a Skylar al oído, mientras llegamos a la escalera superior y nos aventuramos a entrar en el comedor. Quizá papá estaría orgulloso de mí si le diera una paliza a alguien. Pero una vez que se dé cuenta de que es por el *chico marica*, al que está intentando arruinar, probablemente no.

Skylar niega con la cabeza y sonríe. Estoy aprendiendo que es como su risa.

—Era solo una idea. ¿Estás bien?

No quiero dejarlo, pero Ian se va a quejar si no lo espero junto a su casillero cuando baje de la segunda clase. Es un ritual.

Skylar asiente y lo tomo como un sí.

—Bueno. Te veo en un ratito.

Giro sobre mis talones y empiezo a bajar por el pasillo. El único pensamiento que se me pasa por la cabeza es «Dios mío, qué estupidez». ¿Por qué lo hice?

Hoy estoy aun más preocupado por Skylar. No solo está usando una falda de nuevo, sus uñas también están pintadas de un amarillo pálido. Se ven muy bien. Encaja con su onda, lo hace más lindo. Cortesía del salón de uñas de Imani durante el fin de semana, según escuché. Pero también es algo más para que los idiotas se metan con él.

—¿Dónde estabas? —Ian grita desde el otro extremo del pasillo.

Inclino la cabeza y compruebo mi reloj.

—Llego como… un minuto más tarde de lo normal. —respondo.

Me doy la vuelta para volver por el pasillo, e Ian me echa un brazo por encima del hombro.

—No me vas a cambiar por Sky, ¿verdad?

—¿Cambiar? —Lo miro con los ojos entrecerrados—. Suenas como un viejo coche usado. Y no. No voy a *cambiarte* por Sky.

—¿Seguro? —indaga.

—No. Quiero decir, sí —corrijo. Es una de esas preguntas con trampa—. Estoy bien con este cacharro.

—¿Así que soy un cacharro? —Ian se echa atrás con una sonrisa pegada a la cara.

Lo dejo estar mientras nos movemos entre la multitud.

—No eres un Ferrari. —Me encojo de hombros.

—Vete a la mierda —Ian se ríe—. Puedes quedarte con tu nuevo modelito.

—¿Por qué iba a cambiarte en primer lugar? —pregunto y me pongo al final de la cola del almuerzo.

—Porque estás enamorado de él —arrastra la frase.

—Aunque lo hiciera, no te abandonaría —le digo—. Yo no hago esa mierda.

Avanzamos en la fila en silencio. Excepto cuando Ian me da un codazo en el brazo, mientras intento poner las papas en mi plato, y casi tiro la mitad de la bandeja al suelo. Por suerte para mí, Ainsleigh la toma del lado opuesto antes de que pueda caerse del mostrador.

—Aquí está tu nuevo modelo —dice Ian antes de llegar a la mesa.

—Hola. —Imani sonríe cuando dejo mi plato y me siento frente a ella. Skylar está a su lado—. Sky me dijo que te gustaron sus uñas.

¿Lo hizo? Es una pavada, pero me gusta que se lo haya dicho.

—¡Sí, se ven muy bien! —digo y mis siguientes palabras salen antes de que las piense—. El amarillo le queda bien.

—¿Oyes eso, Sky? El amarillo te queda bien. —Imani le da un codazo—. Te lo dije. Él había pensado que serían demasiado.

—No. Se ven muy bien —digo. De verdad se ven muy bien, pero no debería haber dicho que *le quedaban* bien.

—Nuevo modelo —me susurra Ian al oído.

—¿Eh? —pregunta Imani, inclinándose sobre la mesa.

—Eh... Jacob está eh... Está trabajando en un nuevo modelo, se lo estaba recordando —tartamudea Ian.

«Podría matarte ahora mismo. ¿Estoy trabajando en un nuevo modelo? ¿Qué nuevo modelo? Podrías haber dicho: "Oh, nada, solo estaba siendo estúpido". Nadie hubiera cuestionado eso».

Los ojos de Skylar se iluminan un poco y empieza a teclear.

Antes de que pueda decir algo, Seth se inclina, asomándose alrededor de Ian.

—¿Armas modelos?

—En realidad no —empiezo, tratando de averiguar qué decir sobre la marcha—. Solo lo estoy probando. No es nada en realidad.

Mis ojos cambian de Seth a Ian. Está sonriendo estúpidamente. Le atravieso el alma con la mirada y aprieto los labios en una sonrisa que dice *podría darte un puñetazo ahora mismo*.

—¿Qué tipo de modelos? —El teléfono de Sky desvía mi atención de mi idiota personal.

—Es un... un... —Me cuesta. ¿Qué demonios es? ¿Cómo voy a saberlo? ¿Ian? Lo miro, esperando que se le ocurra arreglar lo que empezó, pero no parece que vaya a hacerlo—. Ya sabes... un... coche.

Mi mente se remonta a cuando le dije a Ian que no lo cambiaría. Cambié de opinión. Incluso lo bajaría de categoría ahora mismo.

—No sabía que armaras modelos —dice Imani.

—Yo tampoco. —Pateo a Ian por debajo de la mesa.

Grita y todas las miradas se dirigen a él. Me mira con rabia.

—¿Qué tipo de coche? —Skylar pregunta. Está demasiado interesado en esto y yo no tengo las respuestas.

—¿Ferrari? —pregunto. ¿Por qué demonios pregunto?

—¿No lo sabes? —Seth parece confundido.

—No. Lo sé. Solo que no recuerdo qué *tipo* de Ferrari —miento. Dios, tengo que cambiar de tema o acabaré teniendo que comprar un modelo para armar—. ¿Imani va a seguir haciéndote las uñas?

Sky asiente, sonriéndole. Parece emocionado por eso.

—¿Qué color te harás la próxima? —pregunto. Cualquier cosa para desviar la atención de mi *modelo*.

Espero a que escriba su respuesta.

—Probablemente azul. Tal vez negro con pequeños puntos blancos como estrellas.

—Hablando de negro. —Imani me mira y luego baja a mis uñas negras—. ¿Alguna vez pintaste las tuyas de otro color que no sea negro?

—No. —Me encojo de hombros—. Me gusta mucho. No estoy seguro de que otro color me quede bien.

—Te sorprendería. Yo puedo ayudarte a elegir. —Imani inclina la cabeza y sonríe.

—No lo sé. Me gusta el negro —digo.

—Deberías dejarla —dice el teléfono de Sky. Todavía no me puedo acostumbrar a esa voz británica que no pega con él, pero de a poco.

—Tal vez. Tal vez —digo. De verdad lo considero, pero lo más probable es que no. Así que vuelvo a cambiar de tema—. ¿No te preocupa que tus profesores te hagan pasar un mal rato otra vez? ¿Enviarte a detención y todo eso?

Skylar empieza a teclear y la mesa se queda en silencio.

—Creo que el carmesí te quedaría bien. —Lo rompe Imani.

—Suena incluso más oscuro que el negro. —Ian frunce el ceño—. Como tener sangre en las manos.

—Sí, exactamente. —Imani sonríe.

—Eso podría ser genial —admito. Un poco morboso, pero no sé. Tal vez.

—No. Creo que todos están demasiado asustados para decir o hacer algo ahora. —El teléfono de Skylar finalmente se pone en marcha—. Mis papás involucraron a un abogado. Si intentan algo, va a ser un gran problema.

Por dentro, algo en mi pecho se hunde. Está hablando del código de vestimenta. Ese que mi padre pretende arruinar para fastidiar a Skylar, por exactamente la misma razón. Y nadie tiene ni idea de que lo está haciendo, excepto mi madre, los otros miembros del consejo escolar y yo.

—¿Estás bien? —Imani me mira.

—Eh, sí. —Vuelvo a la realidad. Ni siquiera me había dado cuenta de que me había desconectado—. Eso es genial. Menos mal que tus papás están al tanto.

Los míos también lo están. ¿Por qué tiene que ser siempre todo un desastre?

—Este fin de semana nos ocuparemos del césped de la iglesia —dice papá, llevándose a la boca un gran bocado del pastel de carne que cocinó mamá.

—¿Otra vez? —Mamá suspira—. Creía que se había apuntado Dale para esta semana.

—Lo hizo —dice papá—. Pero llamó esta mañana. Su familia está de visita. Le dije que lo cubriríamos.

Gracias a Dios que trabajo el sábado. Muchas veces quedan de clavo con eso. Nadie más quiere hacerlo y la iglesia no va a contratar a nadie.

—Lo siento, cariño. —dice papá—. La gente prioriza todo antes de servirle a Dios.

Excepto él. El antepone el *servir* —bueno, cualquier cosa de la iglesia— a *todo* lo demás. Es molesto. Podría tener una oportunidad única en la vida y él la perdería porque otra persona no corta el césped de la iglesia, o si coincidiera con la visita a los miembros de la congregación, o si se superpusiera con un servicio o evento de la iglesia. Y, por lo general, *yo* también me lo pierdo.

Algo así como cuando Navidad cae un domingo o un miércoles. O bien el resto de la familia pospone sus planes de Navidad, o nos perdemos las reuniones familiares porque él se irá al infierno si se pierde un pequeño servicio. Una iglesia normal simplemente pasaría el servicio a otro día, pero no la nuestra.

—¿Viste ese artículo en *El Observador?* —Papá se pone en marcha—. En realidad, no fue un acierto total por parte de los liberales.

—Sí, lo vi. —Mamá asiente. No le gusta la política. Es más bien de las que se mantienen en silencio, en un segundo plano. Pero lo intenta.

No quiero oír hablar de su campaña. Utilizo el tenedor para trazar líneas en el kétchup que se cayó de mi pastel de carne antes de dar otro bocado. ¿Por qué no podemos hablar de películas, o de libros, o de música, o de Skylar? Okey, quizás no de Skylar. Solo de cualquier cosa que no sea su campaña.

—Me llaman *friki* religioso como si fuera algo malo. —Se ríe papá. Lleva el título con orgullo—. Se centraron mucho en mi propuesta del Mes del Orgullo de la Familia Tradicional.

Oh, Dios. Una de sus propuestas de campaña es hacer que el tiempo entre Acción de Gracias y fin de año sea el Mes del Orgullo de la Familia Tradicional. Primero, eso es más de un mes, así que ya es estúpido. En segundo lugar, está intentando crear un *Mes del Orgullo Heterosexual* sin llamarlo así, algo que el periódico vio enseguida. Es asqueroso y sorprendente cómo se creen literalmente oprimidos por tener sus *valores*. Es aún más denigrante saber que él lo propone y yo tengo que existir en su familia.

Termino lo último que me queda de comida. Estoy a punto de levantarme cuando papá dice algo que despierta mi interés.

—Por fin terminamos de redactar la propuesta del nuevo código de vestimenta. Craig y Janet hicieron la mayor parte de la investigación, ya que yo estaba ocupado con la campaña, pero lo comprobé dos veces y el abogado dice que debería funcionar.

Pongo toda mi voluntad para no gritar. En cambio, aprieto el puño y actúo con desinterés, recogiendo y moviendo el kétchup que queda en mi plato. Quiero escuchar esta conversación.

—Lo propondremos el lunes —nos dice y saca un papel de la pila que tiene junto a su plato. Nunca deja de trabajar—. Se aprobará con facilidad.

Mis ojos se fijan en el papel y suspiro lo más bajo que puedo. Necesito una copia de eso. ¿Pero cómo lo hago sin que papá haga preguntas? Me excuso de la mesa. «Piensa, Jacob».

A mitad del pasillo, oigo a mamá y a papá levantarse y los platos tintinear en el fregadero. Mi mente está atascada en esa propuesta, en ese pedazo de papel. No va a decírselo a nadie, luego lo va a hacer pasar por el consejo escolar y pum, se acabó todo para quien no cumpla con sus anticuadas normas de vestimenta de la iglesia. Tiene que haber algo, algún caso que diga que no, que no puede hacer eso. Quiero decir, sé que hay lógica y decencia humana básica, pero eso no va a funcionar aquí.

Esto es tan injusto para Skylar.

Me escabullo en mi habitación, quedo de cara a la cama y a la pila de ropa en la esquina. La gente tiene que saber esto y tiene que saberlo antes del lunes. Podría filtrarlo. Podría. Podría hacerlo. Todo lo que necesito es una foto.

Solo tengo que hacer una foto y enviarla a cualquier periódico, blog o sitio web que me escuche. Puedo hacerlo. Puedo hacer que esto sea una pesadilla para él. Una verdadera pesadilla. Muevo los dedos... Dios mío, esto podría ser importante. Podría literalmente detener esto. Quiero decir que tal vez, probablemente no, pero podría poner una traba al menos, y los periódicos lo divulgarían sin dudas. Quizá sea suficiente.

Me doy la vuelta y respiro profundo. «Sal como si fueras a tomar un bocadillo, no hay nada malo en tomar una galleta después de la cena, y haz una foto. Actúa con normalidad. Eso es todo lo que tienes que hacer. Es fácil».

Soplando lentamente, suelto un suspiro y avanzo por el pasillo. Parece más largo de lo habitual, como si se extendiera más y más. Como si estuviera en *Matrix*. Finalmente, llego a la cocina. Mamá y papá están en el salón con la televisión encendida. Parecen ocupados. Creo que están viendo un canal de noticias, hay un montón de gente hablando y uno de ellos parece frustrado. Ah, no, ese es papá.

Con el camino despejado, voy de puntillas a la mesa del comedor. Su pila de papeles de campaña sigue allí. Escudriño la primera página. Una declaración de posición sobre los derechos de las armas. A algunos les parecerá una locura, pero sé que toda mi familia, excepto Rebekah, votaría por conservar sus armas. Aunque eso significara arruinar mi igualdad. Me da un poco de asco pensar en ello, así que paso a la siguiente página. Más declaraciones de posición. Una sobre cómo los inmigrantes nos roban los puestos de trabajo, otra afirmando que los demócratas son segregacionistas, ¿en serio...? Otra sobre lo malvadas que son las Naciones Unidas. Pongo los ojos en blanco, lo que tampoco le gusta que haga. Entonces lo encuentro.

Me tomo un segundo para leerlo rápidamente. Maldita sea, dice literalmente que a los *varones biológicos* no se les permite llevar la ropa que tradicionalmente es para las *mujeres biológicas* y enumera algunas, como faldas, vestidos y tacones. Me froto la cara mientras leo la siguiente parte. Incluso prohíbe a los chicos pintarse las uñas o llevar maquillaje. Diablos, algunos chicos se maquillan para tapar el acné, ¿qué pasa con eso?

«Haz la maldita foto, Jacob». Saco mi teléfono y hago unas cuantas para asegurarme de que tengo una captura clara. Respiro profundo.

Que empiecen los juegos.

SKYLAR

—Bienvenidos de nuevo —nos dice la chica rubia de la caja registradora, cuando atravesamos la puerta de la cafetería y la campanita anuncia nuestra entrada.
—Hola, L.A., Odessa —dice Imani.
—Ey —saluda Seth.
¿L.A.? ¿Ese es su nombre?
—Hola. —Una mujer delgada con largas rastas colgando sobre su hombro se une al lado de L.A. ¿Será Odessa? Supongo que sí.
Antes de entrar en la tienda, Imani estuvo hablando sobre el proyecto que el profesor Clements le había asignado en Historia de Estados Unidos. Algo sobre la investigación y una presentación acerca del sufragio femenino. Ella debe explicar qué significó el derecho al voto de las mujeres. Aunque parece que también hubo mucho sufrimiento.
—Este es nuestro nuevo amigo, Skylar. —Imani me presenta y yo asiento—. No puede hablar.
L.A. mira a Odessa, con la confusión escrita en el rostro de ambas. Seth salta sin demora.
—Literalmente. No puede. Tiene que usar su teléfono.
Levanto mi teléfono y pulso un saludo rápido.
—Hola.

Esto sería mucho más fácil si Tina estuviera hoy aquí.

—Oh. —L.A. se queda con la boca abierta mientras lo asimila.

—Bueno, no te quedes ahí parada —se ríe Odessa. Es entonces cuando me doy cuenta de los tatuajes que suben por su brazo. No es una manga, pero está cerca. Hay flores, una chica *pin-up* de los años cuarenta con un bikini rojo, una paleta de pintor y las palabras «Encuentra Tu Canción» rodeadas de mariposas. Todo dispuesto en un mosaico de colores que simplemente combina.

—Oh, lo siento. ¿Qué puedo ofrecerles? —L.A. vuelve a la realidad.

Una vez que hacemos los pedidos, Imani se mueve por la librería sin nosotros. Creo que está buscando cosas para su proyecto.

—¿Buscas algo en concreto? —Hago que Siri pregunte una vez que la alcanzamos.

—La verdad es que no. Cualquier cosa sobre el voto en esa época —explica.

—Algo me dice que no vas a encontrar eso aquí. La mayor parte de su sección de historia es material militar —dice Seth y, por un breve vistazo, tengo que estar de acuerdo. Después de todo, es una librería de segunda mano.

—Sí. —Resopla—. Tal vez algún libro de fantasía entonces.

—¿Qué pasó con el derecho a voto? —Seth me mira de reojo.

—La fantasía es más interesante —dice mi teléfono. Eso significa que también puedo mirar algunos libros.

Imani atraviesa el vestíbulo y entra en otra habitación. Pequeñas pizarras de tiza anuncian «Fantasía», «Ciencia Ficción» y «Suspenso» sobre las estanterías. Recorro con el dedo los lomos, los nombres y los títulos anunciando los libros. Los leería todos si pudiera, pero no hay tiempo suficiente en el día, especialmente con los deberes.

—¿Vieron los *posters* del baile para exalumnos en la escuela? —pregunta Imani. No sé si se dirige a mí, a Seth o a ambos.

Nadie responde. Los vi. Será en octubre. Pero no leí los detalles. Probablemente no vaya.

—¿No? —Imani se detiene y nos mira a los dos.

—Oh, sí. —Seth asiente enfáticamente—. Los vi.

Yo también asiento.

—*Sí.*

—Deberíamos ir los tres. —Imani se apoya en una de las estanterías—. Podríamos alquilar un coche chulo, vestirnos de forma elegante e ir al baile. No tenemos que ir al partido. Supongo que sabes bailar, ¿no? Quiero decir, estás tomando clases de baile.

Asiento.

—*Más o menos.*

La idea de ir a un baile del colegio hace que mi ansiedad se dispare. No estoy seguro de si es por bailar delante de toda la escuela, de toda la gente —que en su mayoría me odia—, o el hecho de que la gente espere que tengas una cita para el baile, lo que hace que se me erice más la piel. Y definitivamente no tendré una cita.

—Yo no sé. —Seth levanta una mano como si estuviera esperando que lo llamen.

—Estarás bien. Puedo enseñarte. —Imani lo descarta.

—¿Me vas a enseñar? —Seth entorna los ojos para mirarla—. Te conozco de toda la vida y nunca te vi bailar. Ni una sola vez.

—Sé bailar —dice ella con descaro.

—De acuerdo. —Seth me mira interrogativamente—. Todavía no estoy seguro de querer ir al baile. Los populares saldrán en masa y serán el doble de idiotas. Además, nadie va a alquilarle un coche a un grupo de adolescentes de dieciséis años.

—*Lo que él dijo* —le digo a Imani con los labios.

Ella gruñe.

—Son unos aburridos. ¡Vamos! Saben qué, no. Tómense su tiempo. Piénsenlo.

Seth y yo nos miramos al mismo tiempo. Sus párpados se levantan, esa mirada que dice que *seguro que lo hará*. Pero si él está pensando lo mismo que yo, ya lo puso tan lejos en el fondo de su mente que nunca volverá a surgir.

L.A. nos salva de más charlas de baile trayendo nuestras bebidas. Una chica que no conozco la ayuda. Es pequeñita, como de mi altura, con el pelo largo y negro. Le da a Seth su bebida y sonríe tontamente antes de salir corriendo. Puede que me equivoque, pero creo que ella podría sentir algo por él, sobre todo cuando Seth me mira y dice literalmente:

—¿Qué?

Me encojo de hombros y vuelvo a buscar entre los libros. Portadas que gritan emoción y aventura, otras que me hacen preguntarme en qué estaban pensando. Y el olor. Me alegra el corazón el olor de los libros antiguos, todos en un mismo lugar, juntos, perfumando el aire con aventura y nostalgia.

Mi dedo recorre los lomos mientras llego al final de la sala y atravieso una puerta. Hay tantos libros. Hay otra sala aquí detrás. Cruzo el pasillo y entro en una pequeña habitación situada en la parte trasera de la tienda. Me detengo al ver a un chico.

—¿*Jacob?* —Muevo los labios. Pero él no está mirando.

Su pelo blanco cae sobre su frente, colgando sobre un libro en sus pálidas manos. No puedo ver sus ojos. Están perdidos detrás de su pelo, devorando lo que sea que esté leyendo. Sea lo que sea, es un ejemplar gordo. No pensé que le gustara leer.

Le doy una patada a la silla en la que está sentado.

—¿Qué...? —El libro salta y su cara se dispara hacia arriba, lanzando su pelo al aire. Vuelve a caer sobre su rostro, pero ahora puedo ver sus ojos—. ¡Sky! ¿Qué estás haciendo aquí?

JACOB

—¡Sky! ¿Qué estás haciendo aquí? —lanzo.

Skylar dice algo con la boca, o empieza a hacerlo. Sonríe y sacude la cabeza, luego saca su teléfono.

—Estoy aquí con Imani y Seth. Estamos echando un vistazo —explica Siri mientras Sky me mira. Odio admitirlo, pero creo que podría mirar esos ojos avellana, ese verde con motas de marrón claro, todo el día—. No pensé que fueras lector.

¿No pensó que fuera lector? Ya está bien. Solo porque esté en una banda no significa que no lea.

—Bueno... —Levanto mi libro. Es uno nuevo. Anoche terminé el de los extraterrestres, fue una locura. ¡Ese giro al final!—. Lo soy.

Comienza a decir algo sin su teléfono de nuevo, formando una O con los labios y luego vuelve frenéticamente a su teléfono. Imani y Seth aparecen por el pasillo al mismo tiempo, pero no se sorprenden tanto al verme.

—Hola, Jacob. —Seth saluda casualmente.

—¿Qué estás leyendo? —pregunta Imani.

—Se llama *El último astronauta*. —Le enseño la portada. Tiene la cara de una mujer dentro de un casco espacial, con aspecto serio y preocupado—. Se supone que es uno de los libros espaciales más aterradores, así que... —Hago rebotar los hombros.

Siempre busco un libro que llegue a obsesionarme. Espero que este no me decepcione.

—Lo siento. —El teléfono de Sky finalmente se pone en marcha. Creo que estaba tan nervioso que tuvo que reescribir su respuesta varias veces—. No quise suponer. Simplemente no lo sabía. Pero es genial. ¡Y horror espacial! ¡Muy bueno!

—Por ahora viene bien —digo, mirando a Imani, que hace lo posible por no reírse. Ella puede ver fácilmente que Sky está tratando de corregir lo que dijo—. Necesito que me asuste de verdad. Me encantan ese tipo de cosas.

Ya hablamos un poco de cine y sigo pensando que el terror no es lo suyo. ¿O era que no le gustan las cosas sangrientas?

—¿Vienes aquí a leer seguido? —pregunta Sky.

Me encuentro deseando poder escuchar su voz, su voz real, no su teléfono. Con lo lindo que es, seguro que sería increíble.

—Cuando puedo. Estoy pasando el tiempo antes de ir a trabajar —les digo. Prefiero quedarme aquí y leer que ir a casa.

—Pensé que estabas castigado todavía —dice Seth.

—Lo estoy —gruño. Pero hoy es el último día. Mañana volveré a ser un hombre libre, o todo lo libre que puede ser un flamante maricón *eboy* en una casa conservadora súper religiosa—. Pero es menos trabajo para mi madre si me quedo aquí entre la escuela y el trabajo. De esta forma Ian no tiene que llevarme a casa y ella no tiene que llevarme al trabajo. Así que lo dejan pasar. Todo depende de cómo lo hagas sonar y si les beneficia.

—Ohhh. —Imani lo arrastra con falso asombro—. No estoy segura de poder hacer eso con mis padres.

—Los míos ya terminaron mi castigo —dice el teléfono de Skylar y sonríe. Sabe lo que está haciendo. Perra.

Me lo dijo el sábado. Tiene unos padres geniales. Pero antes de que pueda decir algo ingenioso, Sandra se asoma. Debe de haber llegado hace poco, no la vi cuando llegué.

—¿Qué tenemos aquí? —canturrea, con el brazo apoyado en la puerta—. ¿Alguien nuevo?

Mis ojos se dirigen a Skylar. Está saludando torpemente. Supongo que no conoció a Sandra. Es la dueña y una de mis personas favoritas en el mundo. Es como otra madre, pero una que entiende. En cierto modo salí del *closet* con ella primero.

—Este es Skylar. —Imani señala antes de que él pueda teclear algo, luego señala a Sandra—. Skylar, Sandra. Es la dueña de la tienda.

Sus ojos se despegan de su teléfono y pulsa un botón.

—Me alegro de conocerte. No tengo voz, así que tengo que usar esto.

—Me alegro también, cariño. —Ella sonríe. Apuesto a que Skylar todavía se está acostumbrando a nuestras costumbres sureñas. Me pregunto cuánta gente en Vermont ya lo llamó cariño—. Espero que te guste la tienda.

Asiente con la cabeza y sonríe.

—Bien —dice Sandra—. Bueno, tengo trabajo que hacer. Avísenme si necesitan algo.

—Gracias —respondemos en un coro de voces.

Sandra hace una pausa y me mira directo a los ojos, negando con la cabeza:

—Un día de estos, Jacob, vas a hacer ¡puf! aquí. Lo sé.

Las miradas de los demás no tienen precio. Sorpresa y confusión. Si pudiera saber lo que pasa por sus mentes. Skylar tiene una mirada de *qué diablos* en su cara.

Una carcajada salta en mi garganta y Sandra rompe con el personaje y se une a mí.

—Disfruten todos.

Se aleja sin dar explicaciones, dejando a todo el mundo mirándome fijo buscando respuestas.

—Es una broma recurrente porque esta es la *Sala Cristiana* y ya saben, soy marica, así que un día voy a estallar en llamas aquí —les explico. Tina empezó. No llevaba ni una semana fuera del *closet*, me encontró aquí y fue lo primero que salió de su boca. Las miradas de Imani y Seth dicen que quieren reírse, pero no están seguros de hacerlo, pero Skylar ya se está agarrando el estómago, jadeando en vez de una risa—. Está bien, bromeamos de eso todo el tiempo.

Finalmente, se permiten reír. «Vivan un poco, chicos».

Imani se deja caer en la única silla que queda en la sala, y Seth y Skylar se instalan en brazos opuestos, como sus guardaespaldas.

Pero ahora me cuesta mantener la mirada arriba. Me gustan las faldas de Skylar, de verdad, pero no lo abrazan como los pantalones cortos que lleva puestos ahora. Vuelvo a centrar mi atención en donde se supone que debe estar, intentando recordar de qué estábamos hablando.

—¿Vas a ir al baile? —suelta Imani.

Por alguna razón mi instinto es mirar a Skylar. Y es un instinto tan estúpido. ¿Por qué hago eso? Okey, sé exactamente *por qué* lo hago, pero, aun así.

Cuando vi el folleto hoy, mi primer pensamiento fue pedirle a Skylar que fuera conmigo. ¡Qué pensamiento tan estúpido!

Pero sigo dándole vueltas a la conversación que tuvimos después del concierto, sobre nuestros *tipos*, una y otra vez en mi cabeza. Podría estar tergiversando un poco, tal vez.

Vuelvo a mirar a Imani. Ahora está entrecerrando los ojos. Eso no es bueno.

—No lo sé —respondo—. No había pensado mucho en eso.

«Mentiroso. Maldito mentiroso. Lo pensaste todo el día». Me acomodo en la silla y trago saliva. «Di algo, Jacob, y no algo estúpido».

—¿Ustedes irán? —pregunto.

—Sí. —Imani endereza la espalda, una sonrisa se dibuja en su rostro.

—¿Quién lo dice? —Seth la mira, incrédulo, como si le estuviera soltando esto de golpe—. Acabas de sacar el tema. No dijimos que sí.

—Por supuesto que sí. Solo tenemos que encontrar una cita para Sky —dice. La mirada de Sky es igual de sorprendida.

Mis labios se vuelven hacia arriba y consigo reprimir la mayor parte de las risas que se acumulan en mi garganta, pero no todas. Los dedos de Skylar se mueven rápidamente.

—¿Qué? —El teléfono de Skylar habla—. Eso no va a pasar. Nadie va a buscarme nada. Solo iré con ustedes dos, si es que voy.

—No digas eso. —Salto en el momento en que su teléfono se detiene—. Encontrarás una cita.

Es todo lo que puedo hacer para evitar que mi estúpida boca grite ¡yo! ¿Y quién sabe?, *tal vez* se lo pida. Probablemente no, porque eso significa que podría rechazarme, pero tal vez.

Me mira con los labios torcidos, negando con la cabeza.

—Jacob tiene razón, puedes encontrar una cita. —Me apoya Imani—. Te ayudaremos.

—Tal vez no quiera ir, o tal vez solo quiera ir con ustedes. —escupe su teléfono.

Ahí está. Incluso más confirmación de que diría que no. No le gusta para nada la idea del baile. Pero pensé que le gustaba bailar. Ah, y podría llevar un vestido. Apuesto a que estaría precioso en un... Pero el código de vestimenta. ¡Papá efectuará la votación el lunes!

Mi estado de ánimo cambia y mi emoción se convierte en ansiedad a fuego lento, residente permanente en mi pecho. No es justo. Es una posibilidad remota, pero tal vez las noticias de mañana puedan poner un obstáculo lo suficientemente grande y Skylar pueda usar un vestido para el baile. El baile es... ¿a finales de octubre? Quedan como dos meses.

Anoche avisé a los periódicos y a las cadenas de televisión. Incluso recibí algunas llamadas al respecto esta mañana. Les dije todo lo que sabía. Solo me aseguré de que supieran que no podían revelar su fuente, a *mí*. Si se enteraba de que lo había filtrado, estaría castigado de todo hasta el día en que me mudara de casa.

—Si eso es lo que quieres, también está bien. —Asiento con la cabeza y miro a Imani. No hay nada malo en ir con amigos. Tal vez vaya con él después de todo, solo que no como una cita. Quizás Ian y yo podamos acompañarlos.

—Sí, pero *sí* iremos. —Ella mira a Seth con ojos que dicen que *no hay* otra opción.

Seth resopla y niega con la cabeza, pero se parece mucho a un *lo que sea*.

—Tengo que irme —digo. Mi turno comienza en quince minutos—. Hora de trabajar.

—¿En el cine? —El teléfono de Skylar pregunta mientras me levanto. Antes de que pueda responder está escribiendo de nuevo—. Me lo dijo Imani.

—Sí —me río—. Y sí, puedo conseguirles entradas con descuento.

Seth festeja con su mano en un puño, Imani y Skylar niegan con la cabeza. No me molesta.

—Adiós —dice Siri, con el eco de Imani y Seth.

—Nos vemos luego. —Me levanto y empiezo a caminar por el pasillo.

Aprieto los puños hasta convertirlos en pelotas y los suelto. Mañana va a ser o muy bueno, o muy malo. Las noticias van a salir, ya sea en una pequeña sección que nadie lee y que no tiene importancia, o van a destapar la embestida de mi padre contra el nuevo código de vestimenta. De cualquier manera, va a ser importante.

JACOB

Papá está lívido.

No estoy seguro de qué artículo leyó, pero el periódico local lo cubrió y no apreciaron su propuesta. Tampoco lo hicieron los periódicos de Charlotte ni Raleigh.

«Conservadurismo anticuado», «un paso demasiado lejos», «homofóbico» y «normas de vestimenta sexistas» fueron algunas de las frases que utilizaron. Esto fue un empujón para comenzar la mañana. Desprecio las mañanas. ¿Quién, en su sano juicio, decidió que era genial despertarse a las siete? Pero hoy podría besar a alguien de lo emocionado que estoy.

Ahora solo tengo que salir de la casa sin que me interrogue. Corro la cortina y compruebo el camino de entrada. Ian ya está esperando fuera, en su viejo auto plateado de cinco puertas.

Salgo despacio de mi habitación. Pero me detengo: ¿por qué demonios me escabullo? Ellos saben que estoy aquí. «Te estás haciendo ver culpable. Solo actúa normal».

Lo intento. Pero cada paso se siente antinatural, culpable. Al final del pasillo, tomo aire.

—¿Cómo? ¿Quién pudo haber hablado con los periódicos? —Papá sigue con el tema.

—No lo sé, Bruce —responde mamá.

—Ahora van a querer audiencias, sabes que sí —dice papá, como si fuera algo malo.

Pensaba que así es como se supone que funciona el gobierno. ¿No se supone que es para el pueblo? Eso es lo que el señor Roper dijo hace unos años en Cívica y eso es lo que tú dices, papá, en todos tus discursos de campaña.

Podría escaparme por la cocina, pero solo lo hago cuando uso el coche de mamá, así que hacerlo me haría parecer más culpable. Vuelvo a respirar hondo y empiezo a atravesar el salón, actuando como si fuera una conversación normal que están teniendo y no me preocupa.

—Buenos días —digo apurado mientras sigo caminando.

—Jacob. —La voz de mi padre es severa.

Me congelo. «Actúa con naturalidad. Actúa con naturalidad». Me doy la vuelta.

—Tu castigo termina después de la escuela. —Pone un dedo en alto—. *Después de la escuela.*

Mi pecho se afloja y el aire que había estado reteniendo se escapa. ¿Qué? Bien, quiero decir, eso es realmente genial. Es solo medio día antes, pero igual.

Mamá sonríe y me guiña un ojo. Sí. Fue cosa suya. Seguro que lo intentó durante los últimos días. Le dedico una media sonrisa.

—Tengo que irme —digo, mientras salgo corriendo por la puerta principal.

—¡Vamos! Vas a hacer que lleguemos tarde, hombre. —Ian grita en el momento en que mis pies golpean nuestro insignificante porche.

—Ya voy —gruño y me tiro en el asiento del copiloto—. ¿Ya te enteraste de las noticias?

—¿Noticias? ¿Qué noticias? —Ian frunce los labios y nos arrastra a la carretera, el pequeño motor rugiendo como si estuviera a punto de estallar.

—Me refiero a los periódicos. —Intento de nuevo.

—¿Parezco un tipo que lee el periódico? —Hay una mirada de locura en su cara—. ¿Estaba en *Insta*?

Pongo los ojos en blanco. Bueno, yo tampoco suelo leer el periódico.

—Tal vez, no lo sé. —Me encojo de hombros—. ¿Probablemente?

Me mira, con los ojos más abiertos que antes.

—¿Entonces? ¿Vas a decírmelo?

—Ah, sí. —Abro mi mochila—. Filtré el código de vestimenta de papá a los periódicos. Están informando de ello por una fuente *anónima*. Realmente lo están haciendo. ¡Y lo odian! Papá no está contento.

—¡Vamos carajo! Déjaselo a ellos. —Ian festeja con el puño—. ¿Sabe que fuiste tú?

—No —digo, mientras saco de mi mochila la falda que compré ayer en la tienda de segunda mano. Es plisada, me llega hasta la rodilla y es negra, así que se ajusta a mi estilo.

Me desabrocho los pantalones cortos y empiezo a quitármelos.

—¿Qué demonios? ¡Jacob! —Ian se desvía. Me agarro a la manija de la puerta para salvar mi vida y le clavo los ojos.

—¿Qué haces? —grito.

—No, ¿qué *estás* haciendo *tú*? —Sus ojos están muy abiertos.

—Solo me estoy cambiando —digo. De acuerdo, sí, puedo ver que esto puede resultar un poco extraño. Estoy sentado en su coche con los pantalones cortos por los tobillos. Me levanto la falda para que la vea—. Me voy a poner esto. Cálmate.

—Eh... El baile no es hasta dentro de un mes, amigo. —bromea Ian, pero sigue mirándome de reojo.

—No es para el baile, es una *protesta* —explico—. Pero solo lo haré yo, y tal vez Sky, si es que se pone una hoy. Así que no lo es realmente, pero algo así.

—Ah. —Ian suspira—. Claro, porque así es como funcionan las protestas. Sin ninguna organización.

—Lo que sea —digo, desplegando la falda y deslizándola, lo cual es mucho más difícil de hacer en un coche y con el cinturón de seguridad puesto—. No pueden hacerle esto.

—Te refieres a cualquier persona, ¿verdad? —Ian me sonríe de lado.

—Sip, cualquiera. —Asiento enérgicamente—. Está mal.

—Sabes que te van a castigar por esto, ¿no? —Ian dice lo que estuve pensando desde el momento en que compré la falda—. Y aún no te levantaron el castigo.

—En realidad, papá dijo que se terminaba en cuanto se acaben las clases hoy, así que... —Le digo.

Y sí, estoy un poco horrorizado. Soy gay, todo el mundo lo sabe, pero nunca me puse una falda antes, excepto aquella vez que tenía como nueve años o algo así, pero era algo *tierno* en ese entonces. Esto es un juego completamente nuevo para mí.

—¿Cuándo ocurrió eso? —pregunta, entrando en el estacionamiento de la escuela.

—Hace como... cinco minutos. —Me encojo de hombros.

—Estás frito —se ríe Ian.

Sí. Mis ojos se fijan en la escuela y de repente todo esto parece una muy mala idea.

SKYLAR

—Estamos contigo, Skylar —grita una morena con la que nunca hablé mientras me pasa al lado por las escaleras.

Me dirijo a la clase de Danza y ahora estoy aun más confundido que hace un minuto. Me giro para decir «qué», pero una de las *alegrías* de mi... *condición*, es que no puedo. Así que ella desaparece entre la multitud y yo me quedo pensando. Me doy la vuelta y bajo el último tramo sin una respuesta.

—Si quieres protestar, nosotras te cubrimos —dice otra chica y se va corriendo. ¿Por qué protestamos? ¿Qué está pasando?

Cuando me giro, un hombro choca con el mío.

—Espero que aprueben el nuevo código de vestimenta —escupe el chico que me empuja, un tipo delgado con aspecto de jugador. ¿Código de vestimenta?

¿Qué código de vestimenta? ¿De qué está hablando? ¿Qué está pasando?

Por fin me alejo de todo en la tranquilidad del vestuario. Busco mis mallas y mi camiseta. La puerta se abre con un chirrido detrás de mí.

—Buenos días, Sky —dice Jacob antes de que me dé la vuelta. Cuando lo hago mis ojos se abren de par en par.

Lleva falda. Me obligo a cerrar la boca. Señalo la falda, como si él tuviera que entender lo que pienso, e inclino la cabeza. No es lo que normalmente veo en él, pero no está mal. ¿Pero por qué lleva puesta una falda? No lo tomé por alguien de ese tipo. Tomo mi teléfono del banco y empiezo a escribir. Jacob sonríe.

—¿Te preguntas *por qué* llevo esto? —se ríe.

Dejo de teclear y asiento con la cabeza.

—¿No escuchaste las noticias? —Entrecierra los ojos como si pudiera ser algo malo.

—¿Qué noticias? —Escribo en su lugar.

—Eso sería un no. —Se ríe de nuevo—. Bueno... Mi padre, que está en el Consejo Escolar de la ciudad, es el presidente del Consejo en realidad, está proponiendo un nuevo código de vestimenta escolar. —Jacob hace una pausa, como si quisiera medir mi respuesta. Por lo menos, algunas de las piezas están encajando ahora—. Para evitar que lleves falda a la escuela.

¿Qué? ¿Todo por mí? ¿Un hombre adulto está proponiendo un nuevo código de vestimenta porque llevo una maldita falda a la escuela?

—Y puede que yo lo haya filtrado a los periódicos. —Jacob frunce los labios. Mira tímidamente hacia otro lado y luego vuelve a mirarme con una enorme sonrisa—. Así que pensé en ponerme una falda hoy en apoyo... a ti, quiero decir, oponiéndome al nuevo código de vestimenta.

¿Yo? ¿Él está usando una falda por mí? ¿Para apoyarme? Mis mejillas se calientan y no puedo mirarlo, así que miro la falda negra en su lugar.

—¿Hablas en serio? —Es lo que le hago preguntar a Siri, que ahora que lo pienso, es una pregunta un poco estúpida.

—Sí. Él es una especie de superconservador y cree que los chicos con falda destruirán el tejido del universo o algo así. —Jacob mueve la cabeza y lanza las manos, poniendo los ojos en blanco—. Cree en un montón de estupideces. Y se postula al Congreso. ¡Sí, bien por nosotros!

Me río de eso. Es su padre, pero a Jacob no parece importarle decir lo que piensa.

—¿Entonces llevas la falda para protestar? —pregunta mi teléfono.

—Sí. —Se encoge de hombros, toma la ropa de su casillero y empieza a quitarse la falda. Me doy la vuelta.

—¿Crees que involucrar a los medios de comunicación ayudará? —Hago que Siri pregunte.

—Papá iba a intentar que se votara la semana que viene sin que nadie lo supiera. La junta no es más que un montón de republicanos —explica Jacob—. Pero ahora la gente lo sabe, así que quizá sea más difícil. Tal vez tenga que retrasar la votación y podamos hacer una verdadera protesta o algo así.

¿Una protesta? ¿Todo por llevar una falda? Tengo que estar soñando. Esto es una locura.

—Gracias —le digo. No sé qué más decir.

Se puso una falda. ¿Por mí?

JACOB

—No van a hacerlo, ¿verdad? —Seth se inclina sobre la mesa.
—Parece que sí. —Ian está demasiado excitado.
Encuentro otro meme y les muestro mi teléfono. Es un tipo en una bicicleta diciendo que va a entrar en el Área 51 y luego, la imagen de al lado, es una bicicleta frente a la luna, con lo que parece una criatura en una cesta en el manubrio, diciendo que así es como se va.
—Dios mío. —Se ríe Imani—. ¿Qué es eso?
—No sé. —Me río, pero esta gente está loca.
—¿No es eso de alguna película antigua? —El teléfono de Skylar pregunta.
Me encojo de hombros y miro a los demás, nadie lo sabe. Sky parece estar pensativo.
—Creo que sí, una película de extraterrestres —dice Siri.
Suena el timbre y se acaba la conversación. Me meto el teléfono en el bolsillo para que un profesor no me lo confisque y nos vamos.
—Quédate abajo —digo, agarrando los bordes de mi falda y tirando hacia abajo por enésima vez. No es corta, pero parece que se sube.

—Deberías usarla más a menudo —comenta Imani mientras ella y Seth se van—. Te queda bien.

—Probablemente no ocurra —le digo y miro a Skylar.

Su sonrisa se hace más grande y no estoy del todo seguro de cómo tomarlo. ¿Siente lo incómodo que estoy?

—Nos vemos —grita Imani y los dos se van.

Me doy la vuelta y camino en la otra dirección con Skylar e Ian. Tienen clase juntos y está en el mismo pasillo que la mía.

—¿Cómo soportas esta cosa? —le pregunto a Skylar—. Siento que cada movimiento que hago va a volar hacia arriba y todo el mundo va a ver mi ropa interior.

Empieza a teclear. Sinceramente, no sé cómo lo hace sin caerse por las escaleras.

—Maricones. —Uno de los *chicos buenos* escupe al pasar. Es Liam. Genial, lo conozco. Va a mi iglesia. Definitivamente me van a volver a castigar.

—Quizá me gusta vivir al límite. —Me distrae el teléfono de Skylar. Le frunce el ceño a Liam hasta que me ve mirarlo—. Bueno, la verdad es que no. A no ser que des muchas vueltas, no tienes mucho de qué preocuparte.

—Ah —suspiro—. Creo que te dejaré las faldas a ti. Te ves...

Alguien tira de mi hombro hacia atrás y tropiezo con un escalón.

—Ponte unos malditos pantalones. No eres una nena —dice un chico.

A este no lo conozco. Lo vi un par de veces, el típico muchacho nada especial, pelo castaño, ojos de color *me-importa-una-mierda* y un palo en el culo.

Levanta las manos, como si fuera *mi* culpa haber chocado conmigo, y luego se da la vuelta ante las estridentes risas de su escuadrón.

Me giro para mirar a Ian y a Sky.

—Odio a la gente, a los hombres sobre todo, pero a la gente en general.

—Sí, la gente apesta. —Ian concuerda.

Skylar asiente con ganas y simula vomitar. Creo que dice «hombres» con los labios, pero no puedo asegurarlo.

—Nos vemos luego —le digo a Skylar. Él e Ian están a punto de salir en dirección contraria.

Saluda con la mano.

—Nos vemos en la cuarta clase —le digo a Ian.

Se alejan y me dejan entrar en Inglés por mi cuenta. El señor Pritchett me sonríe con amabilidad. Es uno de los profesores con buena onda. Lo que significa, básicamente, que nos deja ver muchas películas. De alguna manera, siempre nos lleva de vuelta a lo que estamos aprendiendo. No sé cómo lo hace.

—Jacob. —Oigo la voz de Eric.

Miro hacia él. Tiene el ceño fruncido y sus ojos gritan *qué demonios* mientras recorren mi perfil, pero sonríe. Al menos se divierte.

—Sip. —Me dejo caer en mi escritorio habitual junto a él.

—Fuiste *tú* quien les dijo a los periódicos, ¿no? —Eric adivina a la primera.

—¿Cómo lo sabes? —pregunto.

—Eres tú. Eso es algo que tú harías —ríe Eric—. Lo supe en cuanto leí el primer artículo. Cuando dijeron una fuente *anónima*, pensé, alias Jacob Brennan Walters.

—Ese soy yo —me río.

—Sin embargo, no puedo decir que eso te quede bien. —Mira mi falda y luego vuelve a mirarme a mí—. Pero también creo que eres un puto feo, así que da igual.

—Vete a la verga —susurro. El señor Pritchett es genial, pero no lo suficiente como para dejar pasar un insulto. Pienso decir que lo hice por Skylar, pero mantengo la boca cerrada.

—Ya quisieras —responde Eric, con la boca abierta en señal de victoria.

—Te odio, Ted. —Me río.

—Eh. —Se encoge de hombros, ignorando el apodo. El señor Pritchett se levanta—. Aunque sabes que te van a castigar por eso, ¿verdad?

—Sí, lo sé —suspiro.

—¿Estás bien? —pregunta Ian.

Estoy sentado en su coche, con los ojos clavados en la puerta de mi casa. Debería ir a otro sitio. En este momento estoy técnicamente liberado de mi castigo.

—Sí —miento.

Estoy muy nervioso. Mi mente rebota en mi cráneo. Los pensamientos chocan y piden el dominio. Papá va a matarme. No, no va a matarme. Me va a castigar por la eternidad. Será como un infierno literal en la Tierra. ¿Pero qué pasa si no lo sabe? Tal vez piensa que fue Debra Ledford, la republicana menos conservadora de la junta. No, él sabe más. ¿Se habrá enterado de que llevé puesta una falda? Espero que no.

—¿Buena suerte? —Ian se atreve a preguntar.

Dejo de mirar la casa.

—¿En serio?
Se encoge de hombros.
—Sí...
—Gracias. —Pongo los ojos en blanco y me doy una palmada en las piernas para asegurarme de que volví a ponerme los pantalones.
—Hasta mañana —dice Ian cuando finalmente abro la puerta y salgo.
—Ojalá. —Apenas me doy cuenta de la palabra que sale de mi boca. El impulso de volver a meterme en el coche es fuerte, pero lo reprimo y me dirijo a la puerta principal.

Tal vez esté fuera. Tal vez esté más preocupado por los papeles. Tal vez no me dedique ni un segundo... O tal vez está dormido.

Toda esperanza se derrumba cuando atravieso la puerta. Está en su sillón, con los ojos clavados en mí antes de que tenga la oportunidad de cruzar el umbral. Aparto los ojos, intento actuar como si no pasara nada y me voy a mi habitación.

—Eh —dice papá tras de mí—. ¿A dónde vas?
—Mi... mi habitación —tartamudeo, congelado.
Se sienta y me observa un momento. Es como si estuviera analizando, esperando que diga algo estúpido. O más bien algo que él crea que es estúpido. Respira largamente.
—Se lo dijiste a los periódicos, ¿no? —me acusa.
—¿Qué?, ¿decirles que...? —Me hago el tonto, lo que *es* tonto, muy tonto.
—No. —Él levanta una mano—. Les dijiste lo del código de vestimenta. ¿No es así?
Resoplo. ¿Por qué lo oculto? Sí, les dije. Les envié una imagen de la propuesta. Yo lo expuse. ¡Toma eso! Aunque no me sale tan descarado.

—Lo hice. —Levanto mi barbilla—. Tenían que saberlo.

—¿Tenían que saberlo? —Parece incrédulo. —¿Y eso por qué? ¿Por qué necesitarían saberlo?

—Porque no tenías derecho a pasarlo sin que la gente lo supiera. —Gano un poco de confianza—. No es muy cristiano de tu parte.

Bien, me gustaría poder volver a enrollar esa última parte. La mirada de su rostro pasa de la agravación a la conmoción y luego a la ira.

—No necesito que *tú* me digas lo que es *cristiano* o no —grita papá—. ¡¿Y te pusiste un vestido en la escuela hoy?!

—No me puse un vestido —corrijo, aunque me doy cuenta tarde de que no es la opción más inteligente—. Era una falda.

—Falda, vestido. No importa. Tú *no* llevas ropa de chica. Ningún hijo mío lleva faldas. ¿Me oyes? —Su voz se vuelve agresiva. Lucho contra la necesidad de corregirlo de nuevo a pesar del agujero que crece en mi estómago—. No eres una chica. No eres gay. Solo estás confundido. Eso es todo, Jacob. Ya lo verás. Solo buscas atención. Y sabes, estoy así de cerca de hacer que dejes tu trabajo. De todos modos, la mitad de las películas que ponen son solo un lavado de cerebro liberal.

—¡No! —grito. No puede hacer eso. Mi trabajo es mi única esperanza de conseguir un coche, es mi única esperanza de ser libre de toda esta mierda—. No puedes hacer eso.

—Oh, sí puedo —dice—. Mientras vivas en mi casa, vivirás según mis reglas. Y si no puedes, encuéntrate otro lugar.

¿Otro lugar? ¿Está amenazando con echarme? ¿Qué carajo?

—Tú me... Tú... —Se me atragantan las palabras.

Se me llenan los ojos de lágrimas. ¿Cómo pudo decir eso? Como si lo único que le importara fuera que yo fuera una versión perfecta de su hijo cristiano. No que sea simplemente su hijo. ¿Dónde está todo eso de *amar al prójimo* que predican?

—Si no escuchas... No soy yo quien hace esto. Eres tú, Jacob.

—No duda en trasladar la culpa.

Desearía que mamá estuviera aquí. Tal vez ella lo detendría. Tal vez. No, no lo haría. Se quedaría allí, probablemente llorando.

—Todo lo que siempre quise es que me *quieras* por lo que *soy* y ni siquiera puedes hacer eso —grito entre lágrimas—. Eso es todo lo que quiero. ¿Por qué no puedes hacer eso?

No sé de dónde vienen las palabras, pero vienen. Y no voy a retirarlas.

—Quiero a mi hijo. Pero esta persona en la que te has convertido no es mi hijo. —Me hiere profundamente—. Estás siendo algo impío y equivocado. No eres mi Jacob.

SKYLAR

El viento roza mi mejilla. Es lo único que me impide sudar mientras pedaleo por una calle cualquiera. Conseguí pasar el centro de la ciudad y entrar en un barrio en el que no me había aventurado antes.

Para estar en medio de una ciudad, si es que se puede llamar ciudad a Kannapolis, hay muchos árboles. Es más bien un bosque con hogares, que una urbanización con árboles.

No quería quedarme en casa después del colegio. Seth tenía que trabajar e Imani está ocupada con su proyecto, así que me fui en bicicleta después de que mamá se calmara un poco. Se enteró de lo del código de vestimenta, como todo el mundo en la ciudad, y está furiosa. No paraba de hablar de cómo iban a luchar contra él. Algo sobre abogados y protestas. Asentí y sonreí todo el tiempo. Me alegro, de verdad. Aunque sigue siendo extraño el tener a alguien que realmente esté ahí para mí. Pero ella estaba en alerta máxima y yo solo necesitaba un poco de aire.

Todo se está asentando. Lo que causé. Yo, el pequeño Skylar. ¿Cómo provoqué tanto alboroto? Todo lo que hice fue usar una maldita falda y la gente perdió la cabeza.

Todo en mi vida siempre es una lucha. Lo juro, nada puede ser fácil, nunca. La única diferencia es que esta vez tengo gente de mi lado. Lo cual es raro. Realmente raro.

Pedaleo más rápido. Hace calor y el viento no es suficiente. Cuanto más rápido pedaleo, más pega el viento. Dios, se siente bien.

Al doblar la esquina, voy por otra calle que no conozco. Creo que fueron dos giros a la derecha de la carretera principal. Si eso está mal tendré que usar el GPS. Aunque será más difícil pedalear y navegar con el teléfono en la mano.

Pero algo me llama la atención. Hay alguien acunado contra el tronco de un enorme árbol entre un par de casas antiguas. Entrecierro los ojos para ver mejor. El sol me encandila, así que reduzco la velocidad al acercarme. Sea quien sea, está agachado y con la cara enterrada entre las manos.

Espera. Es la misma camiseta gris con cuello que llevaba Jacob en el colegio. Y las zapatillas. ¡Juro que son las mismas Adidas!

Me detengo en seco. El neumático rechina contra la acera y Jacob levanta la cabeza. Sus ojos están húmedos, las lágrimas caen por sus mejillas.

—¡Jacob! —Le digo con la boca, pero es inútil. Dejo la bicicleta en el cordón y me acerco corriendo a él. Me arrodillo a unos centímetros de distancia. Sé que no me gustaría que alguien se metiera en mi espacio cuando estoy así, así que no lo hago.

—¿Sky? —murmura, frotándose la cara y negándose a mirarme.

Tomo mi teléfono y empiezo a teclear.

—¿Estás bien?

—Sí —dice demasiado rápido.

No puedo *hablar*, no soy *estúpido*. Pero ahora no parece el momento de bromear.

—Jacob, ¿qué pasa? —Hago que Siri vuelva a preguntar—. ¿Tu padre?

Jacob mira hacia otro lado y fija sus ojos en la hierba bajo sus pies. Era lo único que se me ocurría. Escuché que es estricto, del tipo religioso al que estoy acostumbrado. Espero a que me responda.

—Sí —dice después de un minuto, con los ojos clavados en la hierba.

Espero más, pero no habla. ¿Qué hago? Miro a nuestro alrededor. Hay una casa a cada lado y unas cuantas al frente de la calle. Un utilitario plateado pasa a toda velocidad y una mujer mayor pasea a su perro junto a mi bicicleta. No parece darse cuenta de nuestra presencia. Algo en mi cabeza me dice que me vaya, pero no puedo. No voy a dejarlo aquí así.

—*Por qué no...* —Empiezo a decir, pero me detengo y escribo en su lugar—. ¿Por qué no caminas conmigo? Puedes hacerme compañía.

Intento que parezca que se trata de mí para que no parezca que estoy acariciando a un perro herido. Odio cuando la gente hace eso. Levanta la vista y me mira a los ojos. Parpadeo para estabilizarme. ¿Cómo es posible que algo tan vibrante, verde y hermoso sea tan huraño y triste, y a la vez me afecte tanto? Lucho contra un nudo en la garganta y contra mis propias lágrimas. Odio ver llorar a la gente.

Jacob se encoge de hombros, se muerde los labios con nerviosismo y traga. Se levanta. No estoy seguro de lo que ocurre, pero también me levanto. ¿Está aceptando mi oferta? Esperando no parecer un idiota, lo dirijo hacia mi bici. Él me sigue. De acuerdo, lo está haciendo. Cuando llegamos a la acera, levanto mi bicicleta y empiezo a caminar. Durante los primeros minutos no dice ni una palabra y lo dejo así. Está herido. No voy a presionarlo.

Sigue sollozando y tengo que respirar profundamente para mantener la calma. ¿Cómo puede alguien hacer algo para que se sienta así? ¿Qué tan jodido es eso?

—Supo que fui yo —dice finalmente Jacob. Es apenas un ronco susurro—. Lo supo.

Asiento con la cabeza y le dedico una sonrisa de preocupación. Pensé que había dicho que su padre probablemente se daría cuenta. Supongo que no pensé realmente en lo que eso significaría para él. No esperaba esto.

—Me amenazó con echarme y hacerme dejar mi trabajo —continúa, hablando más rápido—. No puede hacer eso, necesito mi trabajo. Es la única manera de salir de esta maldita ciudad. Necesito mi trabajo.

Sigo asintiendo con la cabeza. Me siento tan patético, solo asintiendo, asintiendo, asintiendo. Quiero decirle que lo comprendo. Pero no puedo escribir y empujar esta bicicleta al mismo tiempo, así que me detengo y la apoyo contra mi cadera mientras escribo.

—No quiero ser un imbécil, pero ¿podrías empujar la bicicleta para que pueda hablar? —pregunta Siri. Señalo mi teléfono para asegurarme de que lo entiende.

—Oh... Uh, claro. —Se limpia algunas lágrimas y toma la bicicleta—. Me va a hacer volver a la *consejería* con el pastor.

—¿Terapia? —pregunta Siri. ¿Con su pastor? Eso no. Mis padres adoptivos me tuvieron en eso cuando salí antes de denunciarlos. Es una tortura pura y dura.

—Sí. Si tuvieran el dinero me enviarían a uno de esos lugares donde te hacen rezar hasta sacarte lo gay, pero lo está usando todo en su campaña, por suerte, supongo —escupe Jacob. Hace una pausa para tomar aire—. Dijo que no soy su hijo, no mientras sea gay. ¿Cuán estúpido es eso?

Oí hablar de los lugares de los que habla, los campos. Creo que estaban prohibidos en el lugar de donde vengo, pero tal vez aquí no. No me sorprendería.

—Lo siento —digo. Lo siento. Sé lo que se siente. Querer que tu padre o tu madre te quieran. No le conté a nadie mucho sobre mi familia, pero él necesita saber que no está solo, así que empiezo a escribir—. Lo entiendo. Mis padres, mis verdaderos padres, me odiaban. No recuerdo mucho de ellos. Creo que tenía siete años cuando el Estado me separó de ellos, pero recuerdo que me pegaban y me gritaban porque no podía hablar después de enfermarme. Los hogares de acogida no fueron mejores. No me pegaban, pero siempre acababan enviándome de vuelta al orfanato. Los últimos eran malos. Intentaron hacerme ir a la terapia de la iglesia cuando salí del *closet*, pero los denuncié.

—Oh. —La palabra cuelga de su labio.

—Sí —dice Siri. Mis últimos padres adoptivos se parecen mucho a la familia de Jacob. Pero mis verdaderos padres, hay una parte de mí que los echa de menos, lo cual es raro, porque no recuerdo mucho de ellos excepto las palizas. Solo tengo destellos de cómo son en mi mente. No hay fotos, ni buenos recuerdos. La mayor parte de lo que siento hacia ellos es rabia—. Sé lo que se siente.

—Ojalá tuviera unos padres como tus nuevos padres. Ojalá pudiera tener unos padres nuevos así —dice.

Hago una mueca de dolor.

—No, no es así. —Escribo y lo envío—. Al menos conoces a tu familia. Y también tienes a Ian. Que te pasen como una prenda de vestir, como algo de segunda mano... eso es una mierda. Sin embargo, me alegro de estar con los Gray ahora. Son muy buenos, pero igual...

Asiente y vuelve a hacer silencio. Me froto el sudor que se me acumula en la frente. El viento mermó y la sombra de los árboles arqueados no es suficiente. Me arriesgo a mirarlo. No es como otras veces, cuando admiro su cara o cuando se le sube un poco la camisa y consigo vislumbrar un poco de su abdomen. No es así del todo. Aquí veo algo diferente.

Es como yo. Está roto, herido. Esto, todo esto, no es lo que esperaba. No es la idea que tenía de él en mi cabeza. Lo hace más real para mí. Honestamente, lo hace hermoso. Se esfuerza tanto por ser él mismo. Todo lo que quiere es que la gente que ama lo ame tal como es. Lo entiendo. Y nunca tendré la oportunidad de tener eso. Mis verdaderos padres nunca volverán y supongo que eso es lo mejor. Probablemente ni siquiera sepan dónde estoy, probablemente no les importe.

—Sabes, no sé andar en bicicleta —confiesa Jacob y entonces sus hombros se desploman—. Dios, por qué acabo de admitir eso. Es tan patético.

—No, no es patético. —Dejo que Siri le asegure. Pero, sinceramente, estoy temblando. ¿Cómo puedes llegar a los diecisiete años, o la edad que tenga, y no saber andar en bicicleta?—. ¿Nunca lo intentaste?

—No, ósea si lo intenté. Cuando era más chico. Mi, eh, padre... —Hace una pausa para toser. Su cara se secó en su mayor parte—. Lo intentó. Pero me estrellé cuando me estaba enseñando y me rompí el brazo. Me negué a tratar después de eso y él dejó de intentarlo.

Oh. No me lo puedo imaginar. Andar en bicicleta es como la libertad. Eres solo tú y la bicicleta, por tu cuenta, haciendo lo que quieras. Es algo genial.

Asiento con la cabeza, mordiéndome el labio inferior mientras me debato entre las palabras que escribo en el teléfono antes de pulsar reproducir.

—¿Quieres que te enseñe? —pregunta Siri.

Lo miro a los ojos, negándome a parecer inseguro. Quiero que diga que sí. No voy a mentir, quiero una razón para quedarme.

—Eh... —Sus labios se mueven en una casi sonrisa y luego se oscurecen en la vergüenza—. Tal vez. Es una estupidez. Tengo casi dieciocho años y no sé usar una maldita bicicleta.

—No es una estupidez —le digo. Es inusual, pero no estúpido.

—¿Estás seguro? —pregunta, pero hay reserva en su voz.

—No hay nada estúpido en no saber. —Redoblo la apuesta, solo desearía que Siri tuviera un poco más de convicción.

—No, eso no. —Se le escapa una risa y una pequeña sonrisa. Mira hacia otro lado y sacude la cabeza. Sinceramente, ver eso lo es todo—. Me refería a lo de enseñarme a andar en bici.

¡Oh! ¡Eso! Mis labios forman una enorme O y me doy una palmada en la frente, lo que provoca una risa aún mayor.

—No lo entendí a la primera. ¡Sí! Por supuesto. Me encantaría —le dice Siri.

—¿Ahora? —Jacob se sube a mi bici.

Asiento con la cabeza y me acerco a la bicicleta. ¿En serio voy a enseñarle a Jacob a andar en bicicleta?

SKYLAR

Todo el mundo está ocupado excepto yo, por supuesto.

Seth trabaja temprano en la pista de bolos e Imani salió con su madre a comprar cosas para el cumpleaños de su hermano pequeño, al que todavía no conozco. Ella lo llama «mierdita», pero estoy bastante seguro de que lo quiere.

Mamá está en una reunión de señoras en la iglesia y creo que después se quedan a limpiar. Al parecer, todas las señoras se reúnen para desayunar una vez al mes y hacen una limpieza a fondo para que la iglesia pueda destinar sus fondos a ayudar a la comunidad. Papá estaba trabajando en su esquema de la escuela dominical para mañana, cuando entré en la cocina a buscar algo de comida; da una clase llamada «Universidad y Carrera» cada dos semanas.

Así que saqué la bicicleta para dar una vuelta. Está nublado, pero al menos el sol no golpea mi piel y el viento es ligero. Pedaleo más rápido y el viento golpea más fuerte.

Conseguí que Jacob aceptara mi solicitud en Instagram. Le envié un mensaje anoche y le dije que *tenía* que dejarme seguirlo. Quiero decir, ahora somos amigos, ¿no? Pero también creo que entiendo por qué su cuenta es privada. No creo que quiera que sus padres la encuentren.

Es mayormente normal y definitivamente se ajusta al chico que conozco. Memes y fotos de cómics y videojuegos, la mayoría de los cuales no reconozco, la ocasional *selfie* con Ian y Eric, fotos de su banda, The Nevermore, tocando en locales poco iluminados. Luego está la menos frecuente, pero muy notable, foto *sexy*. Al menos así las llamo yo y son las que me interesan. No hay nada sin camisa, revisé todas, pero sí muchas con la camisa medio desabrochadas, lo cual es suficiente para mí. Está mucho más cómodo en *Insta*.

Giro a la derecha, cruzo las vías del tren hacia el centro de la ciudad y paso por el Parque de los Veteranos, con su genial cascada. La música de mis AirPods ahoga los sonidos de la *ciudad*. El cine aparece a mi izquierda y espío a través de la ventanilla de la taquilla, pero no hay nadie conocido.

Tomo la siguiente curva y termino en el Instituto de Investigación, que es básicamente un montón de edificios de ladrillo de gran tamaño, obviamente más nuevos que el resto. Mis neumáticos se deslizan por el nuevo camino que rodea el campus. No sé hacia dónde me dirijo.

Doy un amplio rodeo alrededor de una mujer y su simpático perro negro como el carbón, creo que es un *schnoodle*, y luego tomo la siguiente calle. Los árboles cuelgan sobre la carretera como un dosel de retazos verdes y la sombra es más que bienvenida. Disminuyo la velocidad, tomando la acera llena de baches a un paso tranquilo. Las raíces de los árboles pasan por encima del césped bien cuidado y se abren paso bajo el hormigón, haciendo que se incline y se rompa.

Aquí se está más tranquilo. El sonido de los motores de los coches y de los equipos de trabajo que pitan y zumban es tenue, casi desaparece hasta que pasa volando un pequeño coche verde sacado de los años noventa. Suena con fuerza y, al pasar, el jaleo se convierte en un zumbido profundo y desaparece por completo.

Al final de la calle surge un nuevo ruido. Entrecierro los ojos. ¿Música?

Pedaleo más rápido. Se hace más fuerte, más como un rugido y un choque. El bajo se aclara primero, luego la guitarra. ¿Hay un concierto aquí? ¿En medio de un barrio?

Paso por delante de dos casas más antes de llegar a la fuente. Me detengo cuando aparecen dos tipos con sus instrumentos dentro de un garaje casi vacío. Ian y Jacob. Me río para mis adentros y los observo desde la calle durante un momento. Es una locura que me lo vuelva a encontrar, ni siquiera es el mismo barrio. No es mi tipo de música y no tiene nada que ver con el concierto al que me llevó Jacob. Es más pesado, mucho más pesado.

El bajo hace temblar el suelo. Jacob rasguea la guitarra atada a su pecho y las notas vuelan desde los amplificadores. Es bueno. Es realmente bueno. Entonces se detiene de forma chirriante y me estremezco ante el áspero ruido.

—¿Sky? —Jacob me localiza.

Me descubrió. Sonrío todo lo que puedo y pedaleo hasta donde están.

—¿Qué estás haciendo aquí? —pregunta Jacob, dejando su guitarra colgada a su lado. Me parece peligroso, pero es su guitarra. Puede ser tan descuidado con ella como quiera.

—¿Vives por aquí? —pregunta Ian.

Voy a abrir la boca, pero recuerdo lo inútil que sería. Saludando a Ian, saco mi teléfono.

—No. Solo estoy dando vueltas antes de ir a la cafetería —escribo—. Ustedes dos son buenos.

—Pensé que no te gustaba el rock. —Ian ladea la cabeza y martillea una andanada de notas.

—No le gusta —responde Jacob por mí.

—No es mi favorito —explica Siri—, pero puedo soportarlo.

—Puede soportarlo. —Jacob gira y niega con la cabeza hacia Ian—. ¿Oíste? Tanto odio. De verdad.

Mis dedos vuelan sobre el teléfono, pero sigo metiendo la pata. Por fin lo consigo y le doy al botón reproducir.

—Ya sabes, lo escucharía. Solo que no suelo hacerlo voluntariamente.

—¿Se supone que eso es mejor? —pregunta Ian.

Me encojo de hombros. Supongo que no.

—¿Dijiste que ibas a la cafetería? —Jacob olvida de repente que no me gusta su música.

Asiento con la cabeza.

—¿Te importa si voy? —pregunta.

Uh, yo... Mi mente se acelera. No esperaba esto. Diablos, no esperaba volver a verlo hasta el lunes. ¡Y sí! ¡Por favor! Pero no, no puedo decirlo así. Así que en lugar de eso me mantengo frío y me obligo a escribir despacio.

—¿Seguro que no necesitas más práctica? —Siri responde con una pregunta.

—No sé si lo dices en serio o estás siendo sarcástico. —Jacob me mira, pero sonríe.

—Definitivamente necesita más práctica. —suelta Ian—. Mucha más.

—Nadie te preguntó —le grita Jacob sin quitarme los ojos de encima, esperando mi reacción.

No puedo más. Una sonrisa se dibuja en mis labios y empiezo a teclear.

—Sarcástico. Esta cosa estúpida hace imposible el sarcasmo. —le digo.

Jacob ladea la cabeza y me hace un gesto con el dedo medio, pero la sonrisa de su cara lo delata. Detrás de él, Ian pone los ojos en blanco y resopla.

—Te pido prestada la bici. —Jacob entra corriendo en la parte trasera del garaje y coloca su guitarra con cuidado en un soporte a lo largo de la pared trasera.

—Tú no andas en bicicleta. Diablos, no sabes cómo. —Ian le lanza una mirada incrédula.

—Ahora sí. —Jacob dice mientras sonríe. La cara de Ian irradia confusión—. Sky me enseñó el otro día.

—Sky me enseñó... —Ian empieza a divagar y se convierte en un borrón de palabras susurradas. Pero Jacob está sonriendo así que supongo que es solo Ian siendo Ian—. Eric va a enloquecer si no hacemos esto bien. ¡El concierto se acerca!

—¿Y? —Jacob pregunta de nuevo, ignorando todo lo que dijo su amigo.

—No me rayes la bici —resopla Ian.

—¡Gracias, amigo! Podemos practicar más tarde o quizás mañana. —Jacob toma la bici y sale pedaleando a mi lado—. ¿Listo?

JACOB

—¿Te gusta el romance? ¿O sea... los libros románticos? —pregunto. Skylar es definitivamente un *softboy*, pero trato de no hacer suposiciones.

Vuelve a deslizar el libro en la estantería. No vi el título, pero la portada no era de naves espaciales y monstruos. Más bien eran dos tipos tomados de la mano, lo que también es una sorpresa encontrar en una pequeña librería de una minúscula ciudad conservadora, pero no aquí, no en la tienda de Sandra.

Sky asiente con nerviosismo. ¿Le habrá parecido que lo juzgaba? No era mi intención. Está escribiendo, pero quiero asegurarme de que no se ofenda.

—Está bien, a mí también me gustan. —Trato de corregir la situación. No es una mentira. Me gustan. Solo que no son mi primera opción. Prefiero los de terror, el tipo de cosas que hacen que mi corazón bombee.

—Me gustan —dice su teléfono—. Es la única forma en que voy a experimentarlo, ¿sabes?

—¿Romance? —Entrecierro los ojos. ¿Por qué diría eso?

Asiente con la cabeza y se encoge de hombros, tomando otro libro.

—Tendrás una historia romántica. —Toso. Suena muy cursi, pero me gustaría darle una. Aunque no sé cómo decirlo y es raro pensarlo. Como... sé que no puede hablar, eso me extrañaba hace unas semanas, ahora es una parte normal de la vida.

Una bocanada de aire sale de la nariz de Skylar y sus labios se tuercen. No creo que se lo crea. Empieza a teclear y yo espero ansiosamente escuchar lo que tiene que decir.

—¿Te gusta tu trabajo en el cine? —No es lo que esperaba.

—Uh... Sí, supongo. —Calculo que no quería seguir por el camino del romance—. La mayor parte del tiempo. Películas gratis y todo eso. Deberías venir alguna vez. Puedo conseguirte entradas con descuento, ¿recuerdas?

—Genial. —lanza su teléfono. Eso fue rápido. Me pregunto si tiene como una lista de respuestas rápidas ahí—. Veré si puedo hacer que Imani y Seth vayan algún día.

—Eso sería genial. —Asiento con la cabeza y doy un sorbo a mi café con leche helado. Tengo una pregunta que me arde en la cabeza. Lleva ahí varias semanas y creo que tal vez esté bien finalmente preguntar. Pero la retengo un poco más. En lugar de eso, lo miro con desconfianza—. ¿Buscas trabajo?

—¿Están contratando? —Sus ojos se abren de par en par antes de que su teléfono pueda hablar, el pequeño dino verde cuelga de la funda.

—No lo sé, tal vez —digo. Ni siquiera sé por qué lo dije. No tengo ni idea. Pero sería genial que trabajara con Ian y conmigo, ¿no?—. ¿Quieres que averigüe?

—Claro —responde su teléfono—. No estoy buscando. Pero puede que lo haga.

—De acuerdo. —Asiento con la cabeza.

Pasa un minuto y ninguno de los dos dice nada. Hago como si yo también estuviera mirando libros, pero sinceramente no podría nombrar ni uno solo.

Voy a hacerlo. Voy a preguntar.

—Oye, entonces... —empiezo, lo cual es cualquier cosa menos un buen comienzo. Es como gritar, estoy *a punto de hacerte una pregunta aterradora,* o *prepárate, esto está a punto de ponerse incómodo.* Pero ya no puedo parar—. ¿Pudiste hablar alguna vez o naciste... mudo?

Ahí está. ¡Ya pregunté! Planteo la pregunta y ya no da tanto miedo como hace un minuto. Me sonríe como si supiera que eso me corroe y empieza a teclear.

—Sí, hace mucho tiempo. Y prefiero *no verbal* —explica—. Pero está bien. No es un gran problema.

—Lo siento y no tienes que dar explicaciones. No debería haber preguntado —me disculpo.

Sonríe y se apoya en la estantería, mientras sus ojos vuelven a mirar su teléfono. Dejo que los míos se detengan en sus brillantes iris marrones y verdes durante un momento, lo suficientemente corto como para que no se dé cuenta.

—No pasa nada —dice Siri, Skylar—. Podía hablar hasta los cinco años, creo. No lo recuerdo. Es lo que me dijeron los médicos en el orfanato. No recuerdo haber hablado nunca. No tengo ni idea de cómo suena o sonaba mi voz. Me enfermé, una laringitis muy fuerte, y se convirtió en algo llamado disfonía de tensión muscular, que básicamente significa que mis cuerdas vocales están arruinadas.

Las palabras no llevan ninguna emoción, ninguna cadencia más allá de lo que permite el frío acento británico de su teléfono. Pero todavía puedo oírlo, de alguna manera, en algún lugar profundo de las palabras inexpresivas. ¿No recuerda haber hablado nunca? ¿No sabe cómo suena su propia voz? Si fuera yo, sería resentimiento, ira. No querría repetírselo a nadie si estuviera en su lugar.

—Lo siento. —Sale en un susurro. No sé lo que esperaba. Pero no era esto. No esperaba sentirme así al respecto.

—No pasa nada. Ojalá supiera cómo suena mi voz —me dice su teléfono. Estoy a punto de decir que lo siento de nuevo porque el estúpido dentro de mí no sabe qué decir ahora que abrió esta puerta, pero él teclea algo muy rápido—. Así que la política del código de vestimenta se va a votar el lunes, ¿verdad?

—Eh... sí. —Reacciono, sin esperar que eso surja. Me trago esa sensación de pesadez en la garganta y vuelvo a centrarme en la pregunta—. Sí, al menos lo están intentando. El grupo local del Orgullo está planeando una protesta frente al consejo escolar, carteles grandes, un montón de correos electrónicos y también están haciendo llamadas.

Yo mismo haría las llamadas, pero conozco a todos los miembros de la junta y cuando digo que es inútil, quiero decir que es inútil. Ninguno de ellos va a escuchar al hijo gay del presidente de la misma junta a la que pertenecen.

—Sí, les envié un email a todos —dice el teléfono de Skylar. No sé por qué, pero me sorprende.

—¿Incluso a mi padre? —Mis ojos se abren de golpe—. ¿Y cómo fue?

—No respondió. —Skylar se encoge de hombros.

—Me imaginaba.

SKYLAR

El señor Walters cumplió su promesa. El plan de Jacob funcionó.

—Vamos, Skylar. —Mamá me toca el hombro. Creo que el ambiente la está afectando.

Jacob dijo que su padre originalmente no tenía previsto celebrar un foro público. Solo había planeado apresurar una votación esta noche. Pero cambió de opinión. En su lugar, hizo lo que prometió a los periódicos esta mañana, lo que dijo haber planeado todo el tiempo. Fijaron un día para un foro público en el gimnasio de la escuela en octubre.

Sigo a mamá y a papá fuera. Los cánticos se apagaron, pero los manifestantes siguen alineados a ambos lados del camino bajo el brillante manto de las farolas. A la derecha está mi gente. Sus pancartas proclaman «¿QUÉ HAY DE LA ACEPTACIÓN?» y «LA ROPA NO TIENE GÉNERO» cuelgan ahora a sus lados, desfilando fuera del edificio. En el lado opuesto están los de «LOS VESTIDOS SON PARA NIÑAS», «QUE VUELVAN LOS HOMBRES DE VERDAD», y «DEUTERONOMIO 22:5 LOS NIÑOS CON ROPA DE NIÑA SON UNA ABOMINACIÓN». Ah, y mi favorito «DEFENDIENDO LA LIBERTAD RELIGIOSA». ¿Qué tan estúpido puedes ser? ¿Cómo es que llevar la falda que tengo literalmente puesta ahora mismo perjudica tu libertad religiosa? ¿Qué hay de *mi* libertad?

Juro que viven para sentirse oprimidos y no para ser los opresores. Pongo los ojos en blanco y recorro el camino entre ellos, con sus miradas burlonas.

—Tienes que volverte a Dios, joven —grita un tipo de barba gris entre la multitud, señalando y agitando su mano—. Arrepiéntete de tus costumbres demoníacas y sálvate.

Mi cara se frunce. ¿Demoníaco? Papá me pone una mano en la espalda y me empuja hacia delante. El otro lado estalla.

—¡Hombre grande, molestando a un niño! —grita un tipo igualmente mayor en el otro lado.

—También dice que ames a tu prójimo —contesta una mujer de la edad de mi mamá, con su cabello largo y castaño revoloteando sobre su hombro.

—No deben burlarse de Dios —le grita el viejo religioso. Parece muy enfadado.

—Ser gay es un pecado. Deja de permitirle al diablo que te confunda. —Se suma un chico de mi escuela. Ni siquiera sabía que se trataba de ser gay. Pensaba que se trataba de chicos con faldas, pero supongo que para ellos es lo mismo—. O vas a ir al infierno.

—Vamos. —Insta papá.

Pasamos por delante y empezamos a subir por la acera.

—Esto es ridículo —se queja mamá—. Todo eso por un código de vestimenta. ¿De verdad? Es solo un niño y están aquí gritándole.

—No son cristianos de verdad, cariño —la tranquiliza papá y luego me mira a mí—. El verdadero cristianismo no es así, Skylar. Te lo prometo. Esto es solo odio y miedo.

Asiento con la cabeza, pero no sé. Ese es el único lado de la religión que conozco, excepto en mi nueva iglesia. Ahí es diferente.

—Tenemos una oportunidad, ¿verdad? —Hago que pregunte mi teléfono. Hay un foro establecido, así que eso es bueno, ¿no?

—Por supuesto. —Mamá sonríe, pero hay reservas en su voz.

Jacob no se había molestado en disimular su duda en el almuerzo de hoy. Me dijo directamente que no me haga ilusiones, que debemos seguir luchando, pero que no tenga demasiadas esperanzas. Para ser honesto, la pequeña esperanza que se había alojado en mi pecho se está moviendo y resquebrajando. Me recuerdo a mí mismo que, técnicamente, no me perjudica no llevar falda al colegio. Pero es una estupidez. No debería importar. Demonios, esto ni siquiera debería ser un problema. Es como una pelea de la maldita edad media. No, espera. Todos llevaban vestidos en esa época, ¿no? Así que eso ni siquiera sirve para explicarlo.

Había pensado en llevar un vestido al baile, como un vestido completo, si iba. No es que vaya a ir, aun así, lo había pensado.

Cruzamos el estacionamiento y me deslizo en el asiento trasero.

—Vamos a luchar contra esto, Skylar —me asegura papá.

Asiento con la cabeza, respondiéndole por el espejo retrovisor y saco el teléfono. A Jacob le gustaría saber lo que pasó. Es exactamente lo que había dicho, pero da igual. Escribo un mensaje rápido.

> **Skylar:**
> Tu padre creó un foro en la escuela para el diez de octubre. Esto no terminó aún 🙄

JACOB

Mi teléfono vibra en mi bolsillo. Esta noche va lenta. Siempre pasa lento los lunes por la noche.

—¿Realmente crees que J.J. Abrams puede arreglar lo mal que lo hizo Johnson en la última? —Ian me lanza una mirada dubitativa, apoyado en la máquina de palomitas.

Acabamos de ver el tráiler de la nueva película de *La Guerra de las Galaxias* en su teléfono y ahora Ian está en pleno modo fanático. Puedo soportarlo, pero la ciencia ficción no es lo mío.

—Lo hizo con *El despertar de la fuerza*. —Me encojo de hombros, revisando mi teléfono. La vibración era por un mensaje de Sky.

—Supongo. ¿Pero cómo va a hacer que todo tenga sentido? —Ian sigue.

Lo dejo colgado mientras abro el texto. Ian odia que haga esto, pero estuve esperando este mensaje toda la noche. ¿Qué hizo mi padre? ¿Estará bien Sky? Quiero decir, estoy seguro de que está bien, pero ya sabes.

> **Skylar:**
> Tu padre creó un foro en la escuela para el diez de octubre. Esto no terminó aún 🙍

Papá mantuvo su palabra. Quiero decir, tiene sentido. No es un mentiroso, incluso si estaba tratando de ocultar todo el asunto.

> **Jacob:**
> ¡Eso es bueno!

> ¡No hay código de vestimenta conservador todavía!

—¿Skylar? —pregunta Ian y yo asiento—. ¿Cómo fue la reunión de la junta?

Me alegro de que pregunte. La política nunca le interesó mucho a Ian, al igual que a mí. Solo estoy pegado a ella por culpa de papá. Pero Ian sabe que esto es importante para mí.

—Parece que salió bien. Programaron un foro en lugar de votarlo —le digo—. Tengo que pensar en algo más para ayudar a detenerlo.

—Ya hiciste mucho —dice Ian antes de que una señora lo distraiga en la caja registradora para que le rellenen el vaso.

¿Lo hice? Pero es mi padre el que está arruinando todo. Y lo está arruinando para Skylar y quién sabe para quién más.

—Lo filtraste a los periódicos. —Ian lo hace sonar como algo grande, pero ¿lo es?—. Y no digas que no es grande. Porque lo es. Si no lo hubieras hecho, sabes que tu padre estaría imponiendo el nuevo código de vestimenta con la misma fuerza que tú quieres...

—No, simplemente no lo digas. —Levanto una mano y toso, pero una risa me traiciona—. Mente sucia.

—Pensaste en cosas peores —dice Ian, sonriendo.

Levanto mi ceja. Negarlo sería una mentira.

—La cuestión es que ya hiciste mucho. Diablos, ya estás castigado de nuevo —me recuerda.

Ah, sí. Papá decidió que estoy castigado hasta el sábado por todo el asunto del espía informante del periódico y por llevar falda al colegio. Son las mismas reglas que la última vez, así que hoy pasé el rato en la cafetería entre el colegio y el trabajo. Iba a estar un mes, pero mamá logró calmarlo y consiguió que me perdonara la mayor parte de la pena. Pero también tuve que quitarme el esmalte de uñas. Era el único término del acuerdo.

—Sí, sí, lo sé. —Agito mis manos en el aire—. Solo quiero evitar que ocurra.

Ahora que es casi la hora de salir del trabajo, no quiero ir a casa. Tal vez por algún milagro esté agotado y se acueste pronto y pueda saltarme el drama. Por favor, Dios, si puedes concederme una cosa, solo dame esto.

Mi teléfono vuelve a vibrar.

Skylar:
Cruza los dedos.

Jacob:
¡Yo te apoyo!

—Lo sé —dice Ian—. Voy a ayudar.

Eso no es lo que esperaba.

—¿De verdad? —Lo miro fijo.

—Claro. Pero no me pidas que me ponga un vestido, ¿entendido? —Hace una mueca—. Ese es mi límite.

—Pero estarías lindo en un...

—No, simplemente no. —Pone una mano en alto, sonriendo.

Asiento con la cabeza. De repente me viene un pensamiento a la cabeza.

Sky utiliza el lenguaje de señas, ¿verdad? Me revuelvo en mis recuerdos. Hoy, en el almuerzo, cuando él e Imani sacaron una de sus piedras e hicieron un canto porque Sky estaba nervioso. No. Este fin de semana en la cafetería. No. Más atrás. Su fiesta de cumpleaños. Espera. Creo que lo hizo. Creo.

Diablos, ¿por qué estoy pensando tanto en esto? Solo pregunta.

> **Jacob:**
> ¿Sabes el lenguaje de señas?

—De casualidad no sabes si Sky utiliza el lenguaje de señas, ¿verdad? —le pregunto a Ian. Vale la pena intentarlo. Tiene la tercera clase con él.

—No sé... ¿Tal vez? —Ian se encoge de hombros.

—Bueno, no eres de ninguna ayuda. —Pongo los ojos en blanco.

—Gracias. —Ian se ríe y mi teléfono vibra en mi mano.

> **Skylar:**
> Sí, ¿por qué?

> **Jacob:**
> Solo preguntaba.

SKYLAR

Esta semana fue una locura y quiero que se acabe. Todo el mundo habla de mí como si fuera un icono o un lastre para la sociedad. Para algunos soy el pionero de la inclusión y para otros soy todo lo que está mal con los chicos de hoy.

Blake vino ayer a nuestra mesa, durante el almuerzo, y no se fue hasta que Jacob y Seth casi se ganan un pase a detención. Bexley estaba mostrando lo perra que puede ser. Golpeando su mano en la mesa y diciéndome que no soy un hombre de verdad. De repente me convertí en la persona más fea y estúpida de la escuela, en palabras de Blake soy «la zorrita fea que es demasiado estúpida incluso para hablar».

Tuve que rogarles a Jacob y Seth que se sentaran. No necesito que ambos se metan en problemas por gente tan tonta como esos dos. Solo querían un espectáculo, irritarme, solo una excusa para causar problemas.

El número de veces que me llamaron marica también se disparó. La gente tiene que conseguir un insulto más original.

Paso por delante de los edificios de ladrillo del Instituto de Investigación y me meto en una calle conocida, en la que los árboles me protegen del sol y sus ramas se entremezclan sobre la carretera. Julia Michaels suena en mis auriculares, enviándome por la calle con su suave voz en mis oídos.

Me meto en la calzada, intentando decirme a mí mismo que no quería venir aquí, pero me estoy mintiendo. Especialmente ahora que la razón por la que vine ni siquiera está aquí.

Saco mis auriculares mientras Ian saluda.

—¡Ey! Sky —grita, pero mis ojos están puestos en Eric. Todavía no lo conozco oficialmente.

Asiento, mirando alrededor del equipo, con la esperanza de que tal vez esté ahí. Pero Jacob sigue castigado. No sé por qué pensé que estaría aquí.

—Este es Skylar —le dice Ian a Eric.

Eric me mira un segundo. Su pelo ondulado cae sobre su frente y sus ojos azules son algo fríos. Da un paso adelante, con sus pequeños brazos balanceándose. Es incluso más alto que Jacob, así que tengo que mirar hacia arriba para verlo.

—Hola, soy Eric...

—Ted, se llama Ted —interrumpe Ian.

—Eric —repite—. Soy el *otro* amigo de Jacob —me dice, poniendo los ojos en blanco. Una sonrisa se extiende por su cara, haciendo grandes hoyuelos en sus mejillas. Asiento con la cabeza y pongo una sonrisa. ¿Es Eric o Ted?—. Oí hablar de ti.

¿Quién no lo hizo a estas alturas? Ojalá no lo hubiesen hecho.

—Hola —dice Siri—. Me alegro de conocerte. ¿Jacob sigue castigado?

Es una de esas preguntas estúpidas que haces cuando no tienes nada más que decir. Del tipo que sabes la respuesta.

—Sí. —Ian se encoge de hombros—. Descansa en paz, pobre amigo.

Le hago una mueca, pero él se ríe.

—Lo siento —digo.

—¿Por qué? —pregunta Eric.

—Porque lo castigaron —explica mi teléfono—. Es mi culpa.

Eric e Ian rompen a reír. Eric hace un verdadero espectáculo, inclinándose y dándose palmadas en las piernas.

—Tienes mucho que aprender —dice Eric entre risas—. Siempre lo castigan. Su padre está loco, juro que el hombre vive para castigarlo.

—Realmente lo hace. —Ian asiente.

—Eso es horrible —dice mi teléfono. Sabía que su padre era un poco exagerado, pero esto suena a otro nivel.

—Si conocieras a sus padres... —responde Eric.

—¿Le mandaste un mensaje? —Ian pregunta de la nada.

—¿Por qué? —Escribo. Está castigado. No puede enviar mensajes de texto, ni siquiera tiene su teléfono. Además, no me preocupa tanto. ¡De verdad!

—Creo que le gustaría que lo hicieras. —Ian levanta una ceja y me sonríe. Eric pone los ojos en blanco, pero se ríe mientras asiente con la cabeza.

Siento cómo se me calientan las mejillas. Tienen que estar equivocados. Estoy seguro de que no le importaría para nada que le envíe o no un mensaje de texto. O espera... No, solo dicen que le gustaría recibir un mensaje de un amigo. «Dios, Skylar, ¡calma tu maldita mente!».

—Pero pensé que no tenía su teléfono. —Escribo.

—Nah, su madre se lo devolvió —dice Eric—. Me mandó un *snap* haciéndome *fuck you* hace como diez minutos.

Mi cuerpo tiembla un poco de risa.

—Deberías enviarle un mensaje. —Insiste Ian con una sonrisa.

Me encojo de hombros y tecleo.

—Puede ser. Me tengo que ir. Disfruten del ensayo.

Lo que significa que sí, definitivamente lo haré, pero tengo que irme primero para no parecer demasiado ansioso.

—Nos vemos —dice Ian mientras vuelvo a subirme a la bici.

—Fue bueno conocerte —lanza Eric.

Saludo con la mano y me voy.

Un pensamiento se me cruza por la cabeza mientras paso por delante de la casa. Si recuperó su teléfono, y están tan decididos a que quiere saber de mí, ¿por qué no me envía él un mensaje de texto? Es una pregunta válida, ¿no? Lo pienso un momento, pero decido que es estúpido. Podría haber un millón de razones.

Una vez que estoy a unas pocas manzanas de la casa de Ian, freno y saco mi teléfono. Por alguna razón, me siento diferente al abrir su hilo de mensajes. Miro fijamente el pequeño teclado digital. ¿Qué digo? ¿Por qué es tan difícil pensar en algo que decir?

Finalmente, mis dedos comienzan a tocar la pantalla.

Skylar:
Escuché que recuperaste tu teléfono.

JACOB

La lluvia cae sobre el parabrisas. Hace calor, lo que significa que va a estar húmedo cuando deje de llover, y odio la humedad. Se mete en todo y se siente miserable.

—¿Cuándo vas a tener tu propio coche? —pregunta Ian, dirigiéndonos por la carretera.

—Algún día —gruño. Es uno de esos temas para los que no tengo respuesta. Pero lo intento de verdad. Los coches son caros, además de la gasolina y el seguro, ¿y si se estropea? Además, no quiero cualquier auto—. Quiero ahorrar como dos mil o algo así, ¿sabes? Conseguir algo más o menos decente.

Si tuviera un coche, podría hacer mis cosas sin tener que pedirle a mamá el suyo ni a Ian o Eric que me lleven. Podría ir a donde sea, cuando sea. Tal vez iría a casa de Sky, lo recogería y lo llevaría a algún sitio. La idea me pone nervioso. El problema es tener el valor de decir «oye, ¿quieres ir a algún sitio conmigo?» y que no parezca una cita, porque, bueno, eso es exactamente lo que yo quiero, pero él probablemente no.

—¿Crees que vas a conseguir algo *medio decente* por dos mil dólares? —Ian no parece convencido. El coche rebota en un bache y sus ojos vuelven a la carretera.

—La vida, Ian, elijo la vida. —Agarro el pomo de la puerta.

—¡Cállate! —dice—. Vas a tardar una eternidad en conseguir dos mil dólares del cine.

—¿Por qué crees que todavía no tengo coche? —me quejo.

—Buen punto. —Ian asiente. Creo que se olvidó de terminar de peinarse hoy, la mopa negra de su cabeza está más desordenada que de costumbre. Pero no lo menciono.

Compruebo mi teléfono. La pantalla está en blanco. No voy a mentir, esperaba que Sky me enviara un mensaje de texto o me mandara un *snap*. Anoche hablamos mucho, bueno, nos enviamos mensajes.

No tenía nada mejor que hacer, atrapado en casa. Pero no fue tan malo. Incluso intercambiamos música. Se convirtió en una especie de mini clase de introducción a la música. Yo escuchaba su música pop y él le daba una oportunidad a mi rock. Todavía no puedo decir que Ariana Grande sea lo mío, pero tenía algunas canciones buenas. Ah, y el favorito de Skylar: ¡Mylo! Es tan diferente a lo que estoy acostumbrado, estrafalario, contundente. Pero no puedo mentir, me gustó. Lo suficiente como para convencer a Ian y Eric de hacer uno o dos *covers*.

A Skylar le gustaron las canciones más tranquilas que le envié, pero no mucho más. Al menos es honesto, ¿no? Ya había escuchado algo de Blackbear, así que había un poco de terreno común.

—¿Crees que Sky pasó ayer por tu casa buscándome? —hago la pregunta, medio deseando haberla dejado en mi cabeza—. No, no respondas eso.

—Eh, sí. ¿Por qué lo haría si no? —Ian me mira como si fuera estúpido.

No puedo contener la sonrisa que se dibuja en mis labios. Pero me recuerdo que no significa nada. A él también le gusta ver a Imani, pero no de *ese* modo. Tranquilízate.

—Realmente te gusta, ¿no? —pregunta Ian de la nada.

Al principio no respondo. Miro a Ian y luego por la ventanilla del acompañante. La lluvia salpica el cristal, trazando líneas horizontales. Diablos, esta semana empecé a practicar el lenguaje de señas. ¿Y por qué? Por *él*, para poder hablar con él. Para que sea más fácil hablar con él. ¿Y en qué está mi cerebro las veinticuatro horas del día últimamente? En él.

Me encojo de hombros, frunciendo los labios.

—Tal vez.

SKYLAR

—Toma. —Imani saca un pequeño trozo de cristal morado, estriado con bandas de marrones y grises—. Vamos a anticiparnos a la mierda de la gente hoy.

Extiendo las manos e Imani coloca la piedra o el cristal, no sé muy bien qué es, en mi mano.

—¿Qué estamos haciendo? —Jacob se inclina sobre la mesa.

—Es una piedra de charoita. Creo que lo dije bien. —Imani se encoge de hombros, juntando mis manos sobre ella y envolviéndolas en las suyas—. Ayuda a la paz y a la sabiduría. Y te da un mejor estado de ánimo para tratar con la gente, como tú sabes, Bexley.

—Ah. —Jacob suspira.

—*Si sirve de algo* —digo.

—¿Incluso mierda vudú? —Ian interviene desde la esquina de la mesa.

Atrapo a Jacob mirándolo, pero me centro en Imani. Ella no se inmuta. No entiendo el tema de las brujas, pero, por todo lo que aprendí en las últimas semanas, no es como la gente piensa. Es más sobre la paz y la bondad que cualquier cristiano que conozco. Excepto mis padres, claro. Ellos son cristianos geniales.

Hoy es el primer día que llevo falda desde la reunión de la junta. Así que aceptaré lo que me ofrezca esa piedra.

—Bien. —Imani exhala, vuelve a inhalar y cierra los ojos—. Disminuyo todos los sentimientos de miedo, duda y ansiedad que te rodean. Que absorbas todo el entusiasmo y la alegría que el día que se avecina pueda proporcionar.

—Gracias. —Escribo una vez que sus manos se abren y toma la piedra de nuevo—. Y hablando del diablo.

—Diablo, brujería. —Ian se ríe, pero todos en la mesa lo miran—. Lo siento. No tiene gracia.

Señalo con la cabeza hacia Bexley y Blake. Ellos también nos ven, pero se limitan a mirar en lugar de acercarse. Bien. No quiero probar la piedra de Imani todavía.

—Está bien —le dice Imani a Ian—. Equivocado, pero bueno.

—No, lo siento. —Ian inclina la cabeza sobre la mesa. —Es solo... diferente, supongo. Lo sé...

—Está bien, de verdad. Lo entiendo. Si te conozco, te enseñaron que es adoración al diablo —dice. La mayoría de la gente se enfadaría si alguien dijera eso sobre su fe. Pero ella no lo hace. Está tranquila—. ¿Solo hazlo mejor la próxima?

Los ojos de Ian se abren de par en par, como si no supiera si lo cortó en seco o es una petición genuina, pero se ablanda.

—Sí.

Hay un momento de tensión en la mesa. Nadie sabe qué decir a continuación. Demasiado para la paz, pero supongo que eso era principalmente para mí y los matones.

—¿Quieres ir a la tienda mañana? —Jacob se vuelve hacia mí.

¿La tienda? ¿Yo? Creo que se refiere a la cafetería, pero podría estar equivocado, así que pregunto.

—¿A la cafetería? ¿La librería? —pregunta mi teléfono.

—Sí, ¿a qué otra tienda irías? —Sonríe.

—Walmart, tienda de sándwiches, ferretería... —Seth lo intenta, pero Imani le interrumpe.

—Ya para —se ríe.

Le sonrío a Seth. Lo intenta. Realmente lo intenta.

—¿No practicamos mañana? —Ian habla. Creo que se tocó un tema sensible.

—Sí, pero no hasta las cinco —le recuerda Jacob.

Ian asiente, dándole vueltas en su cabeza. Supongo que lo aprueba porque se encoge de hombros.

—Claro. —Escribo y pulso reproducir—. ¿Por qué no?

—¡Genial! —Jacob sonríe.

Juraría que sus mejillas se vuelven de un tono rosado claro, pero ya me he equivocado antes.

JACOB

> **Jacob:**
> ¿Aún quieres ir a la tienda?

Planeamos ir en diez minutos, pero quiero estar seguro de que no cambió de opinión. La gente hace eso a veces.

Me pongo unos pantalones cortos y frunzo el ceño ante mis uñas lisas. El negro se convirtió en algo tan básico que se ven raras sin ningún tipo de esmalte. «Recuerda que no quieres que te castiguen de nuevo. Al menos no todavía».

Mi teléfono suena.

> **Skylar:**
> ¡SÍ! 😁

> **Jacob:**
> ¡Ya salgo entonces!

Me aseguro de que lo tengo todo, lo que significa, básicamente, que tengo la ropa puesta, el teléfono y la billetera. De camino a la cocina, arrebato las llaves de mamá de la encimera.

—¿Adónde vas tan sonriente? —Mamá me atrapa antes de que pueda escapar.

—La cafetería. —Me giro y me apoyo en el mostrador. No puedo dejar de sonreír—. Voy a leer.

—Muy bien. —Ella devuelve la sonrisa—. Definitivamente eres mi único hijo que disfruta tanto de la lectura. *No* lo heredaste de mí.

—¿Entonces de quién? —Lo suelto y me dirijo a la puerta.

Mamá empieza a responder. Sé en qué está pensando, pero no me detengo para que lo diga. No quiero oírlo. No debería haber preguntado.

Cinco minutos después, casi en punto, llego a casa de Skylar y bajo la música. No necesito que sus padres piensen que soy uno de esos adolescentes, aunque en cierto modo lo sea.

Entonces, ¿salgo y voy hacia la puerta? ¿O eso es más para una cita? Porque esto no es una cita. Definitivamente no es una cita. Esto es solo dos chicos pasando el rato, totalmente platónico. Eso es todo. Si ir a la puerta hace que parezca una cita, entonces es un no. Pero si no lo hago, ¿pensarán sus padres que soy un maleducado?

La puerta principal se abre, salvándome de la decisión, y Skylar sale trotando con la falda negra más bonita que he visto. Creo que es la que le regaló Imani, pero podría estar equivocado. Es tan lindo. Me saluda y yo le devuelvo el saludo, mientras su padre sale detrás de él y sigue a Skylar hasta mi coche.

Skylar abre la puerta del pasajero y el primer pensamiento que me viene a la cabeza es: «¡maldita sea!, se suponía que yo le iba a abrir» seguido inmediatamente de «no, Jacob, ¡no es una cita!».

—Hola —le digo una vez que entra, él asiente con la cabeza. Tengo que recordarme a mí mismo que no está siendo grosero, solo que no puede responder. Ya debería saberlo.

—Hola, Jacob. —Su padre, el señor Gray, apoya los brazos en la ventanilla abierta del pasajero, mirándome a través del chico más guapo de Carolina del Norte. Apago la música justo cuando afuera alguien grita la palabra con M. «¿Por qué a mí?». Pone una sonrisa pícara y Skylar mira rápidamente al suelo—. Todavía no pude agradecerte.

—¿Agradecerme? —No lo entiendo, especialmente ahora.

—Por defender a Skylar —me dice. Miro a Sky. Sus labios están torcidos por el nerviosismo y ladea la cabeza, mirándome y encogiéndose de hombros ingenuamente. Luego su padre continúa—: En la escuela, con ese tal Blake, y todo el asunto del código de vestimenta. Se necesita mucho valor para contarlo a los periódicos. Tú nos has dado la oportunidad de detenerlo. Gracias.

—Eh... de... de nada, señor Gray —tartamudeo. Había que hacerlo. Y en cuanto a los matones, eso no pasará mientras yo esté cerca, no a Sky—. Pero no hace falta que me lo agradezca.

—Bueno, para mí sí. —El señor Gray sonríe y se aleja del coche—. Ahora, ten cuidado con mi hijo. Diviértanse.

Skylar resopla y niega con la cabeza. Estoy a punto de responder, y el señor Gray está en proceso de girar cuando se detiene y se ríe.

—Y es solo Bob. Nada de esa basura de *señor Gray*, por favor.

—De acuerdo, señor... quiero decir, Bob. Adiós. —Saludo con la mano y pongo el coche en marcha atrás, antes de que pueda meter la pata de nuevo.

Su padre saluda con la mano mientras volvemos a la carretera y paso el cambio. Es tan extraño ver a un padre así. Salió por la puerta con Skylar en falda como si fuera lo más normal del mundo. Quiero decir que debería serlo. Pero no puedo imaginarme a mi padre haciéndolo.

—¿Cómo va todo? —le pregunto a Sky.

Sus dedos golpetean su teléfono y yo espero la respuesta. De repente, me asalta una duda. Es un poco incómodo esperar una respuesta. Pero siempre lo es. ¿Por qué me afecta ahora?

—Bien —anuncia Siri—. Tengo muchas ganas de ir a la tienda. Necesito café con desesperación y esta vez voy a comprar un libro nuevo.

La sensación pasa en el momento en que Siri traduce sus palabras escritas al aire. Y es como si nunca la hubiera tenido.

—Lo mismo. Excepto que traje un libro —digo. Al principio me pareció una mala idea llevar uno. Es una especie de plan B, en caso de que las cosas se vuelvan incómodas y silenciosas. Hay que estar preparado. Además, podría pensar que esto es más de lo que es si espero que hable todo el tiempo.

—¿Qué estás leyendo? —me pregunta su teléfono al cabo de unos segundos.

Me pregunto cómo sería hacer señas en lugar de usar su teléfono. Estuve practicando con vídeos de YouTube. Creo que ya tengo algo claro, pero es más difícil de lo que pensaba. Estaba buscando cómo describir a Skylar y *tímido* era la palabra que quería usar. Bueno, debo tener mucho cuidado, porque si alejo demasiado la mano de mi cara, podría estar llamándolo prostituta. ¿Cómo puede ser eso?

—*El último astronauta* —digo.

Su rostro se tuerce y responde rápidamente.

—¿Todavía?

—Está bien, perra, soy un lector lento. Cálmate —respondo, riendo un poco más para asegurarme de que sabe que estoy bromeando.

Niega con la cabeza mientras entro en el estacionamiento de la tienda y estaciono en la única plaza disponible. Está lleno para ser las diez de la mañana. Salgo sin esperar, me detengo lo suficiente para que me siga, antes de subir la rampa y sumergirme en el olor de los libros viejos y el café.

—¡Buenos días, Jacob! —grita Sandra cuando paso por la esquina, entonces se fija en Skylar—. ¡Y Skylar! Es algo temprano para ustedes.

Me está mirando a mí en esa última parte. Vaya, me está regañando. No tengo una respuesta para eso.

—Me levanté temprano —miento, más o menos. Lo hice, solo que no sin razón, pero *no* se lo explico.

Pedimos las bebidas y pasamos unos minutos hojeando hasta que Skylar elige un libro llamado *Warcross*. Dice que es una historia de realidad alternativa de alta tecnología en el futuro. Suena interesante, pero probablemente con demasiada ciencia ficción para mi gusto. Volvemos a la Sala Cristiana, que está más tranquila, y nos sentamos en las dos grandes y cómodas sillas verdes.

—¿Así que no te gusta *La Guerra de las Galaxias* o *Star Trek*? —pregunta el teléfono de Skylar.

—¿Gustar? —Hago una mueca—. Quiero decir, eso depende. *La Guerra de las Galaxias* es demasiado para mí. Sobrepasa lo creíble. ¿*Star Trek*? ¿De cuál estás hablando?

Lo piensa un momento, con los ojos verdes-marrones, escrutando el techo liso. Sus labios están hundidos en el pensamiento. Toma una decisión y empieza a teclear.

—¿Los nuevos? —pregunta.

—Puedo soportarlo. Pero honestamente, no son lo mío. —admito. O sea... son geniales, a veces. Pero todo el tema del espacio y los extraterrestres, no sé, para mí está demasiado fuera de lugar—. Definitivamente no podría con los viejos.

Pone los ojos en blanco y resopla, y Siri me condena:

—Qué inculto. Emoji de risa.

Dios mío, hizo que Siri diga un emoji otra vez. Me río y sacudo la cabeza. Qué extraño.

—¿De verdad? ¿«Emoji de risa»? —Pongo los ojos en blanco. Estoy a punto de decir que se *ría*, pero me detengo. En realidad, no se ríe. No como nosotros. Quiero decir que lo hace, pero no hay sonido, solo aire, o esa especie de sonido sibilante.

Se encoge de hombros y la conversación continúa. Supongo que la ciencia ficción es uno de sus géneros favoritos. Cuando voy por la mitad de mi bebida, ya enumeró al menos seis programas y películas, y me explicó por qué debería darles una oportunidad. Solo vi una de ellas.

—¿Has visto *Covenant*, la nueva? —pregunto.

—Por supuesto, solo tuve que taparme los ojos unas cuantas veces —me dice su teléfono.

—Tiene sentido, es sangriento como —y digo con la boca *la mierda* para no decirlo fuerte en medio de la Sala Cristiana. Sky no es un fanático de la sangre y las vísceras. Dice que tiene que mirar hacia otro lado cuando se pone demasiado desagradable, especialmente cualquier cosa que implique ojos o cortar partes del cuerpo.

—Sí. ¿Qué tal si leemos un poco? —Skylar sugiere.

¿Leer? Mi instinto es preguntar si dije algo malo. ¿Ya no quiere hablar? ¿Dije algo? Pero contengo el impulso. Llegamos a una cafetería que tiene libros y él eligió uno nuevo.

—Sí, por supuesto. —Asiento y tomo el libro que traje.

Sky hace lo mismo y al instante sus ojos se pierden en su libro. Me detengo un segundo más, admirando la forma en que su mandíbula se inclina hacia el mentón y sus labios rosados se encogen mientras estudia la página.

Algo se agita en mi pecho y aparto la mirada. «Lee, Jacob».

SKYLAR

Mis ojos van de un extremo a otro de la página sin captar una sola palabra. No estoy leyendo. Al menos no todavía.

Me encanta todo lo relacionado a estar aquí con Jacob: el viaje hasta aquí, incluso si papá lo hizo sonar como si fuera una cita «ya quisiera»; mirar los libros; ver hacia dónde se inclina la mano de Jacob, siempre hacia los libros de terror y de tecnología; sentarnos aquí a hablar. Es simplemente... agradable.

Sigo recordándome a mí mismo que el hecho de que él también sea gay y me hable no significa que le guste. Los gays también pueden ser amigos, no es imposible. Es como Imani y Seth, él es heterosexual y a ella le gusta todo, pero no son nada.

Por eso pedí leer. Necesitaba calmar mis nervios, alinear mi mente y mi pecho, me niego a decir corazón porque no es eso. Quería seguir hablando, de verdad, pero mi mente iba en todas direcciones.

Dejo que mis ojos se desvíen hacia mi derecha, posándose en su mano. Sus dedos son largos, finos y pálidos. Parecen tan suaves. Mi mente divaga, creando una fantasía de esos dedos deslizándose alrededor de los míos, agarrando mi mano. Me obligo a respirar. Nunca tomé la mano de otro chico, no así. Y nunca besé a un chico... bueno, a nadie. Me atrevo a echarle una mirada rápida a la cara y mis ojos se fijan en sus labios. Una mirada es todo lo que necesito para captar cada detalle.

Son delgados pero perfectos. De color rosa pálido. Se mezclan perfectamente con su tez. Y esas pecas haciendo un puente sobre su nariz de mejilla a mejilla. ¡Oh, Dios mío!

Leer. Concentrarme. Pero mi mente sigue sin reconocer una palabra sobre la que se deslizan mis ojos. En cambio, me pregunto cómo sería besarlo, qué sentiría. ¿Existirá un mundo en el que alguna vez me mirara como algo más que un amigo, en el que podría verme como algo más que el chico discapacitado? Pero todo es un sueño, una fantasía, las mismas en las que últimamente me detengo más de lo debido.

—¿Jacob? —Una nueva voz entra en la habitación y casi salto.

Tiene más o menos nuestra edad, quizá más cerca de la de Jacob, y va vestido con una camisa de cuadros con los botones superiores desabrochados. Su mandíbula cuadrada es unos tonos más oscuros que la de Jacob y sus ojos son de un magnífico gris acero. Es bastante atractivo, y es una estupidez, pero me siento mal por pensar eso al lado de Jacob. Sí, muy estúpido.

—¿Noah? ¿Qué estás haciendo aquí? —Una sonrisa aparece en la cara de Jacob y se levanta de un salto, dejando caer su libro en la silla.

Ambos se acercan y se envuelven en un abrazo. Sin pensarlo, me retuerzo. ¿Jacob tiene novio? No. No puede ser. Habría dicho algo sobre él, ¿no?

—Solo volví por el fin de semana —dice Noah—. ¿Cómo has estado? Tu padre salió en todas las noticias.

Mi cabeza se mueve entre ellos. Es como si no estuviera aquí y no me gusta del todo.

—Estoy muy bien, sacando todo eso —ríe Jacob—. Sí, se presenta al Congreso.

Jacob pone los ojos en blanco y Noah niega con la cabeza.

—También lo escuché —dice Noah.

—Oh. —Los ojos de Jacob se fijan en mí—. Lo siento. Skylar, te presento a Noah Andrews. Noah, te presento a Skylar Gray. Es mi nuevo amigo. Se mudó desde Vermont.

Skylar *Gray*. El instinto es corregirlo, es Skylar *Rice*, pero no, no lo es. Es Gray. Me gusta que no haya mencionado mi adopción en la jugada. Lo que no me gusta, por muy acertado que sea técnicamente, es que me presente como su nuevo amigo. Es como una confirmación de que mi mundo de fantasía nunca se hará realidad.

Me pongo de pie.

—Me alegro de conocerte, Skylar. —Noah sonríe y me envuelve en un abrazo propio.

Al principio me quedo estoico, como una estatua, sin saber qué hacer, pero me doy cuenta de que parezco un idiota asustado y le doy un rápido abrazo antes de retroceder. No digo nada, como si pudiera, y él no parece inmutarse.

—Noah estaba en el equipo de natación conmigo antes de que se graduara y nos dejara el año pasado. —Jacob lo mira de reojo—. Se fue a la universidad.

Asiento y sonrío. Todavía no veo a Jacob como un nadador del tipo competitivo. La temporada aún no empezó, así que quizá cuando lo haga de verdad eso cambie en mi cabeza.

—Este es un pez, lo juro. Siempre iba por delante de mí. —Noah se ríe y yo me uno con el típico movimiento de cabeza en lugar de la risa.

—Oh, lo siento, casi lo olvido. —Jacob me mira como si hubiera cometido un error—. Sky no habla. Bueno, en realidad habla mucho, solo que no usa su boca para eso.

Sé lo que quiere decir, pero no creo que lo haya pensado bien. Esa frase suele reservarse para otras... situaciones, no para la no verbalidad. Frunzo los labios y lo observo con una mirada cómica.

—Uh... —Noah gime, sin saber qué decir.

—¡No, no es eso lo que quería decir! Lo juro. Dios, no. —Jacob vuela tratando de arreglar la situación—. No, me refería a su teléfono, no a su... eh... ya sabes, eh... Oh Dios, me voy a callar.

Mi mano se aferra a mi estómago y me pongo de pie. Puede que no sea capaz de reírme como los demás, pero eso no impide el incómodo ruido sibilante que sale de mí. Recupero la compostura. Noah parece no saber qué hacer. Tomo el teléfono de la silla y empiezo a escribir.

—Literalmente no puedo hablar. No tengo voz. Hablo a través de mi teléfono... Mucho, aparentemente. —Miro fijo a Jacob cuando mi teléfono lee esa última parte.

¡Se muerde el labio! No hagas eso, te hace aún más *sexy*, ¡y no puedo soportarlo!

—No... mucho —se disculpa Jacob, como si pensara que estoy realmente irritado.

—Entiendo. —Noah frunce la frente—. Jacob nunca tuvo facilidad de palabra.

¡Oh! Arde, Jacob. Lo miro directamente y me río.

—Lo sé. Pero no pasa nada. Me importa una... ya sabes. —le digo a Siri y opto por no decir la palabra con M porque no puedo decirle a Siri que la susurre.

—¿Les importa si me siento con ustedes? —Noah se ríe.

—Claro —dice Jacob.

Yo, en cambio, no estoy tan seguro de querer que este nuevo chico se quede por aquí. No hay nada en contra de él, parece un buen tipo, pero no lo conozco, y quería pasar el tiempo con Jacob, aunque para él no sea igual.

Noah se acerca a la pequeña silla de madera del rincón y toma asiento. Se echa hacia atrás y levanta un libro sobre su regazo. No me había fijado en el libro antes.

—Nada que ver, pero Noah —Jacob me mira— es la razón por la que salí del *closet* durante el verano.

¿De verdad? Dirijo mi mirada de Jacob al chico sin pretensiones que tenemos enfrente. Es como si Jacob pudiera ver la pregunta en mis ojos.

—Sí, él... —Pero se detiene y se vuelve hacia Noah—. Detenme si me estoy pasando.

—Está bien —señala Noah.

—De acuerdo. Noah salió del *closet* el año pasado mientras yo todavía estaba horrorizado —dice Jacob—. Pasó por muchas cosas, pero lo logró. Y si Noah pudo hacerlo, sabía que yo también podía.

Jacob se encoge de hombros, pero hay algo sombrío ahí que creo que no estoy entendiendo. Pero sigue siendo algo impresionante. Ahora sé que Noah también es gay y todo el asunto del abrazo de antes cala aún más hondo. ¿Estaban... o están?

—Al final lo ibas a hacer por tu cuenta. No eres precisamente del tipo de los que se acomodan para caerle bien a todos —ríe Noah. Luego se centra en mí y señala mi falda—. Por casualidad, no serás el chico de Brown por el que el padre de Jacob resultó herido en sus sentimientos, ¿verdad?

Una sonrisa salta inmediatamente en mi cara. Es la primera vez que lo oigo decir así, pero sí. Supongo que lo soy.

Asiento con entusiasmo y tecleo:

—Ese soy yo.

—Todo es culpa suya —ríe Jacob. Me dedica una sonrisa de aprobación, pero sus ojos saltan a mi falda por un segundo—. ¿Quién iba a saber que una falda podía causar tantos problemas? Sin embargo, se ve lindo con ella. Uh... Como en una forma puramente... eh, objetiva, por supuesto.

La ceja de Noah se levanta, al igual que la mía. Dejo que sus palabras se disparen en mi cabeza, envolviéndolas con todo lo que está en mi mente. Lo dijo porque resulta que soy un chico y a él le gustan los chicos, pero eso es todo. O tal vez no sea solo eso, tal vez sea solo yo. Tal vez él realmente piense que soy lindo, que yo, Skylar Gray, soy lindo. O simplemente es el típico gay y ve la falda como un acceso fácil. Acaba de echar un vistazo a mi falda. Agh. Probablemente sea eso último. Esa es probablemente la única razón por la que estoy aquí.

—Sí... La gente se extraña de que los *gays* hagamos cualquier cosa. Llevar faldas, pintarnos las uñas, nadar, hablar... existir. —La voz de Noah se interrumpe y me atrapa una repentina tristeza en sus ojos—. Es una mierda y no tiene *ningún* sentido.

No es tan malo. Es solo una falda. Quiero decir, sí, es una mierda, pero la forma en que Noah habla hace que parezca mucho peor. Pero hay algo más en su cara, algo herido y distante que no puedo precisar.

Vuelvo mi atención hacia Jacob, esperando que haya alguna respuesta, pero incluso sus labios pálidos respingones se hunden en un ceño fruncido y la electricidad detrás de sus ojos se apaga.

—Sin embargo, se hará un foro público para debatirlo. —Hago que Siri rompa el silencio. No entiendo lo que está pasando, pero siento que tengo que solucionarlo y no sé qué más decir—. Tenemos la oportunidad de pelear.

—Lo escuché —dice Noah lentamente, respirando profundamente. Una sonrisa de satisfacción aparece en sus labios y suelta el aliento—. Estoy pensando en ir.

—Deberías. Necesitamos todas las voces que podamos conseguir, y... —Jacob se calla de nuevo, pero vuelve a ponerse en marcha con determinación—. No pueden ignorarte. Pero solo si te parece bien.

Ahora estoy cien por ciento perdido, pero la tensión en el aire me dice que es algo difícil, algo en lo que probablemente no debería husmear.

—Sería estupendo que pudieras venir. —Escribo, manteniendo una sonrisa esperanzadora.

El teléfono de Jacob suena y, cuando lo mira, sus ojos se abren de par en par.

—Dios —dice Jacob nervioso—. Llego tarde. Se supone que tengo que estar en casa de Ian ahora mismo para practicar.

¡Uy! Me lo había dicho, pero no pensé en controlarlo. Supongo que él tampoco lo hizo. Me río de él, no con él, porque es algo gracioso, y Noah se une.

—Lo siento Noah, pero tenemos que irnos —se disculpa.

—No hay problema. —Noah asiente y antes de que pueda teclear nada, Jacob se levanta y camina.

Así que asiento con la cabeza y saludo con la mano, lo que Noah parece entender. Parece un buen tipo.

Solo espero que no sea más que un amigo para Jacob.

JACOB

La noche de micrófono abierto fue un éxito, en su mayor parte. Al menos el público nos aplaudió, aunque la haya arruinado.

Estábamos en nuestro tercer *cover*, una canción de Hands Like Houses. Eric empezó la cuenta regresiva y puede que yo haya empezado a tocar la que sería nuestra última canción. Pero funcionó, el público pensó que era divertido.

—¿Qué desearían hacer antes de morir? —suelto las palabras después de lamer mi helado de vainilla.

Mis labios se fruncen y mis ojos se pasean por la mesa tipo pícnic fuera de la heladería. Está oscuro y el viento es suave. Los coches pasan a toda velocidad por la pequeña carretera que atraviesa el centro de la ciudad. El cielo está despejado, pero las farolas de la calle ahogan las estrellas.

—¡Paracaidismo! —Eric suelta—. Siempre quise hacer paracaidismo. Y conocer a Maria Brink.

Niego con la cabeza. Tiene sentido. Está enamorado de ella desde que descubrimos su banda hace unos años.

Seth es el siguiente en hablar, lo que es una verdadera sorpresa. Realmente quiero saber qué hay en la lista de Sky, pero sería grosero no preguntarle a todo el grupo. Lo miro, pero luego vuelvo a centrarme en Seth.

—Quiero ir a la Tierra de la Guerra de las Galaxias —dice Seth, creo que se refiere al parque de Disney. Tendrían que arrastrarme—. Y luego tal vez... asistir a un rodeo.

—¿Un rodeo? —Los ojos de Imani gritan *qué demonios*.

—Sí. Parece divertido, pero no estoy seguro de que pudiera con todos los campesinos. —Se ríe.

—Eso lo harás solo —le dice Imani—. No me voy a exponer a que me discriminen por esa actividad de blanquites.

—¿Y tú? —Me estoy riendo de su respuesta, pero aun así logro preguntarle.

—No lo sé —Imani se encoge de hombros—. Realmente no lo pensé. ¿Tal vez visitar Roma o Grecia?

—Grecia sería genial —dice Ian—. También está en mi lista. Quiero ver los templos.

—¡Sí! Y pararte donde los dioses se pararon. —Imani saca la lengua.

—O donde creían que lo hacían, al menos. —Ian se encoge de hombros—. ¡Y luego tal vez hacer *bungee jumping* y conducir un coche a más de ciento sesenta kilómetros por hora!

Todo mierda peligrosa. Pero no me sorprende.

—Asegurémonos de que yo no esté en el coche cuando lo hagas —le ruego.

Se encoge de hombros.

—¿Y tú? —Miro a Sky.

Estuvo sentado pacientemente, asintiendo y riendo a su manera. Esto fue todo lo que pude contenerme para no ignorar completamente a los demás y preguntarle.

—Ver la aurora boreal; ir a un concierto de Mylo —dice el teléfono de Skylar—; nadar desnudo, tal vez; ir a Finlandia

—¿Acaba de decir nadar desnudo? Niego con la cabeza y me río, pero hay más—, y escribir una carta de amor, pero eso es cursi.

¿*Cursi*? ¿Qué? ¿Por qué? ¡Él puede escribirme una carta cuando quiera! Solo que no lo sabe.

Los ojos de Skylar se iluminan.

—Sin embargo, puedo tachar el principal elemento de mi lista de deseos: una familia.

Los suspiros se deslizan por la mesa de picnic. Y tengo que contener un aww verbal, aunque mi boca forma una pequeña O. Una parte de mí quiere decirle lo afortunado que es. Sus nuevos padres parecen muy buenos. Todavía estoy un poco celoso.

—Más vale que nos incluyas en eso, perro. —Imani destruye el momento—. Nosotres también somos tu familia.

La mayor sonrisa que vi hasta ahora se desliza por la cara de Skylar y por un momento fija la mirada en mí.

—Definitivamente —dice su teléfono todo astuto, mientras Skylar asiente tímidamente.

Algo en mi pecho se siente cálido al pensar que nos considera una familia. Pero algo más se agita dentro de mí: un anhelo, un deseo, un querer ser aún más que eso.

Tengo que mantener esto bajo control.

JACOB

Todo está tranquilo en casa, como suele ocurrir después del servicio del miércoles por la noche, excepto por los murmullos que se escuchan en el pasillo. Exactamente hacia donde me dirijo ahora, incluso cuando mis pies ruegan ir en la otra dirección.

Llevo mucho tiempo sentado en mi habitación practicando el lenguaje de señas y no puedo dejar de querer razonar con papá. Me repito que no, que es inútil. Pero quiero hacerlo cambiar de opinión. Quiero ver la luz en sus ojos cuando diga «¿Sabes qué? tienes razón».

Así que aquí estoy, de pie en la puerta del salón, tragándome el malestar. Papá está tumbado en su sillón reclinable, perdido en una de las películas de *Bourne*. Me distraigo pensando en las dos caras que tiene. Vive diciendo que palabras como *maldita, mierda* y *demonios* son malas, pero esas películas están llenas de ellas.

Obligo a mis piernas a llevarme hacia delante y me dejo caer en el sofá. Ahora mismo está en una de las escenas de acción, así que voy a esperar a que se calme. Voy a hacer esto. Pero después de diez minutos me doy cuenta de que esta película es básicamente una gran escena de acción. Suspiro y aprieto y suelto los puños. Solo hazlo.

—¿Esta es *Supremacía*? —pregunto porque soy demasiado patético para hacer lo que vine a hacer.

—No, *El caso Bourne*, la primera —dice papá sin romper el contacto visual con el televisor.

No sé lo que estoy haciendo, esto es estúpido. De todas formas, está demasiado perdido en su película. Me quedo sentado un minuto más, enfadado conmigo mismo. Luego me levanto y me apresuro hacia mi habitación.

Freno antes de llegar al pasillo. Echo la cabeza hacia atrás y resoplo. No puede oírme, el volumen está demasiado alto. Me giro y lanzo mi voz sobre el televisor antes de poder detenerme.

—¿Hay algo que pueda hacer para que retiren el nuevo código de vestimenta? ¿Cualquier cosa? —Lo intento. Mis pies son de piedra en la alfombra.

El volumen baja y papá gira el sillón.

—Sí. —No es lo que esperaba, pero papá no decepciona—. Un avivamiento. Si por fin tuviéramos un verdadero despertar hacia Dios en este país, no necesitaría el nuevo código.

Me contengo todo lo que puedo para no poner los ojos en blanco. ¿De verdad? Juro que esa es su respuesta para todos los problemas de la sociedad, eso o *que la gente se convierta a Dios*, como si fuera tan sencillo. Diablos, las iglesias ni siquiera se ponen de acuerdo.

—Quiero decir, ¿hay algo que alguien pueda decir para convencerte? —Lo intento de nuevo.

—No. Va contra la naturaleza, contra lo que dice la Biblia. —continúa. No sé qué más esperaba que dijera—. Los chicos no tienen por qué vestirse como chicas o hacer cosas de chicas.

—Te das cuenta de que los pantalones son un invento reciente, ¿verdad? —Lanzo mi nuevo dato. Busqué en Google antes de ir a la iglesia cuando se me metió la idea de enfrentarme a él en la cabeza—. Los pantalones eran considerados por los griegos y los romanos como ropa para bárbaros. Básicamente eran para montar a caballo.

—No, solo estás dejando que esa historia reescrita se te meta en la cabeza. —Contraataca papá. Lo cual parece un poco raro para el presidente de la junta local de educación—. ¿Cuál de tus profesores te dijo eso?

—Ninguno —le digo. Creo seriamente que perseguiría a un profesor para que lo despidieran si nos enseñara eso—. Lo busqué yo mismo.

—Ya veo —suspira.

—Jesús no llevaba pantalones. —Intento de nuevo.

—No tergiverses las escrituras, Jacob. —La voz de papá se enrosca—. No llevaba ropa de mujer.

—Era un vestido. —Entrecierro los ojos con incredulidad—. La ropa cambia, la sociedad cambia. Todo es relativo. La ropa no tiene género, papá. Es solo una construcción social moderna.

—Estás tratando de lanzar demasiadas palabras grandes. —Papá sacude la cabeza y toma el control remoto—. La Biblia dice que está mal y eso es todo lo que necesito saber. Los niños no deberían llevar ropa de niña. Y no, no voy a retirar la propuesta, y más vale que no vuelva a descubrir que usas un vestido mientras vivas en mi casa. Esta conversación terminó.

—Sí, buena charla —suelto y camino rápido por el pasillo.

Su respuesta para todo es la Biblia esto, la Biblia aquello, y nueve de cada diez veces es algo que no puedes hacer. Rara vez son las partes en las que Jesús dijo que hay que amar a los demás y no juzgar.

Y se pregunta por qué me cuesta tanto escuchar.

SEPTIEMBRE

L	M	X	J	V	S	D
						~~1~~
~~2~~	~~3~~	~~4~~	~~5~~	~~6~~	~~7~~	~~8~~
~~9~~	~~10~~	~~11~~	~~12~~	~~13~~	~~14~~	15
~~16~~	~~17~~	~~18~~	~~19~~	(20)	21	22
23	24	25	26	27	28	29
30						

SKYLAR

Este centro comercial es enorme y demasiado concurrido. No me gusta.

Imani me toma de la mano y tira de mí hacia una de esas tiendas con vestidos de novia y de graduación colgados en los escaparates. El tipo de vestido que ninguno de nosotros puede permitirse. A ver, ¿quién paga una fortuna por trajes para un baile de todos modos? No es como si fuera el baile de graduación.

Además, no voy a ir. Así que no necesito estar aquí. Pero intenta explicarle eso a Imani. Se lo mencioné a Seth y fue como «sí, no lo hagas, simplemente no lo hagas».

—¡Ah! Mira este —comienza.

Tira del primer vestido que ve. Es blanco, con rayas de lentejuelas en el cuello en dos finas líneas que se funden en una cintura demasiado fina sobre un largo fondo recto. Es bonito, pero grita *me voy a casar*, no que estoy en un baile de la preparatoria.

Asiento con la cabeza. Aunque fuera a ir al baile, y no lo voy a hacer, no tengo pareja ni voy a conseguirla. Tampoco voy a pedirles a papá y mamá dinero para un vestido.

—¿Y este? —Imani saca del perchero un vestido rosa que probablemente le llegue justo por encima de las rodillas.

Me encojo de hombros y escribo:

—Es lindo. Sin embargo, no te veo de rosa.

—¡No para mí, tonto, para ti! —Me mira como si estuviera loco. Me señalo a mí mismo y devuelvo la mirada.

—Sí —repite y miro a Seth. Sus ojos se abren de par en par, rogando que no lo meta en la conversación.

—No —le dice Siri. El rosa tampoco es para mí—. Si fuera para mí, sería negro o verde o quizás un rojo. Y más largo que eso.

—No es más corto que tus faldas —dice Imani y vuelve a poner el vestido en el perchero.

—Sí. —Empiezo a escribir—. Pero si vamos a ir de lujo, lo quiero largo.

Y no mullido, ese vestido rosa también era mullido en la parte inferior.

—Meh. —Lo desestima—. Ya se nos ocurrirá algo.

Estoy a punto de protestar cuando suena mi teléfono.

> **Jacob:**
> Oí por ahí que vas a ir al baile.

Mis ojos se fijan en la cara de Imani. Está revisando otra estantería cuando se da cuenta de mi mirada y entorna los ojos.

—¿Qué?

—*Nada* —digo con los labios y respondo al mensaje de Jacob en su lugar.

> **Skylar:**
> Tal vez. Lo dudo. Imani está decidida a que vaya con ella y con Seth.

Pero siento que eso ya lo sabe y estoy seguro de saber quién se lo dijo.

> **Jacob:**
> ¡Un trío!

Cierro los ojos y me río. ¡Vaya! Está bien. Aunque es divertido. Definitivamente no es *ese* tipo de trío. No quiero estar ni cerca de eso.

> **Skylar:**
>

—¿Con quién estás hablando? —Imani se inclina sobre mi teléfono.

Lo retiro y la miro fijo, luego le vocalizo:

—*Grosera*.

—¿Jacob? —Ella sonríe.

—Probablemente. —Se suma Seth y le lanzo una mirada fulminante. Se encoge de hombros y rompe el contacto visual.

—Realmente deberías ir a la fiesta de bienvenida con él, no con nosotros —comenta, como si no lo hubiera pensado un millón de veces.

No va a suceder. La única manera de que vaya a la fiesta es con ella y Seth. Nadie más me lo va a pedir a menos que sea una broma cruel y, honestamente, no conozco a nadie más que a Jacob al que le diría que sí de todos modos. Le diría que sí cien veces.

—¡No! —Hago gritar a Siri, subiendo intencionadamente el volumen—. No va a suceder. Nop.

Imani frunce el ceño y retrocede un paso. Sus manos se dirigen al siguiente perchero y saca un vestido verde como si le hubiera echado el ojo todo el tiempo.

—A él le encantaría verte con esto. —Imani sonríe a propósito.

Lo sostiene para que lo vea. Es realmente hermoso. Verde botella, aterciopelado, sencillo. No tiene hombros, solo mangas pequeñas que envuelven los brazos. Me imagino cómo me quedaría a mí. La parte inferior llegaría fácilmente a mis pies. Probablemente necesitaría un poco de dobladillo y tendría que coser la abertura que llega hasta el muslo, tal vez. ¿Pero en qué estoy pensando? No voy a comprar un vestido aquí. El dinero no crece en los árboles.

Suspiro.

—*Es precioso.*

—Me encanta el color. Verde cazador. —Ella lo examina.

Entrecierro los ojos. Uh, no.

—Es verde botella. —Hago que Siri la corrija.

—No, es verde cazador —reitera Imani.

—*No. No lo es. Definitivamente es verde botella* —le digo con los labios.

—No. —Mira a Seth en busca de apoyo.

—Diablos, no, no me voy a meter en esto. —Da un paso atrás, con las manos en alto en señal de rendición—. Pueden pelear por esto ustedes solitos.

—No importa, puedes llevar esto al baile con Jacob. —Imani dice de nuevo.

¿Por qué está tan decidida?

—¡*No!* —Lo intento de nuevo y luego escribo—. No va a pasar.

—¿Por qué no? —Seth pregunta, para mi sorpresa.

Suspiro mientras escribo mi razón.

—No le gusto de esa forma. A ningún chico le gusto así. Nadie quiere llevar a un chico robot al baile.

—No soy gay, pero te llevaría si lo fuera. —Intenta Seth.

Imani mueve la cabeza asintiendo decidida, orgullosa de su mejor amigo.

—Eso es fácil de decir cuando no eres gay —le dice Siri. Odio cuando la gente dice cosas así. Sé que tienen buenas intenciones, pero son huecas. Es fácil decirlo cuando nunca tendrás que enfrentarte a la elección—. Pero tampoco eres un imbécil, así que no se.

Seth se encorva. Tal vez fue un poco duro de mi parte. Estaba tratando de ser amable.

—Jacob no es un imbécil tampoco. —Imani no pierde el ritmo—. Es algo descarado, pero no es un imbécil.

—No importa. —Escribo. Realmente no importa—. No se lo voy a pedir. Estoy demasiado asustado para hacerlo. Y él no me lo va a pedir.

—¿Así que sí irías con él? —Imani sonríe.

Mis labios se inclinan hacia un lado en una sonrisa.

—Sí.

Mi teléfono suena y mis ojos se dirigen a mi mano.

—Dios, estás hasta las manos. —Imani saca la lengua juguetonamente y salta como si fuera una gran victoria.

—*Perra* —digo, pero eso solo la hace reír más.

—Tenemos que llevarte al cine. —De repente cambia de tema. ¿Qué?—. ¿Viste la nueva película de *IT*?

Uh... ¿Qué?

—*No* —respondo con los labios.

—Necesitas la experiencia Gema —dice. Aquí está pasando algo. Los engranajes detrás de sus ojos oscuros están trabajando a todo dar—. Vamos a ir al cine esta noche.

JACOB

Voy a pedirle una cita. Bueno, planeo hacerlo. Una de verdad. No una de esas citas de vayamos-a-la-cafetería-pero-no-lo-llamemos-cita. Una de verdad.

¿Pero cómo?

—¿Mi *ticket*? —El hombre que está al otro lado del cristal entrecierra los ojos.

—Oh, claro. —Tomo el *ticket* y lo paso por la pequeña abertura—. Disfrute del espectáculo.

La cola se extiende por la acera. Lo hace todos los viernes para la función de las siete. Y, *por suerte*, me tocó a mí el turno en la taquilla. Trato de concentrarme en los pasos a seguir. Saludarlos; dejar que me digan que quieren una entrada, como si no lo supiera ya, y qué película, como si no lo supiera también; tomar su dinero, y darles una entrada. Una y otra vez.

Entre cada venta, mi mente vuelve a recordar su rebelde pelo castaño y la forma en que le caía en la cara después de que fuéramos en bicicleta hasta la tienda, esos ojos avellana que son más verdes que marrones, la forma en que sus gruesos labios se fruncen cuando está inseguro y cómo su nariz no llega a sobrepasar mis hombros.

Tomo sin pensar el siguiente pedido y el siguiente. Skylar aparece en mi cabeza muchas veces últimamente. Lo suficiente como para que Ian me mire con suspicacia cada vez que sueño despierto. Eric también lo notó durante la noche de micrófono abierto. Y ni siquiera le dije que por eso toqué la canción equivocada.

La línea llega a su fin unos minutos después de las siete y vuelvo a quedarme solo con mis pensamientos. Un lugar peligroso, al menos eso es lo que les digo a Ian y Eric.

Me propuse tener cuidado con la cantidad de mensajes de texto que le envío a Sky estos últimos días. Quiero hacerlo cada segundo, pero hay una voz en el fondo de mi cabeza que me dice que podría estar leyéndolo mal y que solo lo alejaría. Creo que le gusto, tal vez. Hay algo en las miradas que me lanza en el almuerzo, cuando estamos hablando, o cuando me ve por la mañana, antes de la clase de danza. Es una sonrisa nerviosa, casi un respingo. Es pequeña, pero igual. Juro que sentí que *me* miraba fijamente durante nuestra presentación en la noche de micrófono abierto. Pero, de nuevo, probablemente estaba imaginando eso también.

¿Cómo podría mirarme y pensar para sí mismo: *es todo un hombre, quiero estar con él*? Mis orejas son raras, sobresalen demasiado y estoy demasiado delgado. Parezco un niño hambriento y mi piel es blanca como un fantasma.

Sí. Asiento con la cabeza, deteniéndome para no parecer extraño ante las dos chicas que se abalanzan sobre la taquilla y piden entradas para la película. Pongo una sonrisa falsa y las mando a la sala.

¿Sabes qué? No importa. Voy a hacerlo. Voy a pedirle a Skylar una cita la próxima vez que lo vea. No me voy a echar atrás. Lo voy a hacer.

Si dice que no, me ahorraré el dinero, ¿no? No pasará nada. Sí, estaré devastado y avergonzado sin remedio, pero estaré bien.

La próxima vez que vea a Skylar, me acercaré y diré...

—Tres entradas, por favor. —Una voz femenina familiar capta mi atención y mis ojos se dirigen hacia arriba.

Me congelo como un ciervo asustado. Tres caras me miran fijo y, en el medio, está la suya.

—¿Estás bien? —Seth frunce la frente.

Mis ojos se fijan en Skylar. Sonríe. Es la sonrisa más suave y bonita que vi nunca.

—Lo siento, me asustaron. —Me relajo lo suficiente para que salgan las palabras.

Skylar ladea la cabeza y me mira con curiosidad, con esa sonrisa aún en los labios.

—¿Sueles congelarte como una cabra indefensa cuando la gente te pide entradas? —Imani entrecierra los ojos y luego levanta la ceja izquierda—. Eso sería horrible en una situación de robo.

—Eh... yo... es que... —trastabillo. Las palabras se niegan a venir a mi boca, demonios, ni siquiera vienen a mi cerebro. Mis ojos rebotan entre Imani, Skylar, Seth y empiezan de nuevo. Cierro y abro el puño sobre mi pierna que rebota. Luego mis ojos vuelven a Skylar y, de repente, un tren de palabras enteras atraviesa el muro de contención sin un solo tartamudeo—. ¿Puedo invitarte a salir mañana?

El mundo entero se queda en silencio. Incluso el coche que pasa parece silencioso, insignificante, mientras me esfuerzo por actuar con frialdad. «No acabas de tomar la peor decisión de la historia. El momento es malo, pero está bien».

Los ojos de Imani se abren de golpe y su boca se transforma en una enorme sonrisa. La cabeza de Seth salta hacia delante y el primer sonido que oigo es el de su voz haciendo un:

—¡Ooooh!

Pero lo más extraño es que los labios de Sky no se mueven, los bordes no se fruncen repentinamente y sus ojos no se apagan con fastidio. No, el lado izquierdo de su boca se eleva aún más que antes, y el primer sonido que oigo es el aire que sale de su nariz, su risa. Entonces sus ojos se desvían nerviosos, pero me encuentran de nuevo con rapidez.

—¡Cállate, tonto! —Imani rodea a Skylar y le da una palmada en la nuca a Seth y la tensión se desvanece. Luego me mira a mí—. ¿Cómo... de paseo o en una cita?

—Uh... ¿Qué? ¡Oh! En... En... —Vuelve el tartamudeo y tengo muchas ganas de golpear algo ahora mismo. Pero yo solito cavé esta tumba, y que me condenen si dejo de cavar—. En una cita.

—¡Sí! —grita Imani. Skylar salta, todavía incapaz de decir una palabra.

No sé qué decir a eso. Creo que debo esperar a Skylar.

—No te invitó a salir a ti, zorra. —Seth la mira de arriba abajo.

—Ya lo sé. —Hace esa cosa descarada en la que mueve la cabeza de un lado a otro—. ¿Sky?

Finalmente, Skylar fija sus ojos en mí. Esta noche son más marrones que de costumbre. Sus mejillas están rojas. ¿Cómo me perdí eso?

Comienza a asentir con entusiasmo, con una sonrisa que se extiende hasta donde alcanzan sus labios.

—Bueno, eh... sí... —No sé qué decir a continuación. ¿Debo preguntarle a dónde quiere ir, o a qué hora? ¿Pregunto qué ropa llevar? Ahora estoy temblando. Quiero decir, ya estaba temblando, pero ahora es diferente. Toso, trato de centrarme y lo intento de nuevo—. Suena genial. ¿Qué tal si te mando un mensaje después de la película y lo resolvemos?

Skylar dice algo con la boca y yo asumo que es un sí de algún tipo, porque sigue sonriendo y asintiendo.

—Dijo, «suena bien» —traduce Imani. Supongo que vio la confusión alta y clara.

Seth sacude la cabeza y se ríe.

—Genial. —Estoy a punto de romperme el cuello de asentir tan fuerte. Oh no, su película. Tecleo furiosamente en mi pantalla y le paso sus entradas bajo el cristal a Imani—. No hay avances, es mejor que se den prisa. Llegan tarde.

No puedo borrar la sonrisa de mi cara mientras desaparecen rodeando la taquilla. Lo conseguí. Lo hice de verdad. Los ojos de Skylar se detienen en mí un segundo más mientras rodea el cubículo y le sonrío. Luego se va y vuelvo a estar solo.

—Voy a tener una cita —le digo a nadie. Mi primera cita. Con Skylar. Sacudo la cabeza. No puedo creerlo.

Voy a tener una cita.

SKYLAR

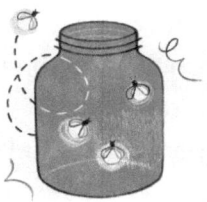

Tengo los nervios a flor de piel. Llevo una hora dando vueltas en mi habitación. Mamá me vino a ver al menos cuatro veces. Parece que mis pasos no son tan ligeros.

—¿Quieres dejar de hacer eso? —Imani vuelve a caer sobre mi cama.

Me encojo de hombros y dejo caer mi trasero junto a ella. Quiero gritar. ¿Qué estoy haciendo? ¿Estoy loco? ¿Por qué le dije que sí a Jacob anoche? ¡Ahora tengo que ir! No digo que sea algo malo. Es exactamente lo que quiero, pero ahora estoy aterrado. ¿Qué pasa si él decide que no soy divertido? ¿Y si digo algo estúpido, algo demasiado cursi, y le parece extraño? Hay tantas cosas que podrían salir mal. ¿Y qué pasa si quiere besarme? Eso es lo que más me asusta.

—*Nunca besé a nadie* —le digo a Imani, pero mis ojos están pegados al caballo de cuarzo que me regaló mamá en las cavernas. No puedo mirarla mientras lo digo. De ninguna manera.

—¿Nunca besaste a nadie? —repite—. ¿De verdad?

Asiento como un loco, sin esperanza. ¿Y si intenta besarme? Vi suficiente porno para saber cómo se hace, pero hacerlo de verdad... ¡Oh, Dios!

—Está bien, solo estás en pánico. Cálmate. —Imani trata de serenarme—. Descubrirás cómo hacerlo y definitivamente es genial besarse en la primera cita.

Compruebo mi teléfono. Se supone que debe estar aquí a las siete. Son las 6:57 de la tarde.

Veo mi reflejo en la pantalla del teléfono, así que compruebo una vez más mi pelo. No hice nada diferente con él, solo quiero asegurarme de que está bien. Siempre es un desastre.

—También está bien hacer otras cosas... —Saca algo de su bolsillo y lo pone en mi palma.

En cuanto veo el cuadrado de papel metálico sobre mis dedos, tiro la mano hacia atrás y lo que me dio Imani cae al suelo, patinando por la alfombra. Mi rostro palidece y mis ojos se dirigen a la puerta. ¿Y si mamá vuelve y está ahí? Me levanto de un salto. Tomo el condón del suelo y lo arrojo al regazo de Imani.

—*No lo necesito.* —La fulmino con la mirada y me limpio las palmas de las manos en mis pantalones cortos color canela.

Rueda sobre la cama, literalmente, con una mano agarrando su estómago y la otra envolviendo su pequeño *regalo*. Se ríe y se ríe, hasta que se calma.

—Podrías. —Menea la cabeza—. Tienes que cuidarte. No...

Levanto la mano para detenerla.

—*Está bien. Gracias. Pero no quiero... Quiero decir... ya sabes.*

—No, no lo sé. —Imani entorna los ojos para mirarme—. ¿Quieres o no quieres que te coja?

Mi cabeza rebota para mirarla. Como... ¿qué?

—*¿Quién dijo que él sería el que lo haga?* —jadeo, pequeñas briznas de aire y ruido que se escapan entre mis labios.

Imani inclina la cabeza y sus ojos lo dicen todo antes de hablar.

—¿Vas a hacer que exponga mis razones? Porque lo haré. —Se sienta erguida, lista para dar su disertación sobre mi sexualidad.

La detengo. No necesito que tenga toda la razón en voz alta.

—*Okey.* —Levanto la mano. Pongo los ojos en blanco y sacudo la cabeza.

Los neumáticos arañan el pavimento exterior y mis ojos se dirigen a Imani y nos quedamos helados. Ella sonríe primero y yo no puedo evitar hacerlo también. Nos reímos a carcajadas y me levanto, saltando hacia la ventana. Retiro la persiana y ahí está él. Cada glorioso centímetro de *eboy*.

—*¡Ya está aquí!* —Mi boca se mueve salvajemente, excitada.

—Apuesto a que está tan emocionado como tú —dice Imani. Saca una piedra y la pone en mi mano—. Te deseo una cita exitosa, amigo mío.

Suena el timbre de la puerta y asiento agradecido.

—Sky, tu *cita* está aquí —grita mamá subiendo las escaleras.

Incluso ella bromea.

—Ya va —grita Imani y me agarra por los hombros. Enfoca sus ojos marrones oscuros en los míos—. Eres una perra mala. Repite después de mí. Soy una... —Se detiene y niega con la cabeza, resoplando. Yo ya estaba empezando a reírme, pero eso acaba de sellar el trato. Intento ponerme serio cuando vuelve a empezar—. Lo siento, no repitas después de mí, obviamente. Pero eres una perra mala. ¡Te lo vas a pasar muy bien! Jacob es afortunado por *llevarte* en una cita. Recuérdalo.

—*Soy una perra mala* —digo su mantra. Así es. Soy una perra mala, ¡y esta noche va a ser genial!

—Así es. —Imani asiente eufóricamente—. Ahora mueve el culo. Te está esperando.

Me doy la vuelta y empiezo a bajar las escaleras. Imani me pisa los talones mientras me apresuro a bajar, frenando a unos pasos del descanso para tomar aire.

—Respira, eso es —susurra Imani detrás de mí.

—*No me estás ayudando.* —Miro hacia atrás lo suficientemente rápido como para que me vea mover la boca.

—Perra mala —me susurra al oído, pero ahora la ignoro.

Suelto el aliento y doblo la esquina hacia la sala de estar. Ahí está, de pie junto a mamá. Y vaya, no va todo de negro. Bueno, sigue llevando mucho negro, pero su camisa medio desabrochada es blanca. Es una mezcla de bien vestido e informal, y hay algo *sexy* en la forma en que muestra parte de su pecho.

—Hola. —Jacob sonríe. Es hermoso.

—*Ey* —digo con la boca, asintiendo nerviosamente antes de recordar que tengo que mover los pies si pienso salir por la puerta con él.

—Hola, Im. —Jacob le hace un gesto con la cabeza cuando me acerco a él.

—Hola. —Le devuelve el saludo, toda sonrisas, como una madre orgullosa.

—¿Estás listo para ir? —Jacob pregunta.

Asiento con la cabeza. Él se dirige a la puerta y yo lo sigo.

—Diviértanse y tengan cuidado —dice mamá tras nosotros.

Había olvidado por completo que estaba en la habitación. Eso es malo. Me regaño a mí mismo. Le sonrío y, de repente, me entran ganas de abrazarla. No sé qué es, pero necesito hacerlo. Levanto un dedo para indicarle a Jacob que espere, y luego corro hacia mamá y la envuelvo en un abrazo.

Está sorprendida. Lo sé porque no me abraza de inmediato. Primero tiene que asimilarlo. La suelto y la miro a los ojos.

—*Gracias.*
Mamá asiente y sonríe cálidamente.
—Diviértete.

JACOB

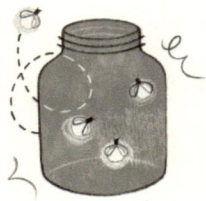

La feria fue una buena idea. Skylar no dejó de reír y sonreír. Creo que puso un punto de luz permanente en mi pequeño y oscuro corazón.

Las luces de neón parpadean y se apagan en un cielo cada vez más oscuro. Los gritos, los vítores y el sonido de las atracciones metálicas llenan el aire, y la brisa fresca es perfecta.

Estamos en la cola de la montaña rusa. Normalmente me negaría, pero no puedo dejar que piense que soy un cobarde. Sin embargo, al mirarla, recuerdo por qué nunca me subo cuando Ian o Eric me lo piden. Se trata de un artilugio mortal en el que dos personas se sientan en una caja metálica con solo una endeble barra a la altura de la cintura para evitar que nuestros cuerpos salgan volando mientras te lanza alrededor de un eje central y, por si fuera poco, la caja en la que estás gira también, haciéndote chocar de un extremo a otro del compartimento.

Me trago los nervios que se acumulan en mi garganta.

—No puedo creer que esté a punto de subirme a esta cosa —susurro.

—¿Por qué? —pregunta el teléfono de Skylar.

Oh, dulce Sky, tan inocente de mis miedos. ¿Por qué tenías que oír eso?

¿Y si la barra se abre en mitad de la vuelta y salimos volando hacia la barricada? ¿Y si el eje central gira demasiadas veces y se destornilla? ¿Y si los obreros cansados que montaron la atracción cuatro mil veces no apretaron el tornillo que sujeta nuestro compartimiento?

—Por varias razones. —Le doy una sonrisa nerviosa—. ¡Pero lo voy a hacer!

Niega con la cabeza y suelta una risita en el pecho antes de mover los labios. Me concentro mucho, lo cual es difícil porque cuanto más me concentro, menos veo las palabras y más veo sus labios moviéndose. Eso hace que otros sentimientos se activen en mi pecho.

Debe ver la concentración en mis ojos, porque se detiene y teclea en su lugar:

—No hace falta. Podemos subirnos a otro.

—No, tú querías subirte a este. —Le prohíbo retractarse—. Aunque igual pienso que estás loco.

Se ríe y, en ese momento tan afortunado, el encargado nos deja entrar.

—Allá vamos —resoplo y le hago un gesto a Sky para que se adelante. Claramente queriendo ser un caballero o tal vez solo retrasando lo inevitable.

Sky se precipita hacia delante, reclamando el primer coche al que llega. Me deslizo junto a él, tiro de la barra y la cierro. Tiro y empujo un par de veces para asegurarme de que está bien cerrada y luego le sonrío con timidez.

—¿*Estás bien?* —pregunta, guardando su teléfono para que no salga volando antes de que lo hagamos nosotros.

Asiento con la cabeza, pero creo que mi cara me traiciona. Me aprieto contra la penosa excusa de respaldo acolchado y me atranco contra la pared. Tal vez eso ayude. Sky me da un golpecito en el hombro.

—¿*Puedo?* —dice y señala a mi lado.

—Eh... s-sí —tartamudeo. De todos modos, vamos a terminar aplastados juntos así que es mejor acabar con esto. Y no me estoy quejando.

Se desliza más cerca, sonriendo mientras se aprieta contra mí. Sonrío, pero miro hacia otro lado con rapidez. Vamos a estar cuerpo a cuerpo, pegados el uno al otro durante toda la vuelta. La sangre se me sube a la cara. Puede que al final me guste subirme a este juego.

Mis ojos bajan y, sin pensarlo, se fijan en su pierna. Lleva unos bonitos pantalones cortos de color canela que le suben por el muslo, dejando al descubierto sus suaves rodillas. Me sorprendió que bajara con ellos en lugar de la falda. Esperaba que llevara puesta una, pero me callé.

—Solo por curiosidad —empiezo. Creo que tenemos un minuto antes de que la vuelta amenace nuestras vidas—. ¿Por qué no llevas falda?

—*Lo siento.* —Frunce el ceño.

—¡No! No lo sientas. No era mi intención —le digo. Tenía que sonar decepcionado en la primera cita ¿no? «Maldita sea, Jacob».

—*Quería hacerlo* —dice, con las manos señalándose y moviéndose, con los ojos clavados en mí. Su cara está muy cerca. Me digo a mí mismo que no me mueva. De lo contrario, corro el riesgo de lanzarme hacia delante y besarlo. Empieza a hablar de nuevo, pero lo único que capto es no y me pierdo el resto.

—Lo siento, ¿puedes repetirlo? —pregunto y presto más atención a lo que dice esta vez.

—*No quería que me discriminen por usarla* —dice.

Eso es inteligente. La feria está a unos cuantos pueblos pequeños, en el campo, así que tienen la mentalidad aún más cerrada que en nuestra ciudad.

—*¿Decepcionado?* —Tuerce la boca, moviendo las mejillas.

—¡Claro que no! ¡No estoy decepcionado! Nunca —digo. Una parte de mi corazón se encoge, no quiero que piense así. Lanzo una pequeña broma para, con suerte, aligerar el ambiente y alejar mi mente de sus labios—. Solo que no podré defender tu honor esta noche.

—*Otro día podrás* —se ríe.

Me río y niego con la cabeza.

—Veremos cómo... —Pero mis palabras se cortan cuando el coche empieza a moverse. Seguiría hablando, pero mi mente se dispara.

¿Están todos los tornillos apretados? ¿Los habrán apretado mucho o estará desmantelado? ¿Se va a quedar el coche trabado? ¿Qué es ese chirrido? ¿Debería balancearse así?

La mano de Skylar se desliza sobre la mía y mueve sus dedos para enlazarse con los míos, amenazando con levantar mi mano de mi muslo, al que agarro con fuerza. Tira hasta que me suelto y agarro su mano. Mi cabeza da vueltas entre la fría muerte metálica en la que estamos atrapados y la cálida y reconfortante suavidad de su piel en mi mano. Es un torbellino de contradicciones.

Me aprieta y me obligo a mirarlo. Sus mejillas se levantan, haciendo que sus ojos se entrecierren de la forma más bonita, aunque nuestros cuerpos reboten de un extremo a otro del coche. Y de alguna manera funciona. La tensión en mi pecho se afloja un poco, solo un poco, pero es algo. Entonces, de repente, el coche sale disparado en la otra dirección. Gira, da vueltas y da volteretas.

Por un segundo mi mente grita, pero se detiene. Esto no es tan malo. Mi cuerpo se aplasta contra el de Skylar y, si no estuviera tan delgado, me preocuparía poder aplastarlo. El coche da una sacudida hacia el otro lado y nuestros cuerpos se lanzan hacia el borde opuesto. Consigo mirarlo a la cara. Está radiante, emocionado. Pienso en rodearlo con el brazo, pero me da miedo moverlo.

—Leí algunas historias retorcidas sobre laberintos. —Le golpeo el hombro con el codo.

Está oscuro. Y el cielo está despejado esta noche. La luna aún no apareció y las estrellas llenan el cielo como diamantes en un mar negro. Más allá del campo de maíz, los gritos de las atracciones de feria y de los niños se mezclan en la distancia, con el canto y el zumbido de las cigarras que se esconden en el maíz.

Observo la boca de Skylar en busca de una respuesta. Pero cuando sus labios se mueven, en la oscuridad, es muy difícil de seguir. Pero creo que lo tengo. Si no fuera por las luciérnagas que parpadean aquí y allá, derramando ligeramente su brillo sobre sus suaves mejillas, dudo que pudiera.

—¿Nada *cool*? —Entrecierro los ojos, repitiendo lo que creo que dijo.

Skylar asiente con entusiasmo y empieza a mover los labios de nuevo.

—¡*Vaya! Lo entendiste* —dice, y eso también lo entiendo. Lo hice mejor esta noche.

Me río.

—No sé por qué me resulta tan difícil.

Skylar se encoge de hombros. Sería más fácil hablar con él si leer los labios no me resultara tan difícil y Dios sabe que me gusta hablar con él. No digo nada por un momento. Nos quedamos callados bajo las estrellas, con los pies palmeando la paja y la hierba del camino. Los tallos de maíz se disparan por encima de nuestras cabezas en todos los lados, proyectando sombras oscilantes en el sendero.

No sé cuántas vueltas dimos y, sinceramente, nunca se me dieron bien los laberintos, así que podríamos estar un buen rato aquí dentro. Pero no me molesta. Mientras él esté aquí, estoy contento.

—Yo... —empiezo y me detengo. Quiero decirle que estuve aprendiendo lenguaje de señas. Pero eso significa que tendré que mostrárselo, ¿y qué pasa si me equivoco? Pero lo digo de todos modos—. Estuve aprendiendo por mi cuenta el lenguaje de señas.

Gira su rostro para encontrarme y sus ojos se abren de golpe con una sonrisa.

—¿*De verdad?*

Asiento con la cabeza.

—Sí, pero todavía no sé mucho. Ya sabes lo bien que se aprende en YouTube.

Dice algo con la boca, pero entre las sombras que saltan sobre su cara, la oscuridad y mi incapacidad e ineptitud general, me lo pierdo. Le dirijo una mirada confusa.

Lo intenta de nuevo.

—*Muéstrame.*

—Oh, bueno. Lo intentaré —digo.

¿Qué digo? ¿Y cómo? Toso, intentando pensar en algo que decir. Diablos, simplemente le diré mi nombre. Eso lo practiqué mucho.

—Aquí vamos. —Vuelvo a toser. Él sonríe y da un paso atrás para dejarme espacio. No sé a qué viene eso.

Me llevo la mano a la frente con dos dedos para *saludar*, pienso, y luego me doy una palmada con la mano abierta en el pecho y golpeo con los dedos formando una X delante de mí. Ahora es la parte difícil. Recordar el maldito alfabeto. La primera es fácil, bajo el dedo y empiezo a deletrear. Luego la A, la C, la O y la B. La B es la más difícil para mí.

Skylar inclina la cabeza y entrecierra los ojos. Empieza a hacer señas, pero me centro en sus labios. Capto la mayor parte.

—*¿Se supone que eso es una B?*

—Sí —sonrío estúpidamente—. Mis dedos simplemente no hacen esa forma. Te juro que no puedo hacer que mi pulgar se doble tanto.

Me paso la mano por la cara y niego con la cabeza. Él escabulle sus dedos y me retiran la mano.

Está sonriendo y riéndose. Me gustaría que hubiera un poco más de luz para poder ver realmente su cara. Sus ojos son impresionantes, pero quiero ver todos los detalles.

—*Lo hiciste... bien. Llevará tiempo* —dice y empieza a caminar, pero se detiene de nuevo—. *Gracias.*

Hay algo dulce y cálido en sus ojos cuando lo dice. Tengo que luchar contra la sensación de cosquilleo en la base del cuello. Le devuelvo la sonrisa, sin saber qué más decir, y definitivamente sin saber cómo decirlo con señas. Juro que aprendí algo más que a decir mi nombre, pero ahora mismo es todo lo que recuerdo.

Empieza a decir algo más con la boca cuando algo se agita en el maíz, detrás de nosotros. Skylar se sobresalta. Sus pies se despegan del suelo y gira para enfrentarse al ruido. Pero cuando sus pies vuelven a hacer contacto, está casi encima de mí. Sus brazos me aprietan y su mano se aferra a la mía.

Instintivamente, lo acerco a mí y lo abrazo. Mis ojos se mueven entre él y el lugar de donde procede el ruido. Vuelve a producirse, pero esta vez son risas. Antes de que Skylar pueda apretar más fuerte, un chico y una chica de nuestra edad apartan los tallos y entran a tropezones en el claro. La mano de Skylar se abre y se aleja a una distancia segura.

Quiero alcanzarlo y tirar de él. Quiero esa sacudida de electricidad de él al envolver sus dedos en los míos. Quiero volver a sentirlo.

—¿Se perdieron? —suelta el chico y luego insulta cuando se tambalea. Su chica no lo hace mejor—. Me imagino que, si seguimos por este camino, al final saldremos.

—Oh. —Asiento mientras él toma la mano de la chica y la lleva directamente al otro lado de la abertura y al maíz del lado opuesto. Cuando se va, me vuelvo a mirar hacia Skylar, con los ojos muy abiertos y una sonrisa histérica en la cara. Me derrumbo en el mismo instante en que él lo hace, doblado por la risa, tosiendo y tratando de recuperar el aliento.

—¿Qué demonios? —digo.

Skylar está asintiendo y sus labios se mueven. Creo que está diciendo «¡Sí, de verdad!».

—Te dieron un susto de muerte —digo cuando por fin me repongo.

Skylar se endereza y me mira como si lo hubiera insultado.

—No... yo, eh... lo siento, yo no... —tartamudeo, pero él levanta una mano y me detiene.

Me mira a los ojos, asegurándose de que lo miro para poder leer sus labios. Me pregunto si se está sonrojando. Está demasiado oscuro para saberlo.

—*Está bien. Lo prometo. Sí me asustaron.*

—No hay nada malo en eso —le digo.

Me debato entre las palabras que están en mi cabeza, entre decirlas o no. Pero decido dejar de hacerlo. Extiendo la mano, con la palma hacia arriba, los dedos sueltos y esperando. Es como en las películas, cuando el príncipe le tiende la mano a la chica en el baile, salvo que no es una película y estamos en un laberinto de maíz, y mi boca se mueve antes de que mi mente pueda seguir el ritmo.

—Si te sirve de ayuda, puedes tomarme de la mano —digo.

Inmediatamente se vuelve incómodo. Skylar mira mi mano y hace una pausa. Cometí un error. ¿Por qué hago esta mierda? Pero entonces la consideración en su cara se transforma en una sonrisa. Extiende la mano y toma la mía. Luego me mira a los ojos.

No puedo contener la sonrisa que grita por toda mi cara. La electricidad sube por mi brazo y aprieto su mano. Se muerde el labio. Dios, tiene que dejar de hacer eso. Me obligo a empezar a caminar. Me concentro en el aquí y ahora, en la paja y la hierba bajo nuestros pies, en las luciérnagas que parpadean, en los gruesos tallos de maíz fresco que surgen del suelo y se elevan varios centímetros por encima de mí y otro tanto por encima de Skylar.

Durante unos pasos, ninguno de los dos habla. Estoy a punto de romper el silencio, pero decido que probablemente no le importa cómo masacré a Tyler en *Overwatch* anoche. No le gustan los videojuegos. Sigo caminando, tratando de no pensar en su mano en la mía. Pero no puedo. Su piel es tan suave y sus dedos encajan perfectamente entre los míos, como si estuvieran destinados a estar ahí. Sé que es cursi, pero así lo siento.

—¿Quieres jugar a un juego? —lanzo. Suena infantil. Estamos en medio de un laberinto de maíz, en una cita, y le pregunto si quiere jugar a un juego como si tuviéramos diez años.

Asiente con la cabeza y me aprieta la mano.

—¿Qué tal dos verdades y una mentira? —sugiero. Para ser honesto, busqué qué juegos eran buenos en las citas, y este era uno de los pocos que no involucraban alcohol o desafíos—. Ya sabes, como decirme dos cosas verdaderas y una mentira y yo tengo que adivinar la mentira.

Lo único es que no sabía era que íbamos a estar tomados de la mano mientras jugábamos. Me imaginé que tendría su teléfono y dejaría que Siri hablara, pero no pienso soltarlo por eso.

Vuelve a asentir.

—Empiezo yo —digo y miro a las estrellas para pensar en mis primeras verdades y en una mentira—. De acuerdo. Lo tengo. Soy claustrofóbico. Estoy en el equipo de natación del colegio. Y mi color favorito es el verde.

Skylar me sacude la cabeza.

—*Eso es demasiado fácil.*

—¿De verdad? —pregunto.

—*Sí, tu color favorito es el negro.* —Se encoge de hombros.

—Bueno, sí, eso fue fácil —reconozco—. Soy claustrofóbico. Los espacios estrechos apestan. Y los ascensores son como pequeñas cajas de la muerte.

Skylar me mira como si estuviera loco.

—Creo que nunca oí hablar de un accidente de ascensor.

—Ocurren —le digo—. Leí sobre una pareja que se ahogó en uno durante una tormenta y otra en la que el suelo se abrió y dos adolescentes cayeron seis pisos.

Sus ojos se abren de par en par y sus labios se tensan.

—No es una buena charla para una cita, ¿eh? —pregunto. Ahí voy, dejando que mi boca haga de las suyas—. ¿Qué tal si vas tú ahora?

Skylar sonríe y me mira a los ojos. Me mira fijamente durante medio minuto, pensando en sus tres cosas, supongo, antes de que su boca comience a moverse.

—*Mi color favorito es el amarillo, el amarillo pálido. Quiero ir a la universidad para estudiar arquitectura. Y me escapé de la casa de mis padres adoptivos cuando tenía doce años, en medio de la noche, para comprar una barra de Snickers.*

Mantengo mi mirada, mirando fijo a sus ojos. Bueno, puede ser el color o lo de la universidad. Lo de escaparse es definitivamente cierto. ¿Cuál es su color favorito? ¿Qué suele llevar? Todo. No es como yo y mi armario monocromático.

—¿Tu color favorito no es el amarillo pálido? —Tenso las mejillas.

Inmediatamente niega con la cabeza y yo gruño.

—*No es eso. Quiero especializarme en psicología* —dice—. *Me encanta el amarillo.*

—Bueno, al menos sabía que lo de escabullirse tenía que ser cierto. Eso era demasiado específico —me río.

Skylar asiente y su mano tiembla en la mía mientras se ríe.

—*Tu turno* —dice.

—¿Quieres bailar conmigo? —suelto.

Sé que no son dos verdades y una mentira, pero es lo que se me ocurrió. Tampoco sé dónde. No lo estaba pensando hace un segundo, pero ahora la idea se plantó en mi mente.

Bailamos en la misma clase todos los días desde que empezó la escuela. Pero ni una sola vez bailamos juntos. Lo observé moverse, marcando cada ritmo y cada paso, fallando algunos aquí y allá. Pero nunca bailé *con* él, mirándonos a los ojos, abrazados.

Eso es lo que quiero.

No dice nada, no mueve los labios para responder. En cambio, se gira para mirarme y se acerca. Sonrío lentamente y me acerco un paso más. Solo nos separan unos centímetros.

Tomo aire y deslizo mi brazo bajo el suyo y, con cuidado, lentamente, lo acerco. Al mismo tiempo, su mano encuentra la mía en el aire y nuestros cuerpos se encuentran. Trago saliva, conteniendo la tos y le sonrío con nerviosismo. Dios, espero que no vea lo nervioso que estoy.

Mis pies se mueven y luego los suyos. Nuestros cuerpos se balancean juntos, moviéndose al compás del chirrido y el zumbido de la naturaleza, el zumbido de las cigarras, el canto de los saltamontes y los pájaros, el crujido de las ramas en la distancia. Mis ojos se fijan en los suyos, grandes y profundos, pintados de estrellas y del suave destello de las luciérnagas. Puede que no sea capaz de ver los tonos verdes y marrones, pero los conozco.

No sé cuánto tiempo estamos así. Podrían ser segundos u horas, no hay diferencia en mi cabeza, pero no quiero que termine. ¿Pero lo querrá él tanto como yo? Lucho contra la duda y lo abrazo más fuerte, balanceándome con mi cara muy cerca de la suya. Sus ojos se desvían, mirando hacia abajo, y sus labios se separan por un momento, permitiendo que su lengua lama su suave superficie. Dejo escapar una respiración entrecortada, esperando por Dios que no se dé cuenta. Tengo tantas ganas de besarlo.

Voy a hacerlo. Voy a besarlo. Intento que no se note, pero quizá debería dejarlo a la vista, no lo sé. Cuando sus ojos vuelven a encontrarse con los míos, hay una chispa en ellos, y no puedo esperar más. Avanzo, separando mis labios, y traigo su cuerpo contra mí. Mi palma acaricia su mejilla justo cuando nuestros labios se tocan. Las chispas se encienden en mi mente y el tenue dulzor de algo indefinible estalla en mi lengua. Me alejo, con los nervios golpeando en el fondo de mi mente, gritando que no debería haber parado.

Cuando doy un paso atrás los ojos de Skylar se clavan en mí, sorprendidos.

—Lo sien... —Intento disculparme, pero antes de que pueda terminar la palabra, Skylar aprieta todo su cuerpo contra mí.

Sus labios se fijan en los míos y mis rodillas se debilitan. La dulzura se dispara a través de mi boca, hundiéndose en cada parte de mi cerebro. Entonces sus labios se separan y, sin pensarlo, los igualo poco a poco hasta que nuestras lenguas se tocan. Algo nuevo que no puedo explicar surge en mí. Si brillara por lo mucho que lo deseo en este momento, sería más brillante que el sol.

SKYLAR

—Alguien está contento. —Imani se da vuelta en su lugar como cada mañana cuando me deslizo en el asiento trasero.

Sin embargo, esta mañana es diferente. Es el lunes después de mi primera cita y aún no salí de la euforia. Es lo único en lo que pensé durante todo el fin de semana. Desde el momento en que Jacob salió de mi casa el sábado por la noche, hasta la iglesia ayer por la mañana, durante cada momento que intenté leer, al acostarme anoche y al prepararme esta mañana.

Asiento con más fuerza que de costumbre. No tiene sentido ocultarlo. «Habla despacio», me recuerdo. No va a ser capaz de entender si mis labios vuelan.

—*Sí* —le digo—. *Un poco.*

—Eh, obviamente. —Seth sonríe y se incorpora a la carretera.

—¿Entonces? Escúpelo. —Imani se hunde en el asiento desesperadamente.

Se lo conté *todo* por mensajes el sábado por la noche, pero me dijo entonces que necesitaba oírlo en persona. Lo cual no tiene mucho sentido para mí, ya que ella no va a *escuchar* nada de mí. Me encojo de hombros y empiezo de todos modos.

—*Me llevó a la feria. Ya lo sabes* —digo. No voy a repetir todo, así que le doy la versión abreviada. Es frustrante no poder soltarlo todo cuando todo quiere salir a borbotones. Se podría pensar que ya me acostumbré, pero no. Supongo que es de ver a los demás poder hacerlo—. *Gané un oso de peluche. Y lo hice subirse a todas las atracciones, pero creo que le asustaron algunas. Luego pasamos por un laberinto de maíz, y bailamos.*

Los ojos de Imani me observan atentamente, captando cada palabra. Entrecierra los ojos y los amplía, está muy metida en la historia.

—¿Y? —pregunta ella.

Sé lo que está buscando. Sonrío, inclinando la cabeza y frunciendo los labios.

—Me besó —le digo. La sangre sube a mis mejillas. No estoy seguro de que eso vaya a cambiar nunca. Fue increíble. Sus labios eran perfectos—. *Luego lo besé yo. Y me dio un beso de buenas noches cuando me dejó en casa.*

Levanto los hombros, los aprieto contra mi cuerpo y sonrío. Después del laberinto de maíz, una vez que *por fin* salimos, lo que tardó más de lo que esperaba, nos sentamos en su coche y hablamos hasta que tuvo que llevarme a casa. Hice que cantara para mí. Está convencido de que no es tan bueno, pero me encanta su voz.

—¡Ah! —Imani suspira—. ¡Tan dulce! ¡En el laberinto de maíz! Apuesto a que fue *muy* romántico.

—*Lo fue, excepto cuando la gente interrumpía* —digo. Omití la parte en la que me asustaron. Ella no necesita saber esa parte.

—¿Interrumpía? ¿Teniendo…? —pregunta.

—¡No! —Empujo su brazo del borde del asiento, pero me sonrojo. Eso fue todo. ¡Solo besos!—. *¡Pero estuvimos mandándonos muchos* snaps*!*

—¿Así que son novios? —Me saca la lengua.

Me hice muchas veces la misma pregunta. ¿Lo somos? Quiero decir, creo que lo somos. Quiero serlo. Pero nunca lo dijimos realmente. ¿Pero es algo que se dice? Como... oye, ¿quieres ser mi novio? ¿O simplemente sucede? Nos besamos, y no puedo pensar en nada más que en él. Y él dice que siente lo mismo. Eso es lo que pienso. Así que eso es lo que le respondo.

—*Supongo que sí.*

JACOB

—¿Imani te interrogó? —pregunto.

Sky está en el cambiador. Una parte de mí desea que se cambie aquí, pero no lo presiono. No quiero parecerle de *esos*.

Unos segundos después su teléfono empieza a hablar. Es raro que me haya acostumbrado a esperar su respuesta.

—¡Claro que sí! —dice Siri y me imagino la mirada de *duh* en sus ojos color avellana. Apuesto a que él también los pone en blanco—. Se lo conté todo el sábado por la noche, pero tenía que volver a oírlo.

—Eso suena increíble —le digo. No es que me queje, Ian y Eric se alegran por mí, pero si Skylar fuera una chica, habrían tenido muchas más preguntas—. Imani es bastante genial.

—Es increíble. Excéntrica —dice el teléfono de Sky.

El pestillo del cambiador hace clic y la puerta se abre. Skylar sale con unos pantalones cortos de color canela y una camiseta estampada, con una camisa hawaiana rosa desabrochada sobre los hombros. Sus ojos se abren ligeramente cuando ve mi pecho desnudo. Me quedo helado. Espero no estar demasiado delgado para él.

«No pienses en eso».

—Me gusta la camiseta. —Apunto con la cabeza a su camiseta, diciéndole con señas las primeras dos palabras. No sé cómo se dice camiseta, y no tengo ni idea de quién es *My Chemical Romance*, pero parece genial. Tiene una enorme silueta de araña sobre el nombre—. ¿Quién es ese?

Me pongo una camiseta blanca de cuello en V por la cabeza. Tiene un pentagrama rosa delante y en el centro. Papá lo odia. Y honestamente, esa es la única razón por la que la tengo. Los pentagramas me importan un bledo.

Sky se encoge de hombros y hace señas mientras mueve los labios.

—*No lo sé. Pensé que se veía bien.*

—¿De verdad? —Cierro los ojos y finjo decepción—. ¿Llevas una camiseta sobre alguna... cosa de la que no sabes nada?

Asiente lentamente, levantando el puño, moviéndolo hacia arriba y hacia abajo. Creo que eso significa que sí. Es tan lindo. Niego con la cabeza y me acerco a él, dejando solo unos centímetros entre nosotros.

—Hoy estás muy lindo. —Sonrío con picardía. Sus ojos se desvían y sus dientes blancos y brillantes muerden su labio. Me inclino y le doy un pico en la boca—. Muy lindo.

Me inclino y lo beso de nuevo, pero no me alejo. Nuestros labios se quedan, pero este no es el lugar. Así que, de mala gana, me detengo.

—¿Te acompaño a comer? —pregunto, como si no lo hiciera todos los días.

Levanta la mano y la mueve de nuevo.

—Eso significa que sí, ¿verdad? —Entrecierro los ojos.

Lo hace de nuevo y se echa a reír. Saca su teléfono y escribe.

—Sí. Significa sí. Emoji de cara de risa.

—Y ya está otra vez con los emojis. —Pongo los ojos en blanco, pero me río—. Vamos.

Skylar me agarra de la mano mientras me dirijo a la puerta. Dos pensamientos saltan a mi cabeza. Dios, me encanta cómo se sienten sus manos, y no estoy seguro de que esto sea una buena idea. Mis nervios vuelan en todas direcciones y antes de decidir qué es lo mejor, ya estoy hablando.

—Tal vez no aquí, todavía no. —Miro nuestras manos.

Sus ojos se apagan un poco, pero me suelta. De repente, siento la mano fría como una piedra y se me agrieta el pecho. Esa mirada, la decepción. «¿Por qué tuviste que decir eso? ¿Por qué te importa lo que piensen los demás?» No me importa, de verdad que no me importa.

Pero es demasiado tarde. Está hecho y me siento como un idiota.

SKYLAR

Llegamos a la cafetería en tres coches. Seth e Imani estacionan junto a Jacob y a mí, Ian está con Eric en su viejo Honda azul con el techo descolorido en el siguiente espacio.

En el camino finalmente me explicó por qué llaman *Ted* a Eric. Su apellido es Bundy, ¡así que Ted Bundy! Un poco de humor negro. Uno de los asesinos en serie más famosos de la historia. Vaya. Ahora entiendo la mirada de Eric cada vez que lo llaman Ted.

—Para que sepas —comienza Imani mientras nos dirigimos a la entrada—, puede que ahora estés con Jacob, pero todavía tenemos prioridad.

Espero que no pretendiera que me negara, después de que Jacob intentara invitarme con señas «¿Quieres ir a la cafetería conmigo?», aunque en realidad me dijo «Quieres ir y besarme» en su lugar. Sí, tenía que molestarlo por eso.

—*Claro* —digo con la boca, sonriendo alegremente para ella.

Dentro pedimos nuestras bebidas e Imani se va al porche cerrado para buscar unos asientos. Estoy dando un sorbo a mi *Brebaje para brujas*, cuando Sandra aparece por la esquina con las bebidas de Eric e Imani.

—Tengo un café con leche helado para Eric... —Sandra coloca el vaso de plástico delante de él.

—Ted. —Ian tose en voz baja. Jacob ríe resoplando por la nariz y la mirada de Eric podría matar.

Sandra entrecierra los ojos. Supongo que no conoce el chiste.

—Y un *caramel macchiato* helado para Im....

—¿Cómo puedes beber eso? —Seth mira a Eric.

—Solo lo hago. —Los hombros de Eric rebotan.

—¿Cómo va la cruzada contra las faldas? —Sandra me mira directamente.

No sé qué decir. Últimamente me centré tanto en Jacob que casi lo olvido. Intento hacer un inventario mental. Lo último que oí es que el grupo local del Orgullo sigue haciendo llamadas telefónicas. Están intentando que nuestros representantes locales se opongan, pero Jacob dice que es un esfuerzo inútil.

—Esperando, creo —le dice Siri.

—Es una batalla perdida. —Jacob frunce el ceño—. Nunca nos van a escuchar. Ya saben lo que quieren, créeme.

—Tal vez no. —Imani se inclina sobre la mesa.

—Nah, sí que lo saben. Además, no es como si pudiéramos hacer una campaña completa contra eso —agrega Jacob.

—No está del todo equivocado —admite Sandra. Suspira, poniendo una mano en el respaldo de mi silla—. Tú *sí* conoces al señor Walters mejor que el resto de nosotros.

Mi mente tarda un momento en conectar que el señor Walters es el padre de Jacob.

—Debe ser duro vivir con él —resopla Imani.

Una parte de mí quiere mirarla mal. A ver... es *su* padre. Pero al mismo tiempo, no son exactamente amigos.

—Tiene sus momentos. —Jacob medio sonríe y sus ojos miran hacia otro lado.

Sandra se mueve detrás de mí. Tiene la mirada de una madre, una amiga, una hermana que ve el dolor. Entonces algo cambia. Entrecierra los ojos y frunce los labios.

—¿Pero por qué no? —pregunta Sandra.

Todas las miradas se dirigen a ella. ¿Por qué no qué?

—¿Por qué no pueden hacer campaña en contra? Volantes y llamadas telefónicas. Todo eso —sugiere, como si fuera tan sencillo.

Frunzo el ceño. ¿Podríamos? Observo la mesa. La ceja izquierda de Seth está levantada como Spock cuando está sumido en sus pensamientos. Imani frunce el ceño. Ian y Eric miran a Jacob con los ojos entornados. Jacob está mirando la mesa, pero parece que lo está considerando.

—Tal vez podamos —dice finalmente Jacob. Lo repite, pero más fuerte—: ¡Tal vez podamos! Uno de nosotros podría diseñar un folleto. Apuesto a que puedo conseguir que Concord Pride nos ayude. Ya lo están haciendo, técnicamente. Podríamos poner volantes por toda la escuela. Conseguir que los profesores se opongan públicamente al nuevo código de vestimenta.

Asiento con la cabeza antes de que llegue a la mitad. Solo la forma en que lo dice, la creciente determinación en su voz me lleva a estar de acuerdo, pero tal vez también sea porque él me gusta.

—Yo podría hacer el volante —ofrece Seth, levantando la mano.

Imani mira su mano de forma interrogativa y la deja caer sobre la mesa.

—Podría, es *realmente bueno* en ese tipo de cosas —dice Imani.

—Por muy divertido que sea esto, tengo que ir a trabajar —se disculpa Ian mientras se levanta—. Háganme saber lo que deciden Yo puedo pegar carteles

Una sonrisa se abre paso en mi cara. Supongo que Ian es un buen tipo después de todo, no quiero decir que piense que es malo. Solo que no lo veía como el tipo que se involucra en algo así.

—Yo soy su transporte, así que parece que yo también me tengo que ir. —Eric señala y sigue a Ian.

—Nos vemos mañana —saluda Ian.

Mientras se van y todos saludan, empiezo a teclear.

—Necesitamos un eslogan —anuncia Siri. Tiene que ser algo pegadizo.

—¡Ooh, sí! —Imani arrulla frente a mí.

—¡Gran idea! —Jacob me golpea.

—¿Por qué no se *les* ocurrió hacer esto antes? —Seth se encoge de hombros.

Todos los ojos se vuelven hacia él, incluso los de Sandra. Su cabeza se mueve entre todos nosotros y se encorva, fijándose en Imani. Creo que eso puede ser un error.

—¿Se te ocurrió a *ti* antes? —Imani agita la cabeza, con un chasquido. Seth niega con la cabeza.

—No. *No lo creo.*

Una tos reprimida sale de mis labios y Jacob rompe a reír. Imani finalmente rompe el personaje y un pequeño alivio inunda la cara de Seth.

—Eres brutal —dice Jacob y luego me mira—. Me gustas.

Pongo los ojos en blanco y empiezo a mover los labios y a hacer señas.

—*Nuestro eslogan necesita...* —Me detengo. Ninguno de ellos sabe el lenguaje de señas lo suficientemente bien como para eso y no puedo mirarlos a todos al mismo tiempo para que puedan leer mis labios. En su lugar, escribo en el celular.

—Tiene que ser pegadizo —les dice Siri, pero en el momento en que sale mi mente cambia de tema. «¿Realmente le gusto? ¿Por qué? Por supuesto que sí. Basta ya. Estás siendo estúpido».

—Vamos a lanzar algunas ideas —dice Jacob. Imani y Seth parecen estar de acuerdo. Asiento con la cabeza, intentando concentrarme en el aquí y ahora en lugar de en la mierda que me lanza mi cerebro.

Miro a Sandra cuando toma asiento donde Ian estuvo un minuto antes.

—¿Qué? Estoy ayudando —dice ella, sonriendo.

Sonrío. Los ojos de Jacob pasan entre nosotros y luego me agarra la mano encima de la mesa, donde todos pueden ver, y la aprieta. Una ráfaga recorre mi brazo, pero no destierra los pensamientos negativos de mi cabeza. «Por favor, váyanse. Déjenme en paz».

—Vamos a hacerlo —dice—. Tenemos que hacerlo.

JACOB

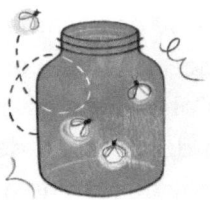

Llevo media hora en mi habitación, aburridísimo, rogando que el reloj marque las tres y media de la tarde.

No hay tiempo para leer y no puedo concentrarme. Ni siquiera hay tiempo para jugar a los videojuegos. No puedo tocar la guitarra, mis dedos están intranquilos. Lo intenté, pero sigo tocando los acordes equivocados.

No es que esté a punto de pisar la luna o de aceptar un cheque de un millón de dólares. Solo estoy emocionado. Tener que esperar media hora para pasar a buscar a Skylar es un tormento.

Echo la cabeza hacia atrás, recostando la espalda sobre la cama y compruebo de nuevo mi teléfono. 3:27 *p.m.* Podría salir ahora, llegar unos minutos antes. Pero eso podría parecer demasiado excitado. No. Solo hay que esperar. Lo más loco es que estoy menos ansioso que el día que lo llevé a la feria. Ya paseé mucho por mi habitación; hice suficiente ruido para llamar la atención de mamá. Cuando me preguntó qué pasaba, le dije que estaba practicando un calentamiento de baile.

3:28 *p.m.*

¿Sabes qué? Al diablo con esto. Me voy. Quiero verlo y solo tengo hasta las seis y media. Esta noche tengo que ir a la iglesia, y si vuelvo a faltar, creo que corro el serio riesgo de que papá irrumpa en el cine y renuncie a mi trabajo *por* mí. No puedo permitirme eso, literalmente.

Me lanzo desde el borde de la cama, camino tan rápido como puedo sin hacer una escena en la cocina y tomo las llaves de mamá de la encimera. Parece que están viendo la televisión, así que salgo por la puerta de atrás sin decir nada y, antes de que pase un minuto más, estoy de camino a casa de Skylar.

Aunque el otoño está comenzando, hace demasiado calor para tener las ventanas bajadas. En su lugar, están arriba y el aire acondicionado compite con Vic Fuentes cantando la letra de *Caraphernelia*. Giro a la derecha al final de nuestra calle y lucho contra el impulso de pisar el acelerador.

Realmente no debería estar tan emocionado. Todo el mundo dice que las relaciones adolescentes no duran de todos modos. ¿Y es siquiera una relación? Creo que sí. Espero. «¿Sabes qué? Deja de pensar en eso».

Cruzo las vías del tren y atravieso el centro de la ciudad hasta que hago el último giro a la derecha y aparece la casa de Imani. Sky se fue a su casa después del colegio. Ella quería un rato de «Imani y Sky» haciendo no sé qué. No me molesté en preguntar. No quería parecer demasiado apegado.

Me detengo en la entrada de su casa. «Bien, respira». Estoy a punto de tomar la manija de la puerta cuando Skylar e Imani salen por la fachada de ladrillo de la casa. Lleva una nueva falda de cuadros rojos y blancos, la misma que llevó puesta hoy en el colegio.

—No se lo digas —susurra la voz de Imani a través del cristal justo cuando bajo la música. Creo que lo dijo a propósito para que lo escuche.

Bajo la ventanilla del pasajero.

—¿Qué no me diga qué?

—Nada —dice con una sonrisa.

Skylar niega con la cabeza mientras abre la puerta y se desliza en el asiento del copiloto. Cuando se gira para mirarme, se me cae la mandíbula antes de que pueda agarrarla.

—Guaaau —digo. Sus ojos. Debe haberle maquillado las pestañas y los ojos. Sus pestañas son más oscuras de lo habitual y sus párpados tienen un aspecto sonrojado. Hace que sus ojos resalten.

Sonríe con timidez, desviando la mirada y torciendo los labios.

—Estás muy bien —le digo.

—De nada —dice Imani, a los dos, creo.

Los labios de Skylar se mueven, pero no puedo leerlos. Por suerte, se lleva la mano a la boca y la baja.

—*Gracias.* —Esa sí que me la sé.

—Diviértete. —Imani saluda con la mano y se aleja hacia atrás.

—Nos vemos. —Le devuelvo el saludo y salgo en reversa de la entrada—. ¿Estás preparado para unas donas?

Lo voy a llevar a nuestra tienda local de donas. De las que hacen todo desde cero y hasta te las rellenan en el momento. Sky se va a llevar una sorpresa.

—¡Sí! Imani me dijo que están para morirse. —La voz de Siri toma el relevo para que pueda mantener la vista en la carretera.

—Sí, son increíbles. —Me río—. Dijiste que te gustaban las donas de pastel, ¿verdad?

Mis gustos son sencillos. Cubierta de chocolate y relleno de crema bávara, o las prototípicas Oreo o Reese's, ¡y las tienen todas!

—Sí. Sobre todo de arándanos o de chocolate —responde su teléfono.

Oh, *va* a disfrutarlo entonces.

—¿Y las de *red velvet*? —Lo miro. Sus ojos se iluminan, y esa es toda la respuesta que necesito—. Te va a gustar este sitio.

Pasan unos segundos, creo que está tecleando algo más y rebotamos sobre el nuevo pavimento. Juro que *siempre* están haciendo obras. Es molesto, sobre todo cuando no puedes saber qué líneas son las nuevas.

—Por cierto, de verdad te ves muy bien —le digo.

Deja de teclear y me mira con su sonrisa tímida.

—A ver... eres súper lindo, incluso sin maquillaje. Pero como... ¡guau! Tus ojos... Quiero decir, como... eh... Sí. —Pierdo el hilo de mis palabras y empiezo a toser para intentar disimular mis nervios. No creo que funcione.

Skylar me sonríe y se acomoda en su asiento. El silencio es ensordecedor mientras escribe. Espero que no haya tenido que borrar lo que estaba escribiendo. Oh, Dios. Lo siento mucho.

—Gracias —dice Siri. Lo miro y asiento, pero su teléfono sigue hablando—. Tú también estás lindo.

Mis ojos se abren y se me seca la garganta. No. No, no acaba de decir eso. Soy raro y flaco y, diablos, la mitad de mi atuendo es negro. Llevo unos vaqueros negros y una camisa de rayas blancas y negras demasiado gruesa para el calor que hace.

—Nah, pero gracias —digo—. Tú eres a quien se roba las miradas.

—Solo porque soy un chico con falda —suelta su teléfono unos segundos después.

—¡No! —casi grito—. Es porque eres malditamente lindo y están celosos de que te veas tan bien en ella.

Sonríe y los dos nos quedamos en silencio. Una canción que no reconozco llena el vacío. Una parte de mí no puede creer que lo haya dicho. Es cierto, pero me arden las mejillas.

—¿Vas a la iglesia esta noche? —Siri rompe el silencio.

—Sí —suspiro. Ojalá no lo hiciera. Entonces podría pasar toda la noche con él—. Tengo que mantener mi trabajo.

Entro al estacionamiento de la tienda de donas antes de que termine de teclear. O aún no terminó, o bien está esperando a entrar primero. Salimos y me adelanto a él para abrirle la puerta de cristal. Skylar se detiene un segundo y entra.

—¿De verdad crees que tu padre te hará renunciar? Seguro que no —me pregunta su teléfono mientras la puerta se cierra detrás de mí y todas las delicias aparecen a la vista.

—Si conocieras a mi padre —gruño, señalando con la cabeza la vitrina llena de gloriosas donas—. Lo haría. Es así de inflexible.

Los hombros de Sky caen. Cierra el puño en el centro de su pecho y hace un movimiento circular en sentido horario.

—*Lo siento.*

—No pasa nada. —Me encojo de hombros—. Vamos a pedir.

—¿Qué puedo ofrecerles? —pregunta la mujer de tez oscura que está detrás del mostrador. No sé su nombre, pero ya la vi aquí antes.

Señalo la dona de Reese's.

—Reese's, por favor.

—¿Y tu *amigo*? —pregunta ella.

¿Mi amigo? No. Él es más que eso. ¡Y voy a invitarlo al baile!

SEPTIEMBRE

L	M	X	J	V	S	D
						1
2	3	4	5	6	7	8
9	10	11	12	13	14	15
16	17	18	19	20	21	22
23	24	25	(26)	27	28	29
30						

SKYLAR

—Eso es demasiado retro —se queja Imani.

No se equivoca. La imagen en el ordenador de Seth me hace pensar en la gráfica de un álbum de los 80, no en un folleto político.

—¿Retro? —Seth la mira—. ¿Cómo es que esto es retro?

Alguien que camina por la acera llama mi atención a través de los grandes ventanales de la cafetería que dan a la calle principal. Están paseando a un pequeño perrito peludo de color marrón, así que vale la pena la distracción.

—¿De verdad? ¿No te parece retro? —pregunta Imani.

Son mayormente colores desvaídos, verde azulado, rosado, amarillo y un azul grisáceo sobre un fondo de color tostado súper claro, y las letras gritan *viejo*. Definitivamente *no* es el elegido.

—¿Y el que le sigue? —sugiere Siri y doy un sorbo a mi *frappe*.

—De acuerdo —se queja Seth.

Es el tercer diseño hasta ahora y no fue bueno. No son malos, pero tampoco buenos. Sin embargo, este es sencillo y transmite el mensaje. Proclama que «LA ROPA NO TIENE GÉNERO» en letras blancas y grandes sobre un fondo rojo, y luego «DETENGAN EL CÓDIGO DE VESTIMENTA SEXISTA, LLAMA A LA JUNTA ESCOLAR» en letras negras y más pequeñas a lo largo de la parte inferior. En el reverso aparecen los números de teléfono y los nombres, con Bruce Walters en la parte superior.

Doy una palmada en la mesa. Seth salta. Sus dedos patinan sobre el teclado y un revoltijo de letras se infiltra en el folleto.

—¡Ah! —grita.

Me debato entre escribir y reír, pero lo consigo.

—Casi le das al chico un ataque al corazón —Sandra interviene desde el otro extremo de la mesa.

Me río de ella mientras tipeo palabras en mi celular. Escuché que ella y algunos de los otros hicieron un deporte de tratar de asustarlo. Así que me imagino que estoy en buena compañía.

—Ese es —dice Siri—. Sin todas esas letras de más.

—No es mi culpa. —Seth niega con la cabeza.

—*Lo siento* —le digo con señas y con los labios, pero fue bastante genial asustarlo.

—Estoy de acuerdo. —Imani sacude la cabeza espasmódicamente—. ¿Pero es realmente lo mejor que tenemos para el eslogan?

—¿Qué más tienes? —Seth se apoya en su silla y cruza los brazos sobre el pecho.

Estuve pensando mucho en esto. Tiene que ser pegadizo, pero no sé cómo a la gente se le ocurren frases geniales. Todo lo que pensé fueron joyas como «Di no al sexismo», «Resístete al consejo», ya sabes, como los borg en Star Trek, y «No es tu problema». Así que, a menos que Imani o Sandra tengan algo mejor, está a punto de ser «La ropa no tiene género».

Imani frunce las mejillas y exhala una bocanada de aire cuando suena el timbre de entrada de la tienda. Va a abrir la boca, pero se detiene. La expresión de Sandra es inexpresiva, luego sus labios se fruncen como si fuera a decir algo y también se detiene.

—No tengo nada. —La cabeza de Imani baja.

—¿Sobre qué no tienes nada? —Mi voz favorita atrae mi atención hacia la puerta abierta. ¡Jacob!

Mis ojos brillan, lo sé, y no me importa.

—Este maldito... —Los ojos de Imani se fijan en Sandra como si hubiera cometido un error, pero Sandra se encoge de hombros—. Este eslogan. A ningune se le ocurre nada mejor.

—¿Qué tiene de malo? Se entiende el punto, ¿no? —Jacob se encoge de hombros.

Tal vez lo estamos pensando demasiado.

—*¿Te gusta?* —le digo a Jacob con señas, pronunciando las palabras al mismo tiempo.

—Sí, es bueno —me responde.

Los ojos de Sandra se posan en Jacob.

—¿Ahora sabes lenguaje de señas?

—Solo un poco. —Sonríe.

—Lo está haciendo muy bien —les dice mi teléfono—. Aunque todavía necesita practicar.

—Como dije, solo un poco. —Jacob pone los ojos en blanco.

—Creo que ya decidimos el diseño. —Seth habla, retorciéndose en su asiento—. Podría tener que cambiar la redacción, pero...

Jacob se inclina sobre su hombro y me encuentro deseando que fuese el mío. Lleva puestos sus vaqueros negros ajustados y una musculosa negra con amplios agujeros en las mangas que dejan ver la mitad de su costado. Trago saliva cuando accidentalmente dejo que mis ojos echen un vistazo. «Míralo a la cara, Skylar, A la cara».

—Simple. —Jacob se encoge de hombros.

—¿No te gusta? —Los hombros de Seth vuelven a caer.

—Nah, si me gusta —dice Jacob, aunque no puedo descifrarlo. Creo que le gusta, pero lo mira muy seriamente—. Está bueno.

—De acuerdo... —Seth dice.

—Entonces... —Jacob comienza a hablar, sus ojos se fijan en mí, pero Imani lo interrumpe.

—Ves, es bueno —Imani ladea la cabeza con descaro hacia Seth—. Mucho mejor que el primero. ¿Qué intentabas imitar con esos, el logo de Coca-Cola?

Las manos de Seth se abren para defenderse. Jacob parece que realmente quiere decir algo, pero no lo hace.

—¡No! —Seth se pone a la defensiva—. ¿Coca-Cola? ¿De verdad? Es que no entiendes de diseño gráfico.

—¿No entiendo de diseño gráfico? Claro que no entiendo de diseño gráfico. ¿Pero eso? —Imani sonríe todo el tiempo.

—No era tan malo —intenta Seth.

—Seguro que no fue para tanto —comenta Jacob e Imani lo mira como si estuviera loco.

—Bueno, chicos, no sigamos con eso —interviene Sandra. Creo que ella sabe que es tan solo una cosa de Seth-Imani, pero también yo podría estar equivocado.

—Gracias —dice Seth y le pone a Imani ojos burlones. Ella pone los suyos en blanco y veo una pequeña sonrisa en la cara de Seth. Sí, sabía lo que estaba pasando.

—Así que, eh —Jacob tartamudea, su mirada se fija en mí y luego cae al suelo y de nuevo—. Tengo que ir a trabajar, pero yo...

Da un paso alrededor de la silla de Imani para situarse a mi lado. Me doy la vuelta y apoyo el brazo en la madera para mirarlo, y miro sus brillantes ojos verdes. Algo lo tiene inquieto y es adorable a su manera perpetuamente *sexy*.

Por alguna razón extiendo la mano y la tomo. Él mira nuestras manos y su dedo roza la palma de mi mano, lo que hace que me suba una ráfaga por el brazo.

—Sky. —Me mira a los ojos y hace una pausa—. ¿Quieres ir al baile conmigo?

Los jadeos saltan alrededor de la mesa y, aunque no estoy mirando, sé que todos los ojos están puestos en mí. Pero no tengo que pensar en mi respuesta. Casi me había olvidado del baile con todo lo que está pasando, pero no hay duda.

Asiento furiosamente con la cabeza. Gritando «¡SÍ!» a través de unos labios silenciosos.

¡Claro que sí!

SEPTIEMBRE

L	M	X	J	V	S	D
						1
2	3	4	5	6	7	8
9	10	11	12	13	14	15
16	17	18	19	20	21	22
23	24	25	26	27	28	29
30						

JACOB

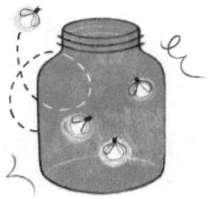

El coche de mamá necesita una alineación o una rotación o algo así. Tal vez frenos nuevos. No lo sé. Pero está temblando mucho últimamente. Y realmente no quiero que una rueda salga volando.

—¿A dónde quieres viajar? Como... fuera del país —pregunta el teléfono de Sky.

Lo miro y gruño como si estuviera muy pensativo. No es una pregunta en la que haya pensado mucho. No hay duda de que cuando tenga la oportunidad me iré de casa, pero siempre pensé más bien en alguna ciudad aledaña o en algún lugar de la montaña, no fuera del país.

Solía planear escaparme, antes de salir del armario. Cuando creía que papá me echaría de todos modos. No lo hizo, pero a veces pienso que podría haber sido mejor. Me había decidido por Asheville. Mi familia siempre se queja de lo liberales que son, así que no puede ser tan malo, además está en las montañas.

—No lo sé —admito. Los neumáticos caen en un bache y el coche se sacude—. Tal vez Alemania. Allí hablan *cool*.

Los dedos de Skylar vuelven a teclear, con los mismos deditos que hace unos minutos estaban pegando folletos por la escuela. Él y yo ocupamos los pasillos de Lengua y Literatura mientras Seth e Imani llenaban el ala de Ciencias. Ian acaba de enviar una instantánea de los folletos que dejó en la biblioteca local y se supone que Eric va a dejar algunos en las tiendas del centro.

—¿Hablan *cool*? ¿Por eso? —pregunta el teléfono de Sky.

Sin mirar, asiento con la cabeza e intento defender mi elección.

—Sí, ¿por qué no?

Extiende las palmas de las manos en señal de resignación y empieza a teclear de nuevo.

—A mí me gustaría ir a Finlandia o quizá a Dinamarca —dice Siri.

¿Finlandia? ¿Dinamarca? De todos los lugares, nunca había pensado en esos. No puedo decir que sabía que Finlandia era un lugar real, para ser honesto.

—¿Por qué? ¿Qué hay ahí? —pregunto. Esperaba algo más parecido a Grecia o España o quizás Australia. En realidad, debería haber dicho Australia.

—Finlandia es el lugar más feliz de la tierra y Dinamarca el segundo —afirma el teléfono de Sky con su acento británico. Lo miro para recordar que no estoy escuchando el canal de National Geographic—. Son sistemáticamente los mejor clasificados. Y oí que Dinamarca es preciosa. Solo quiero estar en un lugar así de feliz.

¿Qué digo a eso?

Tomo la siguiente a la derecha y me meto en su entrada. Tengo que decir algo. ¿Pero qué?

—¿No eres feliz? —Es lo que sale. *¿Por qué no eres feliz?*

Aparco el coche y me giro en el asiento para mirarlo. Sus ojos miran hacia abajo y luego hacia arriba, encontrándome y sonriendo.

Hace un gesto de *sí* con el puño y luego teclea un poco más.

—Ahora, tal vez. Antes siempre era un desastre. Solía leer todo sobre Dinamarca, creo que tengo más ganas de ir allí. Hay un castillo llamado Kronborg Slot que tiene esta estatua de un famoso vikingo que se supone que los salvará durante el *Ragnarok*. Y tienen una piedra rúnica que tengo entendido que es genial.

—¿*Ragnarok*, como en *Thor*? —pregunto.

Empieza a teclear furiosamente.

—Algo así, pero no. Es mitología vikinga o algo así.

Si tiene algo que ver con *Thor*, cuenta conmigo. Quién sabe, tal vez lo haga. ¿Tal vez lo *hagamos*?

—Suena bien. Quizá puedas ir algún día —le digo—. ¿Te importa si entro? Falta como media hora antes de que tenga que irme a trabajar.

Sonríe y, mientras teclea, dejo que mis ojos recorran su camiseta. ¿Es malo que quiera abrazarlo y envolverme en él?

—Sí. Quería decirte que mamá y papá quieren hablar contigo de todos modos. —Se encoge de hombros.

Entrecierro los ojos ¿Qué?

—¿Hablar conmigo? ¿Estoy en problemas? —pregunto, medio sonriendo, medio conteniendo la respiración.

Niega con la cabeza, tapándose la nariz y riendo en silencio. Dejo salir mi media respiración y salgo del coche.

—Entonces, ¿de qué quieren hablar? —pregunto.

Se encoge de hombros, pero sonríe demasiado para que me lo crea. Sin embargo, no lo cuestiono más. Al menos podré verlo más tiempo.

Abro la puerta de su casa y lo dejo entrar primero.

—Mira a ese caballero —dice una voz de mujer desde el interior.

—Hola, señora Gray. —Intento sonar confiado, aunque mis entrañas empiezan a revolverse.

Hay un noventa por ciento de posibilidades de que sepa lo que va a pasar. La charla de *estás saliendo con nuestro hijo, así que aquí están las reglas*, o algo así. Al menos no me imagino que me den la charla *Judge*. Eso es lo que mi padre le dio al novio de Rebekah la primera vez que lo conoció. Lo básico es que posee una pistola *Judge* —del tipo que dispara cartuchos de calibre cuarenta y cinco y cartuchos de escopeta— y que lo estaría esperando si la llevaba a casa demasiado tarde o intentaba algo *raro*. Una mierda medieval que roza la amenaza criminal, típica cosa de padre conservador.

—Jacob —dice Bob... creo que es Bob.

Así es como Sky suele llamarlo. En realidad, espera un segundo ahí. Miro a Skylar. Hace tiempo que no lo llama Bob.

—Bob —respondo. Se me hace raro usar su nombre de pila, pero es lo que me dijo que hiciera.

—Me alegro de que hayas venido. ¿Te dijo Sky que queríamos hablar contigo? —pregunta.

Miro a Skylar y asiento con la cabeza. Tiene una sonrisa torcida pegada a esos labios perfectos. «Pequeño desgraciado, a punto de entregarme a sus padres en sacrificio». Contengo una risa, enderezando mi postura y asintiendo al señor Gray.

—Sí, señor.

—Bien. Ven a sentarte. —La señora Gray me hace señas para que me acerque al sillón de cuero gris situado junto al sofá en forma de L.

Hago lo que me dicen y me dejo caer en el asiento. Skylar arranca hacia las escaleras, como si fuera a escaparse. ¡Detente, mierda!

—¿A dónde vas? —El señor Gray lo llama.

¡Ja! ¡Toma eso, perra! Capta mi mirada cuando se da la vuelta. Sus ojos se entrecierran y yo le devuelvo una mirada de victoria. Vuelve a caminar, medio derrotado, medio divertido, y se sienta a mi lado, asegurándose de dejar unos cuantos centímetros de distancia.

—Esto no va a ser malo, lo prometemos. —La señora Gray nos mira.

—Este no es ese tipo de charla. —Su padre sonríe—. Solo queríamos charlar contigo ya que sales con Skylar y repasar algunas reglas básicas. Nada que dé miedo.

Asiento con la cabeza. ¿Nada que dé miedo? Entonces, ¿por qué tengo los nervios a flor de piel y los puños apretados?

—Primero, el toque de queda de Skylar es a las once. Por favor, traten de estar de vuelta a esa hora. Si se retrasa unos minutos no es un gran problema, solo avisen con antelación. —El señor Gray espera a que le digamos que entendimos, así que asiento con la cabeza—. Segundo, Skylar es nuestro hijo. Y si vas a salir con él, esperamos que lo respetes...

¡Oh no! Aquí viene. Me preparo para ello.

—...así que mientras no hagas nada que le haga daño, estamos bien. No te voy a amenazar con algo que dé miedo. Solo debes saber que responderás ante mí si le haces daño.

Libero el aire atascado en mis pulmones. Eso fue sorprendentemente indoloro, mucho mejor de lo que esperaba. Algo así como la charla *Judge* de papá, sin la amenaza de muerte.

—Y una última cosa. —Su madre se inclina hacia delante, con su pelo rubio arenoso cayendo sobre su ojo. Se lo retira—. También sabemos que los chicos siempre serán chicos y, por mucho que digamos que no, ustedes dos van a hacer lo que quieran.

¿Qué está pasando ahora? Se mete la mano en el bolsillo y saca un puñado de pequeños paquetes cuadrados metalizados. Trago saliva y me pongo rígido. ¿De verdad?

—Solo cuídense —dice y *me da* los condones. ¿Por qué a *mí*?

Miro mi mano. Hay al menos seis paquetes, quizá más, de colores brillantes en mi palma. Vuelvo a tragar saliva. ¿Qué demonios? Nunca vi uno en la vida real y nunca tuve uno en la mano. Cierro el puño y me los meto en el bolsillo. ¿Qué digo?

—Eh... Sí, quiero decir... Sí, señora —tartamudeo, haciendo lo posible por mirarla a los ojos. Pero ella, la *madre* de Skylar, literalmente me dio un montón de condones y me dijo que *nos cuidáramos*.

—¡Oh! Y una cosa más. —Salta del sofá y se va corriendo a la otra habitación.

¿Una cosa más?

Me pregunto si me voy ahora, ¿podría llegar a la puerta principal antes de que Bob me atrape? «Deja de ser estúpido». Mis padres nunca habrían dicho la mitad de eso, y especialmente no la parte del condón. Habrían dicho más bien: «Si te atreves a besar a mi hija —porque nunca hablarán con Sky ni admitirán que estoy saliendo con un chico— te golpearé la cabeza contra una pared de ladrillos». No, «Oye, sabemos que igual se van a acostar, así que al menos ponte este condón cuando te cojas a nuestro hijo».

Mientras esperamos, el señor Gray asiente nervioso.

—¿Haces algún deporte?

—Uh, sí. Equipo de natación —tartamudeo, aun procesando todo. Estoy a punto de decirle que estoy en una banda, pero decido no hacerlo. En lugar de eso, digo—: También toco la guitarra.

Internamente, estoy gritando. No me preguntó. ¿Por qué has dicho eso?

—Eso es genial. Yo solía tocar la acústica en la universidad. —comienza el señor Gray, inclinándose hacia atrás para ponerse más cómodo. Cruza una pierna sobre la otra, arrugando sus pantalones. No sé a qué se dedica, pero parece un hombre de negocios. Skylar inclina la cabeza. Creo que él tampoco sabía sobre el lado musical de su padre—. Benji, Conner y yo tocábamos en los bares del *campus* para ganar dinero extra en aquella época. No puedo decirte cuántas chicas...

—¿Te está aburriendo con sus historias de la universidad? —La señora Gray nos salva, llegando con una bolsa negra de regalo. Miro a Skylar. Parece que quiere escuchar más.

—No, en absoluto —digo. Pero ¡gracias!

—Lo estaban disfrutando. —El señor Gray se encoge de hombros—. No todas mis historias son aburridas.

—Díselo a quienes tienen que escucharlas —dice la señora Gray.

Toma asiento junto a su marido y coloca la bolsa en la mesa de café, empujándola hacia Skylar.

—Skylar nos dijo que lo invitaste a la fiesta de bienvenida. Eso es muy dulce. Van a ser una bonita pareja. Pero —levanta un dedo y señala la bolsa mientras mira a Skylar—, necesitas un buen atuendo. Tu amiga Imani fue conmigo al centro comercial a elegir uno para ti. Me dijo que este te gustó.

Mi atención se dirige a Skylar. Sus ojos se abren de par en par y sus labios comienzan a separarse. Empiezan a moverse, formando una palabra. Pero no puedo decir cuál. Sus ojos se mueven entre la bolsa y sus padres, y sigue murmurando algo que no puedo leer.

—Sí —responde su madre—. Ábrelo.

Sky se inclina hacia delante y empieza a hurgar en el papel de seda blanco. Cuando sus manos salen, sostiene algo verde y sedoso. Se le cae la boca. Supongo que es una falda o algo así, pero no puedo asegurarlo. Lo deja caer en el sofá y corre a abrazar a los señores Gray antes de que yo pueda echarle un vistazo.

—¿Por qué no te lo pruebas? —dice el señor Gray.

—¿Qué es? —pregunto finalmente una vez que dejan de abrazarse y Sky vuelve al sofá a recogerlo, con los ojos húmedos.

En respuesta, lo levanta y deja que la tela verde botella se derrumbe para revelar un vestido largo. Le compraron un vestido para la fiesta de bienvenida. Me quedo con la boca abierta.

Oh, Dios, apuesto a que se verá hermoso en él.

SKYLAR

No puedo creer que lo hayan conseguido. Imani. Perra astuta.

Es hermoso. Bueno, aparte de que necesito acortarlo unos centímetros, cortesía de mi baja estatura. Pero se ajusta perfectamente a mis muslos y cintura.

A Jacob pareció gustarle también. Se le cayó un poco la mandíbula cuando salí y di vueltas en el salón. Y eso me alegró el día, incluso más que el vestido, como que me asusta, pero eso es algo bueno. ¿No es así?

Está esperando en mi habitación ahora mismo. Le pedí que se quedara un poco más. Sé que tiene que ir a trabajar, pero tiene unos minutos. Me miro por última vez en el espejo y compruebo que el vestido me queda bien en el pecho y los brazos, pero me deja los hombros desnudos. Suspiro de felicidad y me pongo un par de pantalones cortos blancos y una simple camiseta negra.

Doblando el vestido sobre el brazo, destrabo la puerta del baño y me dirijo a mi habitación, cuya puerta está medio entreabierta. El único requisito de mamá y papá para que esté en mi habitación es que la puerta permanezca abierta y que puedan, o no, venir a vernos en cualquier momento.

Empujo la puerta y Jacob está sentado en mi cama. *En mi cama*. «En otra cosa. Piensa en otra cosa». Me ve inmediatamente y una sonrisa se desliza por sus labios.

—*¿Te gustó el vestido?* —pregunto, haciendo señas al mismo tiempo mientras trato de equilibrar el vestido en mi brazo. Pero mi mente me pide que le pregunte si *yo* le gusto realmente. Hago a un lado la idea y trato de concentrarme.

Hace una pausa, con los ojos entrecerrados, dividiendo su atención entre mis labios y mis manos. Quizá haya sido demasiado para que traduzca. Uy.

—¿Preguntaste si me gustaba el vestido? —pregunta Jacob.

Asiento con la cabeza y hago rebotar el puño. ¡Lo consiguió!

—¡Claro que sí! —grita prácticamente, elevando sus cejas como si me preguntara lo loco que debo estar para haber preguntado eso—. ¡Cualquier cosa te queda muy bien! Pero...

Pero...

—No me mates por decir esto. —Jacob se desplaza y ladea la boca nerviosamente—. Pero, bueno... Uh... Tu uh... uh... Tu trasero se ve muy bien en él.

Inmediatamente mira hacia otro lado, con los ojos clavados en el suelo. Tose y ahora no es el único nervioso.

Siento el calor que se apodera de mis mejillas, probablemente tiñendo mi cara de rojo. Me giro para ocultarlo y guardo el vestido. Mientras él no puede ver, abro la boca de par en par y luego me muerdo el labio para intentar calmarme. ¡Le gusta mi trasero! Parece algo muy raro por lo cual emocionarme, ¡pero le gusta algo de mí! Es decir, algo tiene que gustarle porque está saliendo conmigo, pero antes solo me había dicho que soy lindo. Esto es algo más.

Aspiro una bocanada de valor y me doy la vuelta y me dejo caer junto a él en la cama. Enrollo mis dedos en su mano y cuando mis ojos se posan en él me doy cuenta de que está nervioso.

—¿*Así que te gusta mi trasero?* —le digo despacio con los labios.

—Uh... —Sus ojos se alejan, vuelven a mirarme y se alejan de nuevo—. Sí. Espero que no te moleste. Tal vez no debería haberlo dicho. A veces hablo por demás.

Niego con la cabeza con énfasis.

—¡*Dímelo!* —Muevo los labios—. *Me hace sentir bien.*

Ahora miro hacia otro lado. ¿Acabo de admitirlo? ¿A él?

—Oh... O-Okey —tartamudea y, antes de que pueda responder, sus labios están sobre los míos y sus manos exploran mi pómulo.

Se aparta y sus ojos se desvían hacia la puerta abierta. Mamá y papá dijeron que no les importa que nos besemos, siempre que no lo hagamos enroscados en el salón delante de ellos, básicamente. Pero creo que todavía está nervioso. Realmente no conozco a su familia, pero por lo que oí esto es extraño para él. Probablemente esté esperando a que mi padre aparezca de repente por el marco de la puerta y grite, ¡*te tengo!*

Ninguno de los dos habla por un momento, pero no es realmente incómodo. Es pacífico. Normalmente el silencio no es pacífico, incluso para alguien como yo que vive en él la mayor parte del tiempo, pero ahora lo es.

—Tengo que pensar en lo que voy a llevar al baile. —Sus ojos se abren de par a par—. No puedo dejar que tú te veas tan *sexy* y yo aparecer con una camiseta básica.

Asiento con la cabeza. Sí, necesita robarse todas las miradas. Es decir, lo hará de todos modos, pero necesita un atuendo que lo haga mucho más.

—¿Crees que debería ir a lo básico o a algo colorido? —pregunta.

¿Colorido? ¿Él? Me río en silencio, con los ojos cerrados y el aire saliendo de mi nariz. Cuando abro los ojos, me mira con una sonrisa incrédula.

—¿Qué? —dice e incluso lo dice con señas.

—¿*Colorido*? ¿*tú*? —digo, moviendo las manos y señalándolo—. ¿*De verdad*?

—Puedo usar colores, solo que no lo hago. —Se encoge de hombros.

—*Quédate con el negro* —le digo.

—¿De verdad? —pregunta.

No estoy seguro de si es una confirmación o si no está seguro de lo que dije, pero en cualquier caso asiento con la cabeza.

—Si eso es lo que quieres. —Inclina la cabeza y me da un picotazo en los labios antes de continuar—. Entonces eso es lo que haré.

¡Oh! Y un poco de maquillaje de ojos, como me hizo Imani, ¡apuesto a que sus ojos se verían increíbles con rímel!

—*¡Podrías hacer que Imani te maquillara los ojos!*

—Entendí Imani y ojos —dice—. Lo intento. Te lo juro. Pero esto del lenguaje de señas es difícil.

Me río. Es algo natural para mí. En lugar de volver a intentarlo, busco mi teléfono y hago que Siri lo diga.

—Deberías hacer que Imani te maquille los ojos. Como pestañas negras. Te las alargaría. ¿Y tal vez una sombra de ojos negra? Creo que sería *sexy*. Quiero decir... más *sexy*. Ya eres *sexy*.

Los labios de Jacob se inclinan hacia la izquierda y se endereza el cuello de la camisa.

—Eh... Gracias. —Casi lo cuestiona, pero no lo hace. Será mejor que acepte el cumplido—. Tal vez. Nunca me maquillé. Oh, Dios mío, ¡papá enloquecería! Ni siquiera soporta mis uñas.

Miro sus uñas naturales. Su padre sigue siendo un pesado con eso, así que no se las pinta últimamente. Me gustan negras. Empiezo a teclear.

—Se va a enfadar igual si se entera de que me llevas *a mí* al baile de cualquier manera —le recuerdo.

—Buen punto. Así que es... será un tal vez. —Jacob me señala y asiente. Comprueba su reloj—. Solo tengo unos minutos más. ¡Uf! No quiero ir a trabajar.

Quiero ser el novio pegajoso que le dice que falte y se quede, pero me niego a ser de ese tipo. No. No lo haré. Al menos no todavía.

—¿Puedo preguntarte una extraña... una especie de... bueno, en realidad, una pregunta personal? —Jacob se muerde el labio inferior. Está nervioso por lo que sea que quiera preguntar.

¿Una pregunta personal? Lo pienso. Podría ser cualquier cosa. Es una buena pregunta, ¿debería dejarlo? El instinto me dice que sí, dispara, ¿qué tengo que ocultar? Ya le conté la mayor parte de mis traumas de todos modos.

Asiento lentamente, con los ojos entrecerrados.

—Así que... ¿tuviste sexo alguna vez? —Sus ojos se fijan en los míos. Sus brazos se endurecen y sus dedos se ponen rígidos alrededor de los míos. Está nervioso, pero intenta no parecerlo.

¿Sexo? De alguna manera, eso no era lo que esperaba. No sé lo que esperaba en realidad, pero no eso. Pero es una especie de alivio. La respuesta es un no rotundo. ¿Quién va a encamarse con el chico defectuoso? Solo quieren burlarse de él.

Niego con la cabeza lentamente, torciendo los labios y encogiéndome de hombros.

—Está bien. —Su voz vuelve a saltar, más alta que antes—. No debería haber preguntado. Lo siento.

Retira la mano y mete los dedos entre sus muslos. Una tos se abre paso por la garganta. Es adorable lo nervioso que lo puso esa pequeña pregunta. Yo también estuve pensando en sexo, no voy a mentir. Pero es muy dulce que quiera ser tan cuidadoso. Saco mi teléfono y empiezo a escribir.

—Está bien. No me molesta. ¿Y tú? —pregunta Siri por mí y le tiendo la mano. Pongo la palma de la mano en su muñeca y lo miro, pidiendo con los ojos su mano de nuevo.

Jacob sonríe y saca su mano de su escondite y me la da.

—No. —Se encoge de hombros, como si fuera una marca de insuficiencia.

—No pasa nada —le asegura mi teléfono. Sonríe un poco más y vuelve a aclararse la garganta. Lo hace mucho cuando está nervioso. Miro fijo las siguientes palabras en mi pantalla. Probablemente no debería decir esto, pero qué adolescente no dijo algo estúpido—. Tal vez seamos el primero del otro.

Sus ojos se abren de par en par y sus manos se tensan durante una fracción de segundo.

—Yo... Uh... —Jacob tartamudea. Es una locura cómo pasa de estar buenísimo y *sexy* a ser adorable en un momento—. Sí. Tal vez.

No estoy seguro de que eso signifique que sí, que él quiere que lo sea o que esté bien que yo piense eso. Voy a imaginar que quiere que lo sea. Pero no sé qué hacer ahora. ¿Cómo se sigue esto?

Un silencio incómodo, supongo. Un silencio muy incómodo.

Pero no le voy a soltar la mano hasta que tenga que irse. Acaricio el mullido edredón en el que estoy sentado con la otra mano, intentando pensar en cualquier cosa menos en eso, pero el tema sexo sigue saltando al centro de mi atención. No soy estúpido. Sé cómo funciona. Internet enseña mucho. En mi mente parpadean imágenes como esas, solo que con Jacob y yo en su lugar, y tengo que parar. Hay algo ya moviéndose entre mis piernas y no necesito eso ahora mismo.

—Em... —Jacob comienza a hablar, pero se detiene. En su lugar, me sonríe, con los labios apretados.

Le devuelvo una sonrisa. Juro que podríamos bromear sobre esto con cualquier otra persona y no importaría. Al igual que podría bromear sobre que Imani quiere meterse con esa chica Jen que cree que está tan buena y no me molestaría. ¿Pero esto? Esto es muy diferente. Me gusta y lo quiero.

—¿Hiciste *algo* alguna vez? —pregunta finalmente o, más bien, suelta las palabras tan rápido como puede.

Vuelvo a sacudir la cabeza. No es como si los chicos del orfanato fueran amigables y ni siquiera los idiotas eran de *ese* tipo. Quizá tuve suerte en eso.

—¿Tú? —pregunta mi teléfono.

—No. —Se encoge de hombros. Y eso me sorprende. Pero creo que es mucho menos extrovertido de lo que parece—. ¿Quieres probar un poco?

Mis ojos se dirigen a él, con la mirada fija. Está nervioso. Sí. Quiero hacerlo. Quiero sentir sus manos sobre mí. Quiero sentirlo sobre mí. Pero no sé si ahora es el momento. No sé si son solo mis nervios o que mamá y papá están abajo.

Sacudo la cabeza con lentitud y de inmediato empiezo a mover la boca.

—*Ahora no. Quiero hacerlo. De verdad que sí, pero ahora no* —le digo, hablando despacio para que capte cada palabra, mis manos moviéndose por si puede captar alguna de las señales—. *Mamá y papá están aquí.*

—Oh, claro. —Sonríe, aspirando un rápido aliento aliviador. Creo que en parte es porque ya está dicho y en parte porque no lo eché de mi habitación—. Lo siento. No debería haber preguntado.

Ahí va disculpándose de nuevo. Tiene que dejar de hacerlo.

—*Deja de pedir perdón* —exijo, moviendo las manos en círculo—. *No pasa nada.*

JACOB

¿**P**or qué me ofrecí a levantarme antes de las once un sábado?

—Uno, dos, tres, ¡va! —Ian golpea sus baquetas en cada cuenta y empezamos a tocar en el momento justo.

Ian entra al trabajo a las dos y Eric insistió en que practicáramos hoy. Intento sacar el sueño de mis ojos parpadeando con cada compás. Pero no funciona.

Estamos tocando una vieja canción de Mayday Parade. Es parte de nuestra vieja lista de música *emo*. Eric quiere mezclarla para el *show* en Charlotte, para el que aún no hemos sido confirmados.

Cuando toco la última nota, dejo caer la guitarra a mi lado y busco mi teléfono. Antes de que pueda ver la pantalla, Ian abre la boca.

—¿Puedes concentrarte? —se queja.

—Estoy concentrado. —Me vuelvo hacia él y mi mirada se dirige a Eric en busca de apoyo. Él da un paso atrás.

—No dejas de mirar tu teléfono —resopla Ian.

—¿Y? —Me encojo de hombros y me acomodo el gorro negro que me puse esta mañana. Por fin empieza a hacer frío.

—Te distraes. Y te sigues olvidando los acordes —dice. Vale, puede que tenga algo ahí, pero es temprano y mis dedos aún no cobraron vida del todo—. Te prometo que Sky puede esperar una hora. Estamos aquí para practicar

—¿Qué? —Arrugo el entrecejo. ¿Cuál es su problema?—. ¿Qué tiene de malo que compruebe mis mensajes?

—Chequeaste tu teléfono entre cada canción. Nos estás retrasando. —Pone los ojos en blanco.

—¿De verdad? —Miro a Eric.

—Bueno, sí. —Eric se encoge de hombros.

Pongo los ojos en blanco.

—¿En serio, chicos?

—En serio —responde Eric.

—¿Ah sí? ¿Cuál es el verdadero problema? —Esto es estúpido. Estoy aquí. Estoy tocando. Y mis errores no tienen nada que ver con revisar mi maldito teléfono.

Al principio no responde, solo gruñe. Pero algo se acumula detrás de sus ojos: frustración. ¿En serio?

—No estás tanto con nosotros y, cuando lo estás, todo lo que dices es Sky esto, Sky aquello —se queja Ian—. Sé que te gusta, pero...

Su voz se desvanece. Vaya.

—¿Estás enfadado porque no salí contigo el jueves? ¿Es eso? —No es que lo ignore por completo.

—No. No es eso. Pero él es todo lo que escucho ahora —continúa Ian—. Y ahora mismo, preferirías no estar aquí. ¿Verdad?

—¿Ahora mismo, con tu queja? No, la verdad que no —le devuelvo.

—Por favor —interviene Eric—. Ahora él tiene novio. No puedes decir que tú no nos abandonarías igual si tuvieras novia. Si es que eso sucede alguna vez.

¿Novio?

—¡Oye! —Ian espeta—. No estoy de humor para eso. Yo podría...

—Eso no es lo que dice tu historial de navegación, amigo —replica Eric y una carcajada brota de mis entrañas.

—Buen intento, borro el historial de mi navegador. —Ian mueve los hombros como si acabara de montar la colina y ganar la batalla.

—Exactamente lo que estoy diciendo. —Eric sonríe aún más.

Mi mente aún se está recuperando de que Eric haya llamado a Sky *mi novio*. ¿Lo somos? Parece un gran paso. ¿Pero es incluso una pregunta válida? Anoche estuvimos hablando de sexo y ahora... ¿me preocupa que alguien lo llame *mi novio*?

—Miren, lo siento —me meto: uno, para evitar que mi mente se desborde con esta nueva contradicción, y dos, porque quizá Ian tenga un pequeño punto. Además, puede que esté un poco irritado porque quería dormir más esta mañana—. Intentaré concentrarme más, pero sí, me gusta mucho. Es un poco raro, pero me gusta.

—Lo sabemos. —Eric niega con la cabeza y me palmea el hombro—. No podrías engañar a nadie. Diablos, me di cuenta antes de que lo llevaras a una cita.

—Tiene razón. —Ian está de acuerdo.

—Los odio a los dos.

SKYLAR

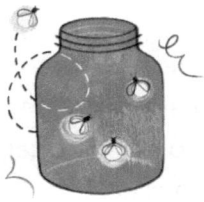

El coche de Jacob está en la entrada de mi casa cuando llego pedaleando en mi bicicleta. Se baja y mis ojos se fijan en su vientre desnudo. Lleva puesta la camiseta gris que acortó la semana pasada. Maldita sea. No puedo contener la sonrisa cuando me detengo y tecleo el código para entrar en el garaje, intentando no mirar.

—Hola, bonito —dice.

Nunca me había llamado así. Me llamó lindo en una conversación, pero nunca así. Me gusta.

Le devuelvo la mirada, sonrojado, y le regalo una sonrisa. Junto las manos y le digo con señas:

—¿Cómo estás? —Los engranes giran detrás de sus ojos mientras traduce.

—Ya entendí. Esa es fácil. Uh... —Se ríe—. ¿Era *cómo estás*?

Asiento con entusiasmo. Lo logró. Últimamente lo está haciendo bien, muy bien.

—En ese caso, estoy bien. El trabajo fue una locura —dice, pero mis ojos siguen bajando a su delgado estómago. Esos abdominales pálidos logrados sin esfuerzo. Levanto la mirada y lo conduzco al interior del garaje—. Creo que todo el mundo en la ciudad esperó para ir al cine hasta esta noche.

Cuando su boca deja de moverse, aprovecho mi oportunidad. Me pongo de puntitas de pie y lo beso, y lo beso, y lo beso. No quiero parar.

—Bueno, hola. —Jacob recupera el aliento y sonríe—. Me alegro de verte también.

Me río, el aire sale silbando torpemente de mi garganta. Mira alrededor del garaje vacío. Está forrado con cajas y cajones transparentes de no sé qué y luego está el equipo de jardín en la esquina más lejana. Pero no hay coches.

—¿Dónde están tus papás? —Ladea la cabeza.

—*Salieron* —le digo—. *No volverán hasta tarde.*

—¿Oh? —Me mira con picardía—. ¿Así que lo que estás diciendo es que podemos besarnos toda la noche?

Me volví a sonrojar. Eso o lo otro que hablamos anoche. Me muerdo el labio y asiento con la cabeza, aunque mis entrañas son un amasijo de excitación y nervios.

—Quiero decir, ya sabes, no estoy diciendo que tengamos que hacerlo, solo es una... Ya sabes, una idea —Jacob empieza a tartamudear. Ahí va pasando de *sexy* a adorable en un instante con todos esos nervios.

Lo conduzco al interior y atravieso la cocina, deteniéndome lo suficiente para preguntarle si quiere algo de beber. Niega con la cabeza y me dirijo directamente a las escaleras y a mi habitación. Está como la dejé esta tarde. *Posters* en todas las paredes, además de una nueva cadena de fotos que imprimí de Imani, Seth y yo, de los últimos dos meses, que ahora cuelgan sobre mi mesita de noche. Incluso ahora hay unas cuantas de Jacob y yo.

—Oh, estoy en tu pared —dice señalando.

Es la que le tomé el día que aprendió a montar en bicicleta. Entonces no éramos *nada*, pero pensé que era algo que había que capturar, así que le hice una foto cuando volvía hacia mí. No estaba seguro de cómo reaccionaría, pero parece que le gusta.

—Nuestra primera cita. —Señala otra foto de nosotros, como si hubiera pasado mucho tiempo. Es a la intemperie, al final del laberinto de maíz del que tardamos demasiado en salir. La noche de nuestro primer beso—. ¡Me encanta!

No puedo borrar mi sonrisa. Incluso dijo las palabras señando; aunque fue un poco exagerado, pero está aprendiendo. Tomo asiento en el borde de la cama y él no tarda en seguirme. Su brazo desnudo me roza el hombro. Me gusta cuando lleva camisetas sin mangas. No es musculoso, pero tampoco es tan debilucho como cree. Y sus brazos parecen lo suficientemente fuertes como para inmovilizarme.

—Ian tiene el ego herido porque paso tiempo contigo —dice. De repente, mi estado de ánimo baja un poco, la culpa llena el espacio. Debe verlo en mis ojos—. No, no. No pasa nada. Ahora lo entiende. Está acostumbrado a que siempre estemos juntos. Solo el trío. No el trío, más tú, más Imani y Seth.

—*Oh. Bueno* —digo. No quiero estorbar. ¡Oh, no! ¿Estoy estorbando?

—De verdad no pasa nada, Sky, lo prometo. —Me pasa un brazo por encima del hombro y me aprieta—. Lo hablamos y lo entendió. Incluso Ted lo entendió.

Eso me hace sonreír.

—*¿Te refieres a Eric?*

—No, Ted. —Sonríe, moviendo su mano frente a nosotros dramáticamente—. Eric Ted Bundy.

Pongo los ojos en blanco. Y vuelvo a observarlo, miro su muslo cubierto por los vaqueros negros ajustados, deseando que no estuvieran ahí. Un impulso de agarrar su pierna y deslizar mi mano hacia el norte surge en mi cabeza, pero me resisto.

—¿Por qué estás tan tieso? —Jacob me sacude juguetonamente, sin apartar sus ojos de los míos.

Niego con la cabeza.

—*No estoy tieso.*

Por supuesto, es mentira. Pero no le voy a contar los pensamientos que pasan por mi cabeza, las cosas que lo imaginé haciéndome. Son *demasiado* para ser habladas y de todos modos nos enviamos mensajes de texto anoche. Sobre lo que pensábamos que queríamos, de cómo estar seguros cuando llegara el momento. Y creo que los dos pensábamos más bien en un futuro próximo.

—Claro —estira las sílabas—. Vamos a aflojar un poco.

Se inclina y empieza a besarme lentamente. Funciona. Todo mi cuerpo se afloja y me derrito en él, nuestros labios se funden en uno. El sabor de su lengua invade mis sentidos de una forma que no puedo explicar. Felicidad. Euforia. Excitación. Y calentura, por lo que me aseguré de llevar mis pantalones más holgados. Si no lo hubiera hecho, él podría ver exactamente lo mucho que me calienta en este momento.

Su mano busca mi cara, rozando mi mejilla y bajando por mi cuello. Dejo de lado mis preocupaciones y me acerco a él, deslizando mi mano sobre su estómago. Nunca lo había tocado así, con los dedos sobre la piel desnuda. Se estremece y empiezo a retirarme, pero me agarra la mano y la vuelve a pegar a su piel. Deja de besarme el tiempo suficiente para mirarme a los ojos.

Está a punto de decir algo, pero deslizo mi mano por su camisa y lo empujo hacia atrás. Cae sobre mi cama, yo me deslizo sobre él y lo rodeo con los brazos, apretando nuestros cuerpos. Se gira y me inmoviliza debajo de él.

—Oh, guau —suelta. ¿Qué? ¿Hice algo malo?—. Alguien... ya sabes.

Inclino la cabeza, confundido. Él mira hacia abajo y yo sigo su mirada hacia mi entrepierna. Vuelvo a mirar hacia arriba y me encuentro con sus ojos. Sonríe con fuerza. No sé qué decir, así que me encojo de hombros y le sonrío con picardía. Voy a tirar de él hacia abajo, pero me detiene.

—Estás... eh... —comienza, pero se detiene—. Me refiero a que... ¿quieres?

Asiento con todo lo que hay en mí. Sí. Lo quiero. Lo quiero todo.

—¿Estás seguro? No quiero... —empieza.

Es la cosa más dulce y, honestamente, hace que mi cuerpo arda más por él. Pero empujo un dedo contra sus labios.

—*Quiero esto* —digo con los labios entre respiraciones entrecortadas.

La preocupación en su rostro se transforma en deseo y cae encima de mí.

Sus labios se pegan a los míos, nuestras respiraciones se entremezclan. Lo agarro por la cintura y deslizo mis dedos por debajo de su camisa, acariciando los suaves contornos de su espalda. Es como si no hubiera nada más. Solo nosotros. Solo nuestros cuerpos, nuestras manos, nuestras bocas. Y eso es todo lo que quiero.

Se quita la camisa y luego la mía. Lo atraigo hacia mí, no quiero que nuestras bocas se separen ni un momento más. Jadeo cuando nuestros pechos desnudos se tocan y su mano explora mi piel.

—¿Estás seguro? —Se detiene de nuevo, preguntando entre respiraciones.

Puedo ver en sus ojos cuánto desea que diga que sí, pero el hombre que lleva dentro quiere que esté tranquilo.

—¿*Has traído un condón?* —pregunto.

—Sí. —Sonríe y saca uno de su bolsillo.

Asiento con firmeza. Lo va a necesitar. Esa es la otra cosa que hablamos anoche. Imani tenía razón. Creo que soy pasivo Supongo que estamos a punto de averiguarlo.

Me besa de nuevo. Sus labios se mueven hacia abajo, picoteando mi barbilla y luego mi cuello. Dios mío, no esperaba que se sintiera tan bien. Su lengua se desliza por mi piel y mi espalda se arquea bajo su peso, con la boca abierta de placer. Su mano se desliza por mi estómago y empieza a explorar mis pantalones. Encuentra lo que busca y sus dedos aprietan. Su tacto me obliga a soltar un grito de aire por la boca y mi cuerpo arde, se revuelve.

No quiero más que saber más. Saber cómo puede hacerme sentir cuando explore más. Saber cómo puedo hacerlo sentir.

Abre los ojos y le sonrío. Mi estómago sube y baja rápidamente. Sus labios vuelven a bajar a mi cuello y empiezan su recorrido hacia el sur. Primero mi pecho, luego mi estómago. Cada roce es una euforia absoluta. Empujo la cabeza contra la cama y cierro los ojos cuando siento un tirón en mis pantalones.

Miro hacia abajo y me encuentro con la mirada hambrienta de Jacob.

—¿Estás seguro? —pregunta una vez más.

—*Sí* —asiento—. *Sí.*

SKYLAR

Todavía está oscuro cuando mis ojos se abren. ¿Qué hora es?

Me doy vuelta, intentando no caerme al suelo mientras mantengo los ojos cerrados, tratando de encontrar mi teléfono en la mesita de noche. No pueden ser más de las ocho. Mi ventana sigue a oscuras, salvo la dura luz de la farola de fuera.

Mi mano tantea hasta que lo encuentro y el teléfono cobra vida en mi cara. Entrecierro los ojos lo suficiente para distinguir los números.

7:13 *a.m.*

¿Por qué estoy levantado a las siete?

Me recuesto, mirando el interior de mis párpados, pero mi cerebro se pone en marcha de todos modos. Y odio lo que susurra.

«No le gustas. Solo te está utilizando. Todos lo hacen siempre. Solo eres un juguete defectuoso para él».

¡Para! ¡Para! Me retuerzo y giro, como si eso fuera a desalojar el pensamiento de mi cabeza. Como si fuera a eliminar las palabras de mi mente y expulsar mi miedo. ¡Le gusto! ¡Si que le gusto!

Pero... ¿y si no? ¿Y si solo estaba tratando de llevarme a la cama? ¡No! Basta ya.

Vuelvo a dar vida a mi teléfono y toco el icono de los mensajes de texto para que aparezca nuestro hilo de conversación.

Jacob:
Estoy en casa.

Jacob:
¡Eres literalmente el chico más hermoso del planeta! 😊 😈

Skylar:
¡No, no lo soy! ¡Para! 🙄

Jacob:
¡Sí, lo eres! ¡Tú para! 😈 Eres precioso.

Skylar:
¡No! 🙍

Jacob:
¡¡SÍ!! 😳

Skylar:
¡Puedo hacer esto toda la noche!

Y seguimos así durante al menos media hora antes de que tuviera que irse.

Jacob:
💤 Cansado. Iglesia por la mañana. Debo irme a la cama.

Skylar:
Bien. Gracias por esta noche. Estuviste increíble. 😈

Jacob:
😮 El travieso eres tú. Esa boca. 😈 💦

Skylar:
🙍 😮

Jacob:
🤪 No puedo esperar a verte de nuevo. 😊

Skylar:
¡Yo tampoco! 😊

Jacob:
Buenas noches, nene.

Skylar:
¡Buenas noches! 🥺 🤗 😊

Puede que me haya pasado un poco con los emojis en ese último mensaje, pero cuando me llamó nene, casi lloro. Y al leerlo de nuevo, casi lloro otra vez. Sí que le gusto. Aprieto los puños, subo los hombros y chillo por dentro.

Realmente le gusto.

JACOB

Estoy esperando a Sky en el pasillo. Es nuestra nueva tradición. Después de la primera clase nos encontramos junto a la fuente de agua y caminamos para ir a la clase de danza juntos. Mi pie golpea la desgastada alfombra y miro por sobre la multitud buscándolo.

Finalmente, una mano salta entre el torrente de cuerpos y ahí está él. Cada perfecto y hermoso centímetro de su corto ser.

—¡Sky! —Lo envuelvo en un abrazo.

Entonces, sin demora, hago lo que estuve esperando toda la mañana. Lo tomo de la mano. Igualmente, todo el mundo sabe que estábamos hablando, ¿por qué deberíamos ocultarlo?

—¿Qué tal Inglés? —pregunto.

Se encoge de hombros y agita la mano extendida.

Me aprieto más cerca de él para atravesar la multitud. Nadie quiere moverse y todos tienen prisa. Aprieto más mi mano en torno a la suya y tiro de nosotros para avanzar, serpenteando entre los grupos de pie y los cuerpos que corren. El tráfico se aligera en las escaleras y reduzco la velocidad, dejando que Sky suba a mi lado. Todavía no puedo creer...

Alguien se interpone entre nosotros. Unas manos nos separan. Mis dedos se aflojan, para no herir a Sky, y me alejo a tropezones, pero mis ojos se dirigen inmediatamente a Skylar.

Parece tan confundido como yo. Pero no tarda en darse cuenta de lo que ocurrió. Blake se da vuelta, caminando hacia atrás el tiempo suficiente para gritarnos.

—Nadie quiere ver a los maricones tomados de la mano —escupe.

—¿Qué demonios, hombre? —grito, pero él ya hizo un giro de ciento ochenta grados y desaparece en el mar de gente antes de que pueda decir algo más.

Unas voces lo critican, diciéndole que se calme. Lo cual es nuevo.

Pero tengo otras preocupaciones. Me apresuro a volver con Skylar. Se mira la mano como si estuviera sucia. La tomo y la aprieto.

—¿Estás bien? —pregunto, buscando sus ojos cuando me encuentran de nuevo. Asiente con la cabeza—. Tienes que ignorarlo. Solo es un idiota.

Skylar asiente, pero hay algo más en sus ojos. ¿Preocupación?

—Oye, mírame, Sky —le ruego y levanto nuestros dedos entrelazados para que los vea—. No te voy a soltar.

El verde de sus ojos brilla entre las motas de marrón y asiente.

—Vamos abajo —le digo.

Bajamos las escaleras dos niveles más y entramos en la sección de arte. Puede que huela a ropa sucia aquí abajo, pero hay menos gente, así que lo acepto.

Skylar me tira de la mano y me detengo. Está inclinando la cabeza hacia uno de los tableros de anuncios de la escuela. Tiene las noticias semanales, los eventos deportivos y un folleto del baile. También *había* uno de nuestros folletos de *La ropa no tiene género*, pero ya no está. O más bien la mayor parte.

Alguien lo arrancó del tablero, dejando solo el cuarto superior donde la tachuela lo sujetaba. Odio a la gente. ¿Dije ya lo mucho que odio a la gente?

—La gente es estúpida —comento mientras Skylar rebusca en su mochila otro volante—. Si no les gusta, deberían hacer sus propios volantes, no joder los nuestros.

Skylar asiente con la cabeza mientras sustituye el volante y luego se encoge de hombros hacia mí.

—¡Vamos a ganar esto! —le digo.

Pero si soy sincero, no lo creo. Ojalá pudiera creerlo. La junta tomó una decisión hace semanas. ¿Eso me convierte en un mentiroso? ¿Le estoy mintiendo? De repente me siento asqueroso, sucio. ¿Pero cómo podría decirle que se rinda? Eso me parece igual de malo.

Le dije que no van a estar a nuestro favor y espero que eso sea suficiente. Él quiere luchar. Quiere llevarlo hasta el final. Y no puedo evitar estar con él.

SKYLAR

Las cosas están yendo muy bien. Incluso la escuela parece un poco mejor. Y todo es gracias a él.

Todavía no puedo entender todo esto. Parece una casa de paja que está destinada a derrumbarse. Pero voy a vivir en ella mientras pueda, hasta que la última pieza se marchite y desaparezca, y no haya forma de reconstruirla. Nunca tuve esto antes. Nunca sentí este tipo de... ¿Alegría? ¿Felicidad? Ni siquiera sé cómo llamarlo. ¡Es simplemente increíble!

Lo vi en el pasillo entre Cívica y Sociología. El aula de Química de Jacob está justo al final del pasillo de mi cuarta clase. Es bueno para los demás que no pueda gritar y chillar, porque quiero hacerlo cada vez que lo veo. Hoy vuelve a llevar su camiseta recortada. Sinceramente, me sorprende que aún no le hayan dicho nada del código de vestimenta. Quiero decir, es algo típico de esta escuela.

Un empujón me saca de mi ensoñación.

—¿Sigues con nosotres? —Imani susurra a través de la fila vacía entre nuestros escritorios.

—*Sí* —digo con la boca, echando un vistazo a la habitación para ver si alguien más se dio cuenta de que mi cabeza andaba por las nubes.

—... enseña que las creencias de una persona, sus valores y sus prácticas pueden, o más bien deben, entenderse... —el profesor Dennard habla monótonamente sobre algo—... basado en la cultura de esa persona.

¿Qué debería basarse en la cultura? Entrecierro los ojos. Okey, quizás le mentí a Imani y no estoy presente. Estuve distraído toda la clase.

—Mentiroso —sonríe Imani—. ¿Quieres ir a la pista de *bowling* después de que tu chico se vaya a trabajar esta noche?

Seth está mirándonos, con los labios fruncidos, los ojos rogando que nos callemos. No creo que quiera que el profesor Dennard le llame la atención por tercera vez esta semana.

«Mi chico», pienso para mí. Un chorro de energía y euforia me recorre el pecho. Mi chico.

Le hago un gesto con la cabeza. Voy a perder, sin duda, pero voy a intentarlo.

Vuelvo a consultar mi teléfono. Faltan treinta segundos para que lo vea. Vamos a dar un paseo después del colegio. Veinticinco segundos. Tiene trabajo después, así que vamos a pasar la media hora que tiene entre medio paseando alrededor de la estatua de *el gran* Earnhardt, en medio del centro de la ciudad. Al parecer es una celebridad local. Diez segundos. No es mi lugar favorito, pero es bonito, y Jacob estará allí. Cinco segundos. ¡Vamos!

Siento que Imani me mira fijo, así que la miro, y si, es ella. Pongo los ojos en blanco y sonrío.

Tres. Dos. Uno. Suena el timbre y solo espero lo suficiente para saltar de mi asiento y no ser el primero en moverme.

—¡Espéranos! —Imani grita con dramatismo.

Todavía no di ni un paso, solo me levanté. La miro y muevo los labios lo suficientemente lento como para que me entienda.

—*Bien. Esperaré tu lento trasero.*

—Que molesto. —Imani se echa la mochila al hombro.

—Mierda que tienes prisa. —Seth maniobra alrededor de los escritorios y se interpone entre nosotros.

—*Vamos* —digo. No tengo mucho tiempo y no quiero desperdiciarlo.

Sonríen con complicidad y me siguen hasta el pasillo. De inmediato mis ojos entran en modo de búsqueda, saltando de cara en cara, buscando esos perfectos ojos verdes, la piel pálida y ese pelo rubio platino. Nadie más en Brown tiene un pelo así. Sus ojos se iluminan cuando se posan en mí, y eso hace que un torrente de dopamina suba y baje por mi cuerpo.

Es difícil, pero me abstengo de correr. Por fin está frente a mí, me rodea con sus brazos y me da un beso en la mejilla. Un leve «que asco» me llega al oído desde algún lugar de la multitud, pero me encojo de hombros mientras mi mano encuentra el camino hacia la suya.

—¿Listo para un paseo? —Jacob se inclina hacia mí y empezamos a caminar por el pasillo.

Asiento con entusiasmo.

—¿Vienen ustedes dos? —Jacob mira a mi alrededor a Seth e Imani.

Hacemos una especie de muro humano mientras nos dirigimos a la salida, cuatro fuertes.

—¿A caminar? —Seth lo mira estúpidamente.

Imani tuerce los labios y gruñe.

—Tomaré eso como un no. —Jacob se ríe y me devuelve su atención—. Supongo que solo seremos nosotros.

¡Los amo a los dos! Eso es lo que estaría enviando a Seth e Imani en este momento si fuera telepático. No me importa si es principalmente porque a ninguno de los dos les parece divertido caminar, al menos una parte es porque saben que me emociona pasar tiempo con Jacob a solas.

Vuelvo a asentir y sonrío. Pero antes de irnos tengo que ir al baño. Los detengo y levanto una mano, haciendo señas y moviendo los labios al mismo tiempo.

—*Espera. Voy a ir al baño primero.* —Creo que lo entienden. Al menos asienten con la cabeza, así que empiezo a volver por donde vinimos. Los baños están a pocas puertas.

Jacob empieza a caminar conmigo, pero se lo piensa dos veces y se queda al lado de Imani. Dice algo que no puedo oír mientras desaparezco por la esquina y encuentro uno vacío. Está tranquilo hasta que un grupo de voces se agolpa en el baño, resonando en las paredes. Alguien no tiene voz interior.

Me subo la cremallera y abro la puerta del cubículo. Encantador. Son Blake y un tipo que no conozco. Sus ojos se fijan en mí cuando la puerta del retrete chirría. Me quedo helado y fuerzo una sonrisa antes de ir a lavarme las manos.

—Bueno, bueno —comienza Blake, sus pies resonando contra el suelo de baldosas—. Oí que crees que vas a ir al baile con Jacob.

No creo, *voy* a ir con Jacob. No hay dudas.

Asiento con la cabeza, mirándolo lo suficiente como para que entienda. Se acomoda a mi lado, plantando su trasero contra el siguiente lavabo y se cruza de brazos. El otro tipo está prácticamente sobre mi culo, hinchando su gran pecho cuadrado y gruñendo.

—¿De verdad crees que te va a llevar? —pregunta, golpeando a Blake como si fuera algo gracioso.

Por supuesto que sí. Jacob me pidió que vaya con él. Asiento con la cabeza, levantando la ceja para darles un poco más de seguridad en mi confianza y me seco las manos.

—¿Qué fue eso? No te entendí. ¿No lo sabes? —Blake finge preocupación y se acerca.

Hay algo en su presencia que me inquieta, como un pozo en el pecho que crece cuanto más tiempo él esté parado a mi lado, con los ojos clavados en mí, por muy chistoso que se muestre. Y ahora esto. Siempre se trata de esto.

Sabe lo que dije. No soy estúpido. No es la primera vez que los imbéciles como él actúan como estúpidos para alimentar sus propias cabezas vacías.

Vuelvo a sonreír, suelto un suspiro e intento abrirme paso entre ellos. Pero solo consigo dar un paso cuando Blake lanza su largo brazo y me atrapa por el pecho, con su mano agarrando mi hombro.

—¿El niño robot tiene problemas para hablar? —Blake pone cara de puchero, con voz quejumbrosa.

Me trago las ganas de darle un rodillazo a su micropene y a sus bolas de guisante. Me cuesta mucho, pero me recuerdo a mí mismo que, aunque no sea atractivo, sería mucho más feo con un ojo morado y la nariz rota.

—¿El gato te comió la lengua? —Su amigo se acerca de un salto. Me niego a levantar la vista.

—Jacob no quiere llevarte —insiste Black—. Lo que pasa es que eres la única opción.

¡Eso no es cierto! Le gusto. ¡Sé que le gusto! Y *hay* otras opciones. Hay al menos otros tres chicos *gay* en mi curso y en el suyo. No los conocí aún, pero eso es lo que me dijo Imani.

—Ni siquiera puedes hablar. Eres todo un... —continúa, pero no voy a dejar que se meta en mi cabeza con su pésimo acento británico—. Oh, Jacob, ¿podrías por favor cogerme? Por favor. Lo quiero por el culo.

Eso es todo. ¿Quién diablos les dio el derecho? Soy una persona como cualquier otra. Trato de empujar entre ellos, pero Blake me retiene.

—No vas a ir al baile con Jacob y menos que menos con vestido. No te van a dejar hacer eso —gruñe el chico sin nombre.

—Aquí no nos va esa mierda —dice Blake—, pequeño retrasado.

No. Ya no puedo hacer esto. Siento que se me hace una bola dentro del pecho. Lo retengo y me abro paso a través de ellos hacia el pasillo. Mis ojos captan a Imani y Seth, y luego se posan en Jacob. Los años de práctica hacen efecto y enmascaro todo lo que sentí en el baño. Lo dejo atrás. Pero no puedo mirarlo igual. ¿Realmente quiere llevarme a la fiesta? ¿Estoy siendo estúpido al pensar que sí?

—¿Estás listo? —Jacob sonríe.

«Basta ya. Estás pensando demasiado». ¿Y por qué demonios dejaría que cualquier cosa que diga Blake signifique algo? Solo es un imbécil.

Asiento con fuerza.

—*Vamos.*

—¿Qué pasa? —pregunta Imani. Su piel negra es radiante incluso en mi teléfono. Y esos rizos.

Me muero por hablar con ella desde que salimos del colegio, en privado, eso sí. Mi cabeza no dejó de dar vueltas a los pensamientos y no me gusta.

—¿*Realmente le gusto a Jacob?* —voy al grano, haciendo un esfuerzo por mover los labios lentamente.

¡Por favor, dime que todo está en mi cabeza! Nunca tuve a nadie como yo, no así, y hasta que me mudé aquí, nunca había tenido amigos. No de verdad. Todo esto es todavía tan nuevo para mí y repentino.

—¿Qué? —Su boca se tuerce, pero no es un *no te entendí*, sino incredulidad—. ¿Por qué preguntas eso?

¿Y realmente *me* gusta? ¡Oh, Dios mío! ¿Y si solo es la primera persona que me demostró interés y me lancé a él porque me prestó atención? ¿Soy tan patético?

Me dejo caer en la cama y dejo que la cámara vuelva a enfocar para que pueda leer mis labios. No le voy a contar lo de esta tarde en el baño. Ya soy bastante patético y no necesito ese tipo de compasión.

—*Solo me preguntaba* —miento.

—Solo te preguntabas, ¿eh? —Los ojos de Imani atraviesan mi pantalla y llegan hasta mi mente—. Estás haciendo eso de dudar otra vez, ¿no?

Pongo los ojos en blanco. ¿Cómo es que me conoce así?

Me encojo de hombros.

—*Tal vez.*

—Así que sí —resopla. Su pelo cae sobre sus ojos oscuros y lo aparta—. Le gustas. Le gustas *de verdad*. ¿No es obvio? Lo sabía semanas antes de que te pidiera una cita.

—¿*Te lo dijo?* —La pregunta se me escapa de los labios.

—¡No! —Una risita llega a través del teléfono y calma un poco mis nervios—. Pude verlo en su cara. Eres el único con el que realmente quería hablar. Quiero decir, al principio era molesto porque solo quería estar cerca de ti y parecía que solo molestábamos ahí, pero nah. Le gustas. En realidad, es un chico bastante bueno, creo.

Eso ayuda un poco. Tal vez vi algo, pero no lo hice en ese momento. Recuerdo que pensé que me miraba más tiempo del que debería, pero me negué a interpretar nada en ello. ¿Pero realmente significa algo todo eso?

—¿Seguro que no es solo porque soy uno de los pocos gays de Brown? —pregunto. Es una acusación que me hizo cierto imbécil, pero hay que preguntarlo.

—De nuevo, nah —ríe Imani—. ¿Por qué estás tan alterado por esto?

Elijo mis próximas palabras con más cuidado. No es que no lo sepa, se lo dije la noche que pasó, pero sigue pareciéndome algo intensamente privado.

—*No crees que solo me quería para...* —Hago una pausa—. ¿*Sexo?*

—¡No! —suelta en un gritito. Probablemente mamá y papá lo escucharon en el salón. Mis ojos se abren de golpe, pero se me dibuja una sonrisa en la cara—. ¿Hablaste con él de esto?

—¡No! —Sacudo la cabeza enérgicamente.

¿Cómo podría siquiera empezar esa conversación? Oye Jacob, ¿hablaste conmigo solo para cogerme? ¡Diablos, no!

Entonces mi mente se adentra un poco más y me hago una pregunta antes de pensarla.

—*¿Me quiere? ¿No debería amar a alguien antes de...?*

—¿*Tú* lo amas? —Me devuelve la pregunta y me da de lleno en el pecho.

¿Yo? Solo lo conozco desde hace cuánto, ¿un mes y medio? Y solo nos volvimos amigos realmente este último mes. ¿Es suficiente tiempo para enamorarse de alguien?

Me encojo de hombros y mi mejilla derecha se levanta como siempre que estoy inseguro.

—¿Entonces puedes esperar que él ya te ame? —Imani retruca, sonando toda sabia y esa mierda. En cierto modo odio que lo haga—. El sexo no significa que lo ames o que él te ame. La gente solo lo hace. Es un poco raro, en realidad. Pero no significa que te esté utilizando. Tal vez deberías pensar en *por qué* lo hiciste.

Sonríe con nerviosismo. Tal vez tenga razón. Tal vez lo estoy pensando demasiado y *sí* le gusto. Tal vez sea posible. Ya sé que tener sexo no significa amor. Fue una pregunta estúpida, aunque en el fondo quiero que signifique eso.

—*¿Pero somos novios? Como que no lo sé realmente* —le digo.

Creo que sí. Pero ninguno de nosotros lo dijo aún. De alguna manera en mi cabeza eso es el siguiente nivel, es hacer todo real. Pero no lo sé. Ahora que lo pienso, tal vez eso es lo que me corroe.

—No lo sé. ¿Lo son? —pregunta ella. Esa no es la respuesta que quería—. Mira, Sky. Tienes que preguntárselo *a él*. Por lo que a mí respecta, ustedes dos están saliendo, y eso los convierte en novios, pero sé que todo el mundo tiene diferentes opiniones al respecto, así que sí. Pregúntale.

Preguntarle a él. Aunque eso es más difícil. Pero tal vez tenga razón.

JACOB

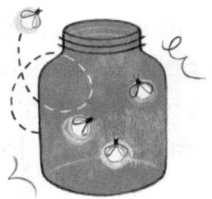

—Me va a doler todo esta noche. —Me río. Pero se queda en la nada.

Skylar estuvo raro hoy. Distante. Me mira después de un segundo y sonríe, como si finalmente lo hubiera escuchado.

—¡Lo hiciste muy bien! —le digo.

Por fin vamos a hacer algunos bailes coreografiados. Me costó convencerla, pero la profesora Lockerman finalmente cedió la semana pasada y hoy empezamos el primero. Bailar como Britney es más difícil de lo que esperaba.

Me siento incómodo en el vestuario. Silencio. Algo pasa y no sé qué o por qué. Empiezo a desvestirme como siempre, cualquier cosa para distraerme. Pero no puedo.

—¿Estás bien, Sky? —pregunto, tratando de mantener mis ojos fuera de su torso cuando se quita la camisa.

Asiente con la cabeza y creo que dice «estoy bien», pero no estoy seguro. Sus ojos son distantes cuando me mira. «No pienses en eso. No es nada».

—¿Quieres ir a escalar el sábado? —lanzo la pregunta.

Estuve buscando cosas de senderismo que se pueden hacer por aquí o cerca de Charlotte. No es lo mío, pero sé que a él le gustan las cosas al aire libre y, aparentemente, hay un lugar para escalar en el centro Whitewater. También tienen kayak y *rafting* en aguas rápidas, pero eso parece demasiado peligroso.

Me mira, sus ojos se iluminan un poco y asiente con la cabeza, pero también hay un encogimiento de hombros. Es como un *claro* silencioso y soso, y algo en sus ojos cambia. Levanta la vista, sus labios se mueven mientras se pone los pantalones cortos y se pone la camiseta blanca y la camisa rosa que llevaba antes de la clase. Entonces sus ojos se fijan en mí.

Sus manos comienzan a moverse, más rápido de lo que puedo traducir, y me esfuerzo por seguir el ritmo de sus labios mientras se mueven.

—¿*Me amas?* —Es lo que creo que dijo.

«¿Qué?».

—¿Si te amo? —repito, en parte por el *shock* y en parte para estar seguro de que eso es lo que preguntó. Eh... quiero decir, tal vez. No lo sé. ¿Amor? Me gustas mucho, Sky, de verdad. ¿Pero amor? Eso es... no sé si lo sé todavía. Pero creo que sí.

Asiente enérgicamente. Un nervio me pellizca el estómago. ¿Por qué me preguntas esto? Solo pasaron unas semanas. ¿Y no debería decírselo cuando lo sepa? Siento que mi estado de ánimo cambia y que la irritación se desliza.

—No lo sé —digo. Es honesto. ¿Y si no lo sé realmente? ¿Y si me equivoco? Quiero saberlo antes de decirlo—. ¡Pero me gustas! Mucho. *Mucho.*

El punto entre los ojos de Skylar, justo por encima de su nariz, se agranda y frunce los labios. Seguramente no puede esperar más en este momento.

Sube una mano por encima de la ceja y la cierra, luego la vuelve a bajar hacia el pecho. Deja escapar un suspiro y vuelve a empezar, haciendo el mismo movimiento y bajando la ceja de forma interrogativa. Intento seguir sus labios, pero no me concentro, así que sigo sus manos. Con las dos manos, junta los dedos índices frente a su estómago y los entrelaza brevemente, antes de girar las manos, volver a hacerlo y pasarlas por el pecho.

«Novio». ¿Está preguntando si somos novios?

—¿Somos novios? —Entrecierro los ojos.

Creo que la respuesta es sí, pero ahora que lo pregunta, no lo sé. ¿No es solo una palabra para decir que estás saliendo? ¿O es algo más? ¿Significa que los amas? ¿Por qué de repente es tan difícil?

Skylar asiente frenéticamente, con los ojos fruncidos. Quiero tomarlo entre mis brazos y decirle que todo va a ir bien, pero ni siquiera puedo responder a su pregunta. Parece tan sencillo cuando oyes a los demás decirlo, pero ahora no lo es. ¿Y si no me gusta tanto como creo y digo que sí? ¿Qué pasa entonces? ¡Pero si me gusta mucho! Realmente me gusta. Pero...

—Tal vez. Quiero decir... creo —tartamudeo, como un imbécil patético que no puede decidirse. Juré que no sería este tipo de persona, pero nunca estuve en esta posición.

El puchero en los ojos de Skylar se transforma en tristeza y algo más, algo más oscuro. Su boca se mueve, pero estoy demasiado nervioso para seguirle el ritmo, y sus manos y brazos están borrosos. Todo parece demasiado en este momento y doy un paso atrás.

Me mira expectante, como si yo debiera haberlo captado todo. Pero no lo hice. Sé que dijo algo sobre nosotros, pero no sé qué. La frustración se le nota en la cara y saca su teléfono y empieza a dar golpecitos en la pantalla. Con cada golpe, mi corazón da un salto. ¿Estoy arruinando todo?

—Skylar, realmente me gustas, espero que lo sepas, yo ju...
—Lo intento, pero su teléfono se enciende.
—Si no somos novios, ¿qué estamos haciendo? —pregunta Siri, pero mis ojos están pegados a él. Pegados a esas dolientes maravillas de color avellana, deseando que las lágrimas que se forman en los bordes desaparezcan—. ¿Por qué nos acostamos si no me amas?
—No dije que no te ame, Sky. —retomo, necesitando que lo entienda—. Solo que no lo sé. Solo pasaron dos semanas. Tal vez sí, pero no lo sé.
—¿Somos novios? —vuelve a preguntar su teléfono.
—No lo sé. —Es lo que sale, aunque quiero gritar que sí. Pero algo en mi cabeza no me lo permite.

Skylar dispara su dedo índice hacia el cielo, retorciendo la mano y luego se señala a sí mismo. Sus ojos hacen una mueca de enfado mientras me señala a mí y golpea su puño contra la otra mano con los dedos meñiques extendidos en V, con las manos temblando. Luego, vuelve a lanzar el dedo hacia el cielo. Tiene el ceño fruncido, la cara enfadada y roja. Levanta las manos, con las palmas hacia fuera, pidiendo una respuesta a una pregunta que no entiendo.

Lo único que pillé fue «a ti» y «a mí», y creo que «por qué». Pero no entiendo el resto. Me quedo con la boca abierta, sin saber qué decir, cómo responder. No sé qué es más frustrante en este momento, no saber cómo responder a sus preguntas o no ser capaz de entender lo que está preguntando.

—Lo siento, no lo sé. —Es lo que finalmente sale.

Me hace *fuck you* y, tan repentinamente como su dedo desaparece, se gira sobre sus pies y sale corriendo por la puerta.

Quise decir que no sabía lo que dijo, pero me salió todo mal. ¿Qué dijo? Ni siquiera puedo saber lo que dijo con seguridad. ¿Cómo puedo ser un buen novio si ni siquiera puedo entenderlo? Tal vez sea mejor que haya dicho lo que dije. Tal vez.

Pero no se siente bien. Mi corazón está gritando. La forma en que sus ojos se plegaron se siente como si atravesara su mano en mi pecho y agarrara mi corazón. Y no me suelta. No. Me agarra más y más fuerte, y mi corazón se ahoga. Me dejo caer en el banco y arrojo mi cara entre las manos.

—¿Qué hiciste? —me grito. Las lágrimas se filtran por mis mejillas.

¡No! No voy a hacer esto. Estaba bien antes de él, y no puede echármelo todo encima así y esperar respuestas. ¿Y así de rápido? Esto no es una película o una canción donde el chico conoce a la chica e inmediatamente se enamora y viven felices para siempre. Ni siquiera sé si esa mierda es real. Esto, sin embargo, es la vida real y no conozco las respuestas. Sé lo que quiero. Lo quiero a él. Me gusta. Pero me niego a decir algo antes de estar seguro, especialmente eso. Si él no puede soportar eso, tal vez yo no... tal vez yo no pueda.

Tal vez me precipité en todo esto. ¿Me sentí mal por él porque no podía hablar? No, eso es estúpido. No. Definitivamente no. ¿Pero me precipité?

Lo que sí sé es que no voy a rogarle que lo entienda. Si quiere hablar de esto como una persona normal, lo haré, pero no le rogaré.

Esto no es culpa mía.

SKYLAR

¿Cómo pude estar tan ciego? ¿Por qué pensé que él era diferente? Todas las palabras dulces, las miradas bonitas. Todo para nada. Todo para clavarme una lanza en el corazón y retorcerlo cuando finalmente me di cuenta.

Subo las escaleras con los puños apretados, salvo para limpiarme la cara. No debería estar llorando. Esto es una estupidez. Sabía que esto iba a pasar. Lo sabía. Me dije a mí mismo que era estúpido pensar que podía gustarle un defectuoso como yo. Imposible.

En la cresta de la escalera, me lanzo hacia la cafetería y prácticamente caigo en mi asiento habitual, en la mesa vacía. Dejo caer la cabeza sobre la mesa para cubrir mis ojos inyectados en sangre. Quizá piensen que estoy cansado.

Literalmente dijo que no lo sabía. ¿Cómo no lo sabes? ¿Qué tiene de diferente ser novios y lo que estamos haciendo? ¿Qué más tendríamos que hacer para que sea real en su cabeza? ¿Cree que tiene que verme todos los días? ¿Mudarse conmigo? ¿Coger conmigo todos los días? Bueno, Jacob, me trataste como un perro, como todos los demás.

—¿Sky? —pregunta la voz de Imani.

Respiro e intento apartar algunas lágrimas antes de levantar la cabeza.

—¿Estás bien? —Da un paso adelante, con la preocupación dibujando sus suaves rasgos.

—¿Skylar? —Seth deja caer su bandeja sobre la mesa—. ¿A quién tengo que matar?

Frunzo los labios. No quiero hablar de esto. Pero no puedo decir que fue solo una mala mañana.

Sacudo la cabeza mientras Imani toma asiento a mi lado y me rodea con un brazo.

—¿Qué pasa? —pregunta.

Me trago un sollozo y encuentro el valor para mirarla a los ojos.

—Jacob —digo con la boca.

—¿Jacob? —La voz de Seth baja—. ¿Qué demonios hizo?

Niego con la cabeza. No hizo nada. Solo me rompió el corazón.

Antes de contestar, mis ojos se alejan de Imani y se dirigen a la entrada, donde él debería llegar en cualquier momento. Tal vez venga corriendo y se disculpe, me diga que somos novios y haga que todo desaparezca. Espero un segundo, pero no hay nada.

—¿Qué pasó, Sky? —vuelve a preguntar.

—Él... —empiezo, pero me detengo cuando Jacob aparece en la entrada y sus ojos se posan en mí. No desvío la mirada. Dejo que mi rostro se enfríe y le devuelvo la mirada. Pero él aparta la mirada y camina en otra dirección, desapareciendo por el pasillo. Supongo que eso es todo.

Saco mi teléfono. Será más fácil de esta manera.

—Le pregunté si éramos novios —les dice mi teléfono.

—Oh. —Imani se inclina, esperando la respuesta.

—Dijo que no lo sabía. Como, ¿qué es lo que no sabe? Literalmente, lo sabes —razona Siri. Mis ojos le suplican que lo entienda.

—Tal vez solo necesita más tiempo —dice Imani, pero estoy escribiendo antes de que termine.

—¿Qué es tan difícil de saber? ¿Qué más tenemos que hacer para ser novios? —me hago la pregunta. No entiendo esta zona gris.

—Pero tal vez está asustado —dice Seth—. Acaba de salir este año.

Imani asiente. ¿Están de su lado? ¿Qué demonios?

Frunzo el ceño, con los ojos entrecerrados.

—*No me quiere. Solo me estaba utilizando, como hacen siempre todos.*

Los ojos de Imani siguen mis labios, captando mis palabras.

—No te utiliza todo el mundo, Sky. —Se señala a sí misma y luego asiente hacia Seth—. Somos *tus amigos*. Te queremos.

Le dedico una débil sonrisa y dejo caer mi mirada hacia la mesa.

¿Pero será verdad?

JACOB

—¿Eh? —Suelto.

—Te pregunté si ya viste *Joker* —vuelve a intentar Ian, de pie junto a la máquina de palomitas.

Empezó a emitirse el jueves. Pensaba verla esa noche ya que tenía el día libre. Iba a llevar a Sky. Pero... eso no sucedió.

Es lo único en lo que puedo pensar. Eso no cambió. Solo son pensamientos diferentes.

La emoción de verlo sigue ahí, pero está cubierta por el arrepentimiento, esta sombra de mi propia y estúpida cagada. Todavía puedo recordar el sabor de sus labios, pero es solo un impostor cruel, una versión de imitación detrás de mis ojos. No es real y mi mente sigue diciéndome que nunca volveré a sentir eso.

Todavía tengo que verlo en la clase de danza todos los días. Eso fue insoportable. Él actúa como si no estuviera allí y yo estoy demasiado asustado para demostrarle lo contrario. Pero no creo que importe. Cuando parece que me ve, es frío. Si no fuera por el matiz de ira bajo sus ojos, diría que es indiferencia, pero puedo ver que no. Y lo odio.

Yo le hice eso. ¡Yo! ¿Y por qué? Porque no podía entender una cosa muy simple. El estúpido hecho de que éramos novios. Lo éramos. Es solo un título. Eso es todo. ¿Y para qué es un título?

Para el chico que te importa. Para el chico que se preocupa por ti. Para el chico con el que pasas tu tiempo, pensando en lo genial que será otro mañana con él. Para ese chico por el que no puedes evitar sonreír. Tal como lo veo ahora, fuimos novios en el momento en que lo besé en el laberinto de maíz, diablos, tal vez incluso en el momento en que empezamos a bailar. Fue entonces cuando vi lo que realmente importaba, más allá de sus imperfecciones.

Pero mis imperfecciones lo arruinaron.

—Eh... No. —Me encojo de hombros. Me mira fijo. Tardé en contestar más de lo que creo que le gusta, pero no me llama la atención.

—¿Quieres verla mañana? Ambos tenemos día libre —sugiere Ian. Yo que pensaba que su pregunta significaba que él ya la había visto—. Puedo pasar a buscarte por la iglesia.

—No lo sé. —Me encojo de hombros de nuevo. Debería haberle dicho que sí a Skylar. Sigue pasando por mi mente el momento en que debería haberlo dicho. Aparto los ojos de la estantería de caramelos—. En realidad, sí, hagámoslo.

—Genial. —Ian sonríe.

Una señora sale de la sala y se acerca al mostrador. Ian va a ver qué necesita, pero yo extiendo la mano y freno. Yo lo hago. Necesito la distracción.

—¿Qué puedo ofrecerle? —pregunto.

Mira por encima de mi hombro. Probablemente mirando la máquina de palomitas. Lleva el pelo corto a un lado, como cortado, y la parte superior está teñida de carmesí. Me fijo en eso. Me gusta mucho. Es genial.

—Quisiera un paquete de palomitas pequeño. —Sus labios se mueven, apenas sonriendo. Nadie sonríe—. Y una caja de confites Reese's.

—De acuerdo —digo y empiezo a programar la máquina, pero mis dedos fallan y aprieto para que llene dos paquetes de palomitas. Intento pararla y solo consigo empeorar la situación. Aprieto los puños mientras una sensación de ardor sube por mi pecho—. Que mier...

Mis ojos saltan hacia la mujer. Sus ojos se abren mucho, pero no creo que tenga nada que ver con lo que acaba de salir de mi boca. Creo que es porque estoy siendo un completo desastre.

—Ey. —Ian se desliza a mi lado y empieza a mover hábilmente sus manos sobre las teclas, corrigiendo mi error. Me susurra—. Está todo bien. Lo tengo.

Cuando la mujer se va, Ian se gira y se apoya en el mostrador. Sonríe, pero es una de esas sonrisas de *tengo que hacer algo*.

—Jacob —dice y luego hace una pausa.

No tienes que decir nada, Ian, lo juro. Sé que odia estas cosas.

—Sabes que no hago cosas melosas —dice, lo que en realidad me hace soltar una pequeña risa. Sonríe al verlo y sigue hablando—. ¿Pero hablaste con Skylar desde el jueves? ¿Algo?

—¿Por qué? —pregunto—. Ni siquiera me mira. No va a *hablar* conmigo.

—Envíale un mensaje de texto. —Ian se encoge de hombros, como si no hubiera pensado en ello un millón de veces.

—No. —Niego con la cabeza y dejo caer mi espalda contra la máquina de palomitas. Se mueve y hace un ruido chirriante, por un segundo pienso que rompí el cristal. No lo hice. Gracias a Dios. Es lo último que necesito.

—Tal vez deberías. No puede empeorar las cosas, ¿verdad? —dice Ian, pero ¿no puede?—. No es por criticarlo, pero él esperaba mucho. Yo salí con algunas chicas y, honestamente, creo que nunca estuve *enamorado* de ninguna.

—No creo que eso sea lo más importante —le digo—. Es lo de ser novios. Pero *ahora* no importa.

—¿Por qué no importa *ahora*? —Entrecierra los ojos, levantando las manos como si fuera una locura—. Por supuesto que importa. Sí, a veces eres un poco estúpido, pero se te permite no saber. Y cambiar. Así que, sí. No pasa nada. Mándale un mensaje.

—No lo sé —digo, pero ya lo estoy planeando en mi cabeza. Logro sonreír—. Y puede que sea estúpido, pero al menos no soy tú.

—Imbécil. —Sonríe.

Voy a hacerlo. Voy a enviarle un mensaje de texto. Solo que aún no sé qué decir.

SKYLAR

Las luces láser parpadean en nuestras caras y Billie Eilish susurra fuerte por los altavoces. Para ser un *bowling* de pueblo, este lugar es mucho más genial de lo que esperaba. Pensaba más bien en un edificio antiguo y cargado de papel y bolígrafo para puntuar.

—¿Todavía quieres entrar en el equipo de tenis? —Seth pregunta desde detrás del mostrador, quitándose el pelo de la cara.

Está trabajando, pero eso no le impidió pasar el tiempo con nosotros. Él es la razón por la que no pagamos el precio completo de una sola cosa esta noche y, por desgracia, la razón de que vaya por mi segunda bandeja de nachos.

—Sí. ¿Cuándo es? —Dejo que mi teléfono lleve la conversación. No puedo pretender que Seth e Imani lean mis labios con esta iluminación.

Seth me mira con locura y luego se dirige a Imani.

—Ni que lo supiera. —Se encoge de hombros.

—Lo mismo —dice Imani, pero levanta su teléfono—. Pero podemos averiguarlo.

Mientras ella busca, las bolas de *bowling* golpean contra las lustrosas pistas y la música suena con algún himno de rock que no conozco, mi teléfono vibra en mi mano. Instintivamente, mis ojos gravitan hacia la pequeña burbuja verde. Jacob.

Frunzo el ceño y lo dejo caer sobre la encimera.

—¿Quién era? —Imani me mira.

—*Mamá* —digo. Imani no está del todo de mi lado con toda la mierda de Jacob, así que no quiero ir por ahí.

—¿Vas a ignorar a tu mamá? —Ella echa la cabeza hacia atrás—. Es Jacob, ¿no?

Miro a Seth en busca de apoyo. Sus ojos se abren de par en par. Vamos, hombre. Esto, justo esto, no es lo que necesito ahora, así que tomo el teléfono y borro el mensaje de la pantalla.

—¿Y si es así? —le dice Siri, pero me hace parecer aburrido e indeterminado. Nunca se acercará a la mierda que me arde en el pecho y es exasperante—. No quiero hablar con él. Es como todos los que conocí. La gente no quiere tener nada que ver conmigo, porque estoy roto, o solo me quieren temporalmente. Nadie se queda por mucho tiempo. La mayoría de la gente solo quiere una risa o sentir que ayudó al chico discapacitado, y luego se va. Lo más probable es que ustedes dos al final me abandonen.

—¡Guau! ¡No! Eso no va a pasar. —Las manos de Seth golpean el mostrador y estira su largo cuello hacia delante, señalándose a él e Imani—. No sé qué opinan los demás, pero *nosotros* no somos esa gente. Somos tus amigos, te guste o no. Somos como tú.

¿Como yo? ¿De verdad? Debe ver la mirada de duda en mi cara porque vuelve a empezar.

—Lo de hablar no. —Pone los ojos en blanco—. Yo...

—Sí, eso no —me asegura Imani.

—Estamos hablando de ser un paria. No tratamos de complacer a nadie con lo que somos. Somos los raros, los nerds, los locos. —Señala con la cabeza a Imani y sonríe estúpidamente—. Ese tipo de gente. Diablos, soy raro y torpe con gente alrededor. Estoy literalmente en el equipo de baloncesto juvenil y no hablo con ninguno de ellos. Mi mejor amiga es pan y una bruja. Es alérgica al marisco. Y es una bruja.

—Dijiste lo de la bruja dos veces. —Imani niega con la cabeza.

Eso me hace sonreír. Sí, son un poco raros.

—Quiero decir, *eres* una bruja. —Se ríe—. ¿A quién más conoces que pueda llamar bruja a su mejor amiga y salirse con la suya?

Aprieto los labios y asiento, riendo en silencio. Tiene razón.

—Al menos mira el mensaje. —Imani me da un codazo, negando con la cabeza a Seth.

No quiero hacerlo. Ni siquiera pudo darme una respuesta en el vestuario cuando le pregunté por qué me cogía. ¿Cómo no tienes una respuesta a eso?

Pero da igual. Gruño y tomo el teléfono. No abro el mensaje, puedo leerlo sin molestarme.

> **Jacob:**
> ¿Podemos hablar? Lo siento.

Uf. Mi cuerpo se paraliza por un segundo, pero lo supero. ¿Está realmente arrepentido? ¿O solo lamenta no poder utilizarme más?

—¿Qué dijo? —Imani se acerca, con los ojos más abiertos que antes.

Pongo los ojos en blanco y escribo:

—Dice que lo siente. Quiere hablar.

—¿Y bien? —La expresión de Seth es una imagen de expectación.

—No quiero hablar con él —digo a través de Siri. Por lo que a mí respecta, Jacob puede guardarse su discurso. Tengo que protegerme a mí mismo. Nadie más lo hará.

—Sky, realmente le gustas... —empieza Imani, pero yo levanto una mano y niego con la cabeza.

No quiero oírlo.

La conversación llega a su fin y alguna canción de rock se cuela entre nosotros. Diablos, probablemente sea algo *que a él* le gusta. Suena como la mierda.

—Entonces, ¿qué vamos a hacer con el foro? —Seth rompe el silencio incómodo.

Casi me había olvidado de ello otra vez. Diablos, es literalmente por mí y estoy dejando que toda esta otra mierda se interponga. Debería estar centrado en eso. Debería estar luchando con uñas y dientes, y no dejar que *Jacob* se interponga.

—¿Va a ayudarnos Concord Pride? —pregunta Imani. Aquí no tenemos una organización del Orgullo propiamente dicha, pero la ciudad vecina sí la tiene y se mostraron entusiasmados por ayudar cuando todo empezó. Por no hablar de las secciones estatales y de Charlotte—. ¿No se supone que vamos a hacer llamadas telefónicas con ellos después de la escuela la próxima semana?

Asiento con la cabeza y empiezo a teclear.

—Sí. Bueno, ustedes dos. Pero también van a hacer una protesta fuera durante el foro. Vamos a hacer carteles para eso el martes.

Puedo hacer carteles. No puedo hacer llamadas, así que esa tiene que ser mi contribución.

—¿Tengo que hablar con la gente? ¿Por teléfono? —Seth pone cara de asco.

—Sobrevivirás. —Imani pone los ojos en blanco.

Tal vez. Solo tal vez *ellos* no me dejen.

JACOB

—¿Recibiste el mensaje de Eric? —Ian se inclina sobre la mesa del almuerzo.

—¿Eh? —gruño—. Oh, sí.

—¡Lo hizo! —Ian se contonea, literalmente.

Eric nos metió a un concierto en Charlotte. Lo que significa que va a querer empezar a practicar aún más.

Me obligo a sonreír.

—Sí, es genial.

Intento no hacerlo, pero miro a mi derecha. Skylar está en su mesa habitual con Imani y Seth. Está de espaldas a mí y Seth está sentado frente a él, donde yo había estado las últimas semanas, donde desearía estar ahora mismo.

Todavía no me respondió. O bien desactivó los recibos de lectura, o no lo abrió.

—Quiere practicar esta noche —dice Ian.

—Lo sé. —Recibí el mismo texto. Juro que lo intento, pero sé que no lo parece, así que lo vuelvo a intentar—. ¿Cuántas canciones vamos a hacer?

—No lo sé. —Ian vuelve a su teléfono y empieza a escribir algo—. Voy a ver si lo sabe.

—Solo tengo que irme a las seis, ¿de acuerdo? —le digo.

—Pero pensé que estabas libre esta noche. —Ian parece confundido. Sus dedos se detienen un momento y luego vuelven a ponerse en marcha.

—Lo estoy. —Asiento, tosiendo—. Pero tengo que estar en Trinity, en Concord, sobre las seis y media. Voy a ayudar a hacer carteles para la protesta.

—Oh. —Ian suspira, la confusión ilumina su rostro—. Pensé que lo hacías por... ya sabes.

No dice el nombre de Skylar. Sabe que es una especie de disparador en este momento.

—Así es, pero igual voy a ir —le digo—. No es solo por él. Es necesario seguir luchando contra eso.

—Lo siento, tienes razón. —Ian sonríe—. Yo también voy entonces.

—¿Eh? —Entrecierro los ojos. Al principio iba a ir, pero no espero que lo haga ahora. Necesitan practicar. Quiero decir, necesitamos practicar, pero pueden prescindir de mí por una noche.

Pero está escribiendo en su teléfono, así que no responde enseguida. En cambio, mi teléfono suena y un mensaje de Ian llega a través de nuestro grupo de texto. Cuando levanta la vista, lo miro como si estuviera loco. Estoy sentado aquí.

Ian:
Tenemos que terminar la práctica a las 6.

Mi mirada se transforma en confusión.

Eric:
¿Eh?

> **Ian:**
> Fuimos voluntarios con Jacob para hacer carteles para la protesta.

—Debería ser *seremos* en vez de *fuimos*, por decir algo —señalo.

Ian me mira haciéndome *fuck you* mientras aparecen los tres puntitos bajo su último texto.

—Como si tú usaras buena gramática en los mensajes —Sonríe.

> **Eric:**
> Oka. Hecho.

No puedo decir que esperaba esto.

SKYLAR

—**M**ira el mío. —Imani está prácticamente saltando.

Dejo de sombrear la A de mi cartel en rojo vivo y echo un vistazo a su cartel. Niego con la cabeza.

«SI DIOS ODIA A LOS CHICOS CON FALDA, ENTONCES ¿POR QUÉ SON TAN LINDOS?».

—¿*De verdad?* —digo con la boca.

—¡Sí! —Se ríe.

Seth no pudo venir. Trabajaba esta noche. Algo sobre uno de sus compañeros faltando sin aviso.

Mi cartel es más colorido que el de Imani, pero no es tan divertido. Vuelvo a sombrear después de reclinarme y releer el esquema.

«SI QUE LLEVE FALDA TE OFENDE, QUIZÁ SEAS TÚ EL COPO DE NIEVE*».

El mío probablemente les hará enfadar más que nada, pero funcionará. Por supuesto, llevaré falda en la protesta, así que doble gatillo. Lo van a odiar, pero ese *es un* poco el problema.

—Hablando de lindos... —Los ojos de Imani se alzan hacia la entrada del salón de la iglesia.

---

* N. de la T.: En el discurso político, «Copo de nieve» (*snowflake*) es un término utilizado para referirse, de modo despectivo, a personas que se consideran que se ofenden con facilidad.

Sigo su mirada e inmediatamente me arrepiento. Mis ojos se fijan en los de Jacob y mi estado de ánimo baja junto con los bordes de mis labios. Él sonríe y saluda. No. No vamos a hacer esto. Desvío la mirada.

—Deja de ser malo. —Imani me da una palmada en el hombro.

Entrecierro los ojos con maldad. Yo no soy el malo. El malo acaba de entrar.

Con un gruñido vuelvo a colorear mi cartel, pero de repente no hay suficiente gente en la sala. Antes solo éramos un puñado de personas. Imani; yo; una mujer de pelo rubio súper agradable y su esposa; dos chicas de nuestra edad que no conozco, pero que al parecer también van a Brown, y Ransom. Él está en mi clase de Cívica. No había hablado con él antes de hoy, pero aparentemente me apoya. ¿Tal vez es gay o bi o pan o no binario? O tal vez solo es un aliado. No lo sé ni voy a preguntar. No necesito que nadie piense que le estoy tirando los perros, así que no voy a correr ese riesgo.

Antes de que Jacob y su equipo entraran, nosotros siete parecíamos suficientes. Ahora parece que no hay suficiente gente para protegerme de su presencia. No voy a ser un idiota si se acerca demasiado, pero tampoco voy a hablar con él. Vaya. ¿Acabo de encontrar algo positivo en no tener voz? Pongo los ojos en blanco. ¿No es irónico?

—*No soy malo* —le digo a Imani, pero ella pone los ojos en blanco y se levanta.

—Hola, Jacob. —Me mira de reojo. Resoplo y miro hacia otro lado—. Ian, Eric. Gracias por venir. Estamos haciendo carteles. ¿Ayudan?

—Sí —dice Jacob. Odio lo mucho que me gusta el sonido de esa simple palabra. No quiero que me guste, pero quizá hay cosas que no pueden simplemente dejar de gustarme de golpe.

Echo un vistazo. Se acerca a la pila de carteles de gran tamaño con Imani. Ian y Eric van detrás como cachorros perdidos. ¿Por qué tienes que ser tan *sexy* y jodido al mismo tiempo? Pero... a ver, él está aquí. No tenía que venir, pero lo hizo. Aunque no quiera desear que me mire, ni mirar esos ojos verdes y sentir su electricidad de nuevo, aquí estoy.

«Sé fuerte, Sky. Sé fuerte».

JACOB

A veces me pregunto si Rebekah y su marido vienen a la iglesia solo por mí. Solo para que yo no esté solo en esta sala, a pesar de los otros setenta u ochenta que van de banco en banco con alguna petición de oración, el último chisme o charlar de qué miembro impío de la sociedad *vieron* desde el domingo. Juro que estoy en una secta.

—¿Se van a mudar? —pregunto.

Desde que se enteró de que estaba embarazada, hace seis meses, no deja de hablar de casitas bonitas al pie de la montaña. Pero sinceramente pensé que solo eran habladurías. Seguro que no se va a mudar y dejarme aquí con mamá y papá. No puedo recorrer cien millas en bicicleta, y mamá no va a dejarme llevar su coche hasta la montaña sin llevarla a ella y a papá.

—Tal vez. —Rebekah asiente lentamente, sujetando su protuberante panza—. La familia de Nathan está por allí. Es un lugar muy bonito. Y North —Ese va a ser el nombre de mi sobrino— tendrá más patio para jugar.

Y tendrías una excusa para no venir a la iglesia aquí. Solo dilo, Rebekah, sé que lo estás pensando. ¡Yo lo pienso todo el tiempo!

—Pero no puedes dejarme aquí. —Me agarro a su brazo y le pongo mis mejores ojos de cachorro. Es mitad broma y mitad puro terror. Bajo la voz para susurrar—: Llévame contigo.

Se ríe y echa una mirada a mamá para asegurarse de que no está prestando atención, luego se inclina como si lo que tuviera que decir fuera un gran secreto.

—¿Cómo van las cosas con Skylar? —pregunta. No creo que mi ceño fruncido sea lo que ella esperaba—. ¿Qué pasó?

—Es una larga historia. —Me encojo de hombros. Lo estaba llevando medio bien sin pensar en él. Ya era bastante miserable estando aquí, pero ahora soy miserable porque estoy aquí y pensando en él. Gracias, hermana—. Pero ya no *somos*.

—¿Qué? —Se queda muda. Sus ojos verdes, que son como los míos, están preocupados.

¿Qué le digo? Claro, ella es la hermana buena onda, la única a la que le hablé de él. Pero cómo le digo a mi hermana que perdí la virginidad con él, pero que no podía admitir que era mi novio y que por eso se enojó conmigo y me dejó. ¡Oh, Dios mío! ¡Me dejó! ¿Cómo es que recién caigo en eso? Mis hombros se desploman y digo lo mejor que se me ocurre.

—Simplemente terminó. Se enfadó y...

La señora McKee entra como si yo no estuviera y empieza a hablarle a mi hermana.

—Rebekah, ¿has pensado en ayudar más este fin de semana?

¡Qué grosera! Pero gracias. No sé de qué está hablando y, sinceramente, no me importa. Pero ahora mismo, si eso significa que no tengo que dar más explicaciones, voy a aceptarlo. Rebekah hace una mueca y levanta la ceja. Es una mirada que grita que *esta conversación no terminó*. Pone una sonrisa y dirige su atención a la señora McKee. Sí, lo siento, no te voy a salvar de eso.

Sin mi único refugio en este lugar, salvo quizás mi cuñado, me quedo mirando el edificio. Ojalá los Evans no se hubieran ido después de lo que le pasó a Parker. Puede que antes fueran como mi familia, creo que ahora me entenderían. Por eso se fueron después de todo.

Mis ojos se posan en la astillada cruz de madera que cuelga de una pared cubierta de rocas sobre el bautisterio. Siempre me pareció irónico que tengamos la cruz como símbolo de nuestra fe. Es como si no se nos ocurriera nada mejor. Es decir, es como si tu hijo fuera asesinado por un pistolero y luego pusieras placas y colgantes del arma que le disparó por todas partes. Me parece un poco morboso.

En ese momento, mi mente se hace la misma pregunta que se hace cada vez que miro esa cruz. ¿Por qué tengo que ser gay? ¿Por qué no pudiste hacerme heterosexual, Dios? Si está tan mal, por qué no se me pudo dar la opción, porque te digo ahora mismo que no fue así. No quiero esto. Nunca lo quise. Honestamente, cada persona en este edificio que piense que me desperté un día y elegí esto, que elegí ser ridiculizado por ellos, ser despreciado por ellos, odiado por ellos, es un maldito idiota.

Aprieto los puños y desvío la mirada. Pero al menos tengo mi voz. Sky. Él ni siquiera tiene eso. Está atrapado en un mundo de silencio.

Quiero dejar de pensar en él. Es como si siguiera metiéndose en mi mente y luego se quedara allí, y empiezo a sentir cosas que no quiero.

—Parece que te rompiste una uña. —Rebekah aparta mi atención.

—¿Eh? —¿Acaba de decir algo sobre mis uñas?

Anoche las volví a pintar de negro, como siempre. La cara de papá cuando las vio antes de la escuela dominical no tuvo precio, y seguro que habrá consecuencias, pero anoche no pensaba en eso. Me puse muy emocional y pintarlas hizo que se me quitara de la cabeza, que *él* se me quitara de la cabeza.

—Tu uña. —Señala mi dedo. Está astillada en el borde. ¡Maldita sea, no recuerdo haber hecho eso!—. Tal vez quieras arreglar eso cuando llegues a casa.

Se lleva el dedo a los labios y me hace callar con una sonrisa.

—Eh, de acuerdo —consigo decir justo antes de que el pastor comience el servicio.

Me desconecto. Son solo anuncios. En realidad, me desconecto la mayor parte, bueno, todo si puedo. Solo estoy aquí por papá. Pero entonces algo despierta mi interés. Está hablando de... ¡Oh Dios!

—Necesitamos que todos los que puedan estén en el foro del consejo escolar mañana por la noche —comienza el pastor Spencer. Aquí vamos—. Les dije antes cómo al diablo le gusta entrar lentamente para envenenar las mentes de nuestros niños y alejarlos de Dios. Y les digo que eso es lo que está sucediendo ahora, aquí mismo en nuestra propia ciudad y en nuestras escuelas.

Oh, sigue y sigue hablando. Odias que un chico se vea mejor con falda que tú con pantalones.

—Tenemos que manifestarnos y apoyar a nuestro consejo escolar. Esta política de vestimenta ni siquiera debería ser necesaria. Es de sentido común que los hombres no deberían llevar ropa de mujer, pero el mundo está decidido a contaminar las mentes de nuestros hijos —despotrica el Pastor, con la voz entrecortada por resoplidos de indignación—. La Biblia es clara. Y debemos dejar claro que no aceptaremos esta agenda impía para normalizar el pecado y la homosexualidad en nuestras escuelas.

¿Qué demonios tiene esto que ver con los homosexuales? ¡Esto no tiene nada que ver con los homosexuales! Que, por cierto, tiene uno sentado aquí delante de usted, señor. Estoy tan cansado de escuchar esta estúpida mierda.

—Seguro que los *gays* estarán allí protestando, así que tenemos que estar allí luchando por lo que es correcto —dice y luego hace un llamamiento a la concentración—. ¿Quién está conmigo?

La iglesia estalla en amenes y yo me desinflo, el aire se escapa de mis pulmones. Odio este lugar.

SKYLAR

Nunca había participado en una protesta. Así que no estoy seguro de que esto sea así normalmente, pero si lo es, es mucho más ruidoso de lo que esperaba.

En mi mente imaginé dos grupos de personas, ambos en fila, sosteniendo sus carteles y caminando en círculos, coreando consignas unificadas. Esto no tiene nada de unificado.

Claro, los *anti-faldas* están todos reunidos en el borde opuesto de la acera que lleva al gimnasio de la escuela y nuestro lado se congrega por aquí. Pero ¿más allá de eso? No. La gente grita desde ambos lados y es casi imposible distinguir a unos de otros. Es más como dos turbas en miniatura que como líneas. Al menos aquí estamos cantando cosas edificantes. La mitad del otro lado le dice a la gente que se va a ir al infierno y que «se hagan hombres».

Llevo mi cartel de «SI QUE LLEVE FALDA TE OFENDE, QUIZÁ SEAS TÚ EL COPO DE NIEVE» por encima de mi cabeza. Imani está haciendo el trabajo de dos, ya que Seth está en la pista de *bowling*, levantando su cartel y el que hizo para él. Tiene una foto de un chico cualquiera con falda, me había amenazado con usar mi foto en él, pero me niego a que me peguen en un cartel con la pregunta «¿Te molesta tanto?»

Y la respuesta es sí. Definitivamente sí. Porque maldita sea, están enfadados.

Un tipo que probablemente tenga más de sesenta años, una cabeza llena de canas y una barba tupida, tiene un cartel que dice simplemente «SÉ UN HOMBRE». Otro agita un cartel negro con una inscripción amarilla que dice «Los chicos NO usan pollera». La variedad es demencial, tan demencial como los mensajes. Hay uno que proclama que «DIOS ODIA EL PECADO». Lo entiendo, pero no creo que a él le importe que lleve una falda bonita. El tipo incluso lo grita también. Hay un montón de folletos impresos repartidos por ahí que dicen «ESTO NO ES IGUALDAD», y uno aún más confuso «ARREPIÉNTETE Y VUELVE A CRISTO».

En este punto, estoy listo para terminar con esto y entrar. Además, Jacob está aquí. No me malinterpretes. Me alegro de que haya venido, de que se mantenga en la lucha, pero me vendría muy bien no tener que mirar su desgraciadamente bonita cara ahora mismo. Oh, y vi a Noah entrar antes.

Pasan unos minutos de este caos y la hora marca las siete de la tarde. Mantengo mi cartel levantado mientras me dirijo al gimnasio, esperando que Imani me siga. Dejamos nuestros carteles en el vestíbulo y entramos. Hay mucha más gente de la que pensaba. Sabía que serían muchos, pero no esperaba tanta cantidad de gente. Incluso las emisoras de noticias están preparadas y aguardando.

Imani pasa junto a mí y me lleva a un lugar en la primera fila de las gradas donde nos esperan nuestros padres. Me siento junto a mamá y ella me da un rápido apretón.

—Muy bien, nos gustaría empezar esta reunión —anuncia el hombre sentado en el centro de una larga mesa negra desplegable y golpea un mazo contra un bloque de madera. El sonido resuena en el gran espacio y la gente empieza a callarse. Es el consejo escolar, supongo. Y uno de ellos es el padre de ya sabes quién—. Soy Bruce Walters. —Sí, es él. No conozco a su padre, pero asumo que solo hay un Walters en la junta.

Continúa.

—Estamos aquí para escuchar sus preocupaciones sobre la nueva propuesta de código de vestimenta de la escuela para garantizar un entorno seguro y libre de distracciones para sus estudiantes. Solo tenemos una hora y media, así que, en aras de la equidad y el tiempo, tenemos dos micrófonos instalados en cada extremo de la mesa.

Mis ojos gravitan hacia la izquierda, veo un micrófono encima de un soporte negro y, en el extremo opuesto, hay otro. Sé que en un momento voy a estar ante uno de ellos y, aunque no puedo hablar, estoy muy nervioso.

—La forma en que vamos a trabajar esto es que los que están a favor de la política del código de vestimenta propuesta se alineen en el micrófono a su izquierda, y los que se oponen en el micrófono a su derecha —explica. Así que el de mi derecha. Entendido—. De esta manera escuchamos por igual a cada uno de los bandos. No, es posible que no podamos escuchar a todo el mundo, pero iremos de un micrófono al otro. Cada persona tendrá un máximo de tres minutos. Les pedimos que cuando escuchen que su tiempo ha terminado, dejen que la siguiente persona tenga la palabra. Muy bien, comencemos.

Una mano me toca la espalda. Me giro para ver que es papá empujándome para que me levante. Sonríe mientras se pone en pie. Dijo que no me dejaría hacer esto solo, así que él también va a hablar.

Me levanto, pero mantengo la mirada baja. Esta no es exactamente mi idea de un buen momento, así que tal vez si no miro a mi alrededor no me sentiré tan mareado.

—Empezaremos por aquí —dice el señor Walters, el padre de Jacob. Levanto la vista lo suficientemente rápido como para verlo señalar a un hombre de la edad de mi padre en el otro micrófono.

—No tengo mucho que decir —comienza, agachado, inclinándose hacia el micrófono. Su voz me sorprende. El acento es inusualmente duro—. Pero necesitamos este nuevo código de vestimenta. Si la gente va a venir a *nuestras* escuelas, con *nuestros* hijos, y tratar de usar abogados para asustar a *nuestros* profesores para que no defiendan una vestimenta piadosa para chicos y chicas, tenemos que hacer algo. Es simple, realmente. La agenda gay va a destruir a nuestros niños si no hacemos algo. Dios no pretendía que ningún niño usara ropa de niña. Es una perversión.
—Vuelve a las gradas.

Se me saltan los ojos. ¿Qué? ¿Perversión? Tienes que estar bromeando. Y la gente del público aplaude, literalmente aplaude.

—Lo siento, me olvidé de mencionar esto, pero en adelante —el señor Walters habla desde la mesa frente a nosotros—, por favor, digan su nombre antes de comenzar.

—¡Larry Baker! —grita una voz desde las gradas. Es el tipo que acaba de hablar. A nadie le importa, Larry.

—Gracias, señor Baker —ríe el señor Walters—. Continuemos.

Me inclino hacia mi izquierda, echando un vistazo a la fila que tengo delante. Hay al menos seis personas delante de mí, pero no puedo ver quién va a hablar.

—Hola, me llamo Liam —empieza la voz de un chico. No reconozco el tono alto ya que las palabras vienen rápidas y nerviosas—. Eh... El nuevo código de vestimenta no es necesario.

Los chicos deberían poder llevar falda si quieren. Voto en contra del nuevo código de vestimenta.

El orador se aleja como si se fuera, pero vuelve a girar y mete la cara en el micrófono. Prácticamente grita: «¡La ropa no tiene género!» y se va hacia las gradas.

¡Oh! Lo conozco. Me sonríe al volver. Me crucé con él en el pasillo unas cuantas veces, creo que alguna vez me dijo. Es de primer año, tal vez.

Alguien del otro lado empieza a hablar y termina despotricando. Pero al menos esta vez mete a Dios. La atención cambia de nuevo a nuestro lado y una chica empieza a hablar. Lo hace bien. Más elaborada que Liam y menos puntuada. Va de un lado a otro unas cuantas veces hasta que una voz familiar resuena en el gimnasio cuando vuelve a dirigirse a nosotros.

—Me llamo Noah Andrews, me gradué en A.L. Brown el semestre pasado. Quiero hablar en contra de la nueva propuesta.

¡Es Noah! No lo vi subir. Me asomo de nuevo a la fila y ahí está, con las manos metidas en los bolsillos.

—En primer lugar, no hay ninguna agenda gay, excepto la de ser iguales, la de ser amados por las personas que somos, que no es diferente de cualquier otra. Y segundo, esto no es una cuestión *gay* —dice lo que estuve pensando durante semanas—. No es *gay* que un chico lleve falda o vestido. Los chicos heterosexuales también llevan faldas y se pintan las uñas o se maquillan. A veces es así como se sienten más cómodos o simplemente les gusta. ¿Por qué perjudica a alguien que un chico lleve falda al colegio, igual que una chica? No lo hace. No perjudica a nadie, literalmente.

¡Vaya! Ahora estoy cuestionando todo lo que había planeado decir. Básicamente tocó todos mis puntos y estoy cien por cien seguro de que suena mejor de lo que va a sonar mi traducción de Siri.

—Pero este nuevo código de vestimenta va a perjudicar a la gente. Puede que no crean que lo hará, pero lo hará. —Noah hace una pausa. No puedo verlo, pero puedo sentir que algo se pone tenso antes de que vuelva a hablar—. La mayoría de ustedes no me conocen, pero sí saben quién es Parker Evans. O lo era. Saben quién era. Él... él... murió a principios de este año. Él... —La voz de Noah se quiebra, pero no se detiene—. La cuestión es que... eh... son este tipo de reglas las que demonizan a la gente por ser quienes son, les hacen verse a sí mismos como inferiores y a otras personas como superiores. Les hace daño por dentro, aunque ustedes no lo vean o se *nieguen* a verlo. Los perjudica en su salud mental y puede hacer que se hagan daño a sí mismos porque no ven una salida, una forma de aceptación. La escuela debería ser un lugar seguro para *todos*. Este nuevo código de vestimenta lo hace menos seguro. Así que les pido que voten en contra de la nueva política de vestimenta. Gracias.

El siguiente orador se adelanta y me pregunto cómo puede seguirlo. Todavía hay tres personas por delante de mí y ya me sudan las manos. No ayuda nada el hecho de que haya tecleado mi *discurso* antes de llegar aquí, aunque es una de las pequeñas ventajas de no tener voz, siento que voy a repetir muchas cosas. Y sigo odiando hablar delante de grandes grupos.

—Soy el pastor Kevin Spencer —comienza el orador. Oh, esto debería ser bueno. Es más joven de lo que imagino para un pastor, aún no tiene canas y es alto—. Predico justo al final de la carretera en la Iglesia Bautista de Berea. Es mi trabajo cada domingo y miércoles levantarme y enseñar a mi rebaño lo que es bueno, santo y aceptable a los ojos de nuestro Dios. Esto aquí no es diferente. Los medios de comunicación y los que intentan detener esta medida quieren decir que los cristianos no tenemos un papel en esto, que la fe y Dios no pertenecen a las escuelas públicas, pero se equivocan. Esta es *nuestra* comunidad.

Ahí van de nuevo con el mantra de lo *nuestro*, alegando que esto es solo *su* comunidad, que todo se trata de *sus* hijos. Es una locura como, si te ven diferente, pueden descartarte sin más. Me gustaría que se detuviera ahí. Entendemos el punto.

—Y tenemos derecho a que se escuche nuestra opinión y a proteger a nuestros hijos de la influencia de los impíos. Y *es* impío que un niño lleve ropa de niña. Toda esta basura de que la «ropa no tiene género» es simplemente errónea. La ropa sí tiene género —afirma. Tengo ganas de vomitar, pero no quiero manchar el chaleco con estampado de diamantes y la falda blanca que llevo—. ¿Por qué creen que hay una sección de *hombres* y otra de *mujeres* en Walmart y Target? ¿Por qué creen que los talles son diferentes? Porque somos diferentes y así es como Dios nos hizo. Nos hizo para ser distintos. Para que las mujeres sean femeninas y estén adornadas con belleza. Y para que los hombres sean hombres, para que sean masculinos y guardianes del hogar.

El pastor Spencer se endereza y se ríe.

—Lo siento, creo que estoy a punto de pasarme. Así que permítanme terminar diciendo que tenemos que aprobar el nuevo código de vestimenta. Tenemos que dejar claro que, en *nuestras escuelas*, escuchamos lo que Dios dice sobre cómo vestir. Tenemos que ser un ejemplo para las ciudades que nos rodean.

¿Tenemos que hacer lo que Dios dice en la escuela? ¡Esto no es una escuela religiosa! Esta es una escuela pública. Permítanme repetirlo, ¡*pública!* Me obligo a no mirarlo fijamente mientras regresa orgulloso a las gradas y los *amenes* retumban literalmente en el edificio. Tengo que esperar a que terminen los dos siguientes oradores.

Por fin me toca a mí. Mis ojos se fijan en el señor Walters e inmediatamente puedo ver el asco ligeramente disimulado en sus ojos cuando ve lo que llevo puesto. Me dan ganas de encerrarme en mí mismo, de desaparecer. ¿Qué estoy haciendo? En lugar de eso, acerco mi teléfono al micrófono y pulso el botón para que Siri empiece a hablar.

—Hola, me llamo Skylar Gray —dice mi teléfono. Las miradas de los miembros de la junta son un mosaico de confusión y aburrimiento. No sé si es porque mi teléfono habla por mí o por su acento británico—. Todo este asunto del código de vestimenta es en cierto modo culpa mía. Resulta que me gustan las faldas y los vestidos. Me siento cómodo con ellos. Llevé uno a la escuela cuando me trasladé al principio del semestre y, como dicen, el resto es historia. Ahora estamos aquí.

Me gustaría poder pausar la reproducción y que me dejara mirar entre los miembros del consejo de administración de forma dramática antes de la siguiente parte, aunque fuera cursi, pero Siri no se detiene por nadie.

—Es un poco loco que lo hagamos. Están buscando cambiar el código de vestimenta solo porque usé una falda en la escuela y sigo usando una falda en la escuela. Porque de alguna manera, tienen esta idea de que perjudica o distrae a la gente. Yo no lo veo así. En todo caso, me da más miedo, por toda la gente que me desprecia solo por llevar falda, porque creen que es malo y por eso está bien intimidarme por ello. Incluso la propuesta de este nuevo código pone en peligro a personas como yo, porque hace que algunos piensen que está bien intimidarnos. Y no lo está. Eso no es promover un espacio seguro en la escuela.

Los ojos del otro lado de la mesa se alejan. Supongo que al menos les llegó un poco. O tal vez estoy totalmente equivocado. Pero aquí viene lo más importante.

—La escuela es donde se supone que debo ir a aprender. Y sí, no puedes tener chicos o chicas corriendo por el pasillo sin pantalones. Además, ninguno de nosotros quiere ver eso de todos modos. —Miro alrededor en ese momento y se produce una carcajada que resuena en el gimnasio. Ahora es el momento de una pequeña lección de historia—. Tenemos que recordar que los hombres llevaban vestidos mucho antes de llevar pantalones. Jesús llevaba una túnica, básicamente un vestido. Llevaban pelucas grandes y largas en el 1700. Llevaban maquillaje. Pero seguían siendo hombres. La gente usa ropa. No importa si eres un hombre o una mujer o algo más, la ropa es para todos. Su trabajo es evitar que nuestra escuela discrimine, a personas como yo, con normas de vestimenta ilógicas y sexistas. Por favor, voten en contra de la nueva política de vestimenta.

En el momento en que mi teléfono se apaga, me doy la vuelta y me dirijo hacia mi asiento. Imani levanta los puños y sonríe como si me hubiera tocado la lotería. Pero mi cabeza salta a lo que probablemente no debería haber dicho. La parte de «ilógicas y sexistas» probablemente no fue el mejor método, teniendo en cuenta mi público. ¿Por qué dije eso? Maldita sea.

«Concéntrate en Imani y siéntate. Solo siéntate».

JACOB

Toda esta farsa fue una total pérdida de tiempo. No importaba lo que nadie dijera. Mi padre y sus compañeros del consejo ya saben exactamente lo que están haciendo.

En todo caso, algunas de las cosas que se dijeron esta noche pueden haber sellado el acuerdo. En el momento en que Sky dijo «sexista» sé que perdió a mi padre y al menos a la mitad de los demás, incluso a la concejala Ledford. Lo cual es una locura, porque es cierto, y cualquier persona con medio cerebro puede verlo.

Las voces rebotan en las paredes de cemento del gimnasio ahora que el foro terminó. Todo el mundo se levanta y se mueve de persona en persona, como al final de un servicio religioso, y muchos ojos miran a través del pasillo a los chicos con faldas. Hay unos cuantos, en realidad. Algunos que nunca esperaría, como Liam y el señor Pritchett, mi profesor de inglés. Y, por supuesto, Skylar.

—¿Vas a hacerlo? —pregunta Ian.

Sé que Skylar me odia, pero tengo que hacer algo. Así que voy a intentar hablar con él.

—Sí —digo, pero estoy aterrado.

No me contesta y no miro para ver la expresión de *sé que vas a fracasar, pero buena suerte* que estoy seguro de que tiene. En cambio, pongo un pie delante del otro. Esa es la mejor manera de hacer algo, ¿no? Solo hazlo.

Me muevo entre la multitud, con palabras que vuelan y que intento ignorar, porque la mayoría parecen decir estupideces que me dan ganas de vomitar o golpear a alguien.

Un momento después estoy de pie detrás de Skylar, congelado en mi lugar. Probablemente parezco un maldito acosador. Imani aún no se fijó en mí, pero los demás empiezan a hacerlo. Liam me mira con extrañeza y luego sonríe. Me descubrió. Espera. ¿Skylar está hablando con Liam?

Imani se gira primero y su rostro pasa de la confusión a una cálida sonrisa. Al menos le gusto a alguien, porque Skylar se gira y la sonrisa desaparece de su rostro en un instante.

—Hola, ¿cómo va todo? —me salen las palabras con nerviosismo.

Me mira fijo, su expresión no cambia.

Me llevo las manos al pecho y le digo con señas.

—*¿Cómo estás?*

—*Te escuché bien* —me ladra.

¡No es eso lo que quería decir! Pero me niego a mostrarle que me estoy regañando por eso. «¡Actúa como si no te molestara!».

—Felicidades por haber llegado hasta aquí. —Señalo con la cabeza hacia el gimnasio y hacia atrás, donde los micrófonos siguen en pie. Es un logro, aunque no vaya a funcionar—. Espero que sirva de algo.

Cuando no responde, Imani interviene.

—Nosotros también lo esperamos. —Me sonríe—. Es una locura lo medievales que son algunas de estas personas, ¿verdad?

—¿Verdad? —Mi voz sube una octava—. Imagina si la mitad de ellos supieran que eres una bruja.

—¿Puedes decir *Juicios de Brujas de Kannapolis*? —Su ceja se levanta y se ríe.

Los labios de Skylar se curvan un poco, pero en el momento en que abro los míos esa pequeña curva desaparece. Okey, lo entiendo, metí la pata, pero ¿puedes darme un respiro? No te das cuenta lo mal que me siento por ello, ni lo mucho que me duele.

—¿Quieren salir a pasar el rato? —Lo miro directamente a los ojos. Tal vez sea capaz de ver lo mucho que lo siento y lo mucho que lo quiero de vuelta.

En cambio, su cara se frunce y dice algo con la boca, pero no lo capto. Luego, sin siquiera un gesto, se aleja y desaparece entre la multitud, dejándome con Imani y los demás, que me miran como si acabara de perder a un familiar a causa del cáncer.

¿Qué carajo? Lo estoy intentando. Tomo aire y empujo el resentimiento hacia atrás.

—Uh... —Mis ojos se mueven entre ellos—. Bueno, que les vaya bien.

—Jacob. —Imani me agarra del brazo antes de que dé más de unos pasos—. Sky cree que todo el mundo lo utiliza y lo descarta. No es *todo* tu culpa. Dale algo de tiempo.

Antes de que pueda responder, se da la vuelta y se va.

¿Cree que todo el mundo lo utiliza? Mi mente se remonta a las semanas que pasé con él antes de que todo se desmoronara y mis ojos se iluminan de comprensión. ¿Tomó mi incertidumbre como una salida? Tenía miedo. Eso es normal, ¿no? Pero para él, ¿realmente parecía que lo iba a abandonar? ¡Oh, Dios mío!

—¿Estás bien? —Ian se abre paso entre la multitud. —Parece que viste un fantasma.

—Creo que sí —digo sin pensar.

—Uh... —Ian entrecierra los ojos, con la boca abierta, considerando qué decir. Debo parecer un loco—. ¿Supongo que dijo que no?

—¿Estaría aquí si no lo hubiera hecho? —Lo miro estúpidamente.

—Lo siento. —Se encoge de hombros—. Aunque alguien está teniendo un buen día.

—¿Eh? —pregunto.

Ian apunta con su cabeza detrás de mí.

Papá.

Está en la esquina con una de las estaciones de noticias. Espero que lo estén interrogando, pero también lo conozco. Sigue trabajando cada segundo en su beneficio. Todo esto, la basura en torno a este código de vestimenta, todo coincide perfectamente con el lanzamiento de su campaña. Toneladas de prensa gratuita.

Es asqueroso.

¿Por qué todo parece funcionar a su favor? ¿Por qué no puedo tener *yo* un respiro?

SKYLAR

No puedo hacerlo. Tenía tantas ganas de decir que sí. Pero no puedo. No puedo volver a abrirme para que él consiga lo que quiere y luego termine conmigo de nuevo.

En cambio, hago lo único que sé hacer: correr.

El aire de la noche me muerde las piernas y los brazos. Me estremezco mientras se me pone la piel de gallina y las imágenes de ojos verdes y pelo blanco resplandecen detrás de mis ojos. «¡Deja de atormentar mi mente! Déjame en paz». No es justo. Todo lo que tengo son mis pensamientos, pero todos son de él. ¿Por qué tienen que ser todos de él?

Me asomo al estacionamiento y mi mente evoca un recuerdo: está caminando a mi lado, con la bicicleta de Ian. Me vuelvo hacia el colegio, pero los recuerdos siguen chocando: atravesamos a toda prisa esas puertas tras el timbre de fin de jornada. Luego está la primera vez que lo vi en la oficina y me enseñó la escuela, y pensé, con razón, que era un imbécil. Me reí de una estupidez que dijo en el almuerzo. Me doy la vuelta, tratando de encontrar algo que no me recuerde a él. Mis ojos siguen el camino hacia el centro de la ciudad, pero allí es donde me pidió que fuera en nuestra primera cita, justo al otro lado de las vías. Y el campo que hay al final de la carretera, con su hierba alta, evoca los mazos de maíz entre los que caminamos bajo las estrellas. Trago saliva al recordar lo que sentí al tomar su mano por primera vez, y ese primer beso.

—¡Skylar! —La voz de Imani me hace volver a la Tierra.

Echo la cabeza hacia atrás.

—Eso que hiciste fue grosero —comienza. Sé que está aquí por mí, pero tiene debilidad por Jacob.

Me apago. No, no voy a soportar esto. Me doy la vuelta y me dirijo al coche de mis padres. Puedo atrincherarme dentro... Maldita sea. Ellos tienen las llaves, pero eso no me impide caminar.

—¡Para, Sky! —Imani levanta la voz y yo me congelo, como una oveja.

Cuando me doy la vuelta hay una marea de gente que sale del gimnasio y un puñado de ojos están ahora sobre mí. Empiezo a mover los brazos, como si ella pudiera leer el lenguaje de signos, antes de mover los labios.

—*Fue grosero de su parte lastimarme* —le digo.

—Sky, vas a tener que ir más despacio. —Imani se muerde las mejillas—. Sé que estás enfadado, pero habla conmigo, despacio.

Aspiro y exhalo una gran bocanada de aire.

—*¿Por qué no debería ser grosero? Me lastimó* —vuelvo a decir.

Esta vez lo entiende y frunce el ceño.

—¿Realmente lo hizo? —Su tono se suaviza y se acerca—. ¿Estás seguro de que no esperabas algo más? ¿O tal vez *esperabas* que se fuera?

¿No tengo derecho a esperar más del chico que me gusta? ¿Del chico que no puedo quitarme de la cabeza, incluso en este maldito momento? ¿Y qué hay de malo en esperar que la gente se vaya? Eso es lo que hacen. Siempre. Así que no, no respondo a eso. En su lugar, miro hacia otro lado.

—Sky —su voz es tranquila y amable—, todavía te gusta. Eres horrible ocultándolo, aunque ahora también lo odies. ¿Y sabes qué? Le gustas de verdad, mucho. Te juro que lo intenta.

¿Lo está intentando? ¿De qué sirve eso? Diablos, un día Imani también me dejará.

—¿Cuándo me vas a dejar? —La miro fijamente—. *Todo el mundo lo hace. Es más fácil irse primero.*

—Sky... no digas eso. —Imani levanta una mano y la aprieta suavemente en mi hombro—. No te voy a dejar. Estoy *aquí* para ti. Igual que tú estarías aquí para mí. Eres mi amigo. Te quiero, Sky.

¿Te quiero?

Niego con la cabeza. No. No puede. Igual que él no puede. Nadie puede. Si hay algo que aprendí a lo largo de todos estos años de dolor, es que no soy querible. Punto. En todos los sentidos.

Se me escapa una lágrima, pero no voy a hacerlo aquí, no delante de ella. Así que me doy la vuelta y me voy.

Fijo mis ojos en el hormigón y solo camino, camino y camino. La luz de las farolas va y viene y pierdo la noción del tiempo. Cuando por fin levanto la vista, estoy en el otro extremo de la escuela. Miro hacia atrás e Imani no me siguió. Supongo que tenía razón. Me desvío de la acera y troto por el césped hasta llegar a la parte trasera del edificio. Aquí atrás hay humedad y el zumbido de las farolas apenas me alcanza. Me dejo caer en cuclillas y me recuesto contra la pared de ladrillos.

¿Por qué es esta mi vida? ¿Por qué no *pude* ser como Imani o Seth? ¿Por qué no pude *tener* una voz y una familia? ¿Por qué siempre soy el último, el que nadie quiere?

Los ojos eléctricos de Jacob arden en mi mente, iluminando todo lo que hay detrás de mis párpados. Aprieto los ojos con fuerza, rogando que se vayan, pero se niegan a hacerlo. Así que le devuelvo la mirada, manteniéndola en mi mente. ¿Por qué no puedo aceptar que tal vez sí le importe?

Porque no lo hace. ¡Por eso! No lo hace.

Pero... ¿y si lo hace? ¿Si de alguna manera, bajo toda esa indecisión, lo hace?

¡E Imani! ¡Y Seth! ¡Y mamá y papá!

Dejo que mis ojos se abran y echo la cabeza hacia atrás, golpeando la pared y mirando al cielo. ¿Cómo pude pensar que no les importo? Hasta que llegué aquí, nunca conocí a nadie que me tratara como ellos. Normal. Nada inusual o especial, solo normal. A ninguno de ellos le molestó que yo fuera diferente. Y simplemente le di la espalda a Imani.

¡Maldito seas, Sky! ¡Maldito seas!

Me limpio las lágrimas de los ojos y saco el teléfono. Hay un mensaje de Imani. No sé lo que dice, pero hace que mi pecho se estremezca y que las lágrimas caigan más rápido con solo saber que está ahí. Desbloqueo el teléfono y lo leo.

> **Imani:**
> Estoy a la vuelta de la esquina.

> No dejaré que tu tonto culo sea traficado sexualmente, aunque estés siendo una perra

Me sale aire por la nariz y me doblo de risa. Escribo una respuesta y le doy a enviar.

> **Skylar:**
> Perdón por salir corriendo.

> Todo el mundo se va siempre y siempre tengo miedo de que tú y Seth también lo hagan 🙄

> Lo cual es estúpido, lo sé, pero es a lo que estoy acostumbrado.

> Volviendo.

Un ruido de fondo resuena detrás de mí y pongo los ojos en blanco. Realmente está a la vuelta de la esquina. Me pongo de pie y empiezo a caminar, pero antes de que pueda, ella salta alrededor de la pared de ladrillos y me atrae con un gran abrazo.

—¡No nos vamos a ninguna parte, Sky!

JACOB

Dicen que todos tenemos un doble, ¿no? ¿Pero ese imbécil no debería vivir como a cientos de kilómetros de distancia? Juro que acabo de ver el de Sky. Y no necesitaba eso. No en el trabajo.

No era tan guapo y era más alto, por lo menos unos centímetros, y su pelo no era tan largo. Bueno, ahora que lo pienso, tampoco tenía esa sonrisa característica. Tal vez no era el doble de Sky. Tal vez solo soy yo.

—¡¿Hola?! —alguien grita, arrancando mi atención del suelo. Levanto la vista y me encuentro con una señora mayor con el pelo canoso y corto, como M de las películas de Bond, encorvada sobre el mostrador.

—Hola. —Me acerco al mostrador donde se supone que debería estar de todos modos—. ¿Qué puedo ofrecerle?

Pide una bolsa de palomitas, como hace todo el mundo, y una Coca-Cola Light. ¿Cuál es la obsesión de todo el mundo con la Coca-Cola? Uf. Le doy su pedido y desaparece de nuevo en la sala de proyección.

Mi cerebro salta de su compra de cuatro dólares al baile. Anoche hablé con Ian y Eric sobre eso. Había alquilado mi esmoquin unos días antes de que Skylar me preguntara si lo amaba. Había planeado sorprenderlo con él, pero lo olvidé después. Así que tengo que usarlo, ¿no? Convencí a Ian para que me acompañara, como amigos obviamente, algo que tuve que asegurarle unas cuantas veces, porque es así de estúpido. Eric me preguntó por qué directamente no voy. La respuesta era sencilla. Ese traje me retrasó unas buenas semanas en conseguir un coche, así que lo voy a usar, y quiero ver a Skylar todo arreglado y pasándolo bien, aunque no sea conmigo.

Ninguno de los dos entendió esa última parte. Ian dijo que, si lo hubieran dejado a él, querría atacar su coche con huevos y verlo llorar. Es un pensamiento divertido, pero no para Sky. Simplemente no puedo pensar así.

Eric dijo que no puede soportar la idea de ir al baile. La única forma en que iría es si nos invitan a ser la banda en vivo. Y obviamente, no lo hicieron. Sin embargo, ¿no sería genial? ¿Nosotros, The Nevermore, tocando en el escenario para toda la escuela?

Me estremezco cuando un pensamiento me golpea. Espera un maldito minuto. Imani. En el foro. ¿Qué había dicho ella cuando Sky salió corriendo? Que le *diera algo de tiempo*, ¿no? ¿Sabe ella algo que yo no sé? ¿Y si estuvieron hablando de mí? ¿Y si, tal vez, solo está esperando, dándose tiempo? Es estúpido, como si fuera realmente estúpido pensar eso, pero ¿y si es así?

Pero Imani es la clave. Tal vez ella hable conmigo. ¡Por supuesto que no tengo su número! ¡Y no tengo su *snap*! Espera, la sigo en *insta*. ¡Esa es mi oportunidad!

Compruebo que no sale nadie de la sala de proyección y, con la costa despejada, tomo mi teléfono, abro Instagram y empiezo a buscar en mi lista de seguidores. Skylar solía estar aquí, pero ahora ni siquiera puedo buscar y encontrar su perfil. Me bloqueó literalmente el día que las cosas se fueron a la mierda.

«¡Concéntrate, Jacob!». Encuentro su foto y su nombre y hago clic para enviarle un mensaje.

Es un hilo vacío. Maldita sea. Ahora me siento mal porque este es el primer mensaje que le envío. Nunca hablamos antes de Sky. Estábamos en mundos diferentes y entonces tenía sentido. Pero ahora son mi gente, solo que no lo sabía porque cada uno, o sea yo, se mantenía en su propio mundo. Pero no me voy a echar atrás.

> **Jacob:**
> Oye... Sé que eres amiga de Sky, pero necesito tu ayuda. Me gusta mucho... tal vez más... ¿Puedo enviarte un mensaje?

No pasan ni diez segundos antes de que las burbujitas empiecen a saltar en la pantalla y obtenga una respuesta.

> **Imani:**
> ¡Uh, sí!

> **Jacob:**
> ¿Me das tu número? 😊

Ella lo envía e inmediatamente abro un nuevo hilo de mensajes y escribo mi petición. Pero antes de pulsar el botón de enviar, me asalta un pensamiento estúpido. ¿Por qué no se lo pedí en *Insta*? Vaya. Lo que sea. Le doy a enviar.

> **Jacob:**
> ¡Hola! Soy Jacob. Así que... ¿Cómo lo recupero?

JACOB

—No lo voy a cancelar —grita papá, golpeando una pila de papeles sobre la mesa para igualarlos antes de depositarlos en una carpeta manila.

—¡Vamos! No es un problema real —intento.

La votación es en una hora. Estoy haciendo mi último esfuerzo por detenerla. El adolescente de Kannapolis tratando de evitar que la junta escolar tome una estúpida decisión retrógrada a lo América de 1860. Dios, es inútil. Lo supe en el momento en que todo empezó, pero ¿desde cuándo eso me detiene? ¿No es todo inútil? Entonces, ¿por qué no luchar como un demonio todo el tiempo?

—Oh, pero lo es, Jacob. Y no, no voy a cancelarlo —espeta papá con una nueva severidad en sus ojos—. Esto va a suceder, no importa lo que tú y tus amigos piensen. Los adultos tienen que tomar decisiones, porque todos son demasiado jóvenes e inmaduros para tomar las correctas.

—Esto no tiene nada que ver con mi edad —digo, entrecerrando los ojos. Es un argumento tan viejo. Lo saca a relucir la mitad de las veces cuando no estamos de acuerdo. Soy demasiado joven para entenderlo. Bueno, adivina qué, el año que viene podré votar, así que asúmelo. Levanto la voz un poco—. ¡No tienes derecho a decirle a la gente lo que puede o no puede llevar!

—¿Quieres que lo siguiente sea que tus compañeros vayan desnudos a la escuela? —plantea, mirándome como si acabara de hacer un gran argumento.

Claro, todos vamos a aparecer con el culo desnudo porque nuestro código de vestimenta no dice que los chicos no puedan llevar falda.

—Eso es absurdo y lo sabes —le grito.

—No, lo que es absurdo son los chicos con falda y esmalte de uñas. —Frunce el ceño, mirando mis uñas. Pongo los ojos en blanco y él vuelve a ponerse en marcha—. Me da igual que tu amiguito gay se crea una chica, a Dios no le gusta nada de eso, y tenemos el deber de impedirlo. Tenemos...

—Mi amiguito *gay* no cree que sea una chica, solo quiere vestirse como le gusta. —Me echo las manos a la cabeza. ¿Qué es tan difícil de entender?—. No importa si crees que a Dios no le gusta. No vivimos en los Estados Unidos Cristianos de América, vivimos en los Estados Unidos y la última vez que lo comprobé, la primera enmienda está ahí por una razón.

—Exactamente y no vamos a dejar que el mundo nos diga que no podemos tener voz —responde mi padre sin perder el ritmo.

¿Qué? Nunca entenderé este argumento de que, de alguna manera, la misma enmienda que nos da libertad *de* religión y de expresión es la que da permiso a gente como mi padre para imponer su religión a todos los demás. ¿Cómo?

Mis ojos se abren de par en par y sacudo la cabeza.

—¿En serio? ¿Acaso entiendes la Constitución?

—Por supuesto que sí. —Sacude la cabeza y recoge su maletín—. Y esta conversación se terminó. No voy a abandonar la propuesta. Es demasiado importante, además mi campaña depende de esto ahora.

—¿Qué? —pregunto. ¿Acaba de meter su campaña en esto?

—Se terminó, Jacob, vas a hacer que llegue tarde. —Se dirige hacia la puerta.

—Bien, espera a que pueda votar —le grito—. ¡Seré la primera persona en votar contra ti!

Pone los ojos en blanco y se va sin decir nada más.

Odio este lugar. Lo odio mucho. Todo lo que quiero es un poco de sentido común, algo de razón, alguien que me escuche, aunque sea un poco, y no solo que me hablen y esperen que me ponga en la fila.

Mi cabeza baja y mis ojos se posan en los vaqueros negros que me puse esta mañana antes del colegio. ¿Saben qué? Me importa un carajo si me castigan. Papá ya me odia por todas las razones imaginables, vamos a perder esta votación y Skylar sigue sin hablarme, así que ¿a quién mierda le importa? ¿Por qué no darle algo por lo que enfadarse?

Llevaré una falda a la votación de esta noche.

SKYLAR

De forma inmediata, el código de vestimenta de la escuela prohíbe a los varones llevar la ropa que *ellos* consideran «tradicionalmente» para las mujeres. Porque de alguna manera eso tiene sentido.

Supongo que todos sabíamos que esto iba a terminar así. Pero sigue siendo un rechazo a mí como persona. Perdimos. Pero de alguna manera, también me quita un peso de encima, aunque eso signifique que tengo que lidiar con esto durante los próximos tres años.

—Vamos. —Mamá me empuja a través de la puerta y baja las escaleras del pequeño edificio de la junta.

Miro hacia la escuela, está literalmente al lado del consejo escolar. No quiero ir mañana. Ahora no soy solo el chico robot o el defectuoso. No soy solo el marica que usa faldas. Ahora soy el marica defectuoso que usa faldas que perdió. No quiero volver a mostrar mi cara allí.

—Esto no terminó, Sky —dice papá con ligereza, guiándonos por el pasillo hacia el coche.

Las cámaras parpadean y, de repente, un enjambre de periodistas, y por enjambre quiero decir como cuatro, se agrupan a nuestro alrededor.

—¿Todavía vas a llevar faldas a la escuela? —me pregunta uno de ellos, poniéndome un micro gordo delante de la cara. Le devuelvo la mirada, entrecerrando los ojos con rabia hacia su cara barbuda.

—¿Qué opinas de...? —empieza otro, pero mi padre levanta una mano y los empuja hacia atrás.

—Déjenlo en paz. No vamos a responder a ninguna pregunta —dice.

Eso apenas los disuade, pero seguimos caminando y finalmente se detienen. Miro hacia atrás, para ver si realmente se rindieron, y veo a Jacob de pie en la entrada del consejo escolar. Mis ojos se fijan en él y me devuelve la mirada. Una gran parte de mí quiere correr hacia él y dejar que me envuelva y me haga sentir mejor. Pero no puedo; no hay forma de estar *seguro* de que no me esté utilizando. Entierro el sentimiento, pero entonces su falda se agita con el viento y vuelve a aparecer. Lo van a castigar por eso. Pero hay algo de él actuando así, aunque no seamos nada, que me produce un feliz escalofrío.

—Vamos a luchar contra esto —reitera papá.

JACOB

La puerta del coche se cierra de golpe y dejo caer la cabeza sobre el volante. Un estremecimiento me sube por la espalda y mis hombros se estremecen antes de que la calefacción pueda hacer lo suyo.

Hoy fue uno de esos días. Estoy agotado, aunque no hice más que ir a la escuela y estar detrás de un mostrador repartiendo *tickets* a la gente toda la noche. Pero necesito una siesta.

Mi teléfono suena.

> **Ian:**
> ¿Quieres ir a Bojangles por pollo frito cuando salga?

Gruño bajo una leve sonrisa. Eso suena muy bien, excepto que cierran antes de que él salga del trabajo y yo quiero mi cama. Él cree que es astuto, pero sé lo que está haciendo. Estuve aburrido toda la noche. Es obvio que me siento como una mierda. Está tratando de ser amable sin sonar cariñoso y emotivo.

> **Jacob:**
> Estará cerrado cuando salgas. ¿Vamos a CookOut?

Me dejo caer sobre mi asiento y suspiro. ¿Por qué no?

Ahora todo apesta, incluso más que antes. Papá está feliz con la aprobación del nuevo código de vestimenta y los canales de noticias están despotricando contra él. Lo que significa que tiene más tiempo en el aire y de alguna manera eso lo ayuda. Es una locura.

Y ya sabes quién sigue sin hablarme. Ah, y solo faltan tres días para el baile. Dudo que quiera ir cuando llegue el momento, pero Ian sigue planeando ir conmigo.

Así que sí. Las cosas apestan. Creo que finalmente estoy a punto de renunciar a Sky. No le importo.

Vuelvo a tomar mi teléfono y le envío un mensaje a Imani.

> **Jacob:**
> Todavía no hay respuesta. Creo que voy a parar. Me odia.

Resoplo y voy a poner el coche en marcha, pero mi teléfono suena antes de que tenga la oportunidad. Es rápida.

> **Imani:**
> ¡NO! 😑 No hagas eso.

> Está enfadado después de lo de ayer.

Yo también. Pero él tenía que verlo venir. ¿Y cómo cambia eso lo que pasa entre nosotros o más bien lo que no pasa?

> **Jacob:**
> Lo mismo. Vivo con el tipo que lo hizo.

Imani:
Ah... Sí. 😒 Podría ser peor.

Jacob:
¿Peor? No.

No creas que puedo seguir aferrándome a Sky. Él no me quiere.

Imani:
Yo creo que si te quiere. Solo que es demasiado terco para admitirlo.

¿Y el baile?

¿Qué pasa con eso?

Jacob:
¿Eh?

¿Cómo va a ayudar el baile?

Imani:
Se me acaba de ocurrir una idea. 😮

Jacob:
No lo hagas. No tiene sentido.

Imani:

SKYLAR

Es el día del baile y estoy en detención. Puede que haya probado si funcionan las nuevas reglas de vestimenta. Puedo asegurar que las siguen estrictamente. Mi linda falda azul y blanca fue demasiado.

Me vuelvo a tumbar en el escritorio. Hoy soy el único delincuente, así que esta vez no hay nadie quien me mire con locura. Solo yo, mi ofensiva falda y el profesor Prescott, el inusualmente guapo profesor de Biología de veintitantos años. Creo que estuvo corrigiendo tareas desde que llegó al principio de la segunda hora. Lo peor es que tiene los mismos ojos verdes brillantes que Jacob. Así que básicamente estoy sentado aquí hace una hora, pensando en Jacob, como si eso fuera diferente a los últimos tres días.

Pero los ojos del señor Prescott son solo un facsímil descolorido de los verdes furiosos de Jacob, en el mejor de los casos. Tal vez sea por estar atrapado aquí conmigo o porque está cansado de calificar trabajos, pero no tienen la misma energía.

Dos minutos más.

Solo me castigaron durante los dos primeros bloques. Creo que no fueron tan severos, pero da igual. Nada de eso importa. Estoy en pantalones ahora de todos modos. Sabía que esto iba a pasar, así que los traje por si acaso, esperando que me ahorrara la detención. En lugar de eso, solo disminuyó mi detención.

Finalmente suena el timbre y salgo corriendo por la puerta, antes de que el señor Prescott tenga la oportunidad de decir algo. Unos minutos más tarde estoy en nuestra mesa en la cafetería.

—¿Estás listo para esta noche? —Imani se contonea en su asiento. Dejo caer mi bandeja y asiento con la cabeza. Lo estoy. Estoy muy nervioso, pero lo estoy—. No puedo creer que lograré ponerte en un traje. —Le sonríe a Seth y él pone los ojos en blanco.

—Y será la última vez —le asegura.

—¡No! No vas a venir a mi boda sin uno —responde Imani.

—¿Boda? —Seth frunce el ceño.

—Sí, boda —dice Imani.

Sus ojos se clavan en él. No la oí hablar mucho de sus relaciones, así que no estoy seguro de lo delicado es el tema. Pero creo que hay algo ahí que me estoy perdiendo.

—Sí, sí —refunfuña Seth.

Niega con la cabeza y se vuelve hacia mí.

—¿Te vas a poner el vestido esta noche? —pregunta, pero hay reservas en su voz.

Asiento con la cabeza. Es una idea estúpida, pero seguro que no me echarán del baile. Es decir, es un paso más allá de la clase. Pero en caso de que lo hagan, me llevo algo de ropa de iglesia.

—No creo que te dejen entrar así —dice, leyendo mi mente—. Literalmente, acabas de estar castigado por una falda.

—Tendré una muda de ropa —le digo con Siri.

Ella suspira y cambia de tema.

—¿Hablaste con Jacob últimamente?

Niego. Me gustaría que dejara de preguntar. Sé que le cae bien y que cree que cometí un error, pero es *mi* error. Sin embargo, necesito que ella sea su incansable ser. Jacob no intentó hablarme los últimos dos días y eso me tiene preocupado. ¿Decidió que no valgo el esfuerzo? Lo sé. Lo ignoré. Soy un idiota.

Sinceramente, si se acercara ahora mismo y me pidiera ir al baile, le diría que sí y lo agarraría en un abrazo para no soltarlo nunca. Pero él terminó conmigo, como siempre supe que sucedería de todos modos. Así que guardo el pensamiento, antes de que amenace con hacerme llorar como lo hizo anoche. Una cosa es delante de Imani, tal vez de Seth, pero en medio de la cafetería del instituto, con una cuarta parte del alumnado presente, no.

—¿Dirías que sí si te pidiera ir al baile otra vez? —pregunta Seth, peinando su largo pelo castaño hacia atrás.

Lo miro con ojos de loco. No es quien esperaba que me preguntara, además, ¿me está leyendo el pensamiento o algo así? Pero de todos modos asiento con la cabeza, lo que hace que Imani se gane una enorme sonrisa.

—Genial. —Seth asiente nervioso.

¿Okey? Miro a Imani en busca de alguna pista, pero sus ojos se desvían hacia atrás.

—Oye, Sky.

¿Jacob?

JACOB

Está sonriendo cuando se gira, pero luego su cara se afloja. Supongo que esa es mi respuesta.

—Eh... nos vemos en el baile esta noche. —No es lo que había planeado decir cuando empecé a cruzar la cafetería con Ian a cuestas—. ¡Espero que lo pases bien!

Iba a invitarlo al baile de nuevo, pero la mirada de su rostro hizo que hechara por tierra las palabras que tenía preparadas. No creo que esto sea lo que Imani había planeado cuando me dijo lo que debía hacer. Seth parece tan perdido como siempre, pero Skylar, me permite una pequeña sonrisa y asiente. Antes de que me vaya, forma con su mano lo que parece el gesto de la mano del rock-n-roll y la agita entre nosotros.

—*Tú también.*

Sonrío y me voy. Me habló con señas. Sé que no significa nada, pero eso era lo nuestro. Quiero decir, no era lo nuestro. Pero en cierto modo lo era. Soy la *única* persona con la que hace señas. Ninguno de los otros sabe lenguaje de señas. Así que incluso si no era lo nuestro, se sentía como tal.

Pero ahora estoy avergonzado. Fallé. Así que camino con Ian hacia la esquina y arriba. No sé a dónde voy, pero ya lo averiguaremos.

—Bueno... eso salió bien —murmura Ian cuando llegamos al rellano y por fin decido a dónde voy. A la biblioteca. Es más tranquila y podemos escondernos en algún rincón oscuro—. ¿Imani tenía algo para ayudarte?

—Sí, tenía que pedirle ir al baile otra vez —le digo—. Pero acabo de fallar.

—Ah —suspira Ian—. Definitivamente fallaste. Épicamente.

—No ayudas. —Pongo los ojos en blanco.

Hace un ruido agudo, como si acabara de aspirar rápidamente y luego su boca empieza a moverse.

—¿Y si en el baile de esta noche subimos al escenario y le cantas una canción? ¿No sería una mierda de tipo romántica?

—Sí, lo sería, supongo. —Me encojo de hombros, pero eso no va a funcionar—. Pero nos sacarán del escenario y nos mandarán a detención. Y me castigarían de nuevo.

—Siempre estás castigado, ¿cuál es la diferencia? —sonríe.

No está equivocado. Pero no.

—No es la cuestión —resoplo—. No funcionaría. Tendríamos que preparar nuestro equipo y conectarlo, todo mientras luchamos contra la otra banda, además de los profesores.

—Oooh, pelea entre profesores y alumnos. —Los ojos de Ian se ponen vidriosos.

Pero algo suena realmente factible. Tal vez no tenga que ser en la escuela. Tal vez hay algo en ese pequeño cerebro de Ian.

—Sin peleas —digo, mientras el pequeño hilo de una idea se forma en mi cabeza.

—Sin embargo, sería genial. —Ian sonríe.

—Claro. —Asiento.

Tiene que haber algo que podamos hacer, algo que *yo* pueda hacer. No significa que me perdonará, pero debo intentarlo.

SKYLAR

—¿Llamaron de la escuela? —le pregunta Siri a mamá mientras dejo el teléfono y me aliso el vestido verde botella bajo los brazos.

—Sí —gime mamá—. No estoy segura de lo que piensan que voy a hacer al respecto.

Le sonrío en el espejo. Está sentada en mi cama observándome, con una cálida sonrisa pintada en su rostro. Me retuerzo, examinando cómo el vestido se asienta en mis caderas y se adhiere a mis muslos hasta que se afloja justo por encima de la rodilla y se abre a lo largo de la pantorrilla. La parte inferior me rodea los tobillos por encima de unas sandalias verdes a juego.

—Estoy muy orgullosa de ti, Skylar. —Mamá apoya su mano en el regazo—. No fue fácil, pero sigues intentando.

—*Gracias* —digo al pensar en Jacob. Son sus ojos. Solo sus ojos.

—Sabes que puede que no te dejen entrar esta noche, ¿verdad? —pregunta mamá.

Asiento con la cabeza. Pensé mucho en eso. Es un gran *tal vez*. Pero si no me dejan, me daré la vuelta y nos iremos a otro sitio bien vestidos. En Sociología decidimos no cambiarnos si eso ocurría. Solo espero que alguien tenga un poco de corazón y no nos obliguen a hacerlo.

—De acuerdo —suspira, mirando su reloj antes de levantarse—. Tu au...

Un coche toca la bocina fuera, los frenos chirrían en la entrada.

—Hablando del diablo —se ríe mamá.

Respiro hondo y la sigo escaleras abajo, donde me espera papá. Apaga la televisión y se acerca, dejando caer las palmas de las manos sobre mis hombros.

—Tu madre probablemente se me adelantó, pero quiero que sepas que estoy súper orgulloso de ti, Sky. —Sonríe—. El vestido también se ve bien.

Me guiña un ojo, lo que me hace reír. Nunca pensé ni en un millón de años que tendría un padre, no uno de verdad, no uno que se preocupara. Pensé que acabaría saliendo de la casa de acogida antes. Pero aquí estoy.

—*Gracias* —digo con los labios.

Llaman a la puerta y mamá deja entrar a Seth e Imani. Vaya. Seth está muy elegante con su traje negro e Imani está espectacular con un vestido blanco de lentejuelas que le llega al suelo. Me alegro de verlos, pero en el fondo de mi cerebro sigue existiendo la esperanza de que sea Jacob el que esté de pie con un pañuelo saliendo del bolsillo del traje.

—¡Hola! —Imani grita y Seth salta. Nada cambió—. ¡Dios mío! ¡Qué guapo estás! Y lo hiciste muy bien con el maquillaje.

Avanza a tropezones, con los tacones golpeando el suelo de madera. Me envuelve en un abrazo, prácticamente apartando a papá, y yo le devuelvo el abrazo. Sí, me maquillé yo mismo. Bueno, mamá me ayudó un poco. No es mucho. Un poco de colorete rosado en la nariz y las mejillas y un poco de delineador de ojos, básicamente.

—Déjenme tomar algunas fotos antes de que se vayan. —Mamá entra corriendo a la cocina.

Seth resopla, lo que me hace reír.

—Sobrevivirás. —Imani lanza una mano hacia él, luego hace un gran círculo alrededor de nosotros los dos—. Sin embargo, no queremos olvidar toda esta sensualidad.

Llevamos diez minutos en el estacionamiento del colegio mirando la entrada del gimnasio. Ni nos molestamos en ir al partido de fútbol. A ninguno de nosotros le importa una mierda el fútbol.

Pasaron tantos vestidos bonitos y elegantes, también muchos de mal gusto, escoltados al interior del baile por una gran cantidad de trajes. Me sorprenden algunos de los colores que eligieron estos tipos. Había literalmente un tipo con un traje todo naranja. *¡Todo naranja!*

—Bueno, entonces si no te dejan entrar —Imani dice lo que todos pensamos—, nosotros tampoco vamos a entrar. ¿Verdad, Seth?

—De todos modos, no quiero estar aquí —resopla Seth.

Eso ayuda, algo en su forma de decirlo me hace reír mientras escribo:

—¿Seguro? No tienen que hacerlo, ¿saben?

—¡Uh, sí! Tenemos. —Imani mueve la cabeza—. Pero te van a dejar entrar.

Me encojo de hombros.

—¿Listo? —pregunta Imani.

Asiento con la cabeza y salgo por la parte de atrás. La única manera de resolver esto es caminando hasta esa puerta. Solo tenemos que pasar por delante de los profesores y del señor Walters que está de centinela.

—Espera —dice Imani, con sus tacones golpeando el pavimento al azar—. No puedo caminar con estas cosas.

—¿Por qué te los pusiste entonces? —gruñe Seth.

—Son bonitos —espeta.

Me río en mis adentros cuando se acercan a mí, al borde de la calle, y un escalofrío me recorre los brazos. Hace algo de frío y mis hombros están al descubierto. Cuando es seguro, cruzamos. La parte inferior de mi vestido se agita con el viento, dejando al descubierto mi pierna izquierda desde la rodilla hacia abajo. Más vale que nos dejen entrar, me afeité para esto.

Imani casi tropieza al subirse a la acera del otro lado, pero se controla. Saco mi teléfono ahora que cruzamos y sigo caminando.

—Bonitos o no, nunca me pondría esos zapatos —le dice Siri.

—¿Te gustan mis zapatos? —Imani se regodea—. ¡Gracias!

Niego con la cabeza, sonriendo como si estuviera preparado para esto. Pero me siento débil y me empieza a doler el estómago. Estaría más preparado si subiera de la mano de Jacob, pero empiezo a entender que eso es culpa mía.

—Aquí vamos. —Imani me agarra de la mano, miro hacia ella y veo como hace que Seth la tome de la mano también.

Empezamos a subir las escaleras de hormigón, pero antes de llegar arriba el señor Walters se pone delante de la puerta. Me detengo en la cornisa. Mis ojos se fijan en él y en el momento justo su boca se abre.

—No puedes entrar vestido así, Skylar. —¿Recuerda mi nombre?—. Creo que lo sabes.

Quiero decir algo, ser capaz de mover los labios y dejar que las palabras salgan. Decirle que es una regla estúpida y que me deje entrar. Pero no puedo. Levanto el teléfono y empiezo a teclear, pero Imani se me adelanta.

—No puedes hablar en serio. —Imani levanta las manos—. Esto no es la escuela. Es un baile.

—Y el código de vestimenta de la escuela aún se aplica —responde el señor Walters.

—Pero ¿qué pasa con todas las chicas que dejaste entrar antes que nosotros con los vestidos demasiado cortos? ¿Eso no está en el código de vestimenta? —se queja Siri.

Solo en el tiempo que estuvimos sentados en el coche, hubo al menos tres que pasaron por delante de ellos con vestidos que apenas les llegaban a la mitad de los muslos. Sé que eso va en contra del código de vestimenta.

—Sí, ¿qué pasa con ellas? —Imani se hace eco.

Miro a la otra profesora en busca de apoyo. Se limita a fruncir el ceño. No sé si es por lástima o por fastidio.

—No lo recuerdo, pero esto. —El señor Walters levanta la mano como si me estuviera escaneando—. No es una vestimenta aceptable para los chicos en la escuela.

—Si quieres entrar, tendrás que ponerte algo... —El otro profesor hace una pausa para pensar en la palabra adecuada— diferente.

—Un traje o unos pantalones y una camisa de vestir estarían bien —retoma el padre de Jacob, no satisfecho con su respuesta.

Aprieto el puño. Me tiembla el pecho. Estaba preparado para esto, juro que estaba preparado para esto. Pero no lo estoy.

Me suelto de la mano de Imani y doy media vuelta, bajando las escaleras y subiendo la acera. En el borde del gimnasio hay un árbol enorme. Apunto hacia él. El chasquido de los zapatos de Imani y sus gritos se alejan, pero no me detengo. Solo quiero alejarme. Me desplomo contra el robusto tronco y entierro la cara entre las manos.

El mundo gira a mi alrededor y los ruidos se arremolinan. Todo es culpa mía. Soy demasiado diferente. No puedo hablar. Soy un maricón. Y la gente me utiliza o se burla de mí porque soy diferente, o los alejo cuando se acercan. Luego voy y estropeo el código de vestimenta de toda una escuela y hago que el padre del único chico que creo que se preocupó por mí no me deje entrar al baile.

«Solo eres un defecto. Eso es todo lo que siempre serás».

JACOB

—Sabes —Ian se mueve incómodo en el asiento del conductor—, si no fueras estúpido, lo estarías acompañando ahora mismo.

—¿De verdad? —Niego con la cabeza, viendo a Skylar, Imani y Seth subir las escaleras.

Le queda muy bien ese vestido. Es regio cómo empieza justo debajo de sus hombros. Y sí, estoy celoso de no ser yo quien suba con él esas escaleras. Debería serlo. Pero lo arruiné.

—¿Estás listo? —Ian refunfuña—. Vamos a terminar con esto. En realidad, ¿podemos entrar, tomar algo de ponche e irnos? ¡Por favor!

Pongo los ojos en blanco. Si no deja de quejarse le voy a dar un puñetazo, lo juro. Puede que yo sea la *única* razón por la que está aquí, pero la *única* razón por la que estoy aquí es porque el chico con el que estropeé las cosas está aquí, así que nos quedamos. Voy a hablar con él esta noche. Tengo que hacerlo.

—¿Qué está pasando? —Ian inclina la cabeza.

Entrecierro los ojos para ver quién acaba de ponerse delante de ellos en la entrada. Gruño. Por supuesto. Mi padre.

—¿Está...? —Empiezo, pero me detengo cuando las manos de Imani empiezan a volar—. ¡Dios, sí lo está haciendo!

—¿Qué esperabas? —Ian se queja—. Acaban de aprobar esa cosa, ya sabes.

—Sí, pero esto... y *mi* padre. —Lanzo la mano hacia el parabrisas justo cuando Skylar gira y baja las escaleras—. ¿Qué demonios?

Sale por la acera con Imani y Seth en su persecución. En serio que no lo dejaron entrar.

—Ese idio... —Ian se inclina hacia delante, pero se detiene.

—Solo dilo. —Mis ojos se fijan en papá, pero me apresuro a seguir a Skylar antes de que desaparezca. Agacho la cabeza y aprieto los puños. ¿Qué hago ahora?

Sé lo que hay que hacer. Las piezas empiezan a encajar en mi cabeza. Los pensamientos se agitan y se mueven. Me preparé para esto después de la escuela. Es una posibilidad remota, y probablemente se desmorone antes de que podamos lograrlo, pero es algo. Puede que funcione.

—Ian. —Me enfrento a él, con una mirada que espero que grite *tengo un plan* y no *estoy completamente loco* en mi cara.

—Lo sé, es un desastre. —Su boca comienza a moverse—. Podemos ir a hablar con él.

No estoy seguro de si se refiere a Skylar o a mi padre, pero que piense en cualquiera de los dos es algo agradable. Pero eso no es parte de mi plan.

—No, ¿puedes llamar al pastor de la iglesia... —Señalo con la cabeza el edificio que está a una manzana de distancia y que tiene un enorme estacionamiento que linda con el terreno de la escuela. Es donde va Skylar y donde llamé esta tarde para hablar con el pastor.

—Como si tuviera su número. —Ian me mira como si estuviera loco.

—... y decirles que *sí* queremos usar su estacionamiento? —termino mi frase y él me mira como aún más loco ahora—. ¡Lo tengo!

Lo que hace que me miren aún peor.

—Haré que Eric traiga nuestro equipo. ¿Recuerdas lo mucho que querías apoderarte del escenario?

Su cara pasa de la diversión a la intriga y escribo un texto rápido a Imani mientras lo procesa.

> **Jacob:**
> No dejes que Sky se vaya. Tengo un plan...

—Sí —dice Ian—. Dijiste explícitamente que no funcionaría.

—No vamos a apoderarnos del escenario del baile. —Le sonrío—. Vamos a hacer el nuestro. Justo ahí.

SKYLAR

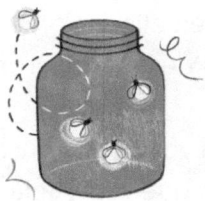

¿Por qué sigo aquí? Prometí que nos iríamos si esto ocurría, pero no quiero dejar que ganen. Incluso si ya lo hicieron.

—Vámonos —dice Siri—. No tiene sentido.

—¡No! —grita Imani.

Mis ojos saltan, las lágrimas se congelan un momento en el *shock*. La confusión en mi cara debe ser evidente, porque la boca de Imani hace esa cosa temblorosa y empieza a hablar de nuevo.

—No bebimos nada. —Ella asiente con un poco de fuerza, dando un codazo a Seth cuando la mira como yo—. ¿Verdad?

—Sí, claro. —La cara de Seth se vuelve decidida.

—*No puedo entrar* —les recuerdo. Así que no veo cómo va a funcionar.

—Seth puede ir —dice Imani. Su ceño se arruga, pero asiente de todos modos.

—Sí, puedo ir a buscar un poco de ponche. —Asiente y se pone en marcha, alejándose hacia atrás—. Eso es todo lo que vine a buscar de todos modos.

¿Qué demonios está pasando?

Imani se tumba en el suelo a mi lado y suspira. Intento advertirle de que no se ensucie el vestido, pero me hace un gesto para que no lo haga.

—Espera —dice y empieza a enviar mensajes de texto a alguien—. Tengo que asegurarme de que Seth me traiga un bocadillo mientras está en ello.

Me río. Las lágrimas desaparecieron, pero todavía me siento como la mierda.

—Háblame —dice en voz baja y me rodea con un brazo.

Ah. Así que eso es lo que era. Aleja a Seth para que me abra. Pongo los ojos en blanco. Creo que está funcionando. Me doy vuelta para mirarla y me concentro en hablar despacio.

—*Es una estupidez. No puedo ir a la fiesta de bienvenida porque me gustan los vestidos* —digo, juntando los labios en una gran mueca—. *¿Qué tiene de peligroso un tipo con vestido? No soy el tipo que entra en el colegio con una pistola disparando. Es un maldito vestido. Uno muy bonito, además.*

—Sí, seguro que es muy bonito —ríe Imani—. Si te soy sincere, solo capté la *mayor* parte de eso. Pero tienes razón.

Me limpio una lágrima mientras una pequeña carcajada se abre paso en mi garganta como una bocanada de aire. «Más despacio, Sky».

Miro hacia arriba a través de las ramas de los árboles, pasando por los rojos, naranjas y amarillos de las hojas moribundas. El cielo pasa de los tonos azules al naranja cálido y el sol desapareció tras los árboles.

Y Jacob.

—*La cagué con Jacob.* —Dejo caer mi cara hacia el suelo e inhalo profundamente. Lo estropeé *todo*. Está tan claro que todo fue culpa mía. Todo.

—No lo estropeaste *todo*. —Imani se encoge de hombros—. No fue *todo* culpa tuya. Lo de la vestimenta no fue solo cosa tuya. Y lo de Jacob tampoco fue todo tuyo. Los dos estaban preocupados, sólo que por cosas diferentes. Tal vez no sea demasiado tarde, ya sabes... para arreglarlo.

Sus palabras se me quedan grabadas en la cabeza. Pensé tanto en eso, pero siempre llego a la conclusión de que es demasiado tarde, que se acabó.

—¿Realmente lo crees? —Pregunto.

—Sí. —Me mira directamente a los ojos—. Puede que Jacob no supiera exactamente lo que quería hace unas semanas, y tú, amigo mío, eres una bola de ansiedad. Si te soy sincera, no le diste la oportunidad de probarse a sí mismo.

—¿Pero debería? Tal vez solo quería un juguete para coger. Pero sinceramente, por mucho que me convenciera de que era así antes, ahora me parece absurdo.

—No puedo decir exactamente lo que quiere, pero puedo decirte lo mal que se siente al no poderte decir lo que necesitabas oír. —Ella sonríe.

Clavo mis ojos en ella.

—*Estuviste hablando con él, ¿verdad?*

Se encoge de hombros y su sonrisa se levanta.

—Tal vez.

—*Perra.* —Sonrío y me muerdo la lengua. Pero no estoy enfadado. Pensé que lo estaría, pero no lo estoy.

—¿Qué puedo decir? —Me aprieta.

De la nada, este ruido, un chillido, resuena en el aire. Al principio es inconexo y desagradable. Pero luego se asienta en un ritmo, un latido.

¿Música? ¿Afuera?

El teléfono de Imani suena y mis ojos saltan hacia ella. Sonríe.

—*¿Qué estás haciendo?* —pregunto.

Se encoge de hombros mientras Seth baja por la acera. Es entonces cuando me doy cuenta de que una corriente de gente sale del gimnasio con sus vestidos y esmóquines. ¿Adónde van?

—¿Alguien quiere beber? —Seth levanta tres vasos pequeños, dos de ellas agarrados precariamente entre sus dedos.

Imani toma uno y yo me levanto y tomo el otro.

—Tenemos algo que mostrarte. —Imani sonríe y me insta a seguirla.

Me acerco y, mientras caminamos, la música se amplifica. Cuando doblamos la esquina, juro que mis ojos me juegan una mala pasada. Me dirijo a Imani.

¡Es Jacob y The Nevermore! Y mucha gente.

—¿Qué están haciendo? —pregunto. ¿Qué demonios?

—Te están esperando —dice Imani como si fuera obvio—. Bueno, *él* te está esperando. Y la mitad de la escuela.

Mis labios se mueven hacia arriba y tengo que recuperar el aliento. ¿Me está *esperando*?

—Lleva esperándote como dos semanas, pero no vamos a hablar de eso —ríe Imani, antes de rodear mi brazo con el suyo—. Entonces, ¿qué estamos esperando *nosotros*?

Utilizo mi mano libre para indicarle que me guíe. ¿Esto está sucediendo realmente?

Alguien está cantando ahora. Supongo que es Eric, porque sé que no es la voz de Jacob.

En el cruce de calles se ve más claro. Jacob está de pie a la izquierda de Eric, rasgando su guitarra. Cuando lo veo buscar entre la multitud, mi corazón da un salto. ¿Me está buscando?

—¿A dónde demonios van? —grita mi voz menos favorita desde atrás. Me giro para encontrar a Blake y Bexley en la entrada del gimnasio, con coronas en la cabeza—. ¿En serio?

—Cuida tu lenguaje —lo regaña el señor Walters, pero todos sus rostros se dibujan confundidos.

Bexley parece enfadada con su vestido de lentejuelas plateadas.

—Pero esto no es justo.

Miro a Imani y tuerzo los labios. *¿Justo?* Y me encojo de hombros.

—Oh, cómo se invierten los papeles. —Imani sonríe mientras Bexley vuelve a entrar en el gimnasio y Blake la persigue—. Vamos.

Mi corazón da otro salto cuando Imani me empuja al otro lado de la calle. La música suena a todo volumen, y entonces me doy cuenta de que estamos en el estacionamiento de mi iglesia y no en el del colegio. Hay mucha gente aquí, bailando al ritmo de la música, los cuerpos se mueven de una manera u otra, algunos más empujando que bailando. No hay ni purpurina ni serpentinas ni decoraciones de lujo en las mesas, como seguro que hay dentro del baile. Pero vinieron de todos modos.

—¿Por qué está toda esta gente aquí? —Le hago preguntar a Siri.

—Por ti. —Imani sonríe. Pero eso ya me lo dijo.

—Jacob nos hizo enviar un mensaje de texto a todo el mundo y que ellos enviaran un mensaje a todos los que conocían para que salieran. —Seth mira alrededor de Imani—. Este es básicamente tu baile.

Me quedo con la boca abierta. ¿Todos abandonaron el baile real para venir aquí? No puede ser.

Entonces mis ojos se fijan en Jacob. Me devuelve la mirada. Le dedico una sonrisa tímida, que probablemente no esperaba. Su cara se ilumina y juro que se le infla el pecho. Después de todo lo que le hice pasar, sigue haciendo esto... por mí. Todo este tiempo le gusté de verdad, ahora está muy claro. Nadie iría tan lejos solo para usar a otra persona. Le gusto, por lo que soy.

Me acerco, arrastrando a Imani conmigo. Quiero estar delante. Quiero estar más cerca de él, ahora que bajé la guardia y toda la rabia perdió su sentido, ahora que este muro se cayó.

Tengo tantas ganas de hablar con él, de correr y rodearlo con mis brazos, pero está en medio de una canción. Me contengo cuando llegamos al frente y trato de dejar que mis pies se muevan con la música. Imani y Seth se unen a mí, moviendo las caderas, las cabezas y los brazos, en el caso de Seth, volando por todas partes.

Entonces el ritmo se detiene y las guitarras se callan. Eric se acerca al micrófono mientras todos esperan que comience la siguiente canción.

—Me gustaría dar las gracias a todos por venir aquí esta noche en lugar del baile *real* —ríe Eric, poniendo comillas en el aire—. Como todos saben, debido al nuevo y *estúpido código de vestimenta*, a este chico, por el que mi amigo está absolutamente loco, no lo admitieron en el baile de esta noche. Así que aquí tienen un gran ¡vete a la mierda código de vestimenta!

La pista de baile, o el estacionamiento supongo, estalla en un eco inconexo de «¡vete a la mierda!». Y por muy raro que sea, hace algo dentro de mí.

—¡Alto! —grita alguien. Me doy la vuelta y encuentro al señor Walters abriéndose paso entre la multitud, levantando las manos y deteniéndose a unos metros de mí—. Esto tiene que parar ahora mismo. El baile es dentro. Esto no está aprobado por la escuela. Que todo el mundo vuelva a entrar.

El señor Walters empieza a agitar las manos hacia el gimnasio, pero nadie se mueve.

—No. —Jacob se acerca al micrófono—. Este es nuestro baile y no puedes detenerlo.

Mis ojos se abren de par en par. Es su padre con quien está hablando.

—Disculpa, Jacob. —El señor Walters se gira para mirar a su hijo, con la incredulidad brillando en sus ojos—. Dije que el baile es dentro. Este es un baile de la escuela, hay reglas, y... —el señor Walters comienza, pero una persona que no esperaba ver esta noche lo detiene.

—Disculpe. —El pastor Dane levanta la mano y sonríe. ¿Qué? ¿Qué hace mi pastor aquí? Cuando el padre de Jacob finalmente se detiene, continúa—. Me temo que no tiene autoridad aquí, señor Walters.

—Lo siento, ¿qué? —La cara del señor Walters grita indignación.

—Esta es la propiedad de la iglesia y aprobamos este baile *inclusivo* para los estudiantes —explica tranquilamente el pastor Dane.

—No puedes hacer eso. —El señor Walters se revuelve.

—En realidad, sí podemos —afirma mi pastor y luego dice algo que definitivamente no esperaba—. Sin embargo, nos gustaría pedirle que abandone la propiedad, por la seguridad y la comodidad de los estudiantes.

—¿Perdón? —La boca del señor Walters cae y su cabeza se inclina—. Estoy tratando de hacer lo mejor para ellos.

—Yo no lo veo así —replica el pastor Dane.

—¿Apruebas esto? ¿De que los chicos lleven faldas? Sabes que de eso se trata, ¿verdad? —el señor Walters intenta *razonar* con mi pastor.

No puedo creer que esto esté sucediendo. ¿Qué demonios? Mis ojos se dirigen a Jacob. Él parece tan asombrado como yo y todos los demás en el estacionamiento.

—Sí —dice el pastor Dane, asintiendo. Luego toma un respiro y considera sus próximas palabras—. Y aquí creemos en el amor de Cristo, no en el juicio de los fariseos.

El señor Walters retrocede a tropezones como si le hubieran dado un puñetazo en el pecho.

—¡Cómo te atreves!

—Voy a pedirte una vez más que te vayas antes de llamar a las autoridades. —Mis ojos se abren de par en par cuando las palabras salen de la boca de mi pastor.

Todas las miradas se dirigen al señor Walters. No habla, no retruca con alguna perorata o versículo bíblico. No, sus hombros se desploman y sacude la cabeza con disgusto. Pero se da la vuelta, se aleja y desaparece entre la multitud.

Me doy vuelta y veo al pastor Dane observando, asegurándose de que se va. Entonces me mira y sonríe. Asiento con la cabeza, dándole las gracias por defenderme, por todos nosotros. Él me devuelve el gesto antes de marcharse.

—Bueno, entonces, ¿en qué estábamos? —se ríe Eric por el micrófono.

—¡Vete a la mierda! —grita alguien y el público estalla en carcajadas.

—Ah, sí. —Eric se ríe y aunque Jacob también se ríe, puedo ver la reserva en sus ojos. Seguro que esta noche lo castigan.

—Muy bien, así que con *todo* eso hecho, le cedo la siguiente canción a mi amigo, al que todos conocen, para que cante para ese mismo alguien por el que todos estamos aquí. —Eric me señala y sonríe.

Aparto la mirada, avergonzado, pero no lo suficiente como para quedarme así. Cuando vuelvo a mirar, Jacob está ante el micrófono, con su esmoquin abierto sobre pantalones negros y zapatos de vestir, a diferencia de los vaqueros y la camiseta de Eric.

—Skylar. —La voz de Jacob resuena entre la multitud, con los ojos fijos en mí mientras señala, con su guitarra balanceándose bajo el cuello. Lanza una bocanada de aire a través de sus labios y luego mira a la multitud—. *Okey*, un segundo. No me esperaba esto. Así que ténganme paciencia. Guau. Bien, entonces. Esta noche me van a castigar.

Todos estallan en carcajadas. No debería ser gracioso, es una mierda, pero aun así lo es. Niego con la cabeza y él sonríe y hace lo mismo.

—Pero eso no nos detendrá y no me detendrá a mí —empieza de nuevo. Se fija en mí otra vez—. Skylar. Lo siento. Necesito disculparme contigo. No tenía la respuesta que necesitabas hace dos semanas y no debería haber sido tan difícil.

La multitud se tranquiliza, los murmullos se suceden en el terreno, todos los ojos están puestos en nosotros. No sé qué hacer. Todo esto es tan incómodo, pero al mismo tiempo la sinceridad en su voz, la forma en que se está abriendo sobre lo que pasó delante de todo el mundo, llega a lo más profundo de mi pecho.

—Entonces, quiero pedirte perdón —dice y al mismo tiempo, en lenguaje de señas, dice «por favor, perdóname».

¿Perdón? Por supuesto.

Asiento con emoción, y los suspiros saltan entre de la multitud. La cara de Jacob se ilumina y por un momento parece que no sabe qué decir a continuación, como si no esperaba llegar tan lejos. Se ríe con nerviosismo y toma su guitarra.

—No quiero que haya ninguna duda entre nosotros, Sky —vuelve a empezar. Luego hace una seña y dice la cosa más hermosa que he escuchado de sus labios—. Te amo.

Mis ojos se abren de par en par cuando estallan los silbidos y vítores. ¿De verdad dijo eso? Mis ojos se apartan por un instante para encontrar a Imani, que me sonríe furiosamente. Lo dijo. Lo dijo de verdad.

—¡Lo sé! Ahora lo sé y necesito que lo sepas. —Sonríe y luego me señala—. Ahora, ¿quieres ser mi chico?

Antes de que pueda responder, correr hacia el escenario o asfixiarlo con abrazos, empieza a rasguear su guitarra. Ian viene por detrás con la batería y Eric lo sigue. Una melodía familiar canta en mis oídos. Van a tocar... ¡Oh, Dios! ¡Van a cantar un tema de Myylo!

Quiero gritar que sí. Gritar para que todo el mundo lo oiga. Quiero que todos sepan que sí, quiero ser su chico. ¡El chico de Jacob! Sé que él puede verlo en mis ojos mientras asiento con todas mis fuerzas, con lágrimas rodando por mi cara.

Al compás, los labios de Jacob se separan y comienza a cantar. Me está cantando a mí. Es perfecto. Es realmente perfecto. ¿Cómo está sucediendo esto realmente? Llega a la segunda estrofa y las palabras no importan. Es la forma en que me mira, la forma en que hizo todo esto, por mí. ¿Acaso me merezco esto?

Hay una pausa en la canción y Jacob se echa la guitarra a la espalda. Tal vez no lo merezca, pero no voy a dejar pasar esta oportunidad.

—Skylar, sube aquí. —Él sonríe y la multitud grita para que vaya.

Eric se hace cargo mientras subo, pie a pie, acortando la distancia entre nosotros. Su dulce y pálida sonrisa me acerca, y todas las dudas de mi mente se desvanecen. Él es el elegido. Quizá siempre dude de lo que la gente piensa de mí, pero de alguna manera, ahora mismo, no lo hago. Sé que lo dice en serio, que le importo, y creo que siempre lo hará.

—Hola —susurra Jacob cuando por fin estoy allí, haciendo señas al mismo tiempo.

—*Oye* —yo seño. Y luego sigo con—: *¿lo dices en serio?*

Jacob asiente, la sonrisa nunca abandona sus labios.

Me señalo y hago un círculo sobre mi pecho con el puño:

—*Lo siento.*

No puedo decirlo lo suficiente. Fui terco y me asusté. Y eso está bien hasta cierto punto, pero él no se merecía eso. Sigo haciendo señas, mis manos se mueven rápido, pero lo suficientemente lento como para que él las entienda. Observo sus ojos, para ver si entiende con la música que sigue sonando a nuestro alrededor.

—*Tenía miedo. Pensé que me estabas utilizando. Te puse en un lugar imposible.*

—Está bien, Sky —dice Jacob, señando lo que puede—. Yo también tenía miedo. Eres el primer chico que significa algo para mí. Y fue necesario que no me hablaras para ver lo mucho que significabas para mí. Odio cuando no me hablas.

—*Sabes que no puedo habla*r —le digo con señas y pongo los ojos en blanco. Incluso ahora, bajo toda la música y la magia en el aire, duele.

—Bueno, puede que nunca me hayas *hablado* de forma audible, con la boca. —Me mira con calma, los ojos suplicando que entienda algo—. Pero tus manos y tus ojos y tus labios dicen mucho. No busco tu voz. Busco tu corazón.

Mi pecho se agita y mi corazón se derrite con sus palabras.

—*Lo tienes* —le digo.

Sus labios se curvan hacia arriba de esa forma tan contenta que me calma y me emociona, y al mismo tiempo se acerca, cerrando la brecha entre nosotros. Las notas estallan, las voces se animan. Juro que las luces parpadean cuando su mano acaricia mi mejilla y sus labios se aprietan contra los míos. Me empujo hacia él, esperando que dure para siempre, perdiéndome en sus brazos y labios.

La noche se desvanece y la música se convierte en un tambor sordo al ritmo de su corazón contra mi pecho. Sus manos se aferran a mi espalda, acercándome como si hubiera espacio de sobra. Le devuelvo el beso, queriendo, necesitando que este momento no termine nunca. Y dura una eternidad antes de que Jacob se aparte, dejando mis labios vacíos de su contacto, pero mi corazón lleno.

Cuando abro los ojos, me está mirando con esos verdes brillantes, sonriendo como si nada importara. Le devuelvo la sonrisa y me muerdo el labio. Él suelta una risita y yo tengo que apartar la mirada, es demasiado hermoso.

¡¿Qué?! Mis ojos se abren de golpe al encontrar a Seth e Imani besándose. Quiero decir que siempre lo sospeché, pero ¿en serio?

Jacob también se da cuenta, justo antes de que finalmente se permitan respirar, y nos ven mirándolos.

—¿Qué? —Seth tuerce la boca como si lo hubiera encontrado con la mano en el tarro de las galletas.

—Le llevó bastante tiempo. —Imani se encoge de hombros y vuelve a tirar de él para darle un beso mientras la música suena a nuestro alrededor.

Les hago un gesto con el pulgar hacia arriba y me vuelvo hacia Jacob. No creo que este día pueda ser mejor.

—Entonces, ¿quieres ser mi novio? —Jacob se ríe y me demuestra que estaba equivocado.

Me río. ¿Cómo pueden esas palabras parecer tan infantiles, pero tan perfectas al mismo tiempo?

¡Sí! Asiento suavemente, mirando a esos hermosos ojos verdes. Sí.

FIN

COMPAÑERES

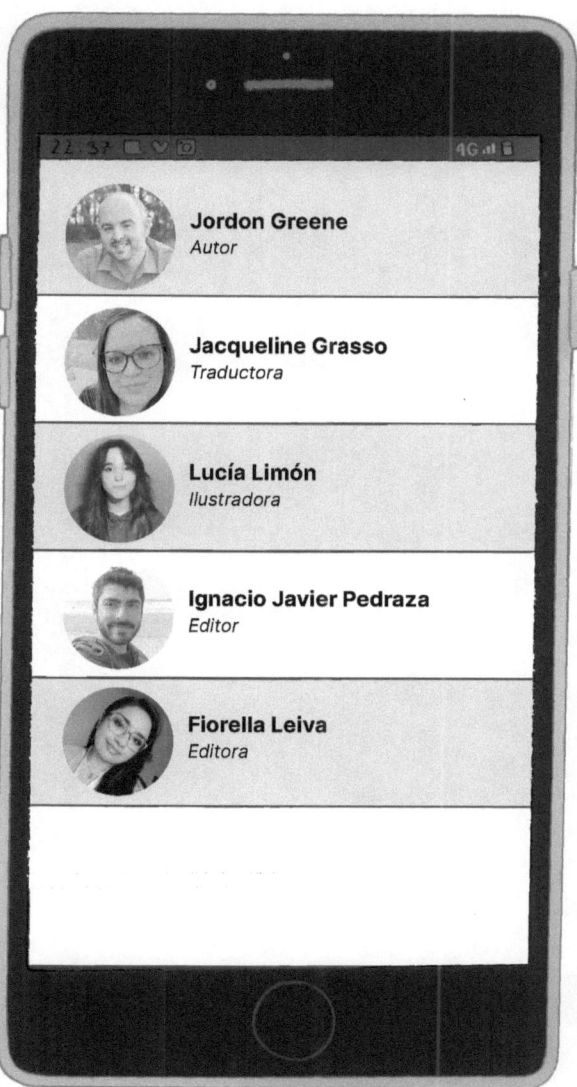

SOBRE EL AUTOR

Jordon creció en un pequeño pueblo sureño a los pies de los Apalaches, al sur de Boone, en Carolina del Norte, donde las primeras semillas de la literatura fueron plantadas en su mente por sus maestros y los mundos de *Star Wars* y *Star Trek*. Desde la secundaria hasta la universidad escribió historias cortas, y la ocasional fan-fiction, antes de terminar su primera novela completa. El resto, como dicen, es historia.

Es el galardonado autor de numerosas novelas, novelas gráficas e historias cortas, con más en camino; yendo desde tiernos romances jóvenes hasta thrillers de horror atrapantes. Sin embargo, su pasión son las historias que representan a quienes más lo necesitan, porque todes merecemos hallarnos en las historias que leemos.

Cuando no está ocupado escribiendo, pasa su tiempo jugando con sus gatos, Genji y Mercy, o volviendo a ver series como *The IT crowd* o *Heartstopper*.

www.ingramcontent.com/pod-product-compliance
Lightning Source LLC
LaVergne TN
LVHW041645070526
838199LV00053B/3563